금
병
매
9

금병매 金瓶梅 9

초판 1쇄 발행   2022년 9월 30일

지 은 이   소소생(笑笑生)
옮 긴 이   강태권
펴 낸 이   한승수
펴 낸 곳   문예춘추사

편   집   이상실
마 케 팅   박건원, 김지윤
디 자 인   박소윤

등록번호   제300-1994-16
등록일자   1994년 1월 24일
주   소   서울특별시 마포구 동교로 27길 53, 309호
전   화   02 338 0084
팩   스   02 338 0087
메   일   moonchusa@naver.com

I S B N   978-89-7604-539-3 04820
             978-89-7604-530-0 (세트)

천하제일기서

金瓶梅

완역

금병매

9

소소생笑笑生 지음 / 강태권 옮김

예춘추사

서문경의 여인들

오월랑   첫째 부인. 청하좌위 오천호의 딸로 서문경의 전처가 죽자 정실로 들어온 다. 서문경 집안의 큰마님으로 행세하며 집안 여인들 간의 질서를 유지하고 자 노력하고, 서문경이 죽은 후에는 유복자 아들을 잘 키워보고자 노력하나, 결국 인생이 한바탕 꿈에 불과함을 깨닫는다.

이교아   둘째 부인. 노래 부르는 기생이었으나 서문경의 눈에 들어 부인이 된다. 서 문경이 죽자 재물을 훔쳐 기원으로 돌아간다.

맹옥루   셋째 부인. 포목상의 정처였으나 남편이 죽자 설씨의 주선으로 서문경과 혼 인한다. 나름 행실을 바르게 하며 산 덕분에 쉽게 맞이할 수도 있는 불운을 피해 간다.

손설아   넷째 부인. 서문경 전처의 몸종이었다가 서문경의 눈에 들어 그의 부인이 된다. 집안 하인과 눈이 맞아 도망가는 등, 삶의 신세가 바람에 나부끼는 깃 발처럼 이리 움직였다 저리 움직였다 한다.

반금련   다섯째 부인. 무대의 부인이었으나 서문경과 눈이 맞아 무대를 독살하고 서 문경에게 시집온다. 영리하고 시기심 많은 성격에 서문경을 독차지하려고 애쓰지만, 끝내 원수의 칼날을 피하지 못한다. 삶의 영고성쇠가 무상함을 증명하듯 실로 파란만장한 삶을 산다.

이병아   여섯째 부인. 화자허의 부인이었으나 화자허가 화병으로 죽자 서문경의 부 인이 된다. 천성이 착하지만 죽은 화자허의 좋지 않은 기운이 그녀의 삶을 지치게 한다.

춘매   반금련의 몸종으로 서문경의 총애를 받는다. 사람 일은 알 수 없음을 증명 하는 인물로서, 쇠락해지는 듯하다 다시 최고의 영예를 누리는 삶을 산다.

이계저 이교아의 조카로 기원의 기생. 행사 때마다 서문경의 집안에 불려온다.

송혜련 서문경 집안의 하인인 내왕의 부인. 자신의 미색 때문에 남편이 쫓겨나게 된다.

임부인 서문경을 의붓아버지로 섬기는 왕삼관의 어머니. 아들을 핑계삼아 서문경 과 관계를 맺는다.

여의아 서문경의 아들 관가의 유모. 이병아가 죽은 뒤 서문경의 눈에 들어 관계를 맺는다. 서문경이 그녀를 죽은 이병아를 대하듯 한다.

왕륙아 한도국의 부인. 딸의 혼사를 매개로 서문경의 눈에 들어 은밀한 만남을 갖 는다. 남편의 암묵적 승인 하에 자신의 몸을 팔아 생계를 이어간다.

반금련의 남자들

무대 금련이 독살한 전남편. 동생 무송에게 자신의 억울한 죽음을 알리고 복수를 부탁한다.

서문경 금련이 재가한 남편. 천하의 난봉꾼으로, 집안의 여러 부인을 거느리고도 틈만 나면 새로운 여인에게 눈을 돌린다.

진경제 서문경의 사위. 일찌감치 장인 집에서 기거하며 서문경이 다른 여자를 탐하 는 사이에 금련과 정을 통한다. 수려한 외모로 어린 나이부터 정욕에 이끌 리는 삶을 산다.

금동 서문경의 하인.

왕조아 왕노파의 아들.

일러두기

* 이 책은 『신각금병매사화(新刻金甁梅詞話)』와 『신각수상비평금병매(新刻繡像批評金甁梅)』의 합본을 저본삼아 이를 완역한 것이다.
** 본문 삽화는 『신각수상비평금병매』에서 가져온 것이다.
*** 본문 중 괄호 안의 글은 옮긴이의 주이다.
**** 각 이야기의 소제목은 편집부에서 새로 만든 것이다.

제79화 죽음은 이 세상 모든 것과의 이별

서문경은 탐욕으로 병에 걸리고,
오월랑은 유복자를 얻다

어진 이가 어려움을 만나면 평소 때를 생각하나니
한가로움에 처해서도 다치지 않도록 하라.
지름길을 질러가자니 꾀를 부린다 할까 싫네
남들이 하는 말에 의미가 심장하네.
좁은 입으로 음식을 많이 먹으면 끝내 병을 얻게 되고
즐거움이 지나치면 필히 재앙이 따르네.
병들어 치료할 약을 구하지 말고
미리 병을 예방하는 것이 나으련만.

仁者難逢思有常 閑居愼勿恃無傷
爭先徑路機關惡 近後語言滋味長
夾口物多終傲病 快心事過必爲殃
與其病後能求藥 不若病前能自防

이 여덟 구절의 시는 소요부[邵堯夫](북송 철학자 소옹[邵雍],
1011~1077)가 지은 것으로, 세상 모든 것이 다 하늘의 도를 따르면
복과 좋은 일이 따르고, 귀신과 악을 쫓을 수 있다는 뜻이다. 선하게

살면 백 가지의 상서로운 일이 생기지만, 악한 일을 저지르면 백 가지의 재앙이 생긴다는 것이다.

서문경은 남의 부인을 간음할 줄은 알았지만 자기의 죽음이 눈앞에 다가선 것은 알지 못했다.

이날 샛길 안에서 내작의 부인과 정을 통하고 다시 화원의 대청으로 가서 오대구, 응백작과 사희대, 상시절을 상대로 술을 마셨다. 형통제 부인, 장단련 부인. 교대호 부인, 최친가 부인, 오대구 부인, 단씨 아가씨도 함께 자리를 하고서 대보름 떡을 먹고야 비로소 몸을 일으켜 작별을 고하고 가마를 타고 돌아갔다. 오대구 부인은 이날 며느리 정삼저와 함께 집으로 돌아갔다. 진경제는 왕황친 집의 연극배우들에게 은자 두 냥과 술과 음식을 주어 잘 접대하고 집으로 돌려보냈다. 다만 기생 넷과 배우들이 그때까지도 화원의 대청에서 노래를 부르며 술을 따르고 있었다. 백작이 서문경에게 물어보았다.

"내일은 화형님의 생일인데 선물이라도 좀 보내셨어요?"

"아침에 보냈어."

대안이,

"화나리께서는 아까 내정[來定]을 시켜 초청장을 보내오셨어요."

하고 아뢰니 백작이 말했다.

"형님, 내일 그 댁에 가실는지요? 가신다면 저와 함께 가시지요."

"내일 봐서 가지. 그렇지 않으면 자네 먼저 가게나. 나는 나중에 천천히 가서 술이나 몇 잔 하지 뭐."

기생들도 노래를 마치고 안채로 들어가고, 이명이 올라와 악기를 타며 노래를 불렀다. 이때 서문경은 참지 못하고 의자에 앉아 꾸벅꾸벅 졸았다. 이를 보고 오대구가,

"매부께서 연일 바빠서 너무 피곤해하시는 것 같으니 우리도 그만 자리에서 일어납시다."

하면서 자리에서 일어났다. 그러나 서문경은 그럴 수 있냐며 다시 붙잡아 앉히고 술을 권했으나 이경이 되어서는 놓아주었다. 서문경은 먼저 기생 넷을 가마에 태워 돌려보내고 이명 등 세 사람에게는 큰 잔으로 하나 가득 술을 두 잔씩 따라주고 수고비로 여섯 전을 주었다. 그들이 나서는데 서문경은 다시 이명을 불러,

"보름날에 주수비와 형통제, 하대인을 초대했으니, 그날 자네가 배우 넷과 함께 일찍 건너오게나. 늦어서는 안 되네."

하니 이명은 무릎을 꿇으며 말했다.

"나리, 누구를 부를까요?"

"번백가노[樊百家奴]와 진옥지 그리고 일전에 하대인 집에서 노래하던 풍금보와 여새아[呂賽兒]를 불러오거라."

"잘 알겠습니다."

이명은 대답한 뒤 절을 하고 물러났다. 그런 뒤에 서문경은 안채로 들어와 월랑의 방으로 들어서니 월랑이,

"오늘 임부인과 형통제 부인께서 매우 즐거워하셨어요! 늦게까지 앉아 있다가 돌아갔어요. 술자리에서 임부인께서 당신이 많은 것을 도와주셔서 그 고마움을 잊을 수 없다고 하더군요! 왕삼관은 다음 달 초에 회하로 양식 운반을 재촉하러 간다는군요."

그러면서 또 말하기를,

"하대인 부인께서는 오늘 술을 꽤 많이 드셨어요. 반동생을 좋아해 같이 뒤채 화원에 있는 산 위에 올라가보기도 하고 노래 부르는 사람들한테 푸짐하게 돈도 많이 내려주셨어요."

이렇게 말을 마치자 서문경은 바로 안방에서 잠자리에 들었다. 한밤중에 월랑이 꿈을 꾸고는 날이 밝자 서문경에게 얘기했다.

"제가 어제 낮에 임부인이 붉은 옷을 입은 것을 봐서 그런지 몰라도, 꿈에 나리께서 죽은 병아 동생의 옷상자에서 붉은 큰 융단 도포를 꺼내 저의 몸에 걸쳐주려고 했어요. 그런데 그것을 반동생이 빼앗아 자기 몸에 걸치잖아요. 그래 제가 화가 나서 '그 사람의 가죽외투도 가져가서 입더니, 이번에는 이 옷마저도 빼앗아가려고 그래!' 했죠. 그랬더니 다섯째가 발칵 성을 내면서 그 옷을 발기발기 찢어버리잖아요. 그래 제가 몇 마디 꾸짖자 저한테 대들어 한바탕 싸움을 하다가 잠이 깼어요. 그다지 좋은 꿈이 아닌 것 같아요!"

"그래서 당신이 자면서 화를 내며 소리를 질렀군. 괜찮아! 내가 다음에 그런 옷을 한 벌 찾아 당신한테 주면 되잖아. 예로부터 꿈은 마음속에 있는 것이 나타나는 거라고 하잖아."

그러고는 자리에서 일어났으나 서문경은 그날부터 머리가 묵직한 게 관아에 나가기도 귀찮았다. 그래서 세수를 하고 머리를 빗고 앞채에 있는 서재로 나가 화롯불을 피워놓고 앉아 있었다. 이때 옥소가 일찌감치 여의아 방으로 건너가 여의아의 젖을 반 사발쯤 짜서 바로 서재로 건너와 서문경에게 약과 함께 주려고 했다. 들어와 보니 서문경은 의자에 기대 있고 왕경이 서문경의 다리를 주무르고 있었다. 왕경은 옥소가 들어오는 걸 보고 곧 밖으로 나갔다. 서문경은 약을 먹은 후에 금비녀 한 쌍과 반지 네 개를 가져오라 하고는 내작의 부인에게 갖다주라고 시켰다. 옥소는 주인이 자기한테 이런 일을 시키자 내왕 부인의 말로를 생각하며 급히 머리를 숙이고 소맷자락에 그 물건들을 넣고 나갔다. 물건을 전해주고 돌아와,

"받고는 다음 날 나리께 고맙다고 인사를 드리겠답니다."
하고는 빈 사발을 챙겨 안방으로 돌아갔다. 안방으로 돌아오자 월랑이 물었다.

"그래 나리께서 약은 잡수셨느냐? 사랑방에서 뭐하고 계시지?"

"아무런 말씀도 없으세요."

"가서 죽 좀 끓여 내오거라."

거의 밥 한 끼 먹을 시간을 기다려도 서문경은 다시 안으로 들어오지 않았다.

이때 서문경은 왕륙아가 동생 왕경을 시켜 전해준 선물 꾸러미를 보고 있었다. 이로써 집에 한번 다녀가시라고 청하고 있었다. 서문경이 종이 꾸러미를 풀어보니 그 안에는 여인네가 검은빛의 윤기가 흐르는 머리칼을 가위로 잘라서 오색 비단 털로 동여 만든 동심결[同心結]의 탁자[托子]가 있었는데 거기에다 비단 끈 두 개를 매어놓아 물건 밑에다 받치도록 아주 세심하게 만든 것이었다. 다른 하나는 원앙 두 마리를 수놓은 자주색 비단 주머니인데 그 안에는 수박씨가 담겨 있었다. 서문경이 오랫동안 보고 매만지며 감상하노라니 마음이 매우 즐거웠다. 그러다 수박씨를 넣은 비단 주머니는 서재 서랍에 넣어놓고, 비단으로 만든 탁자는 소매 안에 간수했다. 한참 그렇게 생각하고 있을 적에 월랑이 갑자기 발을 걷고 안으로 들어왔다. 월랑이 들어와 보니 서문경은 침상 위에 드러누워 있고 왕경은 다시 서문경의 다리를 주무르고 있었다.

"왜 서재에만 계시고 안으로 들어오지 않으세요? 방에 죽을 다 끓여다놨어요. 어디가 안 좋으면 말씀을 하세요. 왜 통 기운이 없으세요?"

"왠지 잘 모르겠어. 속이 좀 답답하고 다리가 아프구먼."

"아마도 봄이 와서 약간 노곤해진 모양이군요. 약 좀 드시면 좋아지겠죠."

월랑이 안방으로 건너가 죽을 드시라고 하면서 말했다.

"명절인데 나리께서 정신을 차리고 기운을 내셔야죠. 오늘 성 밖에 계시는 화대구 어른의 생신이라며 당신보고 건너오시라더군요. 가시지 않으려면 응백작이나 건너가게 하시든지요."

"응백작도 집에 없어. 화대구 댁 생신 잔치에 갔어. 그러니 당신이 술과 안주를 좀 장만해줘. 사자가 점포에 가서 처남과 한잔하면서 얘기나 나눠야겠어."

"그럼 말을 준비시키세요. 저는 애들을 시켜 안주를 장만할게요."

이에 서문경은 대안더러 말을 준비하라 이르고 왕경을 뒤따르게 하고 옷을 차려입고 곧장 사자가로 나왔다. 나와 보니 등불놀이가 한창인지라 지나가는 수레와 말소리가 우레처럼 요란하고, 폭죽과 등불이 찬란하게 빛나고, 오가는 사람들이 개미떼처럼 많아 매우 시끌벅적했다.

태평시대 봄바람이 부니
비단옷 차려입고 아름다움 다투네.
오산[鼇山]이 푸른 구름 위로 우뚝 솟으니
어느 곳인들 사람들이 와보지 않으리.
太平時序好風催 羅綺爭馳鬪錦廻
鼇山高聳靑雲上 何處游人不看來

서문경은 등불 구경을 하면서 사자가 있는 가게 문 앞에 이르러 말에서 내려 안으로 들어가 자리에 앉았다. 서문경의 갑작스런 방문에 깜짝 놀란 오이구와 분사가 모두 나와 인사를 했다. 장사는 아주 잘되고 있었다. 내소의 부인 일장청이 바로 서재 안으로 화롯불을 가져오고 차를 내왔다. 잠시 뒤에 집에서 월랑이 금동과 내안을 시켜 안주와 음식을 담은 찬합 두 개를 보내왔다. 마침 가게에 남쪽에서 가져온 콩으로 빚은 두주[豆酒]가 있어 한 동이를 따서 이층에 갖다 놓고 화롯가에 앉아서 오이구와 분사가 교대로 오가며 술을 마셨다. 누각의 창 밖으로는 등불이 넘실대는 거리에 사람들이 끊임없이 오가고, 물건들이 산더미같이 쌓여 있는 게 보였다. 식사를 다 한 뒤에 서문경은 왕경을 왕륙아에게 보내 잠시 뒤에 건너가겠다고 전했다. 왕륙아는 서문경이 온다는 전갈을 듣고 집에다 봄 과일과 술과 안주를 마련해놓고 기다렸다. 서문경은 내소에게,

　"남은 안주들은 저녁까지 두었다가 오이구와 분사가 여기 머물 때 먹게 하고 집으로 가져가지는 말거라."

하고 분부했다. 그러고는 다시 금동을 시켜 술 한 동이를 왕륙아 집으로 보냈다. 그런 뒤에 서문경은 말을 타고 바로 왕륙아 집으로 건너갔다. 왕륙아는 화장을 하고 나와 서문경을 영접해 안으로 모신 뒤에 촛불이 너풀대듯이 서문경에게 절을 네 번 올렸다. 이에 서문경이 물어보았다.

　"그렇게 푸짐한 선물을 보내주고, 두 번씩이나 초대했는데 왜 안 왔지?"

　"말씀은 잘하시는군요, 집에 누가 있어야죠! 최근 이삼 일은 무슨 일인지 별로 기분도 좋지 않고, 밥을 먹기도 귀찮고 일을 해도 별로

흥이 나지 않아요!"

"남편 생각이 나는 모양이지?"

"제가 어디 남편을 생각하겠어요. 그런데 나리께서는 왜 최근에
통 오지 않으셨어요. 제가 뭐 섭섭하게 해드린 데가 있나요? 그렇지
않으면 나리께서 이제는 저를 끈 떨어진 갓으로 여기시고 새로이 좋
아하는 사람이 생기셨는지요!"

이에 서문경은 웃으며 말했다.

"그럴 리가 있겠어! 명절 기간이라 집에 술좌석을 벌이고 사람들
을 불러 대접하느라 통 여유가 없었어."

"하기야 듣자 하니 어제도 댁에서 여자 손님들을 청하셨다면서
요?"

"첫째 부인이 두어 군데 초대받아 다녀왔으니 그냥 있기도 뭐해서
사람들을 불러 인사를 한 게야."

"그래, 누구를 초청하셨어요?"

이에 서문경은 누구누구를 초대했고 어떻게 놀았는지 처음부터
끝까지 자세하게 말해주니 이 말을 듣고 왕륙아가 말했다.

"등불놀이를 보며 술을 마실 적에는 이름깨나 있는 사람들을 부르
시니, 저희 같은 것들이야 어디 초대받을 수 있겠어요?"

"무슨 쓸데없는 소리를! 그러잖아도 정월 열엿새에 따로 한 상을
차려 가게 지배인들의 부인을 부르려고 해. 그때는 또 무슨 핑계를
대고 안 올 거지?"

"마님이 초청장을 보내주시면, 어찌 감히 가지 않겠어요? 일전에
는 춘매 아씨한테 신이저가 욕을 먹고 와서 우리를 얼마나 원망했는
데요. 그날도 신이저가 가지 않겠다는 걸 저희가 겨우 달래서 보냈어

요. 그런데 나중에 욕을 먹고 저희 집에 와서 얼마나 울었는지 몰라
요. 그래 저희도 얼마나 민망하고 미안했던지… 다행히 나중에 마님
과 나리께서 과자랑 은자 한 냥을 보내 달래주셔서 겨우 마음이 풀어
졌어요. 집안에서 일을 하는 아가씨의 성질이 그렇게 사납고 까다로
운지 몰랐어요. 개를 때리려고 해도 그 개 주인의 체면을 봐주는 법
이잖아요!"

"자네는 그 애를 잘 몰라서 그래. 춘매는 성깔이 지랄 같고 대담해
서 때로는 나한테도 눈을 동그랗게 치켜뜨고 대들어! 그러니 춘매가
노래를 시켰으면 노래나 그냥 불러주면 될 걸, 노래는 부르지 않고
싸움박질은 왜 하고 그래!"

"아이구! 신이저 말로는 춘매가 먼저 싸움을 걸어왔다고 하더군
요! 다짜고짜 와서는 삿대질을 하며 욕을 퍼붓더래요. 신이저는 욕
을 먹고 이곳으로 와서 콧물과 눈물이 뒤섞여 서럽게 울고불고 난리
를 쳤지요! 그래서 제가 이곳에 잡아두고 밤새 잘 달래서 다음 날 아
침에 돌려보냈어요."

한창 말하고 있을 적에 하녀가 차를 내왔다. 또 하인 재진[財進]이
사가지고 온 과자와 신선한 생선과 밥을 내왔고, 풍노파는 부엌에서
음식을 만들어 가지고 와 서문경에게 절을 했다. 서문경은 풍노파에
게 서너 푼짜리 은자 덩어리를 건네주면서,

"자네 주인이 죽은 뒤로는 왜 우리 집에 오지 않나?"
하자 곁에 있던 왕륙아가 말했다.

"주인이 없는데 어디를 가겠어요? 가끔 저희 집에 와서 이야기를
나누곤 해요."

잠시 뒤에 방 안이 깨끗하게 치워지자, 왕륙아가 서문경을 방으로

청하면서 물었다.

"그래, 점심은 드셨어요?"

"아침 일찍 집에서 죽을 조금 떠먹고, 좀 전에 가게에서 오이구와 술을 마시며 과자를 두어 개 집어먹고는 아직까지 아무것도 먹지 못했어."

왕륙아는 바로 탁자를 깔고 술과 안주를 내왔다. 마침 명절 기간이라 상 위에는 맛있는 설음식과 야채와 요리가 가득 차려졌다. 부인은 왕경한테 콩으로 빚은 두주를 따서 데워오게 하고는 서문경을 상대로 함께 술을 마셨다. 술을 마시다가 왕륙아가 말했다.

"그래 제가 보내드린 물건은 받아보셨는지요? 제 머리털을 한 움큼 잘라내서 손수 만든 거예요. 나리께서 쓰시면 아주 좋으실 거예요."

"그런 물건을 만들어 보내주다니 너무 고맙군!"

술을 한참이나 마시다 보니 술도 어지간히 올랐고 방 안에 둘만 있는지라 서문경은 소맷자락에서 왕륙아가 보내준 탁자[托子]를 꺼내 자기 물건 밑에 받치고 비단 끈 두 끝을 허리에 매고 또 물건 끝에 경동인사[景東人事]를 씌우고 호승이 준 춘약도 술과 함께 먹었다. 이를 왕륙아가 부드러운 손으로 매만지니 물건이 점점 커지고 발끈 성을 내는 것과 같이 색깔도 자색의 간[肝]색을 띠니, 은탁자를 걸고 비단 띠인 백릉[白綾] 띠를 두르는 것보다 훨씬 새로운 맛이 들었다. 서문경은 왕륙아를 품에 꼭 끌어안고 자기 물건을 여인의 은밀한 곳에 깊숙이 밀어 넣고는 위에서 왕륙아와 하나가 되어 입으로 음식과 술을 주고받았다. 왕륙아는 과일 씨를 혀끝으로 싸 서문경 입에 넣어주었다. 이렇게 마시며 등불을 켤 때까지 놀았다. 한참을 이렇게 놀고 있노라니 부엌에서 풍노파가 돼지고기에 부추를 넣어 만든 야채

떡을 내왔기에 왕륙아는 서문경과 같이 두 개씩 나누어 먹었다. 그들이 먹고 나자 하인 애가 거두어 나갔다. 상을 치우고 둘은 다시 안쪽에 있는 온돌방으로 들어가 비단 휘장을 걷고 옷을 벗고 자리에 누웠다. 왕륙아는 서문경이 불을 켜놓고 그 일을 하는 것을 좋아하는 걸알고 있기에 촛대를 온돌가 탁자 위에 올려놓고 창호지로 만든 문을잘 닫고 그곳을 깨끗하게 닦은 뒤에 붉은 비단으로 만든 굽이 낮은신으로 바꾸어 신고 옷을 벗고 이불 속으로 들어가 서문경을 꼭 껴안고 잠을 잤다.

　원래 서문경의 마음속에는 하천호의 부인 남씨가 들어앉아 있어남씨를 생각하노라니 정욕이 불처럼 치솟고 물건도 더욱 단단해졌다. 이에 왕륙아를 말처럼 바닥에 엎드리게 하고 자기 물건을 왕륙아의 항문에 쑤셔 넣고는 힘을 주어 약 이삼백 번을 넣었다 뺐다 하니,엉덩이와 철썩이는 소리가 끊임없이 들리고, 왕륙아는 밑에서 손으로 자기의 은밀한 곳을 매만지며 입으로는 흐르는 물처럼 쉴 새 없이 '아빠, 아빠' 하고 외쳤다. 그렇게 하는데도 마음에 차지 않는지 서문경은 작은 흰 비단 적삼을 걷어 올리고 베개 위에 앉아서 왕륙아를 눕히고 전족을 했던 끈 두 개를 찾아내어 왕륙아의 두 다리를 온돌 기둥에 묶어놓았다. 그렇게 자세를 취하게 하고 금룡의 발톱을 찾아내듯 남자의 물건을 여인의 비경 속에 집어넣었다. 잠시 뒤에 물건의 끝 뿌리까지 다 들어갔다. 그런 후에 밀어 넣었다 뺐다 하면서 즐겼다. 그러고는 왕륙아가 추워할까봐 짧은 적삼을 집어 왕륙아의 몸을 덮어주었다. 서문경은 취한 김에 등불을 가까이 가져와 물건을 여인의 비경 속에 넣었다 뺐다 하는 모습을 비춰보면서 즐겼다. 그렇게수십 번을 반복하노라니 왕륙아는 입으로 온갖 야릇한 소리를 다 내

질렀다. 서문경은 다시 흥분제인 고약을 꺼내 물건 위에 바르고 다시 밀어 넣었다. 그렇게 하니 부인의 음부 안이 마비되는 듯 가려운 듯 하다가 갑자기 싸늘해지면서 깊숙이 들어가니 둘은 서로 붙들고 어찌할 줄을 몰랐다. 서문경은 고의로 머뭇거리며 물건을 가지고 왕륙아의 비경 주위를 애무하고 또 다시 화심을 매만지며 깊이 집어넣지 않았다. 흥분한 왕륙아에게 음수가 흘러내렸는데, 개구리가 침을 흘리듯 하였고 비경을 오므렸다 벌렸다 하는 것을 반복하니 정말로 사랑스러운 모습이었다. 등불 아래에서 왕륙아의 다리를 보니, 붉은 신을 신고 맨살로 두 다리를 하늘을 향해 벌려 묶인 채 발버둥치며 몸부림치는 모습이 더욱더 흥분을 고조시켰다. 이러한 모습을 보고 서문경이 말했다.

"요 음탕한 것아, 내가 생각나더냐?"

"제가 어찌 아빠를 생각하지 않겠어요. 나리께서 푸른 소나무처럼 오래오래 저를 버리지 않으시면 좋겠어요. 훗날 저를 멀리하시고 또 놀다가 싫증난다고 버리신다면 저는 죽어버리고 말 거예요! 제 마음을 누구한테 말을 하겠어요? 또 누가 제 심정을 알아주겠어요? 서방이라는 사람이 돌아온다 해도 서방한테 말할 수는 없잖아요. 제 남편은 온종일 밖에서 장사를 하는데 돈이 있으면서 오입질을 하지 않는 사내가 어디 있으며, 그런 남편이 절 생각이나 하겠어요?"

"요 귀여운 것아, 네가 오로지 나만 생각하고 따른다면, 네 남편이 돌아오면 내 아주 깨끗하게 여자를 얻어주지. 그리고 너는 나만 기다리면 되잖아."

"아빠, 남편이 돌아오면 적당한 여자를 하나 구해주세요! 그리고 제게 집을 하나 구해주시든지 아니면 집으로 데려가시든지 나리가 알아서 하세요. 저의 이 쓸모없는 몸은 오로지 나리를 위해 존재할 뿐, 나리께서 시키는 대로 다 따르겠어요."

"잘 알겠다."

둘은 이렇게 얘기를 나누면서 밥을 먹을 시간만큼 다시 놀다가 그때서야 비로소 사정했다. 여인의 발을 묶은 끈을 풀어주고 이불 안에서 꼭 껴안고 머리를 나란히 하니 술기운에 눈도 몽롱하고 격렬한 정사를 치러 몸도 노곤한지라 바로 잠이 들어 삼경쯤에야 비로소 눈을 떴다. 서문경은 일어나 옷을 입고 손을 씻으니 부인은 방문을 열고 하녀를 불러 맛있는 안주를 더 가져오게 하고 술을 다시 따스하게 데워 가져오게 해 서문경을 상대로 십여 잔을 더 마셨다. 그렇게 마시노라니 다시 술기운이 오르자 서문경은 차로 양치질을 하고 소매에서 종이 한 장을 꺼내 왕륙아에게 주면서,

"이걸 감지배인 가게로 가지고 가서 자네 마음에 드는 옷 한 벌을 가져가게나."

하니, 이에 왕륙아는 고맙다고 인사를 하고 받아 넣은 뒤에 대문까지 나와 배웅했다. 왕경이 등불을 들고 대안과 금동이 말고삐를 잡고 말에 오르니 그제서야 왕륙아는 문을 걸고 안으로 들어갔다. 이때 서문경은 몸에 자주색 양털 옷에 바람막이 목도리를 두르고 말을 타고 있었다. 시간은 이미 삼경이 넘은지라 날씨는 싸늘하고 달빛도 희미하고 또 거리에 오가는 사람도 없고 오로지 목탁 소리와 방울 소리만이 들려왔다. 말을 재촉해 서쪽에 있는 돌다리 부근에 이르렀을 적에 갑자기 검은 그림자 하나가 다리 밑에서 불쑥 솟아올라 서문경을 향해 덮쳐오니 말이 깜짝 놀라 한옆으로 비켜섰다. 서문경도 놀라 말 위에서 한차례 몸을 떨고서는 취중에서도 채찍을 한 번 휘두르니 말은 더

욱 요동을 쳤다. 대안과 금동이 있는 힘을 다해 말의 입에 물린 재갈을 꽉 붙잡았으나 당해내지 못하고 끌려서 날듯이 집 있는 데까지 달려와 집 문 앞에 이르러 비로소 멈추어 섰다. 왕경은 등불을 들고 뒤를 따랐으나 제대로 따라오지 못했다. 서문경은 말에서 내렸으되 다리가 풀려 제대로 걷지 못하여 좌우의 부축을 받고 겨우 앞채에 있는 반금련의 방으로 들어갔다. 가지 말아야 좋을 곳을 가고야 말았으니,

도둑맞은 사람이 오도[五道]*를 만나고
굶주리고 배고픈 사람이 종규[鍾馗]**를 만난다네.
失脫人家達五道 濱冷餓餒撞鍾馗

반금련은 안채로 돌아와 그때까지 자지 않고 옷을 입은 채로 온돌위에 앉아 서문경이 돌아오기를 기다렸다. 서문경이 들어오는 소리가 들리자 황급히 일어나 앞으로 나아가 서문경의 옷을 받아들었다서문경이 고주망태가 된 걸 보고 아무것도 묻지 않았다. 서문경은 손으로 반금련의 어깨를 끌어 품 안으로 껴안으며 중얼거렸다.

"요 귀여운 것아, 오늘 이 아빠가 매우 취했으니 어서 자리를 펴 좀자게 해다오."

반금련은 서문경을 부축해 온돌 위에 앉혀 쉬게 했다. 이에 서문경은 머리를 베개에 푹 처박고 코를 우레와 같이 골면서 잠이 드니아무리 흔들어도 전혀 정신을 차리지 못했다. 이에 반금련도 옷을 벗고 이불 안으로 기어들어가 천천히 허리 밑의 서문경의 물건을 매만

___

* 저승에서 죽은 자들의 죄를 다스리는 명관[冥官]
** 질병을 쫓는 신

져보니 축 처져 있는 것이 목화와 같이 부드럽고 더는 딱딱한 맛이 없었다. 게다가 누구 집에 다녀와서 물건이 이 지경이 되었는지도 모르니 더 안타까울 지경이었다. 아무리 잠을 자려 뒤척이나 잠은 오지 않고 욕정은 열화와 같이 타오르니 어디 그것을 참을 수가 있겠는가! 더는 참지 못하고 손으로 물건을 어루만지기도 하고 허리를 굽혀 이불 속에서 그 물건을 빨아보는 등 백방의 방법을 다 써봐도 전혀 발기하지 않았다. 조급해진 반금련은 곯아떨어진 서문경을 흔들어 깨우며,

"화상이 준 약은 어디 있어요?"

하고 한참을 흔들며 물으니 서문경은 겨우 눈을 뜨고는 술기운에 욕을 하며 말했다.

"이 음탕한 계집아! 그걸 왜 물어? 이 아빠보고 또 한 번 너하고 놀아달라는 말이냐? 헌데 오늘 이 아빠는 피곤해서 영 놀고 싶은 생각이 없구나. 약은 내 소매 속 금갑에 있으니 꺼내고, 재주가 있으면 물건을 잘 빨아서 어디 한번 서게 해봐라. 그것도 다 네 복이니까!"

이에 반금련은 소맷자락을 더듬어 금갑을 꺼내 열어보니 환약이 네 알 남아 있었다. 반금련은 소주병을 가져와 한 잔을 따라 한 알을 먹였다. 세 알이 남아 있었으나 한 알만 먹어서는 효과가 없을 성싶어 천부당만부당하게도 소주를 들어 나머지 세 알을 모두 서문경의 입 안에 털어 넣어주었다. 서문경은 취해 있으니 무엇을 알겠는가! 단지 눈을 감고서 받아 삼켰다. 뜨거운 차 한 잔을 마실 시간이 흐르자 점차 약 기운이 뻗쳐오르기 시작했다. 반금련은 백릉 띠를 서문경의 물건에 묶으니 그 물건이 다시 성을 내며 단단하게 치솟았다. 갈라진 머리에 홈이 파진 채로 크게 눈을 부릅뜨고 수염을 드리운 채

빳빳하게 치솟았으나 반금련이 보니 서문경은 아무런 미동도 없이 잠만 자는 것이었다. 이에 반금련은 서문경의 몸 위에 올라가 다시 고약을 서문경의 물건의 눈(馬眼)으로 밀어 넣고 자신의 비경 속으로 집어넣었다. 그렇게 하고 왕복 운동을 시작하니 그 물건이 비경 깊숙한 곳까지 들어와 내부를 자극하니 전신이 마비되는 듯한 상쾌한 기분이 들어 그 즐거움과 쾌락이란 이루 말로 다 표현할 수가 없었다. 두 손으로 서문경을 꼭 부여안고 엉덩이를 들썩이며 움직여 그 물건이 끝까지 다 들어가기를 수백 번을 하니 처음에는 빽빽하고 아프던 것이 점차로 음수가 흘러나와 매끄럽게 움직였다.

서문경은 금련이 하는 대로 내버려두고 전혀 힘을 쓰지 않았다. 반금련은 타오르는 욕정을 더는 어찌하지 못하고 자기 혀를 서문경의 입에 밀어 넣고 두 손으로 서문경의 목을 꼭 잡고 상하좌우로 뒤흔드니 그 물건은 끝까지 깊숙이 다 들어갔다. 손으로 그것을 더듬어 만져보니 그 즐거움이란 이루 말로 할 수 없고, 흐르는 음수가 엄청나기에 수건을 다섯 번이나 바꾸며 닦고 두 번은 너무 많아 던져버렸다. 서문경은 사정은 하지 않고 거북이 머리는 갈수록 팽창하며 자색의 간 빛깔을 띠고 근육이 울퉁불퉁 솟아나 보이는 것이 열이 대단히 나는 듯싶었다. 잠시 뒤에 그 물건이 더욱 커지자 당황하여 반금련에게 빨리 백릉 띠를 풀라고 했으나 커지는 것은 멈추지 않았다. 그래 다시 반금련에게 입으로 그것을 빨게 하니, 반금련은 서문경 몸에 엎드려 붉은 입술로 서문경의 귀두를 멈추지 않고 빨았다. 밥을 한 끼 먹을 정도를 그렇게 하노라니 갑자기 정액이 울컥 하며 뿜어져 나오는데 마치 대롱을 통해 수은이 쏟아지는 것 같아 급히 입을 대고 받아 마시려고 했으나 멈추지 않고 계속 흘러나왔다. 처음에는 정액이

나왔으나 점차 붉은 피가 흘러나오며 어떻게 수습할 수가 없었다. 서
문경은 이미 혼수상태에 빠져 사지를 제대로 움직이지 못했다. 반금
련은 당황하여 급히 붉은 대추를 가져다 먹였다. 정액은 더는 나오지
않고 피가 간간이 흘러나오는데 피는 점차 싸늘하게 식어갔다. 한참
을 그렇게 하다가 겨우 멈췄다. 반금련은 너무도 당황해 서문경을 바
로 안으면서,

"오라버니, 속이 좀 어떠세요?"

하고 물으니 서문경이 겨우 한차례 정신을 차려서는,

"머리가 어찔하고 눈앞이 깜깜해, 뭐가 뭔지 모르겠어!"

하니 반금련은 다시,

"그런데 오늘 왜 그리 사정을 많이 하셨어요?"

하고 물었는데 자기가 약을 많이 먹었다는 말은 하지 않았다.

여러분, 내 말 좀 들어보소. '사람의 정력에는 한도가 있지만 천하
의 색욕에는 끝이 없다'고 했고, 또 '색을 너무 밝히는 자는 명이 길지
못하다'고 하지 않았던가!

서문경은 오로지 음[淫]을 탐하고 색[色]을 즐길 줄만 알았지, 등
잔불이 꺼지고 골수가 다하면 죽는다는 것을 알지 못했다. 원래 여색
에 빠지면 사람들은 이룰 때도 있지만 필히 패하고 마는 것이다. 옛
사람들은 몇 마디 격언을 남겼는데 참으로 좋은 말이다.

옥 같은 얼굴은 금강[金剛]이요
옥 같은 살결은 마왕[魔王]이라.
비단옷에 단장은 이리와 승냥이
법당 같은 얇은 침상의 휘장

지옥의 감옥 같은 상아의 침대
버드나무 같은 눈썹은 칼이고
반짝이는 눈은 검이고
은 입술은 창이라.
입과 혀는 아름답고 향기 있으나
뱀과 전갈 같은 마음이어서
그와 함께 있노라면 재앙이 있어라.
미세한 먼지가 물에 빠진 듯
눈이 끓는 물에 떨어진 듯하여라.
진[秦]과 초[楚]나라가 강하고
오[吳]와 월[越]이 왕성했어도
다 그로 인해 망했구나!
일찍이 색[色]이 사람을 상하게 하는 검인 줄 알았으나
세상 사람들이 다 죽어도 막지 못하는구나.

花面金剛 玉體魔王 綺羅粧做豺狼

法場斗帳 獄牢牙床

柳眉刀 星眼劍 繹脣槍

口美舌香 蛇蝎心腸 共他者無不遭殃

纖塵入水木 片雪投湯

秦楚强 吳越壯 爲他亡

早知色是傷人劍 殺盡世人人不防

아름다운 미녀의 몸은 젖과 같지만
허리에는 검을 차고 어리석은 장부를 벤다.

비록 사람의 머리가 떨어지는 것은 볼 수 없지만
몰래 사내의 골수를 마르게 한다.
二八佳人體似酥 腰間仗劍斬愚夫
雖然不見人頭落 暗里敎君骨髓枯

경황 중에 밤은 지나가고 날이 밝았다. 서문경이 일어나 머리를 빗으려고 하는데 갑자기 현기증이 나서 머리를 앞으로 처박을 뻔했다. 다행히 춘매가 곁에서 두 손으로 부축을 했기에 크게 넘어지지는 않고 얼굴에 생채기를 약간 입었다. 의자에 한참을 앉아 있다가 겨우 정신을 차렸다. 당황한 반금련이,

"나리께서 빈속이라 허약해서 그러시니 잠시 뭐라도 드시고 나가셔도 늦지 않을 거예요."

라면서 추국을 시켜,

"안채로 들어가 죽을 내다 나리께 드리거라."

하고 분부하니 추국은 바로 안채의 부엌으로 가 손설아에게,

"죽은 다 됐나요? 나리께서 아침에 일어나시다가 현기증이 일어 한 번 쓰러지셨는데 지금 죽을 드시려고 하세요."

하니, 이 말을 월랑이 듣고 추국을 불러 자세한 사정을 물어보았다. 추국은 서문경이 머리를 빗다가 갑자기 현기증을 느껴 쓰러진 것을 세세하게 말해주었다. 월랑은 이 말을 듣고 너무나 놀라서 얼이 빠지고 혼이 나갔다. 그래 다급히 설아에게 빨리 죽을 끓이라고 하고는 바로 반금련의 방으로 건너갔다. 건너가 보니 서문경은 의자에 앉아 있었다. 월랑이 물어보았다.

"왜 오늘 현기증이 나셨어요?"

"글쎄, 나도 잘 모르겠어. 머리를 빗는데 갑자기 현기증이 나더군."

곁에 있던 반금련이 말했다.

"저와 춘매가 쓰러지시려는 걸 가까스로 잡아 일으켰어요. 그렇지 않았다면 이 육중한 몸이 정말로 큰일 날 뻔했어요!"

"당신 어제 늦게 돌아오신 데다 술도 과하게 드셔서 머리가 무거 웠던 게 아닐까요?"

이에 반금련도,

"도대체 어제 누구 집에서 술을 드시고 그렇게 늦게 돌아오셨지요?"

하니 월랑이 말했다.

"나리께서는 어제 처남과 함께 술을 마시고 왔어요."

잠시 뒤에 손설아가 죽을 다 쑤어 내와 추국에게 들고 있게 하고 는 서문경에게 떠먹였다. 서문경은 죽 그릇을 받아 반 사발쯤 먹고는 더 먹지 못하고 바로 내려놓았다. 이를 보고 월랑이 물었다.

"속이 어떠세요?"

"별로 어떻지는 않은데 그저 힘이 없고 나른하며 움직이기도 귀찮 아."

"오늘 관아에 안 가면 안 돼요?"

"나가지 않을 테야. 잠시 뒤에 앞채에 가서 진서방이 초청장 쓰는 거나 봐야겠어. 초청장을 보내 보름에 주국헌(주수비), 형남강(형통 제), 하대인이나 모셔 술이나 마셔야겠어."

"당신, 오늘 약은 아직 드시지 않았지요? 젖을 가져오게 해 그 약 을 한 알 더 드세요. 당신이 매일 분주하게 왔다 갔다 하다 보니 너무 피곤해서 그래요."

월랑은 춘매를 시켜 여의아에게 가서 젖을 짜오게 해 거기에 약을 개어 서문경에게 주니, 서문경은 약을 받아먹고 몸을 일으켜 앞채로 나갔다. 춘매의 부축을 받아 화원에 있는 쪽문을 들어서려는데 갑자기 눈앞이 캄캄해지면서 몸이 휘청거리며 어쩌지 못하고 앞으로 고꾸라지려고 했다. 이에 춘매가 다시 부축해 안으로 돌아왔다. 이를 보고 월랑이,

"그것 보세요. 제 말대로 한 이삼 일 푹 좀 쉬세요. 사람들을 초청하는 것도 당분간 그만두세요. 지금 무슨 정신이 있다고 그런 것까지 다 생각하세요! 오늘부터 집 안에서 이삼 일 푹 쉬시고 절대로 밖에 나가지 마세요!"

라며 다시 말했다.

"무엇을 잡숫고 싶으세요? 제가 안채에 들어가 하인 애들을 시켜 만들어 내보내드릴게요."

"별로 먹고 싶은 생각이 없어."

월랑은 안채로 들어가 다시 반금련에게 따져 묻기를,

"어젯밤에 집에 돌아오셨을 적에 취하지 않으셨던가? 술은 더 들지 않으셨고? 그래, 자네와 또 그 짓거리를 했나?"

반금련은 이를 듣고 수천 마디로 변명을 하고 싶었으나 입이 하나밖에 없음을 한스러워하면서 말했다.

"큰마님, 무슨 말씀을 그리 하세요. 나리께서 어제 저녁에 돌아오셨을 적에는 너무나 취해서 인사를 올려도 알지 못하셨는데도 저한테 술을 달라고 하셨어요. 그래서 제가 술 대신 차를 드리며 마침 술이 없다고 말씀드려 주무시게 했어요. 지난번 마님께서 그렇게 말씀하신 이후에 누가 나리와 그 짓거리를 하겠어요! 공연히 사람을 부끄럽게 만드시는군요! 혹시나 밖의 다른 곳에서 그런 일이 있었을지

알 수 있나요? 저는 잘 몰라요. 집에서는 추호도 그런 일 없었어요!"

월랑은 옥루와 같이 자리에 앉아서 대안과 금동 둘을 앞에다 불러 놓고 여러 가지를 물어보았다. 월랑이,

"나리께서 어제 어디 가서 술을 드셨느냐? 사실대로 말을 하면 몰라도 그렇지 않고 하나라도 거짓말을 하면 내 너희 두 놈들에게 뜨거운 맛을 보여주겠다!"

하자, 이에 대안은

"사자가에서 오이구 어른, 분사와 술을 드시고 다른 데는 가지 않으셨어요."

하고 딱 잡아뗐었다. 이 말을 듣고 월랑은 다시 오이구를 불러 물어보니 오이구는,

"매부께서는 저희와는 그다지 많이 드시지 않고 바로 몸을 일으켜 다른 곳으로 가셨어요."

했다. 월랑은 이 말을 듣고 크게 노해 오이구가 돌아가자 바로 대안과 금동을 불러 욕을 한차례 한 뒤에 매를 내리치려고 했다. 그제서야 둘은 놀라고 겁이 나서 어제 저녁에 한도국의 부인네 집에 가서 술을 마신 얘기를 하였다. 이를 듣고 반금련이 버럭 소리를 지르며,

"방금 마님께서 애꿎게 저를 원망하셨잖아요. 범인은 따로 있는데 말이에요! 사람마다 얼굴이 있고 나무는 가죽이 있어요. 마님께서 그렇게 말씀하시는 건 제가 머릿속에서 온종일 그 짓거리만 생각한다고 여기시는 거 아닌가요!"

그러면서 다시 말했다.

"마님, 이놈한테 물어보세요. 그저께 마님께서 하천호의 집에 갔다가 술을 드시고 늦게 돌아오셨는데 나리께서는 그때도 누구 집에

서 술을 먹고 오셨는지 모르겠네요? 누구 집에 설 인사를 갔는지 모르지만 그렇게 늦게 돌아올 수가 있나요!"

대안은 또 금동이 다 털어놓을까봐 겁이 나 더는 숨기지 못하고 서문경과 임부인이 놀아난 얘기를 자세히 말했다. 월랑은 그제서야 뭔가 짚이는 데가 있어서,

"어쩐지 그래서 임부인한테 초청장을 보내라고 했구나. 내가 얼굴도 잘 몰라 오지 않을 거라고 했는데도 말이야. 누가 그런 꿍꿍이 속들이 있을 줄이야 알았겠나! 하기야 내가 보기에도 나이가 그렇게 먹었는데도 눈썹을 그리고 입술을 시뻘겋게 칠하고 화장을 하얗게 한 것이 영락없이 남자를 호려내는 여우같더라니!"

하니 옥루도,

"저 역시, 나이도 들고 자식이 그렇게 크고 며느리도 본 사람이 아직까지도 그렇게 남자를 밝히는 사람은 본 적이 없어요! 정히 그럴 것 같으면 새로 시집을 가든지 할 게지…."

하자 반금련도 말했다.

"그런 음탕한 것이 무슨 염치를 알기나 하겠어요! 알기나 하면 이런 낯 뜨거운 일을 벌이지도 않았을 거예요!"

월랑이,

"나는 안 올지도 모른다고 걱정했는데 누가 그렇게 당당하게 올 줄 생각이나 했겠어!"

하니, 이를 듣고 반금련은,

"큰마님께서는 이제 흑백을 정확히 아셨죠. 한도국 마누라 같은 사람을 제가 욕한다고 큰마님께서는 저를 나무라시겠어요? 그 집안은 다 몹쓸 것들이에요. 사내를 멀리 장사를 보낸 것도 다 나리를 꼬

여내 잘 놀아나려는 꿍꿍이가 있는 거예요!"

하니 이를 듣고 월랑은,

"자네는 왕삼관의 모친을 음탕한 요부라고 욕하지만, 내가 듣기에 자네는 어려서 왕삼관 집에서 일을 했다고 하더군!"

하자, 이 말을 듣고 반금련은 얼굴은 물론이고 귀와 목까지도 붉게 달아오르며 말했다.

"그런 못된 음탕한 사람이 있나요! 제가 왕삼관 집에서 무엇을 했다고 그래요? 저의 이모가 왕삼관의 옆집에 살았었지요. 그런데 왕삼관 집에 화원이 있고 해서 어렸을 적에 이모 집에 가서는 자주 그 집에 놀러가곤 했는데 그러한 것을 보고 제가 왕삼관 집에서 일을 했다고 하는 거예요. 제가 임부인을 알기는 뭘 알겠어요? 눈깔이 툭 튀어나온 음탕한 여인을!"

"이 주둥이만 살아 있는 사람을 봐요. 다른 사람이 자기에 대해 말을 했다고 하자 욕을 퍼부어대잖아요!"

이를 듣고 반금련은 아무 말도 못했다. 월랑은 손설아에게 물만두를 좀 해오라고 해서는 앞채에 있는 서문경에게 갖다 주게 했다. 막 중문을 들어서려고 하는데 평안이 화원으로 들어오고 있었다. 이를 보고 월랑이 평안을 불러 물었다.

"무슨 일이냐?"

"이명이 가수 넷을 다 불렀다고 알리며, 그날 연회를 여느냐고 물어보러 왔길래 제가 아직 초청장도 보내지 않았고 보름날 잔치는 뒷날로 연기했다고 하니, 이명이 믿지 못하고 안으로 들어가 나리께 한번 여쭤달라기에 들어가는 길입니다."

"저런 미친 것이 있나! 이런 판국에 무슨 놈의 잔치야? 무엇을 물어

본다고 그래? 썩 가서 그놈을 쫓아버려, 나리께 뭘 여쭤본다고 그래!"

평안은 영문도 모른 채 욕을 먹고 바로 밖으로 나갔다. 월랑이 반금련의 방으로 건너가 보니 서문경은 물만두를 서너 개 먹고는 더는 먹지 않았다. 월랑은 서문경을 보고,

"이명이 와서 가수를 다 불렀다고 하길래 이번 연회를 훗날로 연기했다 해서는 돌려보냈어요."

하니 이 말을 듣고 서문경은 고개를 끄덕였다. 서문경은 이삼 일 집에서 편히 쉬며 조리하면 좋아지려니 하고 여겼다. 그러나 누가 알았겠는가! 다음 날 아침에 일어나니 물건이 늘어지고 붉은 빛이 감돌고 음낭 주위도 탱탱하게 부어 마치 가지만큼 커져 있었다. 소변을 봐도 시원하지 않고 통증이 있으며 오줌관이 칼로 도려내는 듯이 아팠다. 한 번 소변을 볼 적마다 이런 아픔이 계속됐다. 밖에서는 포졸이 말을 대령하고 서문경이 관아로 등청하기를 기다리고 있었는데 뜻하지 않게도 이런 고약한 병이 찾아온 것이다! 이에 월랑은,

"제 말대로 하대인께 휴가 신청서를 보내시고 집에서 이삼 일 요양을 하시고 등청하지 마세요. 당신 몸이 이렇게 허약해졌으니 빨리 하인 애를 시켜 임의원을 불러다가 진찰을 받으세요. 임의원이 지어주는 약을 두어 첩 드시고, 이렇게 드러누워 있지만 마시구요! 나리처럼 기골이 장대하신 분이 요 이삼 일 통 드시지를 못했으니 무슨 기력이 있겠어요?"

했으나 서문경은 임의원을 부르는 게 썩 내키지 않아서,

"별일 아니야. 이삼 일 지나면 나갈 수 있을 게야."

그러고는 사람을 시켜 관아에 가서 휴가 신청서를 접수하라 이르고는 침대 위에 누워 자려고 했으나 잠은 오지 않고 짜증만 났다.

응백작이 어느덧 이 소식을 전해 듣고는 달려왔다. 서문경은 응백작을 반금련의 방으로 들게 해 자리를 권했다. 백작이 인사를 하면서 말했다.

　　"전날에 형님을 귀찮게 해드렸군요. 형님이 편찮으신 줄 몰랐었어요. 그런데 화대구 어른의 생일날에는 어디를 가시느라 오지 않으셨어요?"

　　"몸이 좀 좋아지면 가야지. 그런데 웬일인지 움직이기도 귀찮아!"

　　"형님, 지금은 좀 어떠세요?"

　　"아무렇지 않아. 단지 머리가 조금 어지럽고 몸이 나른한 게 걸을 수가 없어."

　　"제가 보기에 얼굴색이 불그스레한 게 열이 많은 것 같아요. 그래 의원을 불러 보였어요?"

　　"집사람도 나더러 임의원을 부르라고 하는데, 무슨 큰 병도 아닌데 불러 무엇하겠느냐고 했어."

　　"형님 말씀이 틀렸어요. 어서 임의원을 불러 한번 보이세요. 임의원이 보고 지어주는 대로 약을 먹고 빨리 열을 내리는 것이 좋잖아요. 봄기운이 이니 사람들에게 모두 이러한 증세들이 있어요. 어제 이명을 우연히 만났는데 형님께서 이명을 시켜 가수 애들을 불러오라고 해 오늘 술좌석을 연다고 하셨는데 형님께서 몸이 안 좋아서 다음날로 미뤘다고 하잖아요. 그 말을 듣고 화들짝 놀라서 이렇게 아침 일찍 형님을 뵈러 온 거예요."

　　"오늘 관아에도 등청하지 못하고 휴가계를 제출했어."

　　"이래가지고 어떻게 가실 수가 있겠어요. 며칠 잘 조리하신 뒤에 나가세요."

그렇게 말하고 차를 다 마신 뒤에 백작은 다시 말했다.

"갔다가 다시 올게요. 이계저가 오은아를 만나서는 같이 뵙겠다고 하더군요."

"밥이나 먹고 가지."

"됐어요."

백작은 바로 밖으로 나갔다. 응백작이 떠난 뒤에 서문경은 금동을 시켜 성 밖에 있는 임의원을 불러 방 안으로 들게 해 진맥을 짚게 했다. 진맥을 한 뒤에 임의원은,

"나리의 병은 허화[虛火]가 위로 치솟고, 신수[腎水]가 아래로 내려가 말라버린 탈양지증[脫陽之症](남자가 성교나 그 밖의 과도한 행위로 양기가 소모된 증세)입니다. 반드시 음허[陰虛]를 보충해줘야만 좋아질 수 있습니다."

임의원이 이와 같이 진맥을 하고는 몸을 일으켜 작별을 고하고 떠나갔다. 서문경은 바로 은자 닷 냥을 봉해서 약을 지어다 먹었다. 약을 먹으니 머리가 어지러운 증세는 멈추었으나 몸이 여전히 나른한 게 제대로 일어나지를 못했다. 아래쪽의 음낭도 여전히 부어 있고 통증도 여전해 오줌을 누기도 매우 힘이 들었다.

점심때가 지나 이계저와 오은아가 가마를 타고 서문경을 보러 왔다. 각기 상자 두 개를 들고 왔는데 한 상자에는 과일로 속을 넣은 떡, 다른 한 상자에는 장미 모양의 떡, 돼지 족발 하나, 구운 닭 두 마리를 넣어 가지고 방으로 들어와 서문경에게 절을 올리며,

"어디가 불편하세요?"

하니 서문경은,

"보러 오면 그만이지, 뭘 또 이런 물건들까지 가지고 왔느냐?"

하면서,

"내가 올해는 웬일인지 담이 끓고 열이 나는 게 영 좋지가 않아."

하자 계저가 말했다.

"명절 기간에 술을 너무 많이 드셔서 그래요. 한 이틀 쉬고 나시면 좋아질 거예요."

계저와 은아는 잠시 앉아 있다가 이병아 방으로 건너가 월랑을 비롯한 여러 부인에게 인사를 하니 월랑은 안채로 들게 해 차를 대접했다. 차를 얻어 마시고 다시 앞채로 나와 서문경과 함께 앉아 얘기를 나누었다. 잠시 뒤에 백작이 사희대와 상시절을 데리고 문병을 왔다. 서문경은 옥소의 도움을 받아 자리에서 일어나 앉으며 그들 세 사람을 방에 머물게 하고는 술상을 차려 내오라 분부했다. 사희대가,

"그래, 형님께서 약은 좀 드셨어요?"

하니 옥소가 머리를 돌리고 대답을 하지 않는다. 서문경이,

"난 죽도 못 먹었어, 삼킬 수가 없어."

하자, 이에 사희대가,

"죽을 가져와요. 우리가 형님을 모시고 죽을 좀 먹이면 좋아지실 거예요."

하니 잠시 뒤에 죽을 내왔다. 옥소가 그릇에 죽을 뜨며 시중을 들고 사람들이 같이 과자도 들고 밥도 먹었다. 서문경은 죽을 먹었으나 반 대접 정도 먹다가 더는 먹지 못했다. 월랑과 오은아, 이계저는 모두 이병아 방에 앉아서 음식을 들었다. 백작이 물어보았다.

"이계저와 오은아가 온다고 했는데 어째 오지를 않죠?"

"와서 지금 안채에 있어."

이에 백작은 내안더러,

"나와서 나리께 노래나 불러드리라고 하거라."

했다. 그러나 월랑은 서문경이 공연히 더 귀찮아할 것 같아서 술들이나 드시라고 하면서 건너가지 말라고 했다. 사람들은 술을 한차례 마시다가 일어서며 말했다.

"형님께서 우리들과 앉아 계시느라 너무 힘들어하시는 것 같아요. 저희들은 갈 테니 편히 누워 쉬세요."

"일부러 와주어 고맙네."

이에 세 사람은 작별을 하고 돌아갔다. 백작은 정원의 문을 나서다가 대안을 불러 분부했다.

"가서 큰마님께 응씨 아저씨가 말씀을 하시더라면서 꼭 전하거라. 나리의 안색이 너무 변했고 붓고 하는 게 별로 안 좋아 보인다고. 그러니 어서 사람을 찾아 보이라고 말이다. 큰거리에 있는 호의원이 이런 담화[痰火]를 잘 치료한다고 하는데, 왜 사람을 시켜 모셔다 뵈지를 않는지 모르겠구나. 공연히 시간을 끌지 말아야지!"

이 말을 듣고 대안은 바로 월랑에게 가서 고했다. 당황한 월랑은 방으로 들어가 서문경에게 말했다.

"방금 전에 응씨 아저씨가 대안에게 큰길에 있는 호의원이 이런 증세의 병을 잘 고친다고 했다는데 왜 나리께서는 호의원을 부르지 않는 게지요?"

"호의원은 일전에 병아를 제대로 치료하지 못한 자인데 호의원을 또 부르자고?"

"아무리 효험이 있는 약도 고칠 수 없는 것이 있고, 득도를 할 수 있는 것도 다 연분이 있어야 한다잖아요. 고치지 못하는 것도 다 인연이 있으면 호의원의 약을 먹고 좋아질 수 있을 거예요."

"알았어, 불러보지."

잠시 뒤에 기동이 호의원을 모시고 왔다. 오대구도 따라와서는 호의원을 방 안으로 안내해 진맥을 하게 했다. 진맥을 하고 오대구와 진경제에게,

"나리께서는 하복부에 독이 몰려 있어서 붓고 통증이 있는 것입니다. 빨리 손을 써 치료하지 않으면 기가 허하게 되고 소변에 피도 섞여 나오며 일도 제대로 보지 못하게 됩니다."

하니, 이에 은자 닷 냥을 주고 약을 처방해 지어 먹었으나, 깊은 바다에 돌을 하나 던진 격으로 아무런 효과가 없었다. 월랑은 놀라고 당황해 이계저와 오은아를 돌려보내고 다시 하노인의 아들 하춘천[何春泉]을 불러와 보이니 하춘천이 말했다.

"이것은 융폐변독[癃閉便毒](방광결석증과 배뇨관이 막힌 성병의 일종)으로 방광의 좋지 않은 열이 모두 아래로 내려갔습니다. 사지의 경락에 습하고 담한 것이 흘러 모여 심신[心腎]의 조절이 제대로 이루어지지 못하고 있습니다(중의학에선 심[心]이 양[陽]이고 신[腎]이 음[陰]인데 이러한 생리 현상에 이상이 생기는 것)."

이에 또 닷 냥을 주고 약을 지어 먹었으나, 한번 커진 서문경의 물건은 수그러들 줄을 모르고 더욱 성을 내 단단해지며 죽지를 않았다. 반금련은 그것을 보고 좋아 어찌할 줄 몰라 서문경의 몸 위에 올라타 앉아서는 초를 켜놓고 빨고 핥고 하며 죽으면 다시 살리기를 수차례 했다.

다음 날 하천호가 와서 보겠다고 먼저 사람을 보내 전갈을 했다. 월랑이 서문경에게,

"하대인께서 당신을 보러 오시겠대요. 제가 부축을 할 테니 안채

로 들어가세요. 이런 곳에서 당신이 손님을 맞이할 순 없잖아요."

하니 이 말을 듣고 서문경은 고개를 끄떡였다. 월랑은 서문경에게 옷을 입히고 반금련과 함께 양편에서 서문경을 부축해 반금련의 방에서 안채 월랑의 방으로 옮겼다. 안방에다 요를 두툼히 깔고 베개를 높게 받친 뒤에 객실 온돌 위에 올라 편히 기대어 앉게 했다. 방 안을 깨끗하게 정돈하고 향불도 피워놓았다. 잠시 뒤에 하천호가 도착하니 우선 진경제가 하천호를 안채의 객실로 안내했다. 서문경이 병석에서 몸을 일으켜 가까스로 앉아 있는 것을 보고 하천호가 말했다.

"제가 절은 올리지 않겠습니다. 어디가 안 좋으신지요?"

"위쪽의 열과 붓기는 좀 나아졌는데 음낭 부근이 붓고 통증이 있는 게 가라앉지 않는군요."

"변독이 틀림없군요. 제가 아는 사람이 있는데 지금 동평부로 인사차 왔지요. 어제 저희 집에서 머물렀는데, 산서 분주[汾州] 사람으로 성은 유[劉]이고 이름은 귤재[橘齋]라 하는데 나이는 근 쉰이 다 되었습니다. 이런 방면의 종기나 병에 대해 치료를 아주 잘합니다. 제가 사람을 보내 장관의 병을 한번 보게 하지요."

"신경을 써주시어 감사합니다. 제가 사람을 보내 모셔오지요."

하천호는 차를 마시고 자리에서 일어나며 말했다.

"장관께서는 천천히 몸조리나 잘 하세요. 관아의 일은 제가 잘 알아서 처리하고 또 알려드릴 테니 걱정하지 마세요."

이에 서문경은 손을 들어,

"장관께서 너무 고생하시겠군요."

하고 말했다. 하천호가 인사를 하고 떠나자 서문경은 즉시 대안을 시켜 명첩을 들려 하천호의 하인과 함께 가서 유귤재를 모시고 오게 했다. 유균재는 맥을 짚고 서문경의 물건을 살펴보았다. 그런 뒤에 환부에 약을 발라주고 약을 달여 먹게 처방을 해주었다. 서문경은 고맙다며 유균재에게 항주산 비단 한 필과 은자 한 냥을 주었다. 유균재가 처방해준 대로 약을 달여 먹었으나 역시 효험이 없었다.

그런데 뜻밖에도 정애월이 비둘기 새끼와 우유 과자를 가지고 가마를 타고 서문경을 문병하러 왔다. 문 안에 들어서며 꽃가지가 바람에 나부끼듯 비단 띠가 바람에 너풀대듯 날아갈 듯이 서문경에게 사뿐히 고개 숙여 절을 하면서 말했다.

"편찮으신 줄 몰랐어요. 계저 언니와 은아 언니가 저한테는 한마디도 해주지 않고 자기네끼리만 먼저 왔다 갔어요. 제가 이렇게 늦게 왔다고 나리께서는 너무 탓하지 마세요!"

"늦기는, 일부러 와주어 고맙기만 한데. 그리고 어멈이 또 신경을 써 이런 물건까지 갖고 오다니!"

정애월이 웃으며,

"별것 아니라서 그저 죄송해요! 그런데 나리께서는 갑자기 왜 마르셨어요! 식사 때 뭣 좀 드세요?"

하니 곁에 있던 월랑이 말했다.

"잡수시기라도 하면 좋지. 제대로 드시지 못해요. 아침에도 겨우 죽이나 조금 드시고 아직까지 아무것도 드시지 않았어요. 방금 의원이 다녀갔어요."

"마님께서 사람을 시켜 저 비둘기를 잘 고라고 하세요. 제가 나리께 죽이라도 드시게 권해드릴게요. 이렇게 덩치도 크신 분을 모든 집안의 사람들이 산처럼 의지하고 있는데 나리께서 드시지 않으면 어찌하려고 그러세요!"

이에 월랑이 말했다.

"나리께서는 속이 거북해서 잠숫지를 못하셔."

"나리, 음식이 먹기 싫더라도 억지로라도 좀 드세요. 무엇을 걱정하세요? 사람이 물과 음식으로 목숨을 지탱하잖아요. 그러니 마음을 강하게 먹고 버티셔야 해요. 그렇지 않으면 갈수록 몸이 나른해지고 기력이 없게 돼요!"

얼마 지나 비둘기를 고아서 소옥이 죽과 함께 받쳐 내왔다. 절인 가지에 찹쌀을 넣어 끓인 것이었다. 애월이 받아 들고는 온돌 위로 올라가서 그릇을 받쳐 들고 서문경의 몸 가까이 가 무릎을 꿇고서 한 모금씩 떠 넣어주었다. 이에 서문경은 정신을 차리고 반 그릇쯤을 먹고 비둘기 고기도 두어 젓가락 떼어 먹고는 더는 못 먹겠다고 고개를 내저었다. 애월이,

"약도 드셨고 제가 억지로라도 권해 이만큼이라도 드셨군요."

하니 옥소가 말했다.

"나리께서 때로 드시기는 했지만 오늘 아씨가 권해서 드신 것만큼 드신 적이 없어요."

월랑은 차를 내와 애월에게 권하고 때가 저녁 무렵인지라 술과 밥을 대접하고는 은자 닷 전을 주어 집으로 돌려보냈다. 애월이 떠나면서 다시 서문경에게 인사를 하면서 말했다.

"나리, 조심해서 이삼 일 몸조리를 잘하세요. 다시 뵈러 올게요."

저녁에 서문경은 유귤재가 준 두 번째 약을 달여 먹었으나 온몸이 쑤셔 밤새 잠을 이루지 못하고 신음했다. 오경쯤 음낭이 곪아 터져 선혈이 흘러나왔으며 귀두에도 종기가 생겨 누런 고름이 흘러나와 멈추지 않았다. 서문경은 혼수상태에 빠졌다. 월랑을 비롯한 여러 부

인은 당황해 달려와 모두 서문경을 지켜봤다. 약을 먹어도 소용이 없자 유노파를 불러왔다. 유노파는 앞채의 사랑채 안에다 굿판을 벌여 병을 쫓는 굿을 올렸다. 그러고는 한편으로 사람을 주수비 댁으로 보내 오신선이 간 곳을 물어 오신선을 모셔와 서문경을 보이려고 했다. 그것은 전에 오신선이 서문경의 관상을 보면서 올해에 피를 토하고 고름을 흘리는 액운과 뼈가 마르고 형체가 쇠하는 병이 있을 것이라고 했기 때문이었다. 이에 분사가,

"주수비 나리 댁까지 갈 필요가 없어요. 오신선은 지금 성 밖에 있는 토지묘에서 간판을 내걸고 병도 치료하고 점도 봐주고 있어요. 사람이 청하면 돈의 액수를 따지지 않고 가서 환자를 치료해주지요."

하니, 이 말을 듣고 월랑은 황급히 금동을 시켜 오신선을 모셔오게 했다.

오신선이 방 안으로 들어가 서문경을 보니 예전과 달리 얼굴이 초췌하고 온몸이 말랐으며 병색이 완연했다. 서문경은 수건을 받치고 침대 위에 드러누워 있었다. 오신선은 먼저 진맥을 해보고는 말했다.

"나리께서는 주색[酒色]이 과도해서 신수[腎水]가 다 마르고 허하니 태극사화[太極邪火](태극[大極]은 만물 생성의 근원이나 의학상으로는 심[心]이나 신[腎]을 가리킴)가 모두 욕해[慾海](과도한 정욕[情欲])에 모여 있습니다. 병은 이미 골수까지 들어가 있는지라 치료하기 힘듭니다. 여덟 구의 시구를 읊어드릴 테니 들어보시기 바랍니다."

배부르게 취하고 여인을 찾아 방사를 치르니
정신도 혈맥도 자신도 모르게 다 마르네.
정액도 쏟고 피도 흘리고 고름도 흘리니

촛잔에 기름이 마르듯 신수[腎水]도 마르네.

당시에는 환락이 부족하다 한탄을 했지만

오늘날에는 도리어 병만이 많구나.

사람이 쓰러지는 것은 사람의 힘이 아니니

모든 것을 이름뿐인 의원이 어찌하겠는가!

醉飽行房戀女娥 精神血脈暗消磨

遺精溺血流白濁 燈盡油乾腎水枯

當時只恨歡娛少 今日翻爲疾病多

玉山自倒非人力 總是盧醫怎奈何

월랑은 오신선이 서문경을 더는 치료할 수 없다고 하자,

"이미 약으로도 치료할 수 없다면 나리의 명이라도 좀 봐주시면 어떻겠어요?"

라고 했다. 이에 오신선은 손가락을 오므렸다 폈다 하면서 서문경의 팔자를 꼽아보고는 말했다.

"호랑이띠로 병인[丙寅]년 무신[戊申]월 임오[壬午]일 병진[丙辰]시 생입니다. 올해 무술년이 되었으니 서른셋으로, 계해[癸亥]의 운(옛날 성명학[星命學]에서는 천간지지[天干地支]와 금[金], 목[木], 수[水], 화[火], 토[土]와 서로 배합함. 그중 임[壬], 계[癸], 자[子], 해[亥]는 수[水]에 속함. 여기서는 수운[水運]임을 가리킴)이 움직이고 있습니다. 비록 화토상관[火土傷官]이라고 하나 무토[戊土]가 임수[壬水]와는 상극(오행[五行] 간의 상극[相剋]관계로 목극토[木克土], 토극수[土克水], 수극화[水克火], 화극금[火克金], 금극목[金克木]인데 이것을 천간지지[天干地支]와 배합시키면 무[戊]는 토[土]에 속하고, 임[壬]은 수[水]에 속함. 서문

경이 서른셋인 유년[流年]은 무술[戊戌]년이고 본명[本命]은 임오[壬午]의 관계상[關係上]으로 무토래극임수[戊土來克壬水]로 상조지상[傷早之象]이 나타나는데 이를 또 세상한[歲傷旱]이라고도 함)으로 세상한[歲傷旱]이 납니다. 정월[正月]은 또 무인월[戊寅月]로 세 개의 무[戊]가 서로 만나니(삼무충진[三戊冲辰]: 고대 점성술사들이 지지[地支] 중 자여오충[子與午冲], 축여미충[丑與未冲], 인여신충[寅與辛冲], 묘여유충[卯與酉冲], 진여술충[辰與戌冲], 천간[天干] 중 갑여경충[甲與庚冲], 을여신충[乙與申冲], 병여임충[丙與壬冲], 정여계충[丁與癸冲]으로 봄) 어찌 당할 수가 있겠습니까? 비록 재산 운은 있다고 하나 수명을 연장하기는 어렵습니다."

명[命]이 재성[災星]*을 범하면 주인이 고개를 숙이고
몸이 가볍고 살[煞]**이 무거우면 재난이 있네.
시와 때에 정말로 태세[大歲]***를 만난다면
신선도 이맛살을 찌푸린다네.
命犯災星必主低 身輕煞重有災危
時日若逢眞太歲 就是神仙也皺眉

이를 듣고 나서 월랑이,
"명이 그렇게 좋지 않다면 선생께서 나리를 대신해 연금성[演禽星](열두 개의 별자리와 서른여섯 개의 짐승을 서로 배합해 인간의 길흉을 점치는 것)을 좀 봐주시지요?"

---

* 미신에서 말하는 재앙을 주관하는 별로, 만나면 재앙이 있다고 함
** 흉신[凶神], 여기에서는 인간에게 흉재[凶災]의 상[像]이 있음을 말함
*** 고대 천문학에서의 가설적인 별 이름으로, 방술[方術]에서는 태세가 있는 곳을 불길한 곳으로 여겨 태세를 만나면 재앙이 있다고 했음

하니, 이에 오신선은 바닥에 금둔간지[禽遁干支]를 펼쳐놓고 말하기를,

심월호리[心月狐狸]*가 각목교[角木蛟]**와 다투니
비단 휘장 드리운 곳에서 서로 용서가 없구나.
언제나 월궁에서 옥 이슬을 날리고
달 아래에서 금표[金標] 뺏기 습관이 되었네.
즐거울 때에 진계자[眞鷄子]***로 변하고
죽을 때에는 여전히 달콤한 복사꽃 그리네.
천강성[天罡星]도 지살성[地煞星]****도 다 소용이 없고
왕이 기도해도 헛수고뿐이라오.

心月狐狸角木蛟 絳幃深處不相饒
常在月宮飛玉露 慣從月下奪金標
樂處化爲眞鷄子 死時還想爛帖桃
天罡地煞皆無救 就是王禪也徒勞

이를 듣고 월랑은 다시 말했다.
"연금점괘도 좋지 않다면 해몽[解夢]이라도 해주세요."
"마님께서 말씀해주시면 제가 해몽을 해드리지요."

---

* 금성점[禽星占] 명사[名詞]로, 동방태음수성[東方太陰水星]
** 금성점[禽星占] 명사
*** 고대[古代] 양생[養生] 명사
**** 천강성 지살성 모두 북쪽에 모여 있는 별들로, 각기 신들이 있어 능히 귀신과 재앙을 내쫓을 수 있다고 함

"꿈을 꿨는데 큰 집이 무너지려 하고, 제가 붉은 옷을 입고 있었는데 푸른 옥비녀를 떨어뜨려 깨고 또 거울도 밟아 깼습니다."

"마님께서는 제가 드리는 말씀을 고깝게 듣지 마십시오. 큰 집이 무너져 내리려고 한다는 것은 나리께 재앙이 있다는 것이며, 붉은 옷을 입고 있다는 것은 바로 상복을 뜻하는 것이며, 푸른 옥비녀가 깨어진 것은 여러 부인이 뿔뿔이 흩어진다는 것이며, 거울을 밟아 깼다는 것은 부부의 이별을 의미합니다. 꿈이 정말로 좋지 않습니다!"

"무슨 방법은 없는지요?"

"흉신[凶神]인 백호[白虎](사신[死神])가 길을 막고 있고 상문귀[喪門鬼]가 재앙을 일으키고 있습니다. 신선도 어쩔 수가 없고 태세신으로도 밀쳐버릴 수가 없습니다. 조물주가 다 정해놓은 것이라 귀신들도 어찌할 수가 없습니다!"

월랑은 서문경의 명을 구할 구성[救星]이 없는 것을 보고는 비단 한 필을 내다 오신선에게 주어 돌려보냈다.

점괘에서 길흉화복을 자세히 찾아보고
쓸데없는 일이라고 등한시하지 마소.
평생에 착한 일 하면 하늘도 기쁨을 보태주고
마음으로 가난한 자 속이지 않으면 화도 찾아오지 않네.
卦裡陰陽仔細尋 無端閑事莫關心
平生作善天加慶 心不欺貪禍不侵

월랑은 귀신에게 물어보고 아무리 점을 쳐봐도 흉한 게 많고 길한 건 적다고 하자, 속으로 매우 당황스러웠다. 이에 저녁 무렵에 뜰에 향을 피워놓고 하늘께 남편이 좋아지기를 빌면서, 남편의 병이 좋아지게만 해주신다면 태산의 꼭대기에 올라 삼 년 동안 태산의 신[神]인 낭랑[娘娘]께 향과 도포를 바치겠다고 하늘에 맹세를 했다. 맹옥루도 봉칠배두[逢七拜斗](매월 칠 일, 십칠 일, 이십칠 일에 북두성군[北斗星君]에게 제[祭]를 올리는 것)를 올리겠다고 했다. 그러나 유독 반금련과 이교아는 그런 맹세를 하지 않았다.

서문경은 자신의 몸이 묵직이 가라앉는 것을 느끼면서 점차 혼수상태에 빠졌다. 눈앞에 이미 죽은 화자허, 무대가 나타나 버티고 서서는 빚을 갚으라고 독촉했다. 서문경은 이 사실을 아무에게도 말하지 않고 단지 하인들한테 자기 곁에 있으라고 시켰다. 이렇게 무서움에 떨다가 눈을 떠보니 월랑은 보이지 않고 반금련이 있기에 금련의 손을 잡아 이끌며 차마 아쉬워 떠나지 못해 눈물을 흘리면서 말했다.

"귀여운 것아, 내가 죽거들랑 여러 자매와 나의 위패를 지켜다오. 산산이 흩어지지 말고…."

이 말을 듣고 반금련도 슬픔을 참지 못하며 말했다.

"나리, 그렇지만 다른 사람이 저를 용서하지 않을 거예요."

"월랑이 오면 내가 얘기하마."

잠시 뒤에 월랑이 들어와 두 사람이 서로 붙잡고 두 눈이 퉁퉁 부은 것을 보고,

"여보, 할말이 있으세요? 저한테 말씀하세요. 누가 뭐라 해도 저와 당신은 부부잖아요!"

하니, 서문경은 이 말을 듣고 목이 메어 제대로 말을 하지 못했다. 겨우 소리를 내어,

"나는 이제 틀린 것 같아. 내 당신한테 두 가지만 부탁할게. 내가

죽은 뒤에 당신이 사내아이건 계집아이건 낳으면 여러 자매와 잘 키워줘. 한곳에서 살며 서로 흩어지지 말고… 그러면 사람들이 비웃기나 할 테니 말이야.”

그러면서 반금련을 가리키며,

“이 사람이 종전에 했던 일은 다 잊어버리고 너그러이 대해줘!”

하자, 월랑은 자기도 모르게 복숭아꽃 같은 얼굴에 진주 같은 눈물을 뚝뚝 흘리면서 소리를 내어 울며 비통한 마음을 금치 못했다. 서문경이 말했다.

“그만 울구려. 내 부탁이나 잘 들어주구려.”

「말을 멈추고 듣네[駐馬聽]」가 있어 이를 증명하나니,

현명한 아내여 슬퍼하지 마소

내 당신에게 부탁이 있소이다.

당신 뱃속의 애가 남자건 여자건

잘 키워 어른이 되어서

우리 집의 가업을 잇게 하소서.

삼현구열[三賢九烈]*로 정숙한 마음을 지켜

일처[一妻]와 사첩[四妾]이 서로 돌보며 사소서.

서로가 화목하게 재미있게 말이오.

그렇게 해준다면 내 저승에 있으면서도

입과 눈을 감고 편히 지낼 수 있으리다.

賢妻休悲 我有衷情告你知

妻你腹中是男是女

---

* 부녀자가 더할 나위 없이 현혜정렬[賢惠貞烈]함을 형용한 것

養下來看大成人 守我的家私
三賢九烈要貞心 一妻四妾攜帶着住
彼此光輝光輝
我死在九泉之下口眼皆閉

월랑이 듣고 회답했으니,

당신께 감사를 드립니다
떠나시며 저한테 가르침을 주신 것을.
저는 여자의 몸으로 삼종사덕[三從四德]*을 따르며
당신과 부부가 된 이래로
평생을 그릇되지 않게 살아왔지요.
수절을 하며 당신의 이름에 욕이 되지 않게 하리다.
죽으나 사나 함께해야 하고
말 한 필을 타고 있는 것 같은 운명인데**
구태여 그런 분부를 하시려 하나요.
多謝凡夫 遺後良言教道奴
夫 我本女流之輩 四德三從 與你那樣夫妻
平生作事不模糊 守貞肯把夫名污
生死同途 一鞍一馬不須分付

---

* 고대 중국에서 부녀가 따라야 할 덕목으로 삼종은 집에서는 아버지를 따르고, 결혼해서는 남편을 따르고, 남편이 죽으면 아들을 따르는 것이다. 사덕은 부덕[婦德], 부언[婦言], 부용[婦容], 부공[婦功]임
** 일부일처, 백두해로[白頭偕老]를 일컬음

서문경은 월랑에게 이렇게 부탁하고 진경제를 앞으로 불러서는,

"사위, 자식이 있으면 자식에게 의지해야 하고, 자식이 없으면 사위한테 의지해야 하지 않나. 진서방은 내 친아들과 마찬가지일세. 나한테 혹 무슨 일이 생기거든 자네가 어른이 되어 나를 묻어주고 집안을 잘 꾸리고 여러 어머니를 잘 모셔 남의 웃음거리가 되지 않게 하게!"

그러면서 다시 말했다.

"내가 죽은 뒤에 비단 가게에 은자 오만 냥이 본전이나 교대호의 원금과 이자도 있으니 그것을 다 계산해주게. 그리고 부지배인에게 물건을 파는 즉시 돈을 가져오게 하고 물건을 다 팔면 바로 가게 문을 닫게. 분사의 실 가게는 밑천이 육천오백 냥이고, 오이구의 명주 가게는 오천 냥이니 모두 물건을 다 판 다음에 가게 문을 닫게. 또 이지가 일감을 가져올 테지만 하지 말고 응씨한테 말해 합작할 다른 사람을 찾아보라고 하게나. 이지와 황사가 아직도 갚을 돈이 원금 오백 냥에 받지 못한 이자 백오십 냥이 있으니 그것을 받아 내 장사를 치르게. 자네는 부지배인과 함께 집 앞에 있는 전당포와 생약방만 보게나! 전당포는 본전이 이만 냥에, 생약방의 본전은 오천 냥이야. 또 한도국과 내보가 송강[松江]의 배에 사천 냥어치의 물건을 싣고 올 거야. 배가 항구에 닿거든 자네가 일찌감치 가서 물건을 받아 집으로 가져와 팔아서는 자네 어머니들한테 나누어주게나. 그리고 앞에 사는 유학관[劉學官]이 나에게 이백 냥을 빌려 갔고, 화주부[華主簿]가 쉰 냥, 성 밖서사[徐四]네 가게가 이자와 본전을 합쳐 삼백사십 냥을 갚지 않고 있네. 여기 모두 차용증이 있으니 사람을 시켜 재촉해 받아오게. 그리고 시간이 좀 지난 뒤에 건너편의 가게와 사자가에 있는 집 두 채는 모두 팔아버리게나. 여자들이 관리하기에는 벅찰 거야."

서문경은 말을 마치고 흑흑대면서 흐느꼈다. 이를 보고 진경제가,

"아버님의 말씀을 잘 알겠습니다."

하니, 잠시 뒤에 부지배인, 감지배인, 오이구, 분사, 최본이 모두 안으로 들어와서 병문안을 했다. 서문경은 그들을 보고 일일이 부탁했다. 사람들은 모두,

"마음을 편히 하세요. 곧 좋아지실 겁니다."

하고 위안의 말을 했다. 이날 수많은 사람들이 병문안을 다녀갔다. 그들은 한결같이 서문경의 병이 깊은 것을 보고 한숨을 쉬며 돌아갔다.

이틀이 지났으나, 월랑은 오로지 서문경이 좋아지기만을 간절히 소망하고 있었다. 그러나 누가 알겠는가! 사람의 수명이란 하늘이 정해놓은 것이라 서문경은 마침내 서른세 살의 나이로 세상을 뜨게 된 것이다. 정월 스무하루 새벽 다섯 시경에 서문경의 온몸에 열이 달아오르면서 밤새 씩씩거리며 소리를 내다가 오전 열 시경에 이르러, 오호라 슬프구나, 기가 끊기고 숨이 멎었으니!

세 치의 기[氣]가 있으면 천 가지 일을 할 수 있지만
한번 죽으니 모든 것이 다 끝이구나.
三寸氣在千般用 一日無常萬事休

옛사람들이 훌륭한 격언을 남겨놓았으니,
사람이 되어서 적선[積善]을 해야지
재산을 모으지 마소.
적선을 많이 하면 좋은 사람이 되고
재산을 많이 모으면 재앙을 불러일으킨다.

석숭[石崇]이 부자였지마는
살신[殺身]의 재앙을 면치 못했소.
등통[鄧通]도 굶어 죽었으니
돈을 산과 같이 모은들 무슨 소용이 있나.
오늘 사람은 옛사람과 비할 바가 아니니
마음이 명백하지가 않다네.
단지 재물 모으기만을 좋다 말하고
적선을 하는 사람을 멍청하다 비웃네.
돈이 많던 사람도
죽을 때에는 관을 짤 재목도 없구나.

爲人多積善 不可多積財

積善成好人 積財惹禍胎

石崇當日富 難免殺身災

鄧通飢餓死 錢山何用哉

今日非古比 心地不明白

只說積財好 反笑積善呆

多少有錢者 臨了沒棺材

　서문경이 죽었으나 관[棺]을 짤 재목이 준비되어 있지 않았다. 다급해진 월랑은 오이구와 분사를 불러 상자를 열고 하나에 쉰 냥인 원보[元寶]를 네 개 꺼내주면서 관을 짤 재목을 사오라고 시켰다. 그들을 떠나보내고 나니 월랑은 갑자기 배가 아파오기에 다급히 안으로 들어가 침상 위에 엎드려 혼절해 인사불성이 되었다. 이때 맹옥루와 반금련, 손설아는 저쪽 방에서 분주하게 손발을 움직여 서문경에게

당건[唐巾]을 씌우고, 수의[壽衣]를 입히고 있었다. 소옥이 달려와서,

"큰마님께서 침대 위에 쓰러지셨어요."

하니 깜짝 놀란 옥루와 이교아는 바로 건너가 살펴봤다. 월랑은 손으로 배를 움켜쥐고 통증이 있다고 호소하니, 옥루는 월랑이 해산하려 한다는 걸 알았다. 그래서 옥루는 이교아더러 월랑을 잘 지켜보라고 하고는 바로 하인을 시켜 말했다.

"빨리 가서 애를 받는 채노파를 모셔오너라."

이교아는 또 옥소를 시켜 앞채에 있는 여의아를 데려오게 했다. 옥루가 다시 방으로 돌아와 보니 이교아가 보이지 않았다. 이교아는 월랑이 정신을 잃어 혼미 상태에 빠져 있고 주위에 아무도 없는 것을 보고서 몰래 상자를 열어 원보 다섯 개를 훔쳐 자기 방으로 감추러 갔던 것이었다. 갔다가 손에 휴지를 한 움큼 쥐고 와서는 옥루를 보고,

"종이가 보이지 않기에 내 방에 가서 가져오는 길이에요."

했다. 옥루는 별로 신경을 쓰지 않고 변기통을 가져와 월랑의 시중을 들었다. 오월랑은 한참 통증이 심해 이를 악물고 참고 있다가 채노파가 오자 바로 사내아이를 낳았다. 이때 집안에서는 서문경에게 수의를 다 입히자 한 가닥 남은 숨가락도 더는 없게 되니 온 집안의 대소 남녀가 모두 일제히 방성대곡을 했다. 채노파는 아기를 잘 받아 탯줄을 자른 뒤에 정심탕[定心湯]을 달여서 오월랑에게 먹이고 월랑을 부축해 온돌 위에 앉혀주었다. 월랑이 채노파에게 은자 석 냥을 주자 채노파는 적다고 하면서,

"지난번 애도 이 정도 주셨잖아요. 이 애는 큰마님의 아기잖아요."

하니 월랑이 말했다.

"지금은 그때와 달라. 그때는 나리께서 살아 계셨지만 지금은 나

리께서 안 계시니 그냥 받아 넣어요. 한 사흘 지나고 다시 오면 그때
한 냥을 더 줄게요."

"옷도 한 벌만 주세요."

채노파는 인사를 하고 돌아갔다. 오월랑이 그때서야 정신을 차려
보니 돈을 넣어두는 상자가 크게 열려 있는지라 옥소에게,

"이 멍청한 것아, 내가 정신을 잃었다고 너까지 정신을 잃은 게냐?
상자가 크게 열려 있잖아. 사람들이 어지러이 오가는데 상자를 닫지
않고 뭣을 한 게야!"

하고 욕을 했다.

"저는 마님께서 상자를 닫으신 줄만 알았지 열린 건 보지 못했어
요."

옥소는 바로 열쇠를 가져다 잠갔다. 옥루는 월랑이 의심이 많은
것을 보고 더는 그 방에 머물 생각이 들지 않아 곧장 밖으로 나와 반
금련의 방으로 건너가,

"원래 큰마님께서는 그런 사람이었군요. 영감께서 죽는 날부터 사
람을 의심하기 시작하다니!"

그렇게 말들은 했지만 이교아가 벌써 원보 다섯 개를 훔쳐 방 안
에 숨겨놓은 것은 조금도 알아채지 못했다.

이때 오이구와 분사는 상추관[尙推官]의 집에서 관을 짤 판을 사
가지고 돌아와 목수를 시켜 톱으로 켜서는 관을 짜게 했다. 관이 다
짜지자 하인들이 시신을 메고 나와 관에 안치한 뒤에 대청으로 옮겨
놓았다. 그런 후에 음양사 서선생을 불러 비서[批書]를 쓰고 안장할
장삿날을 잡아달라고 부탁했다. 오래지 않아 오대구도 건너왔다. 오
이구와 여러 지배인은 모두 와서 대청에서 떠들썩하게 등과 그림을

거두어들이고 시신 위에 종이 이불을 덮고 향 등을 설치하고 자리도 마련했다. 그 곁에서 내안은 종을 맡아 쳤다. 서선생이 서문경의 손을 보고,

"진시에 돌아가셨으니 집안사람 누구에게도 흉살[凶殺]을 끼치지 않았습니다."

하면서 월랑에게,

"사흘날에 입관을 하시고 이월 열엿새에 묘지를 파고 그믐날인 삼십일에 매장하시는 게 좋겠습니다. 그렇게 하면 아직도 이십팔 일은 여유가 있지요."

했다. 월랑은 서선생을 대접해 돌려보냈다. 그러고는 여러 곳에 사람을 보내 상[喪]을 당했음을 알리고 관인[官印]은 하천호에게 반납했다. 집안에선 상복을 입고 문상 손님을 맞을 천막을 준비하게 했다.

사흘째 되는 날에는 스님들을 청해서 『도두경[倒頭經]』을 읽게 하고 지전을 불태우고 집안의 남녀노소 모두가 상복을 입고 삼베 띠를 둘렀다. 사위인 진경제는 마로 지은 상복에 상주가 짚는 지팡이를 들고 영전에서 상주 노릇을 했다. 월랑은 산모라 방에서 나오지 못하고 이교아와 맹옥루가 여자 손님들을 접대하고, 반금련은 창고와 부조금을 관리했다. 손설아는 여러 하인 부인네를 데리고 부엌에서 온갖 음식을 장만하고, 부지배인과 오이구는 금전 출납을 담당하고, 분사는 조문객 방명록을, 내홍은 주방을, 오대구와 감지배인은 손님 접대를 담당했다.

이날 채노파가 찾아와 아기를 세 번 씻어주었다. 이에 월랑은 채노파에게 비단 한 벌을 주어 돌려보냈다. 아기의 이름은 효가[孝哥]라 지었다. 이웃과 친척들이 축하의 국수를 보냈다. 그러면서 모두들,

"서문대인의 정부인이 유복자[遺腹子]를 낳았어. 같은 날에 아버지는 죽고 자식은 태어나다니 세상에 이런 괴이한 일이 있다니!"
하면서 여러 가지 추측을 하며 수군댔다.

한편 응백작은 서문경이 죽었다는 소식을 전해 듣고 문상을 하면서 통곡했다. 한참을 울고 난 뒤에, 뜰의 서재에서 화가에게 서문경의 초상화를 그리게 하고 이를 보고 있는 오대구와 오이구에게 가서 인사를 하고 다른 사람들에게도 인사를 했다. 그러면서,

"정말로 안됐어요. 형님께서 이렇게 가실 줄은 꿈에도 몰랐어요!"
하고는 월랑에게도 문상을 하겠다고 했다. 이에 오대구가,

"동생은 방금 애를 낳아 밖으로 나올 수가 없어요. 같은 날에 애를 낳았어요."
하니 이 말을 듣고 백작은 크게 놀라며 말했다.

"그런 일도 있군요! 잘됐군요, 잘됐어! 형님한테 대를 이을 자식이 생겼으니 이 집안에도 주인이 있게 되었군요!"
이때 진경제가 상주 복장을 하고 밖으로 나와 응백작에게 절을 했다. 백작이,

"진서방, 너무 상심하지 말아요. 형님께서 세상을 뜨셨으니, 형수님들도 모두 힘들게 되신 게야! 그러니 이제부터 집안의 모든 일을 잘 처리하게나. 일이 생기면 혼자 처리하려고 하지 말고 두 분 삼촌과 잘 상의해서 하게. 내가 할 말은 아니지만 진서방은 아직 나이가 어려서 일을 처리함에 있어 여러 가지로 익숙지 않을 테니 말일세."
하니 이에 오대구가,

"응씨, 그렇지도 않아요. 나도 공무가 있는 몸이라 별로 틈이 없어요. 그러니 진서방의 장모인 내 누이와 잘 상의해 꾸려갈 것입니다."

하자 백작은,

"대구 어른, 비록 형수님이 계시다고는 하지만 바깥일은 어찌 처리를 하시겠어요? 역시 대구 어른께서 살펴주셔야죠. '외삼촌이 없으면 낳을 수가 없고, 외삼촌이 없으면 자랄 수가 없다'는 옛말처럼 외가의 일이니 당연히 삼촌께서 나서서 일을 봐주셔야죠. 외삼촌이니 다른 사람과 비할 바가 있겠어요. 당연히 대구 어른께서는 이 집안의 어른이시지요. 대구 어른만 한 분이 또 있습니까?"

하면서 다시 물었다.

"그래, 발인날은 잡으셨는지요?"

"이월 열엿새에 장지 땅을 파고, 삼십 일에 출관하기로 했으니 아직도 이십칠팔 일은 남아 있습니다."

잠시 뒤에 음양사 서씨가 와서 제를 올리고 염을 하고 서문경의 시신을 관에 넣고는 관에 장명정[長命丁]을 박았다. 깨끗하게 일을 마친 뒤에 '고봉무략장군서문공지구[誥封武略將軍西門公之柩]'라고 명정을 써서 세워두었다.

이날 하천호도 문상을 와 영전에서 절을 올리고 나니, 오대구와 응백작이 하천호를 모시고 차를 대접했다. 차를 마시며 하천호는 서문경의 발인 날짜를 물었다. 자세한 일정을 듣고 난 하천호는 수하의 사람들에게 여기서 일을 도우며 추호도 어김없이 처리하라고 분부했다. 그리고 발인이 끝난 뒤에 관아로 돌아와 자세히 보고하라 하고 절급 둘을 인솔자로 삼아,

"조금이라도 어김이 있을 시는 중벌을 내리겠다!"

고 했다. 그러고는 다시 오대구에게 말했다.

"만일에 빚을 진 사람들 중에서 갚지 않으려는 자가 있으면 저한

테 말씀해주세요. 제가 즉시 처리해드리지요."

문상이 끝나자 관아로 돌아가 공문을 작성해 동경 본위에 서문경의 사망 소식을 보고했다.

한편 내작, 춘홍과 이지는 연주부에 있는 찰원에 가서 편지를 올렸다. 송어사는 서문경의 편지를 보니 골동품을 구하는 공문에 관한 것이라,

"좀 일찍 왔으면 좋았을 것을… 어제 이미 각부로 사람을 파견해 사게 했는데!"

그렇게 말을 하다가 편지 사이에 금 열 냥짜리 전표가 끼어 있는 것을 보고 더는 거절하지 못하고, 잠시 춘홍과 내작, 이지를 관공서에 머물게 하고는 즉시 사람을 시켜 동평부에 가서 공문을 되찾아오게 했다. 그런 뒤에 다시 봉해 춘홍에게 주고 여비로 은자 한 냥을 주니, 문서를 받아 청하현으로 발걸음을 돌렸다. 이렇게 오가는 데 열흘이 걸렸다. 그들이 성 안으로 들어서니 오가는 사람들이,

"서문대인이 죽었어! 오늘로 사흘째인데 집 안에서 경을 읽고 제를 올리고 있대!"

하는 말을 들었다. 이 말을 듣고 이지는 퍼뜩 간계가 떠올라 거리에서 내작과 춘홍에게,

"이 공문은 잠시 숨겨두자. 송어사께서 주지 않았다고 하면 될 게 아닌가? 그리고 큰거리에 있는 장이관 댁으로 가보자. 너희들 두 사람이 가지 않겠다면 내 너희들 한 사람한테 각기 은자 열 냥씩을 주마. 그 대신 집에 가서 이 공문을 가져오지 못했다고만 하면 돼!"

하니 내작은 돈을 보고 마음이 솔깃했으나, 춘홍은 처음에는 대답을 못하다가 마지못해 응낙했다.

그들이 문 앞에 이르러 보니 종이돈이 걸려 있고 승려들이 법문을 외우고 친척과 친구들 문상객이 끊임없이 오가고 있었다. 이지는 그들과 헤어져 바로 집으로 돌아가고 내작과 춘홍은 안으로 들어가 오대구와 진경제를 만나 절을 올렸다. 그들이 춘홍에게,

"그래, 문서는 어찌되었느냐? 이삼은 어째 오지를 않고?"

하니 내작은 말을 못하고 어물거리고 있는데 춘홍이 송어사가 준 문서를 모두 꺼내 대구에게 건네주면서 이지가 길에서 은자 열 냥씩을 주며 꾀던 일들을 모두 고해바쳤다.

"소인이 어찌 감히 배은망덕할 수가 있겠습니까! 그래서 바로 집으로 돌아온 것입니다."

이 말을 듣고 오대구는 안방으로 들어가 월랑에게 이 일을 알려주면서,

"이 꼬마 애는 은혜를 알고 있는데, 그 급살할 놈의 이삼 자식은 매부가 돌아가셨다는 걸 알고 바로 나쁜 마음을 가졌어요!"

그러고는 다시 이 일을 응백작에게도 알려주었다.

"이지와 황사가 빌려간 돈이 차용증에 의하면 본전에 이자까지 치면 육백오십 냥이 돼요. 방금 전에 하천호 어른께서도 말씀하셨으니 고소장을 써서 바로 관가에 가서 이 돈을 좀 받아달라고 해야겠어요. 이 돈을 받아서 매부의 장사를 지내야 하잖아요. 하천호는 매부와 같은 동료였으니 돌아가신 분의 얼굴을 봐서라도 잘 처리해주시겠지요. 이 일은 그렇게 처리하지요."

이 말을 듣고 응백작은 놀라서,

"이삼이 일을 이렇게 하면 안 되는데! 대구께서는 잠시 기다려보세요. 제가 가서 말을 해볼게요."

그러고는 이지의 집으로 건너가 황사를 데려오게 하고는 함께 상의를 했다.

　　"자네들이 그 애들한테 먼저 은자를 주는 게 아니었어. 그러니 공연히 손목을 잡혔잖아. 여우는 잡지 못하고 허리만 다치는 꼴이라고, 지금 오대구가 여차여차하여 고소장을 써서 관아에 자네들을 고소하려고 하고 있어! 속담에 '관리들은 끼리끼리 서로 보호를 해준다'고 하잖아. 하물며 서문대인과 하대인은 서로 동료 간이었으니 하천호가 누구 편을 들어줄 것 같은가? 자네들이 그들과 싸울 수가 있겠나? 그러니 내 말대로 슬그머니 은자 스무 냥을 오대구에게 갖다 주며 연주부에 일을 보고 왔다고 하란 말일세. 내 듣기에 이번에 장례를 치른 후에는 이 장사를 더는 하지 않는다고 하더군. 이 문서는 꺼내오기가 쉽지 않으니 우리들이 장이관 집으로 가져가잔 말일세! 그리고 자네 두 사람은 은자 이백 냥을 마련하게. 적으면 안 되네. 거기다 제상을 하나 준비하고 또 이 은자를 갚으면서 새로 차용증을 써주란 말일세. 이후에 장사를 해서 돈이 생기면 그때 천천히 갚으면 되잖아! 이것이야말로 일거양득으로 체면도 살리고 모든 게 다 해결되는 것이잖나!"

　　이에 황사가,

　　"그 말이 맞네요. 그런데 이형은 어찌 일을 그렇게 해요!"
하고 나무랐다. 정말로 이날 저녁 황사는 백작과 함께 은자 스무 냥을 오대구 집으로 찾아가 건네주면서 이러저러하다며,

　　"가져온 공문을 주시지요. 대구 어른께서 그렇게 하시면 되잖아요!"
하며 사정을 했다. 오대구는 이미 월랑이 이 장사를 더는 하지 않겠

다고 한 말도 들었고, 더군다나 눈앞에 휘황찬란하게 빛을 내는 은자가 보이는데 어찌 거절할 수 있겠는가? 이에 은자를 받아 넣고는 그러마 하고 응낙했다.

다음 날 이지와 황사는 제상 하나를 준비하고, 소, 양, 돼지를 잡고 은자 이백 냥을 가지고 와 서문경의 영전에 제를 올렸다. 오대구는 월랑에게 말해 옛 차용증을 가져오고 새로 사백 냥을 꾼다는 차용증을 쓰고 쉰 냥은 감해주었다. 나머지 사백 냥은 장사를 하며 계속해서 갚는다고 했다. 또 송어사한테서 가져온 문서도 응백작에게 건네주었다. 이에 그들은 함께 장이관의 집으로 합작건을 상의하러 건너갔다.

정말로, 금은 불을 만나야 비로소 색을 알 수 있고, 사람은 재물을 거래해봐야 마음을 알 수 있는 법.

시가 있어 이를 증명하나니,

운이란 사람이 억지로 구할 수 없는 것
그대에게 권하니 일을 억지로 하지 마소.
당신이 오늘 남의 돈을 탐한다면
훗날 나의 것은 남의 손에 있나니.
造物於人莫强求 勸君凡事把心收
你今貪得收人業 還有收人在後頭

제80화

호랑이를 그려도 뼈를 그리기는 힘든 법

진경제는 몰래 미녀를 취하고,
이교아는 재물을 훔쳐 기원으로 돌아가다

절이 황폐해지니 머무는 승려가 적고
다리가 무너지니 지나가는 사람 드물다.
집안이 가난하니 노비가 게을러지고
벼슬의 임기가 차면 관리가 백성을 속인다.
물이 얕으면 고기가 자라기 힘들고
숲이 엉성하면 새가 깃들이지 않는다.
세상인심은 차고 더운 것을 보며
사람들은 높고 낮음을 재고 따른다.
寺廢僧居少 橋塔客過稀
家貧奴婢懶 官滿吏民欺
水淺魚難住 林疏馬不棲
世情看冷暖 人面逐高低

이 여덟 구절의 시는 세태의 냉담함과 인간들 인심의 차고 더움을
간단하게 말한 것으로, 참으로 심히 한탄할 만한 말이다!
서문경이 죽은 지 이레째가 되는 날, 옥황묘의 오도관이 제를 올

리는 값을 받고 와서 『이칠경[二七經]』을 읽어주었다. 그 날 또 보은사의 낭승관[朗僧官]이 승려 열여섯을 데리고 와서 제를 지냈고, 교대호의 집에서도 와서 제사를 올렸다. 응백작은 제사를 지내기 위해 몇몇 친구들을 모았는데 맨 첫째는 응백작이고, 둘째는 사희대, 셋째는 화자유, 넷째는 축일념, 다섯째는 손천화, 여섯째는 상시절, 일곱째는 백래창으로 일곱 사람이 함께 자리를 잡고 앉았다. 백작이 먼저 입을 열어,

"큰형님이 돌아가신 지도 어느덧 이레나 됐어. 우리가 서로 어울려 다니면서 당시에 얼마나 많이 신세를 져 얻어먹고 또 물건을 빌려다 쓰기도 하고, 돈을 꿔다 썼고 술을 얻어마셨나! 그런데 형님이 돌아가셨다고 모른 척해야 되겠나! 길에서 이는 흙먼지가 한두 사람의 눈을 흐리게 할 수는 있어도 모든 사람의 눈을 흐리게 할 수는 없다네. 우리가 그렇게 성의 없이 하면 형님이 염라대왕 앞에 이르러서도 절대로 우리들을 용서하지 않을 게야. 그러니 각 사람이 은자 한 전씩을 내면 일곱 전을 모을 수가 있으니 그중 한 전 여섯 푼으로 꽃도 좀 사고 상을 차리는 게야. 상에 올릴 음식으로는 국밥 다섯 그릇과 과자 다섯 접시면 될 거야. 또 한 전은 돼지와 소와 양을 사고, 한 전 닷 푼으로는 술도 한 병 사고 또 불에 태울 지전과 향과 초를 닷 푼어치 사고, 두 전으로는 족자 하나를 사 수선생[水先生]한테 제문을 써 달라고 부탁을 하는 게야. 나머지 한 전 두 푼으로는 사람을 시켜 그 물건들을 메고 가게 하는 거지. 그러고는 형님의 영전에 펼쳐놓고 여러 사람이 제사를 지내며 잔을 올리면 되잖아. 그렇게 한다면 우리한테 이익도 되는 게, 일곱 푼이 나가는 비단으로 만든 상복을 얻어다 집에 가지고 가서 치마라도 만들어 입으면 되잖아. 그리고 그 집에서

우리를 그냥 보내겠어? 한 상 잘 얻어먹을 게 아니겠나. 또 다음 날 출관할 적에도 산에까지 따라가면 실컷 배불리 먹을 게고 다들 남은 음식을 싸가지고 집에 간다면 며칠 동안은 마누라와 애들이 배부르게 먹을 테고 군것질거리를 사지 않아도 되니 다 좋은 게 아닌가?"

하자 모두들,

"형님 말씀이 옳아요!"

그러면서 모두 은자를 내어 백작에게 건네주어 제물을 사서 준비하게 했다. 이에 백작은 말한 대로 제물을 준비하고 족자를 하나 사 성 밖에 사는 수선생에게 찾아가 제문을 써달라고 부탁했다. 수수재는 평소 서문경과 이 응백작의 무리들이 소인배들의 하찮은 왕래임을 알고 있었기에 풍자로 가득 찬 제문을 써주었다. 응백작의 무리들은 제문을 족자로 만든 뒤에 제물과 함께 들고 와 서문경의 영전에 펼쳐놓았다. 그들이 오니 진경제가 상복을 입고 맞이했다. 백작을 선두로 차례로 향을 올렸다. 사람들이 원래 조잡하고 무식한 위인들인지라 제문이 자신들을 풍자한 것임을 제대로 알 리가 없었다. 술을 붓고 축문을 큰소리로 읽어 내려갔다.

유세차 중화[重和] 원년[元年] 무술[戊戌] 이월[二月] 무자[戊子] 삭[朔] 초삼일 경인[庚寅]에 시생 응백작, 사희대, 화자유, 축일념, 손천화, 상시절, 백래창이 맑은 술과 여러 가지 음식을 차려 고인[故人]이 된 서문대관의 영전 앞에 제사를 올립니다.

고인은 생전에 뜻이 굳세고 곧고 성품이 강직했나이다. 부드러운 것을 두려워하지 않고, 강한 것에도 굽히지 않았습니다. 언제나 한 방울의 물로써 사람을 구제하고 이슬과 일월의 빛인 정광[精光]으로 사람을 받아들였습니다(한 방울의 물과 정광은 정액[精液]을 가리킴). 주머니와 상자가 매우 크고 그 기개가 뚜렷하게 드러났습니다. 약[藥](강력한 춘약)을 만나면 서고, 음[陰](여성의 생식기)을 보면 굴복합니다. (물건은) 비단 허리띠 밑에 감싸여 있으며 허리 밑에 자리 잡고 있습니다. 여덟 모나 나 있어 긁을 필요가 없으나 이나 서캐(이의 알)가 있으면 가렵고 근질거려 참기가 어렵습니다. 은혜를 입은 우리는 언제나 사타구니 밑의 음낭[陰囊]처럼 붙어 다녔습니다. 함께 기생집에서 잠을 잤고 집에서도 같이 미친 듯이 놀았습니다. 한참 머리를 쳐들고 머리를 쓰며 싸움터에서 오래도록 싸움을 하셔야 하는데, 어찌 한 번의 병으로 쓰러져 일어나지 못하는 재앙을 만났단 말입니까? 오늘 형님께서 다리를 길게 뻗고 먼 곳으로 가셨으니 남겨진 저희들은 새끼 비둘기가 발이 잘린 것처럼 누구를 믿고 의지하며 살아야 합니까? 이제는 기생집에도 가기 힘들고, 관부아문[官府衙門]의 도움을 얻기도 어려워졌습니다. 다시는 자리를 함께해 미인을 탐할 수도 없고, 더는 같이 미인의 향기를 맡을 수도 없습니다. 우리들로 하여금 고개를 숙이고 발을 헛디디게 하고 연약하고 무력하여 아무런 쓸모가 없게 만들었습니다!

오늘 특별히 이 술을 작은 잔에 따라 올립니다. 영혼이 아직 잠들지 않았다면 부디 내려오셔서 즐거운 마음으로 드소서!

여러 사람이 제를 다 올리자, 진경제가 자리에서 일어나 인사를 하고는 사랑채로 안내해 국 세 그릇에 요리 다섯 접시로 잘 대접한 뒤에 돌려보냈다.

이날 기원의 이씨 할멈은 서문경이 죽었다는 소식을 전해 듣고는 계책을 한 가지 내어 제상을 하나 준비하고 이계경과 이계저를 보내 지전을 태우고 조문을 시켰다. 월랑은 나오지 않고 이교아와 맹옥루가 안방에서 이계경과 이계저를 접대했다. 이씨 집의 계경과 계저는 살그머니 이교아에게,

"저희 어머니께서 말씀하시기를, 나리께서도 돌아가셨고 또 우리들은 어차피 기원 출신이니 굳이 무슨 정조를 지킬 필요가 있냐고 그러세요. 옛말에도 '연회석이 얼마나 화려하고 요란하건 끝나지 않는 연회는 없다'고 했잖아요. 그러니 손안에 있는 물건들을 이명을 시켜 몰래 집으로 빼돌려놓으시래요. 뒷일을 생각하시어 그렇게 멍청하게 있지 마시구요! 자고로 '양주가 아무리 좋다 한들 오래 머무를 곳은 못 된다'고 얼마 지나지 않아서 이 집을 떠나게 될 거예요."
하니 이들의 말을 이교아는 마음속 깊이 새겨들었다.

이날 뜻하지 않게 한도국의 부인 왕륙아가 제상을 준비하고 소복차림으로 가마를 타고 와 서문경의 영전에 지전을 불살랐다. 영전에서 제사를 올리고 나서 한참을 서 있었으나 누구 하나 나와 왕륙아를 접대하지 않았다. 서문경이 죽자 더는 필요가 없다고 바로 왕경을 집으로 쫓아냈다. 하인들은 왕륙아가 온 것을 보고 누구도 감히 안으로 들어가 알리지 못하고 있었다. 그런데 내안이 내막을 모르고 월랑에게 가서,

"한씨 아주머니가 와서 나리의 영전에 지전을 태웠어요. 그리고 앞에서 한참을 서 계세요. 대구 어른께서 저더러 마님께 말씀을 드리라고 했어요."
하니 이 말을 듣고 오월랑은 가슴에 치솟는 분을 참지 못하고 버럭

욕설을 퍼부었다.

"이놈의 자식아, 썩 꺼지거라! 무슨 놈의 썩어빠진 아주머니냐! 개구멍으로 사내를 후려치는 음탕한 여편네가 남의 집안을 다 망쳐놓고 부자간을 떼어놓고 부부를 헤어지게 만들어놓고는 무슨 놈의 낯짝으로 와서 지전을 태우고 있어!"

영문도 모른 채 욕을 먹은 내안은 머쓱해져서는 밖으로 나왔다. 영전에 이르니 오대구는,

"안채에 들어가 말을 했느냐?"

하자 내안은 입을 쭉 내밀고는 아무런 말도 하지 않았다. 한참을 물으니 겨우,

"마님께 욕을 진탕 먹었어요!"

하니, 이에 오대구는 급히 안으로 들어가 월랑에게 말했다.

"누이, 도대체 무슨 일이야? 말을 함부로 하면 안 되지. 자고로 '사람이 나쁘다 해도 예[禮]는 나쁘지가 않다'고 하잖아. 그 사람의 남편이 지금 우리 돈을 얼마나 가지고 있는데 어쩌자고 왕륙아를 그렇게 대하나? 좋은 평판은 얻기 힘드니 그러지 말게! 정히 누이가 나가기 싫으면 둘째나 셋째를 내보내 잘 대접하면 매한가지 아닌가. 이렇게 하면 누가 누이를 나쁘다고 하겠어?"

월랑은 오라비가 이렇게 말을 하자 더는 말을 하지 않았다. 잠시 뒤에 맹옥루가 밖으로 나가 왕륙아를 맞이해 영전에 앉아 차를 대접했다. 그런데 왕륙아도 눈치를 챘는지 더는 앉아 있지 않고 바로 작별을 고하고 자리에서 일어났으니, 서강[西江]의 물을 길어 온다 해도 오늘의 이 수치는 씻기 어려워라!

이때 이계경과 이계저, 오은아는 모두 안방에 앉아 있다가 월랑이

한도국의 부인을 이년 저년 해대며 욕을 하자, 한 가지를 자르느라 수백 그루를 해친다는 격으로 모두들 찔리는 게 있어 더 앉아 있지 못하고 해가 지기 전에 집으로 돌아가려고 했다. 그러나 월랑은 더 있으라면서,

"저녁에 지배인들이 와서 영전을 지키며 꼭두각시놀이 극단을 청해 보기로 했으니 자네들도 보고 내일 가게."

하고 한사코 만류하자 계저와 은아는 가지 않고 계경만 돌아갔다. 저녁이 되자 중들도 돌아가고 단지 이웃에 사는 지배인들과 교대호, 오대구, 오이구, 심이부, 화자유, 응백작, 사희대, 상시절 등 이십여 명이 꼭두각시 극단을 불러 화원 안의 대청에 술좌석을 마련해놓고 영전을 지켰다. 그들은 손영[孫榮]과 손화[孫華] 형제의 우애 있는 얘기를 그린 「살구권부[殺狗勸夫]」라는 원명[元明]간에 유행한 희곡을 공연했다. 여자 손님들은 모두 영전이 있는 옆의 대청에서 휘장을 둘러치고 주렴을 내리고 탁자를 펼쳐놓고 밖을 구경했다. 이명과 오혜도 시중을 들며 밤이 늦어도 집으로 돌아가지 않았다. 머지않아 사람들이 모두 모여들었다. 제사 올리기를 마치고 화원 안 대청에 촛불을 밝히고 자리를 잡고 앉았다. 북을 치고 음악을 울리며 연극을 시작해 거의 삼경이 되어서야 비로소 극이 끝났다.

진경제는 서문경이 죽은 이후에 하루도 빠지지 않고 반금련과 희롱을 하며 즐겼다. 영전에서 눈길을 주고받거나, 휘장 뒤에서 서로 장난을 쳤다. 이때 사람들이 모두 흩어지고 여자 손님들도 모두 안채로 들어가고 하인들이 그릇을 거두어들이고 있었다. 반금련은 눈짓을 하고 진경제를 꼬집으며,

"아기야, 오늘 이 어미가 네 원을 풀어주마! 큰아씨가 지금 안채로

갔으니 어서 당신 방으로 가요."

하니, 경제는 이 말을 듣고 아무 소리도 않고 잽싸게 먼저 자기 방으로 달려가 문을 여니 그 뒤를 따라서 반금련이 어둠 속에 몸을 감추며 살며시 진경제의 방 안으로 들어섰다. 방 안으로 들어서자 아무 말도 하지 않고 바로 치마를 벗고 온돌 위에 벌렁 드러누워 다리를 벌려 경제의 어깨 위에 걸치고는, 진경제가 만지고 노는 대로 내버려두었다.

정말로, 색담[色膽]은 하늘같아 어떤 두려움도 없으니 원앙 휘장 안의 정사[情事]는 백만 군사의 싸움일세.

이 년 넘게 만나다가 하루아침에 짝을 이루네
수년 동안 연분 찾아 헤매다 오늘에야 어우러지네.
버드나무 같은 허리가 넘실대니
옥경[玉莖]*도 바삐 움직인다.
귓가에는 정 그윽한 속삭임 들리고
베갯머리에서는 철석같이 맹세를 한다.
남자가 힘을 주어 이리저리 내리누르니
여인은 요동치기를 수천 번 하네.
또 비구름이 몰아치듯 덮어치자
온갖 아양과 교태를 드러낸다.
하나가 나지막이 '엄마 엄마' 하고 부르니
하나도 '아빠 아빠' 하며 바짝 끌어안는다.
二載相逢一朝配偶 數年姻眷一旦和諧

---

* 남자의 생식기

一個柳腰款擺 一個玉莖忙舒

耳邊訴雨意雲情 枕上說山盟海誓

鶯忿蝶探 嫡妮搏弄百千般

狂雨羞雲 嬌媚施逞千萬態

一個低聲不住叫親親 一個摟抱未免呼達達

바로, 수많은 버드나무가 순식간에 새롭게 파래지니, 꽃 같은 모습, 옛날의 붉음이 줄지 않았구나.

삽시간에 운우의 정을 나누고 진경제는 사람이 올까 두려워 재빠르게 방에서 나가 안채로 들어갔다.

다음 날, 이 어린 애송이는 이미 단맛을 맛보았는지라 아침 일찍 반금련의 방으로 건너갔다. 가서 보니 반금련은 아직까지 이불 속에서 일어나지 않고 있었기에 창호지 문틈으로 들여다보니 반금련은 붉은 이불을 뒤집어쓰고 화장을 하지 않은 하얀 얼굴 그대로였다. 이를 보고 진경제는,

"창고지기 마나님, 어쩌자고 여태 일어나지 않고 계시지요? 오늘 교대호 대인이 제사를 지내러 오신다고, 큰어머니께서 어제 이삼과 황사가 제상에 올렸던 음식을 다 걷어치우랍니다. 어서 일어나시고 열쇠는 저한테 주세요."

하니, 이에 반금련은 급히 춘매를 시켜 열쇠를 내오게 해 진경제에게 건네주었다. 경제는 춘매더러 위층에 올라가 문을 열라고 시켰다. 춘매가 위로 올라가자 반금련은 바로 문창호 틈으로 혀를 내미니 둘은 서로 혀를 빨았다. 그야말로 지분 향기가 입에 가득하여 헛되이 침을 삼키고, 달콤한 침은 마음에 녹아 폐와 간까지 스며드네.

사가 있어 이를 알리나니,

한스럽게 두견새 소리가 진주 발[簾]을 뚫고
마음은 바늘에 찔린 듯하고
정은 아교풀로 붙인 듯하구나.
웃는 얼굴에 보조개 파이고
화장하고 마른 얼굴에 춘색이 감도네.
구름 같은 머리칼은 어지러이 흘러내리고
비취 비녀 아래 잠에 취한 발그스레한 얼굴
옥빛이 줄고 붉은빛이 더하는
단향 향기가 그윽한 그 입에 입 맞추어보았지.
지금도 입술에는 그 향기가 남아 있고
생각하노라니 입 안이 달콤하구나.
恨杜鵑聲透珠簾 心似針簽 情似膠粘
我則見笑臉腮窩愁 粉黛瘦 顯春纖
寶髻亂 雲鬆翠鈿 睡顔駝 玉減紅添
檀口曾沾 到如今脣上猶香 想起來口內猶甛

한참 있다가 춘매가 위층의 문을 열고 내려오니, 진경제는 그제서
야 안채로 들어가서 제사상을 옮겼다. 잠시 뒤에 교대호 집에서 사람
들이 와서 제상을 차렸다. 교대호 부인과 많은 친척들이 와서 영전에
서 제사를 올리고 오대구, 오이구, 감지배인이 그들을 화원 안에 있
는 대청으로 모시고 가서 접대했다. 이명과 오혜가 악기를 연주하며
노래를 불렀다. 이날 정애월 집에서도 사람들이 건너와 지전을 태우

고 제사를 지냈다. 월랑은 옥루를 시켜 소복 한 벌과 띠를 하나씩 주고는 안채로 와서 여자 손님들과 자리를 함께하게 했다. 정애월은 오은아와 이계저가 먼저 와 있는 것을 보고 두 사람이 한마디 말도 없이 온 것을 탓하면서,

"나리께서 돌아가신 것을 알았다면 제가 어찌 빨리 오지 않았겠어요? 그런데 언니들은 어째 저한테는 한마디 말도 없이 오실 수가 있어요!"

그러고는 월랑이 애를 낳은 걸 보고 말했다.

"마님께는 한 가지는 기쁘고 한 가지는 슬픈 일이네요. 애석하게도 나리께서 너무나도 일찍 세상을 뜨셨어요! 그렇지만 이 댁에 새로 주인이 생겼으니 불행 중 다행이에요."

월랑은 인사를 받고 밤늦게까지 머물게 하고는 돌려보냈다.

이월 초사흘은 서문경이 죽은 지 열나흘이 되는 날이었다. 옥황묘의 오도관이 도관 열여섯 명을 데리고 와서 경을 읽고 불사를 지냈다. 이날은 또 아문에 있는 하천호가 주선해 유내상과 설내상, 주수비, 형통제, 장단련, 운지휘가 모두 추렴해서 제상 하나를 장만해 와서 제사를 올렸다. 월랑은 이때 안에서 교대호, 오대구, 응백작을 청해 그들을 대접케 했다. 이명과 오혜가 악기를 타고 노래를 부르며 대청 안에서 접대했다.

저녁에 경을 읽고 망부[亡夫]를 보내는데, 월랑은 이병아의 위패와 초상화를 모두 내오라 해서 불살라버리고 그 방에 있던 옷상자와 장롱은 모두 안방으로 가져다 쌓아놓으라 분부했다. 유모 여의아와 영춘은 안방에서 시중을 들게 하고, 수춘은 이교아에게 주어 이교아 방에서 일을 시켰다. 그런 다음에 이병아의 방은 자물쇠를 가져다 모

두 잠가버렸다. 애석하구나! 정말로, 그림 그린 기둥과 조각한 서까래가 채 마르지 않았는데, 집 앞에서 어리석게 사랑을 하던 사람은 보이지 않네.

시가 있어 이를 증명하나니,

초 양왕이 놀던 집터에는 물이 유유히 흐르고
사랑은 하나지만 근심은 둘이어라.
달빛은 사람의 일이 바뀐 것을 모르고
밤이 깊어가자 여전히 담장 위를 비추누나.
襄王臺下水悠悠 一種相思兩樣愁
月色不如人事改 夜深還到粉牆頭

이때 이명은 날마다 와서 겉으로는 상갓집 일을 돕는 척했지만 실상은 이교아가 몰래 빼돌린 물건을 그의 집으로 나르고 있었다. 한번 오면 이삼 일 집으로 돌아가지 않았다. 월랑 한 사람 눈만 속여넘기면 됐는데, 오이구와 이교아는 전부터 그렇고 그런 사이인지라 그 누구도 틀리다고 말을 하지 못했다. 초아흐레는 삼칠일이라 경을 읽고 월랑이 처음으로 산실에서 나왔다.

열이튿날 진경제가 가서 묘지를 파놓고 돌아오고, 스무날 일찍 출관했다. 많은 제사 그릇과 지전이 있었고 관을 따르는 사람도 많았다. 그렇지만 여하튼 이병아의 장례만큼 성대하지는 못했다. 관을 메고 문을 나설 때 진경제가 상여 끈을 붙잡고 보은사의 낭승관[朗僧官]이 가마 위에 앉아서 높고 낭랑한 소리로 게문을 읊은 뒤에 서문경의 일생을 한바탕 말했는데 참으로 말을 잘해주었으니,

삼가

고인이 된 금의무략장군서문대관인[錦衣武略將軍西門大官人]의 영전에 바치나이다.

엎드려 생각건대 사람의 일생이란, 천둥 번개같이 쉽게 사라지며 석화[石火](용암)처럼 영원하지 못합니다.

떨어진 꽃이 다시 나무로 돌아가는 일은 없고, 흘러간 물이 그 근원으로 돌아가는 법은 없사옵니다. 화려한 고대광실 누각도 명이 다하고 보면 바람 앞의 등불 같고, 지극히 높은 고관대작이라는 것도 봉록이 끊기면 마치 꿈을 꾼 것 같습니다. 황금, 백옥은 공연히 화를 불러오는 밑거름이요, 분단장, 비단옷은 모두 먼지가 될 뿐입니다. 처와 자식이라 할지라도 백 년의 즐거움을 나눌 수 없고, 어둠 속에는 천겁의 괴로움이 있습니다. 하루아침에 베개 위에서 명이 다해 황천으로 떠났습니다. 헛되이 청사에 이름을 남겨놓고, 누런 흙에 뼈를 묻어놓았을 뿐입니다. 수많은 논밭을 가졌다 해도 자식들 간에 싸움이 벌어지고, 비단을 수천 상자 가졌다 해도 죽은 뒤에는 실 한 올도 걸치지 못하고 있습니다. 풍화[風火]가 흩어질 때에는 노소[老少]가 없고, 산과 골짜기가 다하니 영웅은 몇이던가! 모든 것이 애달프고 서럽고 고통뿐이구나! 기[氣]는 청풍[淸風]으로 변하고 형체는 흙으로 돌아가는구나. 삼촌[三寸]의 기가 끊겨져 다시는 돌아오지 못할 곳으로 가 얼굴과 모습을 몇 번이나 수없이 바꾸리오.

시에서 이르기를,

인생에서 제일 고통스러운 것은 무상[無常]한 것
죽음 앞에 이르면 누구나 허둥댄다네.
물과 불, 바람이 서로 핍박하니
정신과 혼백이 각기 날아다니네.
생전에 살길을 찾지 못했는데
죽어서 어디로 가는지를 알겠는가.
일체의 모든 것을 가져갈 수는 없는 법
알몸으로 가서 염라대왕을 본다네.

人生最苦是無常 個個臨終手脚忙
地水火風相逼迫 精神魂魄各飛揚
生前不解尋活路 死後知他去那廂
一切萬般將不去 赤條條的見閻王

낭승관이 경을 읽고 게문을 다 읊자 진경제는 종이 그릇을 던지고 출발하게 하니 집안의 남녀노소가 대성통곡해 온 천지를 다 진동시켰다. 월랑은 혼교[魂轎](혼백을 모신 가마)에 올라앉고 그 뒤에는 여러 부인이 가마를 타고 상여를 에워싸고 곧바로 남문 밖에 있는 조상의 묘 옆에 안장했다. 진경제가 천 한 필을 준비했다가 운지휘에게 신주 점을 찍게 하고 음양사 서선생이 관을 안장하도록 했다. 관을 내려놓고 여러 가족이 그 위에 흙을 뿌렸다. 산 위에서 제사를 올리는데 애석하게도 따라온 사람은 몇 안 되었다. 오대구, 교대호, 하천호, 심이부, 한이부와 지배인 대여섯뿐이었다. 오도관은 어린 제자 열두 명을 시켜 영위를 안방 객실 정면에 모시게 하고 나머지 자질구레한 일은 음양사인 서선생에게 맡기고 일가친척들은 모두 돌아갔다. 월랑 등은 남아서 위패를 지켰다. 그런 후 어느 날 다시 산소에 가서 묘에 흙을 더 덮어주고 돌아와서는 그동안 집안일을 거들고 지켜준 군졸들을 모두 관아로 돌려보냈다. 서문경의 오칠일에 월랑은 설비구니, 왕비구니, 큰스님과 승려 열둘을 불러 염불을 하며 남편의 극락장생을 빌었다. 그동안 오대구의 부인과 며느리 정삼저는 계속 집에 남아서 여러 가지 일을 도와주었다.

출상하던 날 이계경과 계저는 산머리에서 살그머니 이교아에게 말했다.

"어머니께서 이모님이 생각도 없으시대요. 더는 값나갈 것도 없으니 이 집에 눌러 있지 마시래요. 아기도 없는데 무슨 정조를 지키신다고 그래요? 적당한 구실을 찾아서 그냥 나와버리세요. 어제 응씨 아저씨가 와서 말하기를, 큰거리에 있는 장이관 집에서 은자 오백 냥을 주고 이모님을 데려다가 둘째 마님으로 삼아 가정 일을 맡기려고 한대요. 그곳으로 가서 새로운 삶을 찾는 게 낫지, 이곳에서 늙어 죽을 때까지 수절을 지킨다고 누가 알아주기나 한대요! 이모님이나 우리는 다 그렇고 그런 기생 출신으로 옛사람은 보내고 새로운 사람을 맞이하는 게 본업이잖아요. 형세를 보아 강한 쪽에 붙어 사는 게 당연하죠. 그러니 제발 아까운 시간을 놓치지 마세요!"

이교아는 이 말을 가슴에 잘 간직하고 있었다. 그러다가 서문경의 오칠일이 지나자, 집안일을 하는 데도 대강대강하며 신경을 쓰지 않았다. 그런데 생각지도 않게 반금련이 손설아에게 말했다.

"출상을 하던 날, 이교아와 오이구가 화원에 있는 작은 방에서 둘이 얘기하는 것을 봤어요. 그리고 춘매도 이교아가 휘장 뒤편으로 물건을 넘겨주니 이명이 허리춤에 감추고 집으로 돌아가는 것을 직접

봤어요."

이들이 떠드는 것을 월랑이 듣고 오이구를 한차례 꾸짖고 가게로 나가 장사나 열심히 하라 하고 다시는 안으로 들어오지 못하게 했다. 그리고 문을 지키는 평안에게 다시는 이명을 들어오지 못하게 하라고 분부했다. 이때 이교아는 이 같은 수치가 화로 변했으나 아직까지도 적당한 구실을 찾지 못하고 있었다.

하루는 월랑이 안방에서 오대구 부인과 차를 마시며 맹옥루는 부르고 자기는 부르지 않자, 이교아는 화가 나서 월랑과 한바탕 싸우고 서문경의 위패를 모신 탁자를 두들기며 울고불고하기를 거의 삼경까지 하다가 자기 방으로 돌아가 목을 매겠다고 다시 한 번 소동을 부렸다. 하인이 이를 월랑에게 알리니 월랑은 당황하여 오대구 부인과 상의를 한 끝에 기생집에 있는 이씨 할멈을 불러다가 이교아를 다시 기원으로 데리고 가게 했다. 기원의 노파는 이교아가 입고 있던 옷과 장식들을 남겨놓고 가라고 할 것이 두려워 몇 마디를 했다.

"우리 애가 이 댁에서 작은댁으로 있으면서 온갖 고생과 수모를 다 받았어요. 그런데 그렇게 쉽게 쫓아낼 수 있어요? 그러니 위자료조로 몇 십 냥은 주셔야지요!"

오대구는 벼슬아치라 뭐라 말을 하지 못했다. 한참 얘기한 끝에 월랑은 이교아가 입던 옷과 장식품, 옷장과 침대, 휘장 등 생활용품을 모두 주고 나가라고 했다. 단지 이교아가 데리고 있던 원소와 수춘은 남기라고 했다. 이교아가 기어코 데리고 가려 했으나 월랑이 죽어도 주지 못하겠다고 하면서,

"양갓집 여자를 데리다가 몸을 파는 여자로 만들 셈이야!"

하자 이 말을 들은 포주 할멈은 아무 말도 하지 않고, 바로 얼굴에 미

소를 띠고 월랑에게 인사를 하고는 이교아를 가마에 태워 기원으로 돌아갔다.

여러분, 내 말 좀 들어보소. 기원의 기생들이란 원래 아양을 떨고, 화장을 하며 평생을 살아간다오. 아침에는 장[張]이라는 한량을 맞이하고, 저녁에는 이씨라는 건달을 맞이한다오. 앞문으로 아비를 맞이하고 뒷문으로는 아들을 끌어들인다네. 옛사람을 버리고 새로운 사람을 맞이하고 돈을 보면 눈을 크게 뜨니 이것이 자연의 이치일까! 시집을 안 가고 기생의 몸으로 있을 적에는 온갖 애교와 아양을 떨어 향을 태우고 울고불고하며 죽기 살기로 시집을 가려고 한다오. 시집을 가면 마음을 고쳐먹어야 하건만 남편이 아무리 달래고 사랑해줘도 들쭉날쭉한 마음은 붙들어 매놓을 수가 없다네. 남편이 살아 있을 적에도 몰래 도둑질해 입맛을 채우고 남편이 죽고 나면 소란을 부리고는 집을 떠난다오. 얼마 못 가서 다시 예전에 먹던 솥의 밥을 먹으려고 찾아가는 것이니!

정말로, 뱀은 굴속에 있을 적에 본성이 드러나고, 새는 새장 밖으로 나가면 바로 날아가는 법이라네.

시가 있어 이를 증명하나니,

기녀들이 지긋하지 못한 것이 한탄스럽네.
밤마다 방 안에서 남자를 바꾸고
옥 같은 두 팔로 천여 명을 눕히고
한 점의 붉은 입술로 만 사람을 맛보네.
아양 떨고 교태부리는 것은 천성이라지만
한편의 거짓 사랑은 만들어낸 것이라오.

사내들은 그녀를 잘 옭아매놓았다고 하지만
때가 되면 옛 살던 곳을 찾아간다네.
堪嘆煙花不久長 洞房夜夜換新郎
兩隻玉腕千人枕 一點朱唇萬客嘗
造就百般嬌艷態 生成一片假心腸
饒君總有牢籠計 難保臨時思故鄉

월랑은 이렇게 이교아를 쫓아내고 나서 한바탕 통곡을 하니 곁에
있던 모든 사람이 월랑을 말렸다. 반금련이 말하기를,

"큰마님, 신경쓰지 마세요! 옛말에도 '음탕한 여인을 취하는 것은
해청[海靑](일명 해동청이라 하는 송골매의 일종으로 흑룡강 하류 부근의
해도[海島]에서 남)을 기르는 것으로 먹을 물이 떨어지면 해동을 생각
한다'고 하잖아요. 이교아는 원래가 그런 사람인데 공연히 그런 일을
가지고 열을 받으세요!"

이렇게 한참 집안이 시끄러울 적에 평안이 들어와 말했다.

"순염[巡鹽] 채노인께서 오셔서 대청에 앉아 계십니다. 제가 나리
께서 돌아가셨다고 말씀드리니 놀라시며 언제 돌아가셨느냐고 물으
셨어요. 그래 제가 정월 스무하루에 돌아가셔서 오늘 오칠일이 지났
다고 말씀드렸어요. 그랬더니 위패를 모셨냐고 묻길래 안방에 모셔
두고 제사를 올리고 있다고 했어요. 그분께서 영전에 인사를 하고 싶
다고 하시기에 마님께 와서 말씀드리는 거예요."

"진서방보고 나가서 뵙게 해라."

잠시 뒤에 진경제가 상복으로 갈아입고 밖으로 나가 채어사를 만
나봤다. 그러는 사이에 안채를 대강 정리하고 채어사를 안으로 모셔

영전에 인사를 올리게 했다. 월랑도 상복을 입고 나와 인사를 하니 채어사는 아무 말도 못하고 월랑을 보고,

"그만 안으로 들어가시지요."

하고 진경제에게,

"일전에 이 댁 어른께 많은 폐를 끼쳤습니다. 이제 임기가 다 되어 동경으로 돌아가기에 그동안 고마웠다고 인사나 하려고 왔는데 뜻밖에도 세상을 뜨다니!"

하며 다시 물었다.

"그래, 무슨 병으로 돌아가셨나요?"

"심한 담화[痰火]의 질환이었어요."

"참으로 안됐군요!"

채어사는 즉시 하인을 불러 항주산 비단 두 필, 털버선 한 켤레, 말린 조기 네 축, 꿀 네 통을 가져오게 해서는,

"변변치는 않지만 성의로 알고 받아주십시오!"

하고 다시 은자 쉰 냥을 꺼내서,

"이것은 제가 일전에 서문대인께 빌렸던 것인데 이제서야 갚습니다. 다 생전의 교분을 바르게 하고자 합니다. 번거롭겠지만 안방으로 좀 가지고 가시지요!

하니 경제가,

"나리, 굳이 이렇게 하지 않으셔도 되는데!"

하자 월랑이 말했다.

"나리, 잠시 대청에 들어 앉으시지요."

"그냥 차나 한잔 마시면 됩니다."

하인들이 차를 내오자 채어사는 차를 마시고 바로 자리에서 일어

나 가마를 타고 떠나갔다.

　월랑은 뜻하지 않게 은자 쉰 냥을 받고 보니 기쁘기도 하고 한편으로는 처량하기도 했다. 생각해보니 남편이 살아 있었다면 저런 관리가 어찌 볼일만 보고 바로 돌아갔겠는가? 밤늦도록 술을 마셔댔을 텐데… 오늘 남편이 죽고 없자 집 안이 텅 비어 있는 것 같고 손님을 접대할 사람도 없으니 실로 처량하지 않을 수가 없었다. 실로 사람이 오고 가야 재미가 있거늘, 하늘 열어 그림을 그리니 바로 강산이로구나!

　시가 있어 이를 밝히나니,

　조용히 문을 걸고 있으니 봄은 길기만 하고
　누구를 위해 뒤척이며 세월을 원망하나.
　짝 없이 추파 던지던 가련한 눈으로
　가만히 사람을 그리며 눈물을 흘린다오.
　靜掩重門春日長 爲誰展轉怨流光
　更憐無瓜秋波眼 黙地懷人淚兩行

　한편 이교아가 서문경의 집에서 나와 기원으로 돌아가니 응백작이 이 소식을 전해 듣고는 장이관에게 알려주었다. 이를 듣고 장이관은 은자 닷 냥을 가지고 건너와 이교아와 하룻밤을 지냈다. 원래 장이관은 서문경보다 한 살이 어린 토끼띠로 서른두 살이었다. 이교아는 서른네 살이었으나 포주 할멈은 여섯 살을 줄여 스물여덟이라고 했고 응백작에게도 모른 체 해달라고 했다. 장이관은 은자 삼백 냥을 주고 이교아를 자기 집으로 데려가 둘째 부인으로 삼았다.

　축일념과 손과취는 여전히 왕삼관을 꾀어내 이계저 집을 오가며 계저와 사이가 아주 좋게 지냈다. 백작과 이지, 황사는 서내상 집에서 오천 냥을 빌리고, 장이관 집에서 오천 냥을 내게 해 동평부의 골동품 매매 수집에 나서서는 매일 좋은 말에 눈부신 안장을 하고 거들먹거리며 기원을 드나들었다.

장이관은 서문경이 죽고 나자 바로 은자 천 냥을 장만해 동경으로 가서 추밀원 정황친[鄭皇親]에게 연줄을 대고, 병부의 당상관인 주태위에게 청탁해 제형소 서문경이 죽은 뒤 결원이 된 자리를 대신해보려고 백방으로 노력을 했다. 또 한편으로는 정원을 수리하고 집도 새롭게 꾸몄다. 응백작은 그 집에 매일같이 드나들며 장이관에게 잘 보이기 위해 서문경의 집안에서 일어나는 크고 작은 일을 모두 장이관에게 알려 바쳤다. 말하기를,

"그 집에 아직 여섯째 부인인 반금련이라는 사람이 있는데, 항렬은 여섯째인데 생긴 게 아주 예쁘고 몸매도 아주 잘빠졌어요! 시사[詩詞]는 물론 제자백가[諸子百家]에도 능통하고 골패 놀이나 쌍륙, 바둑, 장기 등 못하는 게 없어요! 글도 알고 또 글자도 잘 쓰고 비파를 아주 잘 타요. 금년에 나이가 채 서른이 안 되었는데 노는 애들보다 그 방면의 솜씨도 훨씬 뛰어나요!"

하니, 이 말을 듣고 장이관은 마음이 혹하고 귀가 솔깃해 당장에 금련을 갖지 못하는 것이 한스러울 뿐이었다. 그래서 물어보았다.

"혹시 떡 장수를 하던 무대의 마누라가 아닌가?"

"맞아요. 그 집에 들어온 지 오륙 년이 되었는데 다른 사람한테 시집을 갈지는 모르겠네요."

"수고스럽겠지만 자네가 좀 알아보고, 시집가겠다는 말이나 그런 낌새가 있으면 나한테 말을 해주게. 그러면 내 바로 데려올 테니!"

"제가 데리고 있는 애가 그 집에서 일을 보고 있는데 이름이 내작이라고 하지요. 제가 내작한테 그런 소식이 있으면 즉시 저한테 알리라고 말을 해놓지요. 어렵겠지만 나리께서 반금련을 데려올 수만 있다면 기생들을 데려오는 것보다 훨씬 낫지요! 일전에 서문경도 살아 있을 적에 반금련을 데려오느라 많은 애를 썼어요. 무릇 물건에는 다 주인이 따로 있다고 하니 복이 있으면 얻을 수가 있을 거예요. 나리께서 지금 이처럼 부귀와 권세를 지니셨는데 그런 여자를 얻어 함께 영화를 누리지 못한다면 이 부귀한 것이 얼마나 억울하겠어요! 제가 내작을 시켜 몰래 알아보게 하고 시집을 갈 낌새가 있으면 좋은 말로 반금련의 마음을 움직여놓지요. 그러니 나리께서는 단지 은전 몇 백 냥만 쓰고 그런 미인을 집안에다 데려다놓고 즐기시기만 하면 됩니다."

여러분, 내 말 좀 들어보소. 세상에서 할일 없는 자들은 모두 세[勢]와 이[利]를 보고 따르는 소인[小人]들이라네. 누가 부유해지면 옷과 먹을 것을 얻기 위해 죽을힘을 다해 모시고 공과 덕을 찬양하고 때로는 그를 위해 모든 것을 아낌없이 사용하며, 재물을 우습게 보고 의를 위한 장부라고 큰소리를 친다네. 아첨과 아양을 떨고 자식과 마누라까지 바치며 못하는 짓이 없는 법. 이 자는 서문경의 집안이 하루아침에 몰락하는 걸 보고 바로 비방과 풍자를 하며 서문경이 일도 제대로 하지 않고 또 조상한테도 불효해 이 같은 지경에 이르렀다고 떠벌렸다네. 평소에 그토록 깊은 은혜를 입고도 이제 와서는 낯선 사람보다도 더한다네.

원래 서문경은 응백작에게 친절하고 가깝게 대해주기를 친형제 이상으로 해줬다. 응백작이 어느 하루라도 서문경의 먹을 것을 먹지 않고, 입을 것을 입지 않고, 쓸 것을 쓰지 않은 날이 있었던가? 그런데 서문경이 죽은 지 얼마 되지 않고 시신에 아직도 따스한 기운이 남아 있는데 이처럼 의롭지 못한 일을 많이 저지른 것이다. 정말로, 호랑이를 그려도 뼈를 그리기는 힘들고, 사람의 얼굴은 알아도 마음은 알 수 없는 것인가.

시가 있어 이를 증명하나니,

예전에는 의기[意氣]가 마치 금란[金蘭] 같아
백 가지 계략을 꾸며 아첨을 다하더니
오늘 서문경이 죽고 나니
바삐 첩을 꾀어 다른 사람 품에 안기려 하네.
昔年意氣似金蘭 百計趨承不等閑
今日西門身死後 紛紛謀妻伴人眠

마음을 속이는 것은 하늘을 속이는 것

한도국은 재물을 빼앗아 권세가에 의지하고,
내보는 주인을 속이고 은혜를 배반하다

모든 일은 하늘의 뜻, 억지로 하지 마라

하늘이 주는 인과응보는 스스로 분명하니.

음욕을 탐하여 남의 부인을 간음하고

주인을 배반하고 재물을 탐해 인의롭지 못하네.

죽고 나서 사람이 귀신을 농간한다 말하지 마소

예부터 세력이 다하면 노복도 은혜를 잊는 법.

가련하구나, 서문경이 이루어놓은 것이 무엇인지

반평생 간사한 무리들에게 좋은 일만 시켜주었구나.

萬事從天莫强尋 天公報應自分明

貪淫縱意奸人婦 背主侵財被不仁

莫道身亡人弄鬼 由來勢敗僕忘恩

堪嘆西門成甚業 贏得奸徒富半生

한편 한도국과 내보는 서문경에게서 사천 냥을 받아가지고 강남 각지를 돌아다니면서 여러 가지 물건들을 사 모았다. 비바람을 맞으며 잠을 자고 밤낮으로 돌아다녔다. 그러다 양주에 도착해서 묘청의 집에 찾아가 머물렀다. 묘청은 서문경이 보낸 편지를 받아보고 자기 목숨을 살려준 은혜를 생각해 그들을 잘 대접했다. 묘청의 집에 머물며 한도국과 내보는 매일같이 술집을 드나들며 술을 마시고 여자를 취해 진탕 놀았다. 때는 마침 초겨울이라 스산한 바람이 불고 외로운 기러기 슬피 날며 나무들도 잎이 다 떨어져 가지만 앙상했고 주위의 물건들이 모두 썰렁하니 집 떠난 나그네들은 더욱더 고향 생각이 간절했다. 이에 둘은 급히 각처에 은자를 보내 비단을 사서 모아 잠시 양주 묘청의 집에 모아두었다가 화물들이 다 모이면 바로 고향으로 돌아가기로 했다.

먼저 한도국이 예전에 알고 지내던 양주 기생 왕옥지[王玉技]를 데려오고, 내보는 임채홍[林彩虹]의 누이인 소홍[小紅]을 데려와, 날을 잡아 양주의 소금장수인 왕해봉[王海峰]과 묘청을 청해 보응호[寶應湖](명대에 강소성 보응현은 양주에 속해 있었는데 경내[境內]에 있는 범광호[泛光湖], 백마호[白馬湖], 광양호[廣洋湖], 사양호[射陽湖] 등을 통틀어 보응호라 함)에 가서 하루를 놀다가 기원으로 돌아왔다. 마침 그날이 왕옥지의 포주 할멈 생일이라 한도국은 다시 여러 사람들을 초청해 술자리를 벌여 포주 할멈 왕일[王一]의 생일을 축하해주려고 했다. 그래서 일꾼인 호수[胡秀]로 하여금 술과 과일, 과자 등을 준비하게 하고 객상[客商]인 왕동교[汪東橋]와 전청천[全請川]을 불러오게 했다. 왕동교와 전청천이 오지 않자 왕해봉과 함께 오려니 하고 생각했다. 해가 질 무렵 호수가 오기에 한도국은 술김에 호수에게 욕을 퍼부으며,

"이 싸가지 없는 자식은 어디 가서 한잔을 하고 이제서야 오는 게야! 입에서 술 냄새를 풍기면서 말이야! 손님들이 온 지가 이미 반나

절이 넘었는데 어디를 갔다 오는지 알 수가 있나!"

하니, 이 말을 듣고 호수는 눈을 치켜뜨고 한도국을 째려보며 아래로 내려가면서 중얼거리기를,

"네가 나를 욕해? 제놈의 마누라는 집 안에서 드러누워 가랑이를 벌리고 돈을 벌고 있는데, 제놈은 여기에서 다른 계집을 껴안고 놀고 있다니! 집 안에서 주인이 자기 마누라를 꿰차고 그 짓거리를 하는 대가로 자기한테 돈을 주어 밖에서 장사를 하게 하는 줄을 알고 있는지! 제놈은 여기에서 통쾌하고 재미있게 놀고 있지만 마누라는 집 안에서 어떤 고통을 얼마나 받고 있는지 알기나 하겠어? 어떻게 너희 어머니가 너같이 싸가지 없는 놈을 낳았는지 모르겠군. 너 같은 인간을 말이야!"

라며 포주 할멈에게 떠들어대자, 왕노파는 호수를 정원으로 데리고 가서는,

"호관인, 당신은 취했어요. 그러니 방에 들어가 주무세요!"

했으나 호수는 허리를 쭉 펴고 소리를 지르며 방 안으로 들어가지 않았다. 그런데 한도국이 여러 손님들과 술좌석에서 흰 비단 도포를 입고 털버선 신을 신고 술을 한창 마시고 있다가 호수가 밖에서 욕을 해대며 시끄럽게 구는 것을 보고 몹시 화가 나서는 밖으로 뛰어나와 발로 호수를 걷어차면서,

"요 버르장머리 없는 자식아, 내가 네놈을 하루에 은자 닷 전씩 주며 쓰고 있는데, 네놈이 아니면 다른 사람이 없을 것 같으냐!"

라며 호수를 즉시 내쫓아버렸다. 그러나 호수는 물러나지 않고 기원에서 더욱더 고래고래 소리를 지르며,

"네가 나를 내쫓아? 내가 장부 정리를 잘못하지도 않았는데! 네놈

이 계집질을 해놓고 도리어 나를 내쫓아? 내가 집에 가서 말을 하지 않나 두고 봐!"

하니 내보가 한도국에게 참으라 하고는 호수를 한쪽으로 끌고 가서 타일렀다.

"요 애송이가 왜 술을 마시고 술주정이야?"

"아저씨는 상관하지 마세요! 제가 무슨 술을 마셨다고 그래요? 저 사람과 한판 해봐야겠어요!"

이에 내보는 호수를 억지로 방에 밀어 넣어 재웠다.

사람이 술에 취하는 것이 아니라 스스로 취하는 것이고
색이 사람을 미혹하는 것이 아니라 스스로 미혹되는 것이라네.
酒不醉人人自醉 色不迷人人自迷

내보가 호수를 방 안으로 밀어 넣어 재운 일은 여기에서 접어두자.

한편 한도국은 여러 손님들이 호수가 떠들어댄 말을 듣고 업신여 길까 두려워 내보와 함께 술좌석을 오가며 잔을 돌리고 술을 따라부 어 분위기를 새롭게 북돋았다. 임채홍과 소홍 자매, 그리고 왕옥지 세 사람은 악기를 타며 노래도 부르고 춤도 췄다. 꽃보라가 일고 비 단 물결이 너풀대니 주사위와 수수께끼 풀이 등의 놀이를 하며 삼경 까지 놀고 마시다가 비로소 흩어졌다.

이튿날 한도국이 호수를 때려주려고 하자 호수가 말한다.

"저는 아무것도 모르겠는데요!"

이에 내보와 묘청은 호수가 술기운에 정신없이 떠들어댄 것이니 참으라며 한도국을 만류했다.

며칠이 지나 물건이 거의 다 모아지자 잘 꾸려서는 배에 실었다. 묘청은 사람을 점검하고 선물을 준비하며 장부를 쓴 다음에 두 사람을 떠나보냈다. 호수도 함께 출발했다. 왕옥지와 채홍 자매도 적지 않은 음식을 장만해 부두까지 나와 송별연을 열어주었다.

정월 열하룻날에 출발하니 돌아오는 길에 특별한 일은 없었다. 정월의 어느 날 배가 임강[臨江]의 갑문을 지나가고 있었고, 이때 한도국은 마침 뱃머리에 서 있었는데 자기 집 근처에 살고 있는 엄사랑[嚴四郎]이 상류로부터 배를 타고 임강으로 관원을 영접하러 가는 것을 보았다. 엄사랑은 한도국을 보고 손을 흔들며,

"한사교[韓四橋], 자네 주인이 정월에 돌아가셨어!"

하고는 쏜살같이 배를 몰아 지나갔다. 한도국은 이 말을 듣고 혼자만 알고 내보에게는 말하지 않았다.

이때 마침 하남, 산동에는 큰 가뭄이 나서 사방이 흉년이라 논과 밭이 다 황폐해 아무것도 제대로 거두지 못하자 곡식은 물론이고 면화나 누에까지 바짝 마르니 일시에 비단이나 베 값이 폭등해 갑자기 삼 할이나 뛰어올랐다. 지방 판매상들은 모두 은자를 지니고 임청 부두까지 와서 물건을 싣고 오는 화객들을 맞이해 서로 앞 다투어 물건을 사려고 했다. 이에 한도국은 내보와 상의했다.

"배에는 약 사천 냥어치의 베와 면이 실려 있잖아. 게다가 값도 삼할 정도 올랐으니 약 반쯤 팔아서 이익도 좀 챙기고 통관세도 내는 게 어떻겠어? 집에 가져가서 판다고 해도 이렇지는 않을 게야. 이렇게 물건값이 잘나갈 때 팔지 않으면 정말로 애석하잖아!"

"지배인의 말씀은 맞는데 그렇게 팔고 집으로 돌아갔다가 만약 나리께서 뭐라고 화를 내시면 어쩐다지요?"

"만약에 나리께서 뭐라 하시면 내가 모두 책임질게."

이에 내보도 더는 어쩔 수가 없는지라 부둣가에서 베 천 냥어치를 팔아버렸다. 그렇게 팔고 나서 한도국은 다시 내보에게 말했다.

"쌍교[雙橋], 자네와 호수는 잠시 배에서 통관세를 다 낼 때까지 기다리게나. 나는 먼저 왕한[王漢]을 데리고 은자 천 냥을 말에 싣고 출발하여 나리께 말씀드리겠네."

"집에 도착하시면 나리께 편지를 하나 써 달래서 세관을 담당하는 전대인께 드리세요. 그러면 세금도 적게 내고 배도 먼저 통과시켜줄 거예요."

한도국은 그러마 하고 왕한을 시켜 나귀에 은자 천 냥을 잘 꾸리게 하고는 청하현 집으로 출발했다. 며칠이 지나 성안 남쪽으로 들어서니 날이 이미 저물었다. 그런데 뜻밖에 서문가의 묘지기로 있는 장안[張安]이 수레에 많은 쌀과 술, 음식을 싣고 막 남문을 나오는 것을 보았다. 장안이 한도국을 보고는 큰소리로 외쳤다.

"한씨 아저씨, 돌아오셨군요!"

한도국은 장안이 상복을 입고 있는 것을 보고 그 까닭을 물었다. 장안이,

"나리께서 돌아가셨어요. 내일 삼월 초아흐렛날이 나리께서 돌아가신 지 사십구 일이 되는 날이에요. 그래서 큰마님께서 저를 시켜 술과 쌀, 음식들을 산소로 갖다놓으라고 하셨어요. 내일 산소에 가셔서 지전을 태우시겠대요."

하니 한도국은 이 말을 듣고,

"정말 안됐군! 정말 안됐어! 과연 거리의 사람들이 하는 말이 틀리지 않았구나!"

이렇게 말하며 고개를 숙이고 성 안으로 들어서니 때는 이미 저물어 있었다. 보아하니,

네거리에는 불빛이 휘황찬란하고,
구요묘[九曜廟]*에는 향이 타오르고
종소리가 울려온다.
둥근 달은 드문 가지 위에 걸려 있고
몇 개의 별은 푸른 하늘에서 반짝인다.
육군[六軍]**의 영내에서는
호각 소리가 계속해서 들려오고
고각 위에서는 물시계 소리만 똑똑 들려온다.
사방에는 저녁 안개 자욱하고
혼미한 춤과 노래가 주위를 맴돈다.
거리에는 짙은 안개가 끼고
푸른 창과 붉은 문을 은은히 잠근다.
아름다운 여인네들은 휘장 안으로 들어가고
선비들은 다투어 서재 휘장을 걷네.
十宇街熒煌燈火 九耀廟香靄鍾聲
一輪明月掛疏林 幾點疏星明碧落
六軍營內 鳴鳴畫角頻吹
五鼓樓頭 點點銅壺雙滴
四邊宿霧 昏昏罩舞榭歌臺

---

* 북두칠성 및 그것을 보좌하는 두 별을 모시는 사묘명[寺廟名]
** 국가 군대의 총칭

三節沉煙 隱隱閉綠窗朱戶
兩兩佳人歸繡幕 紛紛仕子捲 書幃

　한도국은 성 안으로 들어서 큰 네거리에 이르러 속으로 생각하기를, '가만있자, 서문 나리 댁으로 가려 해도 나리가 이미 죽고 없고 하물며 날도 이렇게 저물었으니 먼저 집으로 돌아가 하룻밤을 쉬면서 마누라와 어찌해야 할지를 상의하고 내일 그 댁으로 가도 늦지는 않겠지!', 이렇게 생각을 하고 왕한을 데리고 말머리를 돌려 곧바로 사자가에 있는 집으로 갔다. 두 사람은 말에서 내린 뒤 짐꾼들을 돌려보내고 문을 열게 하고는 왕한으로 하여금 짐들을 집 안으로 옮겨놓게 했다. 하인이 한도국을 보고 안으로 들어가 왕륙아에게,

　"나리께서 돌아오셨어요."

하니 왕륙아는 한도국을 맞이해 안으로 들게 하고는 집 안에 모신 부처님께 인사를 올리게 한 뒤에 옷의 먼지를 턴 다음 다시 짐들을 집 안으로 옮겨놓았다. 왕륙아는 한도국의 옷을 받아 걸고 자리에 앉게 하고는 하인을 시켜 차를 내오게 했다. 한도국은 먼저 돌아오는 길에 있었던 일들을 말해주면서 다시 물었다.

　"내가 오는 길에 엄사랑을 만났는데 나리께서 돌아가셨다고 하더군. 방금 성 밖에 도착해 묘를 지키는 장안을 만났는데 쌀과 술, 음식을 싣고 묘지로 가더군. 그러면서 내일이 사십구재라 하던데 과연 헛소문이 아니었군. 그런데 멀쩡하던 분이 왜 갑자기 돌아가셨지?"

　"하늘에는 예측할 수 없는 풍운[風雲]이 있고, 인간 세상에는 급작스런 화복[禍福]이 있다잖아요! 어느 누가 사람이 죽지 않는다고 보장하겠어요?"

한도국은 말을 들으며 짐 꾸러미를 풀었는데 그 안에는 강남에서 사온 장식품들이 들어 있었고 또 배낭 두 개에 은자 일천 냥이 들어 있었다. 그것을 한 봉지 한 봉지씩 꺼내어 온돌 위에 올려놓았다. 열어보니 은자들이 눈처럼 하얗게 빛나고 있었다. 한도국은 그것을 가리키며 부인에게,

"이것은 내가 임강에 이르러 물건값도 오르고 또 서문 나리께서 돌아가셨다는 소문을 듣고 먼저 일천 냥어치를 팔아서 가져온 거야."

그러면서 따로 싸놓은 은자 백 냥을 내놓으며,

"오늘은 너무 늦고 했으니 내일 아침 그 댁으로 가져다드리게."

그러면서 다시 물었다.

"그래, 내가 떠난 뒤에 나리가 자네를 잘 돌봐주던가?"

"나리가 살아 계실 적에는 잘해줬어요! 그런데 나리도 죽고 없는데 이 은자를 나리 집에 갖다주려고 하세요?"

"사실은 나도 그 문제를 당신과 상의하려고 해. 이곳에 조금 남겨두고 반쯤 갖다주면 어떨까?"

"아야, 이런 멍청한 양반이 있나! 제발 그런 멍청한 소리는 그만하세요! 나리는 이미 죽고, 여기에 아무도 없는데 우리가 도대체 무슨 관계가 있다는 거예요? 만약 나리 댁에 절반만 가져다준다면 당신한테 그 나머지에 대해 귀찮게 꼬치꼬치 캐물을 게 뻔하잖아요! 그러니 아예 일천 냥 모두 우리가 슬쩍 먹어치우고 동경으로 가는 게 어떻겠어요? 우리 친척이 태사님 집에서 일을 보고 있는데 설마 우리를 돌봐주지 않겠어요?"

"그럼, 급히 떠난다면 이 집은 어찌한다지?"

"이렇게 생각 없는 양반을 봤나! 둘째를 불러 돈냥이나 몇 푼 집

어주고 집을 보고 있으라고 하면 되잖아요. 만약에 서문경의 집에서 사람을 보내 우리를 찾는다면 동경에 있는 딸애가 우리를 잠시 보자고 불러서 올라갔다고 하면 될 것 아녜요. 그렇게 하면 제가 머리가 일곱 개나 되고 담이 여덟 개나 된다 할지라도 감히 태사 댁으로 우리를 찾으러 올 수 있겠어요? 찾으러 온다 해도 우리가 겁낼 것은 없어요!"

한도국은 그래도 한 가닥의 양심이 남아 있어 망설였다.

"그래도 우리는 나리의 크나큰 은혜를 입었는데 어떻게 그렇게 마음을 바꿀 수가 있나? 그랬다가는 천벌을 받을 거야!"

"자고로 '하늘의 도리를 다 지키다가는 제대로 얻어먹지도 못한다'고 하잖아요. 나리가 남의 부인을 그렇게 가지고 놀면서 그 정도 돈을 썼다고 생각한다면 뭐 별로 억울할 것도 없잖아요! 일전에 나리가 죽었다는 소식을 듣고 그래도 나는 좋은 마음으로 소, 돼지, 양을 잡고 제사상을 하나 잘 차려서 그의 집으로 가 제사를 지내고 지전을 태웠지요. 그런데 나리 댁 큰마누라, 현모양처도 아니면서 현숙한 체를 하는 음탕한 년이 반나절이 지나도 코빼기를 내보이지 않고 집안에 틀어박혀서 나를 흉보고 욕을 해대잖아요! 제가 나오려 해도 나올 수 없고 앉아 있으려 해도 앉아 있을 수가 있어야지요. 그러다가 뒤에 셋째 마누라가 나와서는 나를 대접하려 하더군요. 그래 앉지 않고 바로 가마를 타고 돌아왔어요. 그때 내가 당했던 일들을 생각하면 이 정도의 돈은 마땅히 내가 써야 해요!"

이렇게 한바탕 말을 하자 한도국은 아무런 말도 못했다. 부부는 이날 밤에 그렇게 하기로 합의를 봤다. 다음 날 오경쯤에 그의 동생인 한이를 불러 여차여차하다며 집을 잘 봐달라고 당부했다. 그러면

제81화 마음을 속이는 것은 하늘을 속이는 것

서 한이에게 은자 스무 냥을 용돈으로 쓰라고 건네주었다. 건달 한이가 어찌 거절하겠는가? 웬 떡이냐 싶어,

"형님, 형수님! 아무 걱정 마시고 가세요. 여기 일은 제가 다 알아서 할 테니까요."

하니, 이에 한도국은 젊은 일꾼 왕한과 하녀 둘까지 데리고 동경으로 떠나버렸다. 떠날 때 큰 수레 두 대를 세내어 장롱과 세간, 값진 물건을 모두 수레에 싣고 날이 밝을 무렵에 바로 서쪽 성문을 나서 곧바로 동경으로 출발했다.

구슬 새장을 뚫고 화려한 봉황이 날아가고, 쇠 자물쇠를 끊고 교룡[蛟龍]이 달아나는 격이었으니, 한도국 부부가 동경으로 떠나간 일은 이쯤에서 접어두자.

한편 이튿날 오월랑은 효가를 데리고 맹옥루, 반금련, 서문경의 큰딸, 유모 여의아, 사위 진경제와 함께 산소에 가서 서문경의 영전에 지전을 불살랐다. 그때 산소지기인 장안이 어제 길에서 한지배인을 만났다는 얘기를 들려줬다. 이를 듣고 월랑이 말하기를,

"한도국이 왔으면 어째 집으로 오지 않았을까? 오늘 찾아오려나."

그러고 산소에서 지전을 다 태운 뒤에 오래 앉아 있지 않고 바로 집으로 돌아왔다. 바로 진경제를 시켜 한지배인 집으로 가서 배가 어디에 도착했는지 알아보게 했다. 진경제가 한도국 집에 이르러 처음에 몇 번을 불러봤으나 대답이 없다가 나중에 한이가 나와 말하기를,

"조카딸 애가 동경에서 사람을 보내와서 형님 내외가 동경으로 갔어요. 배가 어디에 있는지는 모르겠어요!"

하니, 진경제가 집으로 돌아와 이 같은 사실을 알리자 월랑은 더욱

마음을 놓지 못하고 진경제에게 말을 타고 부둣가에 나가 배를 대어
놓은 곳을 찾아보게 했다. 사흘 만에 겨우 임청의 부둣가에서 내보가
지키고 있는 배를 찾아냈다. 내보가 말했다.

"한지배인이 먼저 은자 천 냥을 가지고 집으로 갔는데 만나보셨어
요?"

"누가 한지배인을 봐? 산소에 나가 지전을 불사르고 있는데 한지
배인이 성안으로 들어오는 것을 장안이 봤다고 하길래 장모님이 내
게 한지배인 집으로 가 알아보라고 하셨지. 그들 부부는 살림살이와
은자를 가지고 모두 동경으로 날라버렸어. 지금 장인어른께서 돌아
가셨으니 장모님께서 안심을 못하시고 나를 보내 배를 찾아보게 하
시는 게야."

이 말을 듣고 내보는 아무런 말도 않고 속으로 생각했다.

'어쩐지, 이 때려죽일 놈이 나까지 속였구나! 그래서 오는 도중에
길에서 천 냥어치를 팔아 동경으로 날라 엉큼하게 속셈을 다 채웠구
나! 정말로 얼굴을 마주 대하고 있어도 마음은 천 리나 떨어져 있다
더니!'

내보는 서문경이 죽었으니 자기도 한도국과 같은 길을 걷기로 작
정한 뒤 바로 진경제를 부둣가에 있는 술집 이층으로 데리고 가서 술
을 진탕 마시게 하고 여자를 불러 재미있게 놀게 했다. 그러는 사이
에 자기는 몰래 배로 돌아와 팔백 냥어치의 물건을 가게 안으로 옮겨
놓고 표시를 모두 해놓았다.

그러고는 며칠 뒤에 통관세를 모두 납부하고 배가 통과하여 신하
구[新河口]에 이르자 짐을 내려 수레에 싣고 청하현에 이르러 동쪽
사랑채에 모두 쌓아두었다. 서문경이 죽은 후에 사자가에 있는 실 가

게는 이미 문을 닫았다. 건너편에 있는 비단 가게도 감지배인과 최본이 모두 물건을 팔아 돈으로 만든 다음 월랑에게 건네주고 모두 집으로 돌아가 있는 터였다. 그런 후에 가게도 팔아 치웠다. 단지 문 앞의 전당포와 생약 가게만을 진경제와 부지배인이 맡아서 하고 있었다. 원래 내보의 처 혜상한테는 다섯 살 난 아들 승보[僧寶]가 있었는데, 한도국의 처 왕륙아에게는 네 살 난 조카딸이 있어 두 집이 서로 사돈을 맺기로 했었다. 그러나 이 같은 사실을 월랑은 통 모르고 있었다. 내보는 화물들을 모두 내려 쌓아놓고는 모든 사정을 한도국에게 덮어씌우면서 말했다.

"한도국이 먼저 이천 냥어치의 물건을 팔아 집으로 돌아왔어요."

이를 듣고 월랑은 내보더러 재차 동경으로 가서 나머지 돈의 행방을 알아보라고 시켰다. 그러나 내보는 월랑의 말을 듣기는커녕 거꾸로 답했다.

"가봐야 소용없어요! 태사부 댁에 누가 감히 들어갈 수 있겠어요? 공연히 일이나 만들지 마세요! 일부러 찾아와 시비를 걸지 않는 것만 해도 천만다행인데 공연히 긁어 부스럼 만들 필요는 없잖아요!"

"그래도 적집사는 우리가 중매를 해주었는데 설마 그렇게 매정하게 하겠는가?"

"한도국의 딸이 자기 부인으로 있는데 적집사가 그들 부부 편을 들지 않고 우리 편을 들어줄 것 같아요? 그런 어리석은 말씀은 여기서 저한테나 하세요. 만약에 밖으로 나가 다른 사람들이 알게 되면 공연히 웃음거리나 돼요. 은자 이천 냥은 떼인 셈 치시고 더는 꺼내지 마세요."

이 말을 듣고 월랑도 어쩌지 못하고, 있는 물건이나 빨리 내다 팔게 했다. 가게의 물건들을 모두 팔아버리기 위해 월랑은 진경제에게 손님들을 불러와 흥정을 하게 했으나 마지막 흥정단계에서 모두 값이 맞지 않는다며 은자들을 가지고 돌아갔다. 이를 보고 내보가,

"서방님, 서방님께서는 장사꾼들의 생리를 잘 모르세요. 저는 강호를 몇 년을 떠돌아봐서 이러한 사정을 잘 알지요. 그들은 차라리 싸게 팔고서 후회는 할지언정 물건을 비싸게 사지 않는다고요. 이 물건을 가지고 이 정도의 값을 받으면 적당해요. 서방님께서 너무 활시위를 강하게 당기고 있으니 살 사람이 와서 보고는 모두 도망을 가는 거지요! 제가 나이가 좀 더 먹었다고 말씀을 드리는 것이 아니라 서방님께서 나이가 아직 어려 세상 물정을 모르시는 거예요! 제가 외부 사람 편을 들겠어요? 한꺼번에 다 팔아 치우는 게 좋아요!"

하자, 진경제는 이 말을 듣고 성질이 나서 자기는 그 물건을 파는 데 관여하지 않겠다고 했다. 내보는 진경제가 그렇게 나오자 월랑의 분부를 기다리지도 않고 주판을 빼앗아 자기가 앞장서 다시 상인들을 불러와서는 이천 냥어치의 물건을 팔고는 하나하나 진경제에게 건네주니, 진경제는 다시 그것을 월랑에게 넘겨주어 상인들이 물건을 가지고 떠났다. 월랑은 이렇게 물건을 판 다음 내보에게 은자 서른 냥을 생활비에 보태라고 주었다. 그러자 내보는 크게 떠벌리며 받지 않으면서,

"마님께서 그냥 거두어두세요. 나리께서 돌아가시고 샘물 마르듯이 쓰기만 하고 돈이 들어올 데도 없는데 어찌 우리한테까지 주시려고 하세요? 거두어두세요, 저는 받지 않겠어요!"

그러고 며칠이 지난 어느 날 저녁에 내보는 밖에서 술을 먹어 잔뜩 취해서 월랑의 방으로 들어가 온돌바닥 위에 엎드리며 월랑에게,

"마님께서는 아직 나이도 젊으신데 나리께서 돌아가셨으니 혼자서 이 어린아이를 데리고 수절을 하시기가 너무 외롭고 적적하지 않으세요?"

했다. 이 말을 듣고 월랑은 아무런 말을 하지 않았다.

그러던 어느 날 동경의 적집사에게서 편지가 왔다. 서문경이 죽은 것을 알았고, 또 한도국을 통해 서문경의 집안에 노래를 잘하고 악기를 잘 타는 예쁜 소녀 네 명이 있다고 들었다는 것이었다. 그러면서 원하는 값을 말하면 값을 쳐서 동경으로 데리고 간 뒤에 태사 부인을 모시게 하겠다고 했다. 월랑은 편지를 보고 당황해 손발이 떨려 바로 내보를 불러 보내는 게 좋은지 아니면 보내지 않는 게 좋은지를 상의해보려고 했다. 내보는 안으로 들어서서는 월랑을 보고 마님이라 부르지도 않고 말했다.

"부인은 참 세상 물정을 모르시는군요! 만약에 그녀들을 보내지 않으면 화가 미칠 거예요! 이 모든 것이 다 죽은 영감이 심은 거예요. 무슨 놈의 돈이 그토록 많아서 툭하면 술잔치를 벌여 여자애들을 불러 노래를 시키고 악기를 연주케 하니 어디 그런 소문이 밖으로 나가지 않겠어요? 하물며 그 한지배인의 딸애는 태사부의 노마님 곁에서 시중을 들면서 못하는 말이 무엇이 있겠어요? 제가 일전에 말씀을 드렸는데 오늘날 정말로 이런 일이 터졌잖아요! 만약 보내지 않으면 적집사가 채태사의 이름을 빌어 이곳 관아에 명을 해 관원을 파견해 사람들을 불러 올라갈 거예요. 그때는 당신이 두 손으로 받들어 올려 바치려 해도 이미 때는 늦었어요! 그러니 오늘 정히 무엇하면 네 명은 다 그만두더라도 둘은 보내주어야 그럭저럭 체면치레는 할 수 있을 거예요!"

이 말을 듣고 월랑은 한참 곰곰이 생각해보니 맹옥루 방의 난향과 반금련 방의 춘매는 모두 주기가 아까웠다. 그리고 또 수춘은 아기를 봐줘야 하니 보낼 수가 없었다. 그래 자기 방에 있는 옥소와 영춘에게 물어보니 진심으로 가기를 원했다. 이에 내보를 시켜 수레 두 대를 빌려 여자애 둘을 태워서는 동경 채태사의 집으로 보냈다. 그런데 내보 이 음흉한 놈이 동경으로 가는 도중에 옥소와 영춘을 모두 범해버렸다.

동경에 도착한 내보가 한도국 부부를 만나 전후의 일들을 모두 얘기하자 한도국이 말했다.

"적친척이 돌봐주어 그럭저럭 잘 지내고 있네. 내가 그들을 두려워하지도 않지만 그들이 감히 동경까지 나를 찾으러 오겠어?"

적렴은 내보가 데려온 영춘과 옥소를 보니 모두 생김이 예쁘장한데다 하나는 쟁을, 하나는 거문고를 잘 타고 나이도 열일고여덟밖에 되지 않은 것을 보고 매우 기뻐하여 안으로 데리고 들어가 태사 부인의 시중을 들게 하고 원보[元寶](쉰 냥) 두 개를 내다주었다. 이에 내보가 중간에서 하나는 자기가 슬쩍 먹어 감추고 집으로 돌아와 월랑에게는 원보 하나만 꺼내주었다. 그러면서 월랑에게 잔뜩 재며 말했다.

"만약 내가 가지 않았다면 이 원보도 가져오지 못했을 거예요. 당신은 아마도 한도국 내외가 그 댁에서 얼마나 부귀를 누리며 살고 있는지 모를 거예요! 혼자서 큰 저택에 머물며 하인 대여섯을 부리고 있는데 어찌나 복이 있고 위엄이 있는지 적집사마저도 한도국을 영감님이라고 부르고 있어요! 딸애인 한애저는 매일 태사 댁으로 가서 태사 부인을 시중드는데 곁에 바짝 붙어서 잠시도 떨어져 있지 않으면서 하나를 달라면 열 개를 얻고, 또 먹고 싶은 것이나 입고 싶은 것은 전혀 불편 없이 취하면서 지내더군요. 이제는 글도 쓸 줄 알며 셈도 할 줄 알고 또 키도 커서 아주 늘씬한 데다 더욱더 예뻐졌더군요! 일전에 나와서 저한테 인사를 하는데 화장을 한 모습이 마치 구슬 숲의 옥나무 같았어요. 게다가 매우 영리해 말끝마다 저를 '보[保] 아저씨'라 부르며 따르더군요. 이 집에서 노래 부르던 애들은 그 애 밑에서 잡일이나 할걸요!"

말을 듣고 난 월랑은 마냥 감지덕지하여 술과 안주를 내와 내보에게 대접했다. 그러고는 은자를 주자 내보는 한사코 사양했다. 이에 월랑은 비단을 한 필 내와 그의 처 혜상이 옷이나 한 벌 지어 입도록 주었다.

내보는 어느 날 처남인 유창[劉倉]을 데리고 임청의 부둣가로 가서 가게 안에 봉인해 감추어둔 물건을 꺼내 팔아 은자 팔백 냥을 만든 후에 몰래 변두리에 집을 하나 사두고 유창의 집 오른편에 잡화점을 열었다. 그리고 매일 친구들을 불러모아 차를 마시며 빈둥빈둥 지냈다. 내보의 부인 혜상은 월랑에게 친정에 다녀오겠다고 거짓말을 하고는 집으로 돌아와 옷을 갈아입고 화장을 곱게 하고 또 진주 머리띠에 금은 장식으로 치장하고 왕륙아의 친정인 왕모저[王母猪]의 집으로 건너가서는 장차 자기의 며느리가 될 그 집 딸에게 선물을 건네주고 얘기도 하다가 가마를 타고 건너왔다. 그러다가 저녁때 다시 서문경의 집으로 건너올 때에는 종전대로 허름한 옷으로 갈아입고 되돌아왔다. 이 같은 사실을 오직 월랑 혼자만이 알지 못하고 있었다.

내보 이 위인도 항시 술만 취하면 바로 월랑의 방으로 건너가 희롱하기를 두어 차례 했다. 만약에 월랑이 현숙한 부인이 아니었다면 아마도 내보의 파렴치하면서도 달콤한 말에 넘어가 그 짓을 하고 말았으리라!

집안의 하인들이 월랑한테 내보의 부인인 혜상과 왕모저가 사돈 관계를 맺었으며 혜상이 왕모저 집을 오갈 적에는 금은으로 곱게 치장하고 하인을 두세 명 데리고 다닌다고 말해주었다. 반금련조차 이 같은 사실을 월랑에게 수차례 얘기해줬지만 월랑은 믿지 않았다.

혜상은 자기에 대해 이 같은 말이 도는 것을 듣고 부엌에서 크고 작은 사람들에게 욕을 해댔다. 내보도 또한 자기 자랑을 하면서 말했다.

"너희들은 단지 이 온돌 위에서 입만 놀리고 있잖아! 그러나 나는 그 험난한 물살을 헤치고 값나가는 물건들을 가져왔다고! 만약 내가 아니었으면 한도국 그 늙은 소가 널름하고 이 물건들을 다 집어 처먹고 동경으로 도망갔을 게야. 그렇게 물건을 모두 도둑맞게 되었다면 놀라기나 했지 물에 던져 소리가 안 나는 것처럼 무슨 방법이 있었겠나? 그렇지만 우리는 땡전 한 푼 갖지 않고 모두 주인마님께 돌려드렸잖아. 그런데 우리보고 뭣이 나쁘다고 해! 도대체 뭐가 나쁘고 좋은지도 구별 못하고 충신[忠臣]과 간신[奸臣]도 제대로 구별하지 못하잖아! 정말로 허벅지 살을 도려 먹여 병을 고쳐줘도 고마운 줄을 모르고, 고맙다고 향이라도 살라줄 줄은 더더욱 모른단 말이야! 자고로 헛소문을 듣게 되면 공신[功臣]의 공[功]도 다 사라진다 하잖아!"

부인인 혜상도 더욱 기고만장해 욕을 해댔다.

"혓바닥이 썩어 문드러질 음탕한 계집 같으니라구! 우리 내외가 자기네 돈을 많이 빼돌려 밖에서 하인을 두어 명이나 거느리고 뽐내며 다니며, 다른 집과 사돈을 맺었다고 험담을 해! 일전에도 문 밖 출입을 할 적에 내가 언니한테 옷과 장신구 몇 개를 빌려다가 치장을 한 적이 있는데 그것도 우리들이 주인댁의 돈을 빼내어 마련했다고 야단이더군요! 이게 다 우리들을 내쫓으려고 하는 게 아니고 무엇이 겠어요. 나가라면 나가겠어요! 설마 어디 간들 우리 내외가 못 먹고 살 줄 알아요! 내 두 눈을 깨끗이 씻고 도대체 이 음탕한 하인들이 서문가에서 얼마나 잘 먹고 잘사는지 지켜볼 거예요!"

월랑은 혜상이 남녀노소 할 것 없이 욕을 해대며 또 공연한 트집을 잡아 다른 사람들과 싸움이나 하고, 내보는 벌써 두어 차례 사람이 없을 때 월랑의 방으로 들어와 무례한 행동을 했기에 끓어오르는 노기를 더는 참지 못하고 그들 내외를 내보냈다. 이에 내보는 보란 듯이 처남인 유창과 함께 포목가게를 열어 각양각색의 비단을 팔며 자기는 날마다 친구들을 불러모아 으스대며 거리를 활보했다.

실로 가세가 기우니 종이 주인을 속이고, 때가 쇠하니 귀신이 사람을 우롱하는 일이 아닐 수 없다. 시가 있어 이를 증명하나니,

내 세상 사람들에게 권하노니
절대로 마음을 속이지 마소.
마음을 속이는 것은 바로 하늘을 속이는 것
하늘이 모를 것이라 말하지 마소.
하늘은 단지 머리 위에 있으며
밝게 빛나니 절대로 속일 수가 없다오.
我勸世間人 切莫把心欺
欺心卽欺天 莫道天不知
天只在頭上 昭然不可欺

세상일은 모두 뿌리 없이 생겨났으니

제82화

반금련은 달밤에 몰래 밀회를 하여
진경제와 누각에서 재미를 본다네

기억하네, 서재에서 처음 만나던 때를
두 사람 간의 사랑을 아는 사람은 적어라.
저녁 되면 난새와 봉황은 베개를 나란히 하고
은촛대의 촛불은 반쯤만이 빛을 발하네.
지난 일을 생각하니 꿈인 듯 희미하나
오늘 밤에 다행히 남녀 간의 사랑을 즐기네.
난과 봉이 즐기듯 끝없이 사랑을 나누니
이로부터 이 한 쌍은 영원히 헤어지지 않으리.
記得書齋乍會時 雲踪雨跡少人知
晚來鸞鳳棲雙枕 剔盡銀橙半吐輝
思往事 夢魂迷 今宵幸得效于飛
顚鸞倒鳳無窮樂 徒此雙雙永不離

　반금련과 진경제는 서문경의 위패를 모신 대청의 사랑방에서 밀
애를 즐기며 꿀 같은 맛을 보고는 날마다 몰래 낮이고 밤이고 들러붙
어 시시덕거리며 즐겼다. 어깨를 기대고 웃거나 나란히 앉아 희롱을

하면서 손으로 주무르고 매만지며 안 하는 행동이 없었다. 그러다 사람들이 앞에 있으면 말로 하기가 무엇하여 속마음을 글로 적어 쪽지를 떨어뜨리며 서로의 애틋한 마음을 전했다.

사월의 어느 날 반금련은 자기 손수건에 옥색 비단 향주머니를 싸고 그 안에 안식향말[安息香末]과 향초, 장미꽃술과 머리칼 몇 가닥, 소나무 잎을 넣고 한쪽에는 '소나무는 영원히 푸르다[松相長靑]', 다른 쪽에는 '사람의 얼굴이 꽃과 같다[人如花面]'라고 써서 잘 봉한 다음 진경제에게 주려고 사랑방으로 건너갔다. 건너가 보니 방 안에 없기에 창을 열고 안으로 밀어 넣었다. 뒤에 진경제가 방문을 열고 안으로 들어가 보니 봉투에 무엇인가가 두툼하게 싸여 있었는데 열어 보니 바로 손수건에 싼 향주머니였다. 종이에는 사가 쓰여 있었으니, 「기생초[寄生草]」였다.

저의 은실 손수건과 향주머니를 그대에게 드립니다.
중간에 검은 머리카락으로 묶어놓았어요.
송백은 당신을 항상 그리는 것
눈물로 그리는 마음을 적어놓았답니다.
밤 깊어 등불에 비치는 저의 모습이 외로우니
깊은 밤 다미[茶蘼]꽃 밑에서 기다리고 있음을 잊지 마세요.
將奴這銀絲帕 幷香囊寄與他
當中結下靑絲髮髮
松柏兒要你常牽掛 淚珠兒滴寫相思話
夜深燈照的奴影兒孤 休負了夜深潛等茶蘼

진경제는 금련이 다미꽃 밑에서 기다린다는 사를 읽고 어서 깊은 밤이 오기를 기다렸다. 그래서 진경제도 즉시 대나무 부채 위에 화답의 시를 적어 소맷자락에 넣고 화원으로 갔다. 진경제는 월랑이 반금련 방에 찾아와 앉아 있으리라고는 전혀 생각 못하고 다짜고짜 안으로 들어서며 큰소리로 말했다.

"내 님이 집에 있는가?"

반금련은 바로 소리를 알아듣고 혹시라도 월랑이 알아채면 산통이 깨질 것이 두려워 급히 발을 걷고 밖으로 나오면서 진경제를 보고 크게 손짓을 하며 말했다.

"저는 누가 왔나 했지요? 진사위님이 오셔서 아씨를 찾는군요. 아씨께서는 방금까지 이곳에 앉아 있다가 다른 마님들과 화원 정자 있는 곳으로 꽃을 꺾으러 갔어요."

진경제는 월랑이 방에 앉아 있는 것을 보고 자기가 가져온 물건을 몰래 반금련의 소매 안으로 밀어 넣어주고 바로 밖으로 나갔다. 이에 월랑이 물어보았다.

"진서방이 왜 왔어?"

"큰아씨를 찾으러 왔기에 화원으로 갔다고 일러줬어요."

반금련은 이렇게 간단하게 월랑을 속여넘겼다. 잠시 뒤에 월랑이 자리에서 일어나 안채로 들어가자 바로 소맷자락 안에서 진경제가 주고 간 물건을 꺼내 열어보니 대나무에 하얀 비단을 입힌 부채였다. 펼쳐보니 위에는 청포[青蒲]가 그려져 있고 그 밑에 작은 개울이 흐르고 있었으며, 「수선자[水仙子]」라는 사가 적혀 있었다.

흑자줏빛 대나무에 흰 비단 참으로 그윽하네.

녹색의 청포까지 그려져 있고

금실 은실 박아 정교하게 만들었네.

귀여운 사람에게 더욱 어울리리

무더운 여름에는 바람을 불어 가리네.

사람이 많을 적에는 소매 안에 감추고

사람이 없을 적엔 가만히 부치며

제발 다른 사람에게 빼앗기지 마소서.

紫竹白紗甚逍遙

綠靑蒲巧制成 金鉸銀錢十分妙

妙人兒堪用着 遮炎天少把風招

有人處常常袖着 無人處慢慢輕搖

休敎那俗人見偸了

반금련은 이 사를 보고 저녁달이 떠오를 무렵에 일찌감치 춘매와
추국에게는 술을 먹여 다른 온돌방에 가서 자게 했다. 그러고는 방
안에서 창문을 반쯤 열어놓고 촛불을 높이 밝히고 침상을 정리한 뒤
이부자리를 잘 펴놓고 향을 피워놓고 또 여인의 은밀한 곳을 깨끗하
게 씻고는 홀로 다미꽃 그늘 아래로 가서 어서 빨리 진경제가 와 즐
거운 시간을 갖기를 학수고대하고 있었다.

서문경의 큰딸은 그날 월랑이 불러 안채로 왕비구니 불경 설법을
들으러 갔다. 단지 원소아만이 집 안에 홀로 있었는데 진경제는 원소
아에게 네모진 수건을 하나 주면서 집을 잘 보고 있으라 이르고는,

"나는 다섯째 마님께 건너가겠다. 바둑이나 두게 오라고 하셔서
말이다. 만약 큰아씨가 돌아오면 바로 나를 부르러 오거라."

하자, 이에 원소아가 잘 알겠노라고 대답하니 진경제는 안심하고 화원으로 갔다. 화원에는 달빛이 비쳐 어지러이 꽃 그림자가 드리워져 있었다. 다미덩굴 밑으로 다가가 멀리서 바라보니 반금련이 머리에 아무런 장식을 하지 않고 검은 머리를 반쯤 드리우고, 파란 적삼에 비취색 치마, 능라 비단 버선을 신고서 덩굴 아래에서 걸어나오고 있었다. 진경제는 다미덩굴 아래에서 몸을 감추고 있다가 갑자기 뛰쳐나오며 두 손으로 반금련을 꼭 껴안았다. 이에 반금련은 깜짝 놀라며,

"에그머니나! 그렇게 갑자기 뛰쳐나와 놀라게 해요! 나였기에 망정이지, 만약에 다른 사람을 그렇게 덥석 껴안으면 어쩌려고 그래요?"

하니 경제는 술이 반쯤 올라서 삐쭉 웃으며,

"다 알고 안는 거지요. 설사 잘못해서 홍랑을 껴안았다 해도 어쩔 수 없잖아요!"

이렇게 말하며 둘은 꼭 끌어안고 손을 잡고 방으로 들어갔다. 방 안에는 촛불이 휘황찬란하게 켜져 있고, 탁자 위에는 술상이 잘 차려져 있었다. 문을 걸어 잠근 뒤 둘은 어깨를 나란히 하고 앉아서 술을 마셨다.

"당신이 이곳에 오는 것을 큰아씨가 알고 있어요?"

"그 사람은 안채로 불경 설법을 들으러 갔어요. 그래서 제가 원소아에게 만약 무슨 일이 있으면 즉시 와서 부르라고 일러뒀어요. 나는 이곳에서 바둑을 두고 있겠다고 그러면서 말이에요."

말을 마치고 둘은 미소를 지으며 술을 마셨다. 자고로 '풍류는 차를 마시며 시작이 되고, 술은 색을 이어주는 중매인이다'라고 하지 않았던가. 죽엽청주를 마시고 나서 술기운이 올라 얼굴이 발그레 달아오른 둘은 서로 입을 맞추고 뺨을 쓰다듬다가 마침내 등불을 가리

고 침상 위로 올라 살을 섞기 시작했다. 반금련은 진경제를 끌어안고 경제 역시 힘주어 반금련을 얼싸안았다. 반금련이 「육낭자[六娘子]」를 부르니,

문에 들어서자마자 저를 꼭 껴안아주시니
저는 비단 이불을 깔아놓지요.
너무나 짓궂게 장난을 하시네.
아, 나의 다리를 높이 쳐드네.
다리를 높이 쳐드네.
구름채 같은 머리칼이 다 흩어지고
머리에 꽂은 비녀도 비뚤어진다오.
入門來將奴摟抱在懷
奴把錦被兒伸開
俏寃家頑的十分怪
嗟 將奴脚兒擡兒 脚兒擡
操亂了烏雲鬢髻兒歪

진경제 역시 앞의 사와 똑같은 제목으로 부르니,

두 사람이 서로 뜻이 맞아 사랑을 하니
외로이 홀로 잠들지 마소서.
철석같이 굳은 맹세 수천 번 하고
남아 있는 정은 하늘에 남겨놓았네.
하늘에 남겨놓았네.

당신도 청춘이고 나도 젊다오.

兩意相投情綢繆

休要閃的人孤眠

山盟海誓說千遍

殘情上放着天 放着天

你又青春咱少年

　두 사람이 이렇게 한창 운우의 정을 나누고 있는데 원소가 밖에서
문을 두들기며,
　"서방님, 아씨께서 돌아오셨어요."
하고 소리를 질렀다. 이에 진경제는 급히 옷을 차려입고 밖으로 나갔다.
　미친 벌과 나풀대는 나비를 때론 볼 수 있지만, 날아서 배꽃으로
들어가니 찾지 못하겠구나.
　원래 반금련의 방은 이층에 있는 세 칸짜리로, 중간에 불상을 모
시고 양편에 생약과 약재를 쌓아두고 있었다. 둘은 이후부터 정이 깊
어 폐부에까지 이르고, 뜻이 아교같이 끈끈해 하루도 만나서 재미보
지 않는 날이 없었다.
　하루는 일이 공교롭다고나 할까, 반금련이 일찌감치 일어나 머리
를 빗고 화장을 한 뒤 위층에 올라가 관음보살의 상 앞에서 향을 태
우고 있었다. 이때 뜻밖에도 진경제가 열쇠를 가지고 올라와 창고를
열고 약재와 향료를 가져가려다가 한곳에서 마주치게 되었다. 반금
련은 향은 사르지 않고 주위에 아무도 없는 것을 보고 진경제의 품에
안겼다. 둘은 서로 껴안고 입을 맞추고 혀를 빨아댔다. 하나는 '사랑
하는 다섯째 어머니' 하고 부르고, 다른 하나는 '귀여운 아기야' 하고

부르며,

"사람들도 없는데 우리 여기에서 한번 할까요!"

하며 옷을 벗고 긴 의자에 앉아 두 다리를 어깨 위로 올리고 그 물건을 반쯤 밀어 넣으니 실로 그 맛이란 말로 다 할 수가 없었다. 생약[生藥]의 이름을 넣어 「수선자[水仙子]」라는 사를 지어 이를 증명하니,

당귀[當歸]* 반하[半夏]** 자홍석[紫紅石]

빈랑[檳榔]은 마음이 있어 사위로 삼으니

낭탕근[浪蕩根]을 필마[蓽麻] 안에 집어넣네.

모정향[母丁香]이 좌우로 움직이니

대마화[大麻花]는 갑자기 혼미해지며

백수은[白水銀]***이 뚝뚝 떨어진다.

홍랑자[紅娘子]가 마음으로 기뻐하며

두 쪽의 진피[陳皮]도 좋아 어쩔 줄 모르는구나.

當歸半夏紫紅石 可意檳榔招做女婿

浪蕩根揷入蓽麻內 母丁香左右偎 大麻花一陣香迷

白水銀撲簌簌下 紅娘子心內喜 快活殺兩片陳皮

그런데 뜻하지 않았던 일이 벌어졌다. 둘이 한참 재미를 보고 있는데 춘매가 차를 내가려고 이층에 올라왔다가 둘이 한데 엉겨붙어 일을 치르고 있는 것을 보았다. 둘은 미처 피하지 못하고 깜짝 놀랐

---

* 당귀와 대마화는 남자를 비유

** 반하와 모정향, 진피는 여자를 비유

*** 남자의 정액

다. 춘매는 그들이 무안해할 것 같아 급히 몸을 돌려 계단을 통해 아래로 내려왔다. 당황한 진경제는 어찌할 줄 몰라 제대로 옷도 입지 못하고 있는데 반금련은 치마를 걸치다가 바로 춘매를 불렀다.

"춘매야, 잠시 올라와봐, 내 너한테 할 말이 있으니…."

이 말을 듣고 춘매는 바로 이층으로 올라왔다.

"얘야, 진사위는 남이 아니야. 내 오늘 너한테 솔직하게 말해줄게. 우리 둘은 이미 뜻이 맞고 정이 통해 서로 떨어질 수가 없어! 그러니 다른 사람한테는 절대로 말하지 말고 너만 알고 있어!"

"마님, 그게 무슨 말씀이세요! 제가 마님을 몇 년 동안 모셨는데 어찌 마님의 속마음을 모르고 다른 사람한테 말을 하겠어요!"

"네가 만약 우리의 비밀을 지켜줄 양이면, 진사위가 여기 있을 때 네가 진사위와 한번 같이 자고 놀아야만 비로소 너를 믿겠어. 그렇게 하지 않는다면 우리의 일을 숨겨줄 마음이 없는 걸로 알 테야!"

이에 춘매는 부끄러워 얼굴이 붉었다 희었다 하다가 더는 어찌지 못하고 금련의 뜻에 따르기로 결정했다. 치마를 벗고 허리띠를 끄른 뒤 의자에 위를 보고 누워 이 어린 진경제와 함께 즐거움을 나누었다.

'명주 두 알이 모두 무가지보[無價之寶]니, 그대께서 한꺼번에 마음대로 즐기소서.' 하는 격이었다. 「붉은 무늬 신발[紅繡鞋]」이 있어 이를 밝히나니,

사위에 대한 사랑이 극진하다 믿었는데
오가며 장모와 몰래 사랑을 나누네.
마음속의 정, 귀신에게도 알리지 못하네.
겉으로는 자식 간의 예로 말을 하나

몰래 잠자리에서 한 쌍이 된다오.

그들 둘이 아직까지도 있구나.

假認做女婿親厚 往來相丈母歪偸

人情裡包藏鬼胡油 明講做兒女禮

暗結下燕鶯儔 他兩個見今有

경제가 춘매를 끼고 한바탕 놀고 나자 춘매는 찻잎을 가지고 밖으로 나갔다. 이 일이 있은 뒤에 반금련은 춘매와 한 짝이 되어 추국을 속여넘기며 하루 이틀이 멀다 하고 진경제와 밀회를 즐겼다. 반금련은 춘매의 말은 뭐든 들어주고 또 옷이나 장식품 등 춘매가 원하는 것이면 무엇이나 주어 자기 심복으로 삼았다.

유월 초하룻날, 반금련의 친정어머니인 반노파가 세상을 떴다. 사람이 와서 이 같은 소식을 알려주자 월랑은 상을 하나 보아 소, 돼지와 양을 잡고 지전을 준비해 반금련에게 가마를 타고 친정으로 가서 장례를 치르고 제사를 올리게 했다. 반금련은 갔다가 하루를 묵고 돌아왔다.

이튿날은 유월 초사흗날로 반금련은 아침 일찍 일어나 월랑의 방으로 건너가서 한참 얘기를 나누었다. 그러다 오줌이 마려워 밖으로 나와 너무 급한 김에 대청 뜰의 담장 밑으로 가서 치마를 걷고 쭈그리고 앉아서 소변을 보았다. 원래 서문경이 죽고 난 뒤에 집에 찾아오는 사람이 없기에 대청의 곁문은 걸어놓고 열지 않고 있었다. 그때 진경제는 동쪽 사랑채에 있다가 막 일어나던 참이었다. 갑자기 담장 석류나무 밑에서 '솨' 하고 오줌을 누는 소리가 들려왔기에 가만히 창문 틈으로 내다보니 뜻밖에도 반금련이 쭈그리고 앉아 소변을 보

고 있는 것이었다. 그래서 소리치기를,

"누가 버릇없이 이곳에서 오줌을 누고 있는 거야? 옷을 걷고 봐야지, 다 젖잖아!"

하니, 이에 반금련은 급히 치맛자락을 부여잡고 창가로 다가와서 말했다.

"원래 안에 있다가 지금에야 일어나시는군요? 정말로 좋으시네! 아씨는 방에 없어요?"

"얼마 전에 안채로 갔어요! 어젯밤에 삼경이 지나 잤거든요. 큰마님께서 저희를 안채에다 붙잡아두고 『홍라보권[紅羅寶卷]』(불설귀수홍나화선가보권[佛說鬼繡紅羅化仙哥寶卷], 만낭보권[晩娘寶卷]이라고도 불리며, 주로 인과응보에 관한 내용을 담고 있다)을 들으라고 하시기에 함께 늦게까지 앉아 있었어요. 하마터면 허리가 빠지는 줄 알았어요! 그래서 아침에 일어나려 해도 도무지 일어날 수가 있어야지요."

"새빨간 거짓말로 나를 속이려 하지 마세요! 내가 비록 어제 집에 없었지만 당신이 언제 안방으로 건너가 설법을 들었다고 그러세요? 하인 애들이 당신은 어제 셋째 형님 방에서 식사를 했다고 하던데요!"

"집사람에게 물어보세요. 우리는 모두 안방에 있었는데 언제 셋째 마님 방으로 건너갔다고 그래요?"

요 젊은이는 말을 하면서 온돌 위에 올라서서 자기의 물건을 꺼내 빳빳하게 만들어 막대기처럼 세워 창밖으로 내보였다. 반금련은 이를 보고 웃음을 참지 못하며,

"요 날강도 같은 양반아! 갑자기 물건을 들이밀어 나를 놀라게 하다니! 빨리 안으로 거두어들이지 않으면 내 침을 꺼내 한번 콕 찔러

따끔한 맛을 보여주겠어요!"

하니 이 말을 듣고 진경제는 웃으며 대답했다.

"그렇게 하면 이 물건이 바로 시들어버리잖아요. 그러지 마시고 잘 쓰다듬어주시면 이것도 다 마님이 음덕을 쌓는 거지요!"

"저런 못된 사람을 보았나!"

금련은 이렇게 말하면서 한편으로 허리춤에서 청동으로 만든 작은 거울을 꺼내 창틀 위에 올려놓고 거울을 보고 얼굴을 매만지는 척했다. 그러면서 붉은 입술로 진경제의 물건을 빨고 핥아주었다. 이렇게 빨고 핥아주니 그 물건은 더욱 커지고 춘심이 더욱 고조됐다.

바로, 일을 함에 언제나 님의 뜻을 따르고, 은근히 자색 피리를 즐겨 분다오.

원래 반금련은 이렇게 화장을 고치는 척하면서 물건을 열심히 빨다가 만약 다른 사람이 본다면 화장을 고치고 있는 중이라고 말을 하려는 것이니 그 누가 알아챌 수가 있으랴! 과연 이 세상에 이렇게 음탕하고 염치없는 여인이 또 있겠는가? 한참 이렇게 열을 내며 빨고 핥고 있을 때 갑자기 사람의 발자국 소리가 들려왔다. 반금련은 급히 거울을 집어들고 한쪽으로 몸을 피했다. 진경제도 재빨리 물건을 바지 안으로 거두어들였다. 찾아온 사람은 내안으로 진경제에게 다가와서는 말했다.

"부지배인께서 서방님을 모셔 식사를 함께 하시잡니다."

"부지배인더러 먼저 들고 계시라고 하거라. 내 머리를 빗고 바로 건너갈 테니."

내안이 밖으로 나가자 반금련은 경제에게 가만히 말했다.

"저녁에 다른 데 가지 말고 방에서 기다려요. 춘매를 시켜 당신을 부를 테니 꼭 기다리고 계세요. 내 당신께 할 말이 있어요.”

“말씀대로 하지요!”

반금련은 말을 마치고 방으로 돌아갔다.

경제는 머리를 빗고 점포로 나가 장사를 했다. 어느덧 낮이 다 지나가고 밤이 되니, 그날따라 달빛도 어둡고 별도 드물었으며 날씨는 더욱 더웠다. 반금련은 춘매에게 목욕물을 데우게 하고 방 안에서 목욕을 했다. 그런 후에 발톱을 깎고 침상에 올라 잠자리를 정리한 뒤 모기를 쫓아내고는 비단 휘장을 쳤다. 그리고 향로에 향도 살라놓았다. 이때 춘매가 말했다.

“마님, 오늘이 초복인데 모르고 계셨어요? 봉선화 꽃을 꺾어다 손톱에 물을 들이지 않으시겠어요? 제가 가서 꺾어올게요.”

“가서 좀 꺾어오렴.”

“제가 큰 대청 아래 화원에 가서 몇 가지를 꺾어올게요. 그러니 마님께서 추국더러 절구를 찾아다 마늘 좀 쪄놓으라 하세요.”

춘매가 나가려 하자 반금련은 춘매의 귀에 대고 낮은 소리로,

“사랑채에 있는 진서방한테 가서 저녁에 잠시 건너오시라고 말씀을 드리거라. 내 할 말이 있다고 말이다.”

하니, 이에 춘매는 알겠노라고 대답하고 나갔다. 반금련은 춘매가 나가자 방 안에서 바로 몸을 씻어 향기가 나게 하고 손톱을 깎았다. 한참 지나 춘매가 봉선화 가지 몇 개를 꺾어 와서는 추국을 시켜 찧게 했다. 밤늦게까지 찧고 나니 반금련은 추국에게 술을 몇 잔 주어 마시게 하고는 먼저 부엌에 내려가서 자라고 했다. 반금련은 등불 아래에서 파처럼 흰 열 손가락에 봉선화 물을 들이고 춘매한테 의자를 뜨락에 내다놓고 그 위에 돗자리를 깔고 베개도 내다놓으라 일렀다.

밤은 깊어 사방은 조용하고 인기척도 드물며 하늘에서는 견우와 직녀 두 별이 은하수 양편에 떨어져 서로 빛을 발하고 있었다. 갑자기 꽃향기가 사방에 진동하고 반디가 빛을 깜박거렸다. 반금련은 손에 비단 부채를 들고 돗자리 위에 누워 진경제가 오기를 기다리고 있었다. 춘매는 중문을 걸지 않고 다만 비스듬히 열어놓고 있었다.

서쪽 사랑채에서 달을 기다리네.
바람을 맞으며 문도 반쯤 열어놓고
울타리에 꽃 그림자 움직이니
님이 오시나 하고 여기네.
待月西廂下 迎風戶半開
隔牆花影動 疑是玉人來

원래 진경제가 무궁화나무를 흔드는 것을 신호로 약속했기에 진경제가 오는 것임을 바로 알았다. 반금련은 나뭇가지가 움직이자 진경제가 오는 것을 알아차리고 정원 안에서 기침 소리를 내어 응답했다. 진경제는 이를 듣고 문을 밀고 안으로 들어와 둘은 어깨를 나란히 하고 앉았다. 반금련이 물어보았다.

"당신이 올 때 방에 누가 있었어요?"

"집사람은 오늘 하루 종일 밖에 나오지 않고 안채에 있어요. 그래서 제가 원소더러 방에 있다가 일이 있으면 와서 나를 부르라고 일러뒀어요."

그러면서 경제는 말했다.

"추국은 자요?"

"일찌감치 곯아떨어졌어요."

말을 마치고 둘은 서로 꼭 껴안고 정원의 긴 의자 위에서 알몸이 되어 베개를 나란히 베고 서로 즐거움을 나누니 그 맛이란 이루 다 말할 수 없었다.

정이 일어 둘이 한 몸이 되니
어깨를 꼭 부여잡고 뺨을 비빈다.
손으로 향기 나는 젖무덤을 매만지니
부드럽기가 마치 면화와 같구나.
실로 기이하기 그지없구나.
다리를 들고 비단 신을 벗고
알몸으로 님의 품에 안기어
입술로 님의 향기로운 입을 더듬네.
봉황과 난새가 엎치락뒤치락하며
운우의 정을 나눈다.
운우를 마치고 다시 당부하니
내일은 좀 더 일찍 오소서.
情興兩和諧 摟定香肩臉搵腮
手捻香乳錦似軟 實奇哉
掀起脚兒脫繡鞋 玉體着郎懷 舌送丁香口便開
倒鳳顚鸞雲雨能 囑多才 明朝千萬早些來

둘이 이렇게 운우의 정을 나누고 나자 반금련은 진경제에게 닷 냥 정도 되는 은부스러기를 주면서 말했다.

"성 밖에 있는 저의 친정어머니가 돌아가셨어요. 관은 이미 장인 어른께서 살아 계실 적에 장만해줬어요. 사흗날 염을 할 적에는 큰마님이 나가셔서 문상을 하고 지전을 태우고 오라 해서 다녀왔어요. 내일이 출상일인데 큰마님께서 나를 못 가게 해요. 나리의 상중이라면서 집에 있으래요. 이 은자 닷 냥을 드릴 테니 내일 수고스러우시더라도 나가 저 대신 저희 어머니 출상하는 것을 봐주세요. 또 상여꾼들에게 상여 운구 값도 주시고 흙을 덮는 것도 좀 보고 돌아와주세요. 그렇게만 해주신다면 제가 간 것과 매일반이거든요."

진경제는 손을 뻗어 돈을 받으며,

"걱정하지 마세요. 그렇게 말씀하시니 제가 해드릴게요. 기왕에 부탁을 받았으니 끝까지 봐드릴게요! 제가 내일 아침 일찍 건너가 일을 다 처리하고 와서 말씀드릴게요."

그렇게 말을 하고는 자기 부인이 방으로 돌아왔을지도 몰라 일찌감치 사랑방으로 돌아갔다. 그날 밤의 일은 더는 얘기하지 않겠다.

이튿날 진경제는 일찌감치 성 밖 반금련의 친정어머니 상가에 나가 일을 봐주고 밥을 먹을 때쯤 돌아왔다. 그때 반금련은 막 자리에서 일어나 방에서 머리를 빗고 있었다. 진경제가 금련에게 다가가 일을 처리한 것을 다 알려주고는 성 밖 소화사[昭化寺]에서 꺾어온 말리화[茉莉花] 두 송이를 가져와 금련의 머리에 꽂아주었다. 반금련이 물었다.

"관은 잘 묻었어요?"

"내가 그 정도 일을 제대로 하지 못하겠어요? 장례 일을 잘 처리하지 못했다면 제가 돌아와 감히 당신께 자신 있게 보고를 할 수 있겠어요? 돈을 쓰고 두 냥 예닐곱 푼이 남았기에 그것은 당신 여동생한테 주어 생활비에 보태 쓰라고 했어요. 그랬더니 당신께 너무 고맙다고 하더군요."

반금련은 자기 어머니가 이제는 영원히 땅속에 잠들었다는 말을 듣고는 눈물을 뚝뚝 흘렸다. 그러고는 춘매를 불러 일렀다.

"이 꽃은 꽃병에 꽂아놓고 서방님께 차를 좀 내다 드리렴."

잠시 뒤에 찐 우유 과자 두 개와 마른안주 네 접시를 진경제에게 먹도록 가져다주었다. 진경제는 춘매가 내온 차와 음식을 먹고 안채로 들어갔다. 이 일이 있고부터 둘은 더욱 가깝고 뜨거운 사이가 되었다.

칠월의 어느 날, 반금련은 아침에 일찌감치 진경제와 만날 것을 약속했다.

"오늘은 아무 데도 가지 말고 방에서 기다려줘요. 내가 당신 방으로 가서 재미있게 놀 테니 말이에요."

이 말을 듣고 진경제는 알겠노라고 대답했다. 그런데 그날 뜻하지 않게 최본이 진경제와 몇몇 다른 친구들을 초청해 성 밖으로 나가 놀았다. 하루 종일 진탕 마시고 놀다가 진경제는 만취한 상태로 집에 돌아와 침대에 눕자마자 바로 세상모르고 잠이 들어버렸다. 저녁 무렵에 반금련이 살그머니 진경제의 방으로 건너왔다. 방에 들어가 보니 진경제는 침상 위에 꼬꾸라져서는 세상모르고 곯아떨어져 있었고 소지품도 여기저기 제멋대로 흩어져 있는 데다 아무리 흔들어 깨워봐도 깨어나지 못하는 것을 보고 진경제가 어디 가서 술에 취해 돌아왔음을 알아차렸다. 그런데 우연찮게 반금련이 진경제의 소맷자락을 더듬어보다 연꽃 모양의 금비녀가 있기에 그것을 꺼내보았다. 그런데 그 위에 '금 재갈 물린 말이 푸른 풀밭에서 울고 있는데, 옥루

[玉樓]는 살구꽃에 취하누나[金勒馬嘶芳草地 玉樓人醉杏花天]'라고 적혀 있는 것이었다. 불빛에 비춰 보니 영락없는 옥루의 비녀임을 알수 있었다. 이를 보고 반금련은 곰곰이 생각하기를,

'어째서 옥루의 비녀가 이 사람 옷소매 안에 있을까? 맹옥루와도 관계를 맺은 것이 아닐까? 그렇지 않다면 옥루의 비녀가 어떻게 이 사람의 소맷자락 안에 있을 수 있을까? 어쩐지 요 급살맞을 양반이 몇 차례 나를 보고도 별로 기뻐하지 않는다 했더니! 내가 몇 글자를 남겨놓지 않고 가면 내가 오지 않았다고 할 거야. 그러니 시구를 벽에 적어 그한테 내가 다녀갔음을 알려야지. 그런 후에 천천히 이 비녀가 왜 이 양반 손에 있는지를 따져봐야지.'

그러고는 붓을 들어 벽에다 네 구를 적었으니,

홀로 서재에서 잠이 들고 깨어나지를 못하니
무산의 신녀 구름 타고 내려온 것이 헛수고였구나.
양왕이 스스로 사랑을 보이지 않고
저녁에 만나자던 약속을 저버렸네.
獨步書齋睡未醒 空勞神女下巫雲
襄王自是無情緒 辜負朝朝暮暮情

이렇게 써놓고 반금련은 방으로 돌아갔다. 한편 진경제는 술기운에 늘어지게 한잠을 자고 나자 술이 거의 다 깨었다. 이에 등불을 켜다가 문득 오늘 아침에 반금련과 저녁에 만나자고 철석같이 했던 약속이 생각났다. 이에 진경제는,

"이런, 내가 너무 취했었구나!"

하면서 고개를 돌려 벽을 바라보니 벽에 네 구의 시가 있었는데 아직 먹물이 채 마르지 않은 상태였다. 한번 읽어보고는 반금련이 왔다가 헛되이 돌아간 것을 알았다. 문 앞까지 제발로 걸어 들어온 좋은 기회도 술에 취해 놓쳐버리다니! 그 아쉬움으로 가슴속에 후회가 그치지 않았다.

생각 끝에,

'일경쯤이 되었는데도 부인과 원소가 안채에서 돌아오지 않고 있잖아. 어쩌면 쪽문은 안 잠겼을지도 모르니 가봐야겠군!'

하고는 가서 보니 쪽문은 잠겨 있었다. 이에 무궁화 가지를 흔들어 신호를 보냈으나 안에서는 못 들었는지 전혀 동정이 없었다. 진경제는 하는 수 없이 태호석[太湖石]을 밟고 담장을 넘어 안으로 들어갔다. 이때 반금련은 진경제가 술에 취해 곯아떨어진 것을 보고 잔뜩 골이 나서 방으로 돌아와 마음도 심란한지라 옷을 벗지도 않고 침상에 엎드려 자고 있었다. 야밤중에 진경제가 담장을 타고 안으로 들어오리라고는 전혀 생각지 못했다. 진경제가 담장을 넘어 안으로 들어가 보니 정원에는 사람이 아무도 없었기에 하인들이 모두 잠을 자려니 여겼다. 그래서 가만히 발꿈치를 들고 살그머니 반금련의 방문 앞까지 다가갔다. 문이 잠겨 있지 않은 것을 보고 몸을 돌려 살그머니 방 안으로 들어갔다. 창으로 희미한 달빛이 들어와 침상 위에서 안쪽을 향해 몸을 꾸부린 채 돌려 자고 있는 반금련을 비추고 있었다. 낮은 소리로,

"내 사랑아!"

하고 불렀으나 대답이 없었다. 그래서,

"나를 탓하지 말아요. 오늘 최본형이 나와 여러 사람들을 성 밖 오

성원[五星原]의 별장으로 불러서 활을 쏘며 하루 종일 놀다가 집에 돌아와 취해서 곯아떨어졌어요. 그래서 당신이 온 줄도 모르고 당신과의 약속을 여겼으니 제발 용서해주세요! 제발 용서해주세요!"

했으나 반금련은 들은 척도 하지 않았다. 진경제는 반금련이 전혀 거들떠보지 않자 당황해서 땅바닥에 무릎을 꿇고 거듭 잘못했다고 했다. 그랬더니 반금련은 손을 들어 진경제의 뺨을 한번 꼬집으면서 말했다.

"요 매정한 급살을 맞을 사람아! 좀 살살 말해야지, 하녀들이 모두 알아듣잖아! 나는 당신이라는 사람을 알아요. 다른 데 달리 좋은 사람이 생겼으니 나 같은 사람은 이제 안중에도 없다는 거지요! 그래, 오늘은 도대체 어디를 갔다 왔지요?"

"나는 최본형한테 끌려서 성 밖으로 활을 쏘러 갔다가 취해서 돌아왔어요. 그래 곯아떨어졌다가 당신과의 약속을 어기게 되었으니 제발 그만 화내세요! 당신이 벽에 써놓은 시를 보고 당신이 화가 났다는 것을 알았어요!"

"날강도같이 입만 살아서는! 거짓말하지 말아요. 입을 닫지 못하겠어요! 눈 가리고 아웅 하는 당신의 말을 내가 믿을 것 같아요! 오늘 최본이 당신을 청해 밖으로 나가 술을 마시고 돌아왔다는 것은 그렇다고 쳐도, 그래 당신의 소맷자락 안에 있는 그 비녀는 도대체 어디에서 난 것이지요?"

"그 비녀는 며칠 전에 정원에서 주운 것으로 한 이삼 일 됐어요."

"아직도 허튼소리를 하고 있다니, 그래 화원 어디에서 주운 것이지요? 당신이 하나를 더 주워오면 내가 믿어주지요! 이 비녀는 셋째 그 곰보 음탕한 년이 머리에 꽂는 비녀란 말이에요. 내가 한눈에 바로 알아볼 수 있는 거예요! 봐요, 그 위에 이름까지 쓰여 있잖아요. 그런데도 나를 적당히 속이려고 그래요? 일전에 내가 집에 없을 적에 그년이 당신을 방으로 불러 같이 식사를 하고 술을 마셨잖아요. 당신과 그년은 벌써 그렇고 그런 사이였군요. 그런데도 내가 물어보니 별 사이 아니라고 딱 잡아떼다니! 당신과 그년이 그런 엉큼한 관계가 아니라면 그년의 비녀가 어떻게 당신 손에 있을 수 있냔 말이에요? 원래 나하고의 일도 모두 그년한테 말해줬죠? 어쩐지 얼마 전에 그년이 나를 보더니 의미심장하게 묘한 웃음을 짓더라니, 당신이 우리 사이의 일을 모두 말해주었으니 그렇죠! 앞으로는 당신은 당신이고 나는 나예요. 이제 우리 사이의 일은 이것으로 다 끝났어요!"

이 말을 듣고 진경제는 다급해져서 시게 맹세를 하고 거듭 다짐을 하다가 끝내는 눈물을 흘리면서 말했다.

"나 진경제가 만약에 셋째 마님과 실오라기만큼이라도 관계가 있다면 영험하신 동악의 신령께서 죄를 내려 나를 서른 살까지도 못 살게 벌을 내릴 것이고 또 살아 있을 적에는 온몸에 큰 종기가 나고 네다섯 해 동안 황달에 시달리며 곁에서 시중들며 돌봐주는 사람도 없어 국도 얻어먹지 못하고 물도 제대로 얻어 마시지 못하며 온갖 고생을 하게 될 겁니다."

그렇게까지 맹세를 했으나 반금련은 들은 척도 하지 않고 전혀 믿지 않았다.

"이 날강도야, 아직도 그렇게 입만 아프게 허튼 맹세를 하다니! 그렇게 해봐야 소용없어요!"

둘이 이렇게 한참을 티격태격하다 보니 밤은 더욱더 깊어만 갔다. 이에 진경제는 위 적삼을 벗고 몸을 침상 안으로 밀어 넣었다. 그러나 이미 뾰로통해진 반금련은 몸을 돌려 돌아누우며 성질을 내고 진경제를 거들떠보지도 않았다. 이를 보고 진경제가 온갖 말로 금련을 달래보고 애원도 해봤으나 도리어 금련이 손을 들어 경제의 얼굴을 할퀴었다. 깜짝 놀란 진경제는 화도, 한마디 말도 제대로 하지 못하고 밤새 엎치락뒤치락거렸으나 결국 금련의 비경에 물건을 집어넣지 못하고 말았다. 날이 밝자 하인 애들 눈에 뜨일까봐 두려워 담장을 넘어 앞채 사랑방으로 나갔다. 「취한 채로 돌아가네[醉扶歸]」라는 시가 있어 이를 증명하니,

　　내가 입으로 윤기 나는 그녀의 머리칼을 잘근거려도
　　그녀는 등 돌려 가슴이 등에 닿게 하누나.
　　향기 나는 좌우의 뺨을 어루만지기 힘들고
　　단지 목젖을 꼴깍거리며 길게 탄식만 하네.
　　긴긴 밤에 얼굴은 보지도 못하고
　　단지 상아 비녀 꽂은 뒷모습만 보았네.
　　我嘴搵着他油鬂髻 他背靠着胸肚皮
　　早難送香腮左右偎 只在項窩兒裡長吁氣
　　一夜何曾見面皮 只覷着牙梳背

　여러분, 내 말 좀 들어보소. 나중에 반금련은 이 비녀를 진경제에게 돌려주었다네. 맹옥루가 이아내[李衙內]에게 시집을 가 엄주부[嚴州府]로 떠나갈 때 진경제는 맹옥루를 찾아가 이 비녀를 증거물로 내놓으며 옥루가 그의 누이라고 하고, 몰래 일을 성사시키려고 했다네. 하지만 뜻하지 않게 옥루에게 쫓겨나고 도리어 함정에 빠져 진경제

는 옥고를 치르게 되고 말았으니.

　이 일은 나중 일이니 여기서 더는 말하지 않겠다.

　삼광[三光]*이 그림자가 있으나

　누가 그것을 끌어당기리오.

　세상의 모든 일이 뿌리가 없이

　단지 스스로 생겨난 것이라오.

　三光有影遣誰繫 萬事無根只自生

* 해, 달, 별

솜처럼 가볍고 실처럼 어지러운 마음이여

추국이 앙심 품어 밀회를 폭로하고,
춘매는 편지 전해 밀회를 약속하다

우습구나 서문경의 통하지 못했음이
여인을 끌어들여 춘풍의 웃음거리 만드네.
침상 위 비단 이불에 도적을 감추어 재우고
진수성찬을 세 번 차려 호랑이를 키우네.
물건을 아껴 부부관계 좋기를 도모하나
재물을 탐해 장인을 구렁텅이로 밀치네.
한 가지 더욱더 볼 만한 것은
방 안으로 뛰어들어 건곤[乾坤]을 희롱하는 것.
堪嘆西門慮未通 惹將挑李笑春風
滿淋錦被藏賊睡 三頓珍羞養大蟲
愛物只圖夫婦好 貪財常把丈人坑
更有一件堪觀處 穿房入屋弄乾坤

반금련은 날이 밝아 진경제가 담을 넘어 안으로 들어가는 것을 보
자 후회의 마음이 일었다.

다음 날은 바로 칠월 보름날이었다. 오월랑은 지장암 설비구니가

있는 곳으로 가서 서문경을 위해 우란회[盂蘭會](불교에서 칠월 보름에 거행하는 법회)를 올리려고 했다. 반금련과 여러 부인은 월랑을 대문 앞까지 전송하고 다시 안으로 들어갔다. 맹옥루, 손설아, 서문 큰아씨는 안채로 들어갔다. 홀로 남은 반금련이 앞채의 중문을 걸어 나가고 있다가 이병아의 이층 다락방에서 저당 잡힌 물건을 찾아 내오던 진경제와 마주쳤다. 반금련은 진경제를 불러 세우며 말했다.

"내가 어제 당신께 몇 마디 듣기 싫은 말 좀 했다고 성질을 내면서 새벽녘에 그렇게 나가버려요? 이제 정말 나와 다 끝낼 거예요?"

"아직도 그렇게 말씀하세요? 도대체 밤새 내가 어떻게 지냈는지 아세요? 하마터면 속이 끓어올라 죽을 뻔했어요! 내 얼굴에 난 생채기를 좀 봐요. 간밤에 당신이 할퀸 거예요!"

이를 듣고 반금련은 다시 욕을 하며 말했다.

"이런 급살맞을 양반이 있나! 만약에 당신이 그년과 구린 관계가 아니라면 뭐가 겁나 그리 내빼요?"

이 말을 듣고 진경제가 소맷자락에서 종이 뭉치를 꺼내 건네자, 반금련이 이를 받아 펼쳐보니 그 위에 「의지하는 삶의 즐거움[寄生樂]」이라는 사 한 편이 쓰여 있는데,

걸핏하면 욕을 하고
별안간 얼굴을 할퀴누나.
그러니 다소곳이 고개를 숙일 수밖에
제발 말을 하실 때는 좋게 하세요.
모든 것을 끊자는 말에
제 마음은 심히 두렵답니다.

은혜를 잊고 의를 저버리려는 원수 같은 사람아
당신의 눈썹이 흐려지면 누가 그려줄거나.
動不動將人罵 一徑把臉兒上搧
千般做小伏低下
但言語便要相咱罷 罷字兒說的人心怕
忘恩失義俏冤家 你眉兒淡了教誰畫

이 글을 보고 반금련은 미소를 띠며 말했다.

"죄 지은 일이 없다면 오늘 밤에 내 방으로 오세요. 내 천천히 다시 물어볼 테니까요."

"사람 애간장을 이렇게 닳게 만들어놓다니, 누가 밤새 잠이나 잔 줄 알아요! 낮에 잠이나 실컷 자고 나서 건너갈게요."

"만약에 오지 않으면 그땐 끝장이에요!"

말을 마치고 반금련은 방으로 돌아갔다. 진경제는 옷을 가지고 가게로 나가 한참 장사를 했다. 그러다 사랑방으로 돌아와 침대 위에 엎어져 잠을 한숨 늘어지게 잤다. 그러고는 자리에서 일어나 어서 날이 어두워져서 반금련의 방으로 건너갈 때만을 눈이 빠지게 기다렸다. 그런데 뜻하지 않게 저녁 무렵이 되어 날씨가 갑자기 어두워지면서 검은 구름이 몰려오고 창밖으로 빗줄기가 뚝뚝 떨어지기 시작했다. 쓸쓸한 정원 안에 황혼의 비가 내리는데 뚝뚝 파초 위에 떨어지는 소리 멈추지를 않는구나.

진경제는 비가 하염없이 내리는 것을 보고,

'참 짓궂은 날씨구나! 금련이 꼬치꼬치 캐묻겠다고 했는데 뜻밖에 이렇게 비가 내리니 사람을 귀찮게 만드는구나!'

이렇게 생각을 하면서 비가 멈추기를 기다리고 있었으나 추적추적 내리는 비는 일경쯤에 이르러서도 멈추지 않고 처마 밑에 작은 도랑을 이루어 흐르고 있었다. 이에 진경제는 더는 비가 멈추기를 기다리지 못하고 붉은 털보자기를 둘러쓰고 반금련의 방으로 건너가려고 했다.

이때 오월랑은 집으로 돌아와 있고 큰딸과 원소는 안채에서 나오지 않고 있었다.

진경제는 방문을 걸어 잠그고 서쪽의 쪽문을 지나 큰비를 맞으며 화원을 지나 반금련의 방으로 가 일각문을 밀고 안으로 들어갔다. 반금련은 오늘 밤에는 진경제가 무슨 일이 있어도 반드시 올 것을 알고 일찌감치 춘매를 시켜 추국한테 억지로 술을 몇 잔 먹여 온돌방에 재우게 했다. 그러고는 문을 잠그지 않고 빗장을 슬쩍 걸쳐만 놓고 있었다. 이때 진경제는 문을 밀어 사람이 없는 걸 보고 잽싸게 안으로 들어서 바로 반금련의 침실로 들어갔다. 침실 안에는 비단 휘장이 반쯤 드리워져 있고 은촛대에는 초가 높이 타오르고 탁자 위에는 이미 술과 과일 등이 차려져 있고 금잔에는 좋은 술이 넘실대고 있었다. 둘은 어깨를 나란히 하고 무릎을 맞대고 앉았다. 반금련이 진경제를 보고 말했다.

"맹옥루와 당신이 그렇고 그런 관계가 아니라면 어째서 이 비녀가 당신 손에 들어갔어요?"

"며칠 전에 화원의 다미 넝쿨 아래에서 주운 거예요. 내가 당신을 속인다면 당장 벼락을 맞아 죽을 거예요!"

"정말로 그런 일이 없다면 이 비녀를 당신께 돌려주겠어요. 나한테는 필요 없는 것이니까요. 그렇지만 내가 준 비녀와 향주머니, 손수건은 잘 간수해야 해요. 만약에 하나라도 잊어버리면 그땐 가만두지 않겠어요!"

둘은 술을 마시며 바둑을 두다가 거의 일경쯤이 되어서야 비로소 침상 위로 올라갔다. 난새와 봉황이 서로 엎치락뒤치락하며 미친 듯이 밤을 지새웠다. 반금련은 예전에 서문경이 살아 있을 적에 서문경한테 펼쳐 보이던 온갖 재주를 이 새로운 사내 진경제에게 쏟아붓고 있었다.

한편 추국은 저쪽의 온돌방에서 잠이 들었는데 갑자기 어디선가 남자의 소리인 듯싶은 게 들려오는데 누구의 소리가 어디서 들려오는지 더욱 알 수가 없었다. 그렇게 생각을 하다가 새벽닭이 울 무렵에 자리에서 일어나 오줌을 누려고 했다. 그때 마침 안쪽의 방문이 삐걱 소리를 내며 열리는데 달빛도 몽롱하고 비도 채 그치지 않고 있었다. 가만히 살펴보니 한 사람이 붉은 보자기를 뒤집어쓰고 방에서 나오는데 영락없는 진서방이었다! 이를 보고 추국은 속으로 생각했다.

'밤마다 서방님이 우리 마님과 잠자리를 같이하며 재미를 봤구나! 우리 마님이 남들 앞에서는 지조와 정절이 있는 듯 깨끗한 척을 하더니, 뒷구멍으로는 몰래 사위와 놀아나고 있었구나!'

다음 날 날이 밝자 추국은 곧바로 안채 부엌으로 건너가 이 일을 소옥에게 말해주었다. 그런데 소옥은 춘매와 사이가 매우 좋은지라 이 사실을 춘매에게 모두 알려주었다.

"추국이 그러는데 너희 마님이 진서방님과 놀아나고 있대. 어제도 방에서 같이 자고 새벽에 몰래 진서방님이 나가더래. 큰아씨와 원소는 어제 앞채에서 자지 않았잖아."

이를 듣고 춘매는 반금련에게 하나하나 고해바치며,

"마님께서 그년한테 따끔한 맛을 보여주지 않으면, 그년이 혀를 제멋대로 놀려대 주인을 잡아먹겠어요!"

하니, 이에 반금련은 바로 추국을 불러 욕을 하며,

"네년보고 죽을 끓여오라고 했더니, 왜 냄비를 깨먹고 야단이냐! 네년이 엉덩이가 크다고 마음을 다른 데 두고 있는 모양이지? 내 일전에도 때릴 것을 때리지 않았더니 네년이 뼛속이 근질근질한 게로구나!"

그러면서 몽둥이를 가져와 추국의 등을 있는 힘을 다해 서른 차례나 후려쳤다. 추국은 돼지 멱따는 소리를 내질렀는데 온몸에 피가 낭자하고 살점이 떨어져나갔다. 춘매가 앞으로 다가서며 말했다.

"마님, 그렇게 약하게 몇 대 때리는 건 그년의 가려운 데를 긁어주는 것밖에 안 돼요! 옷을 홀딱 벗기고 남자 하인들을 불러 큰 몽둥이로 이삼십 차례 후려갈겨야 겨우 때리는 것 같을 거예요. 그렇게 약하게 때려봐야 아무 소용이 없어요. 그래봐야 겨우 원숭이가 노는 것 같아요! 저년같이 간덩이가 큰 것이 어디 그 정도를 두려워하겠어요! 종년이라면 응당히 안의 말은 바깥으로 전하지 말고, 바깥의 말은 안으로 전하지 말아야 하잖아요. 그런데 이년은 집안에서 벌어지는 일을 모두 밖으로 까발리고 다니잖아요!"

"도대체 내가 무슨 말을 했다고 그러세요?"

추국이 말하자 반금련이 다시 욕을 했다.

"이년이 아직도 아가리를 놀리고 있어! 우리 집안을 망쳐버릴 몹쓸 종년이 아직도 할말이 있다고 주둥이를 놀려!"

이렇게 얻어맞은 추국은 욕까지 먹고 부엌으로 물러났다. 허나, 모기는 부채에 얻어맞지만 입으로는 사람을 문다네.

팔월의 어느 날, 반금련은 몰래 진경제를 불러내 술을 마시며 춘매까지 함께 자리해 바둑을 두며 놀았다. 둘은 늦도록 즐기다가 날이 샌 줄도 모르고 늦잠을 잤다. 아침에 일어나 차를 마실 즈음에도 자리에서 일어나지 않아 그들 사이의 일이 거의 발각될 지경이었다. 추국이 살짝 보고는 급히 안채의 월랑에게 건너가 이 사실을 말해주려고 했다. 건너가 보니 월랑은 마침 머리를 빗고 있고 소옥이 안방 문 앞에 서 있었는데 추국은 소옥을 한켠으로 살짝 끌어당겨서 말했다.

　"진서방이 여차여차해서 어젯밤에도 우리 마님 방에서 하룻밤을 지냈어요. 그런데 아직까지 일어나지 않고 있어요. 지난번에는 소옥 아씨에게 말했다가 공연히 죽도록 얻어맞기만 했지요. 오늘은 내가 두 눈으로 똑똑히 봤으니 헛걸음을 하시게 하지는 않을 거예요. 그러니 어서 큰마님께 건너가 보라고 하세요."

　그러나 소옥은 욕을 하며 대꾸했다.

　"이 눈깔이 큰 종년아, 또 와서 주인을 고자질하고 야단이야! 우리 마님께서는 지금 머리를 빗고 계시니 어서 썩 꺼지지 못해!"

　이러한 소리를 방 안에서 월랑이 듣고는,

　"저 애가 건너와 무슨 말을 하는 게냐?"

하니 소옥도 더는 숨기지 못하고 단지,

　"다섯째 마님이 마님께 드릴 말씀이 있다고 하십니다."

라고만 하고 더는 다른 말을 하지 않았다. 이에 월랑은 머리를 다 빗고 발걸음도 가볍게 사뿐히 앞채 반금련의 방으로 건너갔다. 춘매는 월랑이 건너오는 것을 보고 당황해 먼저 방에 가 반금련에게 월랑이 오고 있다고 전해주었다. 반금련과 진경제는 그때까지도 이불 속에서 꼭 껴안고 일어나지 않고 있었다. 월랑이 건너온다는 소리를 듣고 둘은 화급히 놀라 일어났으나 당황해서 손발을 제대로 움직일 수가 없었다. 진경제를 밖으로 내보내기도 시간이 없는지라 반금련은 진경제를 침대 밑으로 숨기고는 그 위에다 비단 이불을 덮어 가려버렸다. 그러고는 춘매더러 작은 탁자를 가져오게 해 그 위에 구슬을 쏟아놓고 구슬을 꿰는 시늉을 했다. 잠시 뒤에 월랑이 방 안으로 들어와 앉으며,

"나는 동생이 밖으로 나오지 않기에 무엇을 하나 그랬는데 방 안에서 구슬을 꿰고 있었군."

하면서 손에다 올려놓고 바라보면서 다시 말했다.

"정말로 잘 꿰는군. 정면에는 깨꽃이고 양옆에는 마름모꼴의 연꽃에 주위에는 벌들이 국화꽃에 몰려드는 모양이군. 구슬이 하나하나 서로 맞물려 있는 것이 마치도 동심결[同心結] 같아 매우 보기 좋군요! 다음에 시간이 있으면 내 것도 좀 만들어줘요."

반금련은 월랑이 이렇게 말을 하는 것을 듣고 비로소 작은 사슴 가슴처럼 팔딱거리던 마음이 점차 가라앉았다. 겨우 마음을 돌려 춘매더러 차를 내와 큰마님께 드리라고 분부했다. 잠시 뒤에 월랑은 차를 마시고 바로 자리에서 일어나 안으로 들어가면서 말했다.

"반동생, 어서 머리를 빗고 안으로 들어와요."

"잘 알겠어요."

반금련은 월랑이 이렇게 별말 없이 안으로 들어가자 바로 진경제를 나오게 해 골목길로 해서 앞채로 내보냈다. 진경제가 나가자 반금련과 춘매는 그제서야 등에 식은땀이 흐르는 걸 느꼈다. 반금련이,

"큰마님은 아무리 할 일이 없다 해도 특별한 일이 아니면 좀체 내 방에 건너오지 않는데, 오늘 이렇게 이른 아침에 도대체 무슨 일로

건너오셨을까?"

하니 춘매가 옆에서,

"아무래도 추국 그년이 또 고자질을 해서 오셨을 거예요."

그렇게 말을 하고 있을 적에 소옥이 건너와서,

"추국이 안채로 건너와서 진서방님께서 어제 대낮부터 오늘 아침까지 이곳에 계시다고 하더군요. 그래서 제가 욕을 하고는 썩 꺼지라고 했는데 꿈쩍하지 않더군요. 마님께서 밖의 소리를 들으시고 '추국이 왜 왔느냐?'고 물으시길래, 제가 '다섯째 마님께서 큰마님께 드릴 말씀이 있다고 하십니다' 하고 말씀을 드려서 방금 이곳에 오신 거예요. 마님께서는 속으로만 조심하시고 그런 일에는 신경쓰지 마세요. 어른들은 아이들의 잘못을 보지 않는다 하니 마님께서는 그 계집애만 조심하시면 돼요!"

라고 했다.

여러분, 내 말 좀 들어보소. 비록 월랑이 추국의 말을 다 믿지는 않았지만, 그래도 반금련이 아직 나이도 어리고 또 남편을 잃은 후로 시간이 흘렀는지라 혹시라도 다른 마음을 품고 추잡한 일을 벌여 밖으로 퍼져 나가면 외부 사람들이 알고 웃음거리가 될까 두려웠다오.

서문경이 죽은 지 얼마 되지 않아 집안의 부인들이 이리저리 뿔뿔이 흩어지면 자기가 힘겹게 얻은 아기도 누구의 애인지 모르겠다는 이야기가 들려올 법도 했다. 집 안에 있으면 좋은 말들이 돌지만 밖으로 나가면 더러운 말만 듣게 마련이다. 또 딸을 아끼는 마음에 큰딸에게 먼 곳으로 나다니지 말라고 했다. 그리고 이교아가 묵었던 방을 깨끗이 치운 뒤에 진경제 내외를 안채 중문가로 들어와 살게 했다. 혹시라도 부지배인이 집에 갈 일이 있을 시에는 진경제에게 가게로 나가 번갈아 지키게 했다. 또 옷이나 약재를 내갈 때에는 내안과 같이 출입하게 하고 사방의 문은 모두 자물쇠로 잠가놓았다. 하인과 부인들도 일이 없으면 밖으로 나가지 못하게 했다. 이렇게 모든 것을 엄히 단속하니 진경제와 반금련의 뜨거운 사랑도 길이 막혀버렸다. 정말로, 세상의 좋은 일은 장애가 많은 법, 밝고 좋은 시절은 오래가지를 못한다네.

시가 있어 이를 증명하나니,

몇 번을 천태산으로 가서 옥진[玉眞]을 찾았으나
삼산[三山]은 보이지 않고 바다만 깊네.
부잣집의 하루는 바다와 같이 깊어서
이로부터 사랑하는 님은 나그네인 듯하구나.
幾向天台訪玉眞 三山不見海沉沉
侯門一日深如海 徒此蕭郎是路人

반금련과 진경제의 밀통이 추국에게 꼬리를 잡힌 뒤에 추국이 한 말을 월랑은 믿지 않았지만, 혹시라도 하는 마음에 저녁에는 각 곳의 문을 다 잠그고 서문 큰아씨도 안채의 이교아 방으로 들어와 머물게 하고 진경제가 약재를 내갈 때도 내안과 같이 행동하게 하니 근 한 달이 지나도 둘은 서로 만날 기회가 없었다. 반금련이 홀로 외롭게 비단 휘장 안에서 베개를 베고 누워 잠을 이루려 하니, 방 안에 홀로 있는 처량함을 어찌 다 금할 수가 있겠는가? 결국은 상사병[相思病]에 걸려 화장을 하기도 귀찮고 또 먹기도 싫어지니 자연 허리며 몸이 다 마르고 얼굴도 수척해졌다. 날마다 잠만 자며 일어나지 않았다.

이를 보고 춘매가 다가가 말했다.

"마님, 요 며칠은 왜 안채에도 들어가지 않으세요? 화원에 나가 산책이라도 좀 하시지 그러세요. 매일 이렇게 한숨만 내쉰다고 무슨 좋은 수가 생기겠어요?"

"너는 나와 진사위의 관계를 모르는 게냐?"

이렇게 대답하고는 「기러기 내려앉네[雁兒落]」로 자신의 심사를 증명하니,

나와 그대는 병두련[並頭蓮]처럼 한곳에서 자랐고
비목어[比目魚]처럼 한곳에 뭉쳐 있다네.
처음 만나 사랑을 할 적엔 붙여놓은 듯하더니
어떻게 이별의 아픔을 참을 수 있겠어요.
정말로 기가 막혀요
요 며칠 그가 안으로 들어오지 않고
큰마님은 대문을 모두 잠가놓았으니
화원에는 개들만이 놀고 있네요.
노비들이 무슨 비밀이라도
캐내려는 것은 아닌지 모르겠네요.
가슴 아프게 애타게 그리는 이 마음은
실로 풀어주기가 어렵구려.
我與他好似幷頭蓮一處生
比目魚纏成塊 初相逢熱似粘
乍怎離別難禁耐 好是怪奇哉
這兩日他不進來

大娘又把門上鎖 花園中狗兒乖

難猜 奴婢們盼矑的怪

傷懷 這相思實難解

이를 듣고 춘매가 말했다.

"마님, 안심하시고 걱정하지 마세요. 하늘이 무너진다 해도 대한
[大漢] 네 명이 받치고 있잖아요. 어제 큰마님께서 두 비구니를 모셔
다 오늘 밤에 설법을 듣겠다고 하셨으니 안채의 중문을 일찌감치 닫
을 거예요. 저녁에 제가 앞채 마구간에 가서 볏짚을 가져다 베개에
넣는다는 핑계를 대고, 앞의 가게로 나가 진서방님을 불러올게요. 그
러니 편지를 한 장 써주시면 제가 전해서 서방님을 모셔와 두 분이
만나게 해드릴게요. 마님의 생각은 어떠세요?"

"아유, 귀여운 것아! 네가 나를 불쌍히 여겨 그렇게 해 진사위를
불러올 수만 있다면 네 은혜에 톡톡히 보답하고 절대로 잊지 않으
마! 내가 병이 다 나으면 너한테 꽃신을 하나 만들어주마!"

"마님은 무슨 말씀을 그렇게 하세요? 마님과 저는 한몸이잖아요.
나리께서 돌아가셨으니 어디든지 마님을 따라가겠어요. 마님과 저
는 언제까지나 함께 있어요."

춘매가 이렇게 깜찍하게 말을 하자 반금련은 감격하여,

"너한테 그런 마음이 있다니 정말로 좋구나!"

하면서 가볍게 상아로 만든 붓을 들어 화선지를 펼쳐놓고 바로 편지
한 장을 써서 잘 봉해놓았다.

저녁에 반금련은 먼저 월랑의 방으로 건너갔다가 속이 편치 않다
는 핑계를 대고 매미가 허물을 벗듯 교묘히 빠져나와 자기 방으로 돌

아왔다. 월랑은 안채에서 일찌감치 문을 걸어 잠그고 하인과 부인네들도 모두 내보내고 비구니의 설법을 들었다. 반금련은 급히 춘매에게 진경제에게 건네줄 편지를 주면서,

"귀여운 애야, 빨리 가서 데리고 오너라!"

하고 말했다. 「하서육랑자[河西六娘子]」가 있어 이를 증명하니,

춘매 아가씨, 부탁하니
제발 너그러운 마음을 가져줘요.
오늘 밤에 만날 수 있게 해줘요.
아, 어서 빨리 갔다 와요.
나는 이곳에서
비단 이불 두툼히 깔아놓고 기다릴게요.
央及春梅好姐姐
你放寬洪海量些
俺團圓 只在今宵夜
嗏 你把脚步兒快走些些
我這裡錦被兒重重等待者

춘매는,

"제가 먼저 추국, 저 계집애한테 술을 몇 잔 주어 취하게 한 다음에 부엌방에 집어처넣어 둬야겠어요. 그러고 나서 광주리를 들고 마구간에 가서 볏짚을 가져오겠다고 나가 서방님을 불러오겠어요."

하고는 큰 그릇에 술을 두 대접 데워서 추국에게 먹여 부엌방에 밀쳐넣었다. 그러고는 반금련이 써준 편지를 가지고 밖으로 나갔다. 「기

러기 내려앉네[雁兒落]」가 있어 이를 알리나니,

　　나는 마구간으로 풀을 가지러 간다는 핑계를 대고
　　앞채로 그를 부르러 간다오.
　　돌아와서는 개를 짖지 못하게 가두고
　　사람들이 드나들지 못하게 문을 건다오.
　　술을 데우고 등불을 밝혀놓지요.
　　휘장을 따스하게 쳐놓고
　　난새와 봉황이 놀도록 준비를 해놓지요.
　　남들이 알지 못하도록
　　추국은 미리 술 먹여 재워놓았지요.
　　봄날 밤에
　　꽃 그림자가 움직이는 소리가 나면
　　그가 온 줄을 알 수 있지요.
　　오늘 밤에 어쨌든 둘을 꼭 만나게 해주리.
　　我去馬坊中推取草 到前邊就把他來叫
　　歸來把狗兒藏 門上將鎖兒套
　　尊前酒來篩 床上燈兒罩
　　帳暖度春宵 准備鳳鸞交
　　休敎人知覺 把秋菊灌醉了
　　聽着 花影動知他到
　　今宵 管怎兩個成就了

춘매는 앞채로 나가 광주리에 풀을 가득 담고 앞의 점포로 가서

문을 두들겼다. 마침 부지배인은 집에 가고 가게에 없었다. 진경제 혼자 온돌 위에 있다가 막 누우려던 참이었다. 누군가 문을 두들기자 물었다.

"누구요?"

"당신 전생의 어머니인 오온신[五瘟神]이 데리러 왔어요!"

진경제가 문을 열고서 보니 바로 춘매인지라 얼굴 가득 미소를 지 으며,

"누군가 했더니 춘매였군. 마침 아무도 없으니 안으로 들어오지."

하자 춘매는 방 안으로 들어가 탁자 위에 촛불이 켜져 있는 것을 보 고 말했다.

"하인들은 다 어디 갔어요?"

"대안과 평안은 저쪽 약가게에서 자고, 나 혼자 여기서 외롭고 쓸 쓸하게 지새우고 있어!"

"저희 마님께서 서방님께 말씀드리래요. 요 며칠 안채에는 통 얼 씬도 하지 않고 어느 집에를 다니시냐구요! 또 말씀하시기를 서방님 께서 맞은편에 좋은 데가 생겨 거기를 다니느라 우리 마님한테 오지 않는다고 하셨어요!"

"무슨 말을! 그날 이후 큰마님께서 쓸데없는 말을 들으시고 문을 어떻게나 엄히 단속하시는지 제대로 움직이지도 못하고 있는데…."

"마님께서는 요 며칠 서방님 때문에 마음이 아프세요! 그냥 멍해 져서는 식사도 하지 않으시고 잠도 제대로 못 주무시고 일도 하지 않 고 사람 꼴이 영 말이 아니에요. 오늘도 큰마님께서 비구니들을 불러 설법을 들으신다고 하셨는데 거기에도 갔다가 바로 돌아오셨어요. 오로지 서방님 생각뿐이에요. 그래서 저한테 편지를 써서 몰래 주셨

으니 보고 빨리 건너가보세요!"

춘매가 편지를 건네주자, 진경제가 받아보니 아주 잘 봉해져 있었다. 뜯어보니 「기생초[寄生草]」라는 사가 한 편 쓰여 있었으니,

복사꽃 같은 나의 얼굴이
그대 때문에 수척해졌네.
꽃을 아끼고 달을 즐기고 가는 봄을 서러워하여 그런 것이 아니라
금년 봄과 전년 봄의 한스러움이 여전하기 때문이네.
눈물도 다 말라 상사병이 생기고
한스러운 것은 비단 휘장 등불에 비치는 외로운 그림자뿐
애타게 기다리는 내 님은 멀고도 가깝게만 있네.
將奴這桃花面 只因你憔瘦損
不是因惜花愛月傷春困
則是因今春不減前春恨
常則是淚珠兒滴盡相思症
恨的是繡幃燈照影兒孤
盼的是書房人遠天涯近

진경제는 이 사를 다 읽어보고 춘매를 향해 급히 허리를 숙여 인사를 하고 거듭 고맙다고 말하며,

"정말 네가 수고가 많구나! 나는 그 사람이 아픈 줄은 정말로 몰랐어. 알았더라면 무슨 수를 써서라도 가봤지. 너무 원망하지 말거라! 네가 먼저 가면 이곳을 대강 정리해놓고 바로 건너가마."

하고는 서랍문을 열어 비단 손수건 하나, 은 이쑤시개 세 개를 꺼내

춘매에게 고마움의 표시로 주었다. 그러고는 춘매를 꼭 끌어안고 온 돌 위에 앉히고는 입을 맞추고 혀를 빠니 그 즐거움이란 이루 다 말로 할 수 없었다. 앵앵의 얼굴을 만날 인연이 없어, 단지 홍랑을 만나 갈증을 푸는 격이었다.

시가 있어 이를 밝히나니,

엷게 그린 눈썹에 비녀를 비스듬히 꽂고
화장도 하기 귀찮아 수놓기만 하네.
집안 깊숙한 곳에 홀로 처박혀
조용히 서재에 앉아 책만 읽누나.
요염하면서도 청순한 자태
신선이 내려온 듯 세상에는 짝이 없구나.
처음에는 매화와 비슷하다 했지만
자세히 보니 매화보다 훨씬 뛰어나구나.
淡畫眉兜斜揷梳 不欣拈弄繡工夫
雲窓霧閣深深許 靜坐芸窓學景書
多豔麗 更淸姝 神仙標映世間無
富初只說梅花似 細看梅花却不如

한참을 이렇게 놀다가 춘매가 먼저 풀을 넣은 광주리를 들고 집으로 돌아와 반금련에게 하나하나 자세하게 말하기를,

"제가 가서 불렀더니 바로 오시겠대요! 진서방님이 마님의 편지를 보고 얼마나 좋아하시는지 몰라요. 그래서 저한테 허리를 굽혀 고맙다고 하시며 손수건과 이쑤시개를 주셨어요."

하자, 이 말을 듣고 반금련은 춘매에게 말했다.

"밖에 나가서 좀 봐주렴. 진사위가 오다가 개한테 물릴까봐 그래."

"개는 이미 한구석에 잘 매어놓았어요."

때는 팔월 십육칠 일경인지라 달빛이 휘영청 밝았다.

한편 진경제는 약가게로 건너가서 자고 있던 평안더러 이쪽 가게에 와서 자라고 일렀다. 그런 뒤에 진경제는 옛 노래를 부르며 앞채 화원 문으로 가보니 잠겨 있는지라 뒤채 쪽문으로 해서 반금련이 있는 곳으로 가서 무궁화나무를 흔들어 자기가 왔음을 알렸다. 춘매가 담장 너머에서 나뭇가지가 흔들리는 걸 보고 급히 기침을 해 알았다고 알린 뒤에 다시 반금련에게 와서 진경제가 왔다고 보고했다. 진경제는 문을 밀고 몸을 돌려 바로 방으로 들어갔다. 반금련이 문 앞까지 나와 웃으며 진경제를 맞이했다.

"착한 사람아, 어쩌자고 통 오지를 않았나요?"

"피차 시비가 생길까봐 며칠 가만히 숨어 있었어요. 당신이 아프다는 것도 몰라서 와보지도 못했어요!"

"「사환두[四換頭]」라는 사가 있으니 한번 들어보세요."

하면서 금련은 읊기를,

긴요한 시기에 그런 쓸데없는 말 때문에
바다와 같던 사랑이 가로막혔네.
당신이 요 며칠 찾아주지를 않으니
내가 얼마나 애가 탔는지.
사랑하는 내 님아
왜 나를 버리려고 하시나요.

赤緊的因些閑話 把海樣恩情一旦差

你這兩日門兒不抹 我心兒掛

關情的我兒 你怎生便撇的下

둘이 자리에 앉자 춘매는 쪽문을 잠그고 들어와 방 안에 탁자를 내려놓고 술상을 보았다. 반금련과 진경제는 어깨를 나란히 하고 무릎을 포개어 앉았다. 춘매가 곁에 앉아서 술을 따라주었다. 술이 몇 차례 오고간 뒤에 바둑판을 내려놓고 셋은 바둑을 두면서 즐겼다. 그러노라니 술기운이 올라오자 반금련은 어여쁜 눈을 게슴츠레 뜨고, 검은 머리를 반쯤 풀어헤치고 서문경이 사용하던 음기구 주머니를 진경제에게 건네주었다. 그 안에는 상사투[相思套], 전성교[顫聲嬌], 은탁자[銀托子], 면령[勉鈴]과 다른 음기구들이 들어 있었는데 진경제로 하여금 등불 아래에서 비춰 보게 했다. 반금련은 실오라기 하나 걸치지 않은 알몸으로 긴 의자에 누웠다. 이를 보고 진경제도 아래위의 옷을 홀딱 벗고 맞은편 의자에 앉아『춘의이십사해[春意二十四解]』(명대 중엽에 성행한 춘궁화[春宮畵] 소책자)라는 음란한 그림을 등불 아래에서 펼쳐 보면서 책의 그림대로 따라했다. 반금련은 춘매를 불러,

"너는 뒤에서 진서방님을 좀 밀어드리거라. 기운이 딸리지 않게 말이다."

하고 분부를 하니 춘매는 정말로 진경제를 뒤에서 밀어주었다. 이에 진경제의 그 물건은 여인의 은밀한 곳을 오르락내리락하는데 대단히 황홀한 게 그 즐거움이란 이루 다 말로 할 수가 없었다.

한편 추국은 부엌방에서 술에 취해 한참을 자다가 야밤중에 오줌

이 마려워 일어나 오줌을 누려고 했으나 문이 잠겨 있어 밀어도 열리지가 않았다. 겨우 손을 뻗어 빗장을 열고 밖으로 나와 보니 달빛이 휘영청 비치고 있었다. 발걸음을 죽여 살금살금 걸어 방의 창 밑으로 다가가서 창호지를 뚫고 눈을 대고 안을 들여다보았다. 방 안에는 촛불이 밝게 비치고 있었는데 세 사람은 대단히 취해서 모두 옷을 벗고 한참 일들을 치르고 있었다. 둘은 마주해 의자에 앉아 있고 춘매는 그 뒤에서 열심히 진경제의 몸을 밀고 있는데 세 사람이 한덩어리로 뭉쳐 있었다. 그 모습이란 이러했으니,

한쪽이 남편의 명분을 고려치 않는데
누가 상하존비[上下尊卑]를 따지랴.
하나가 숨을 헐떡이는데
소가 버들 그늘 아래에서 소리 내듯
하나도 아리따운 소리를 내니
앵무새가 꽃 가운데에서 지저귀는 듯하구나.
하나가 의자 위에서 운우의 정을 속삭이니
하나는 귀에 대고 철석같은 맹세를 한다.
하나는 과부의 방을 즐거운 도장으로 바꾸고
하나는 장모의 앞에서 음욕의 세계를 펼쳐 보인다.
한쪽이 서문경과 같이 놀던 온갖 재주를 사위에게 물려주니
한쪽은 한수[韓壽]*가 향을 따던 솜씨를 장모에게 다 발휘하네.
一個不顧夫主名分 一個那管上下尊卑

---

* 진[晉]대의 한수가 사공 가충[賈充]의 딸과 몰래 사랑을 했는데 한수의 몸에서 나던 향기로 한수가 자기 딸과 놀아났음을 알고 딸을 한수에게 시집보냈다고 함

一個氣的吁吁 猶如牛吼柳影

一個嬌聲噎噎 猶似鶯囀花間

一個椅上逞雨意雲情 一個耳畔說山盟海誓

一個寡婦房內 翻爲快活道場

一個丈母根前 變作行淫世界

一個把西門慶枕邊風月 盡付與嬌婿

一個將韓壽偸香手段 悉送與情娘

금생에서는 헤어지지 말자고 써서
내생에서의 즐거운 띠를 만들어놓는구나.

寫成今世不休書 結下來生歡喜帶

추국은 이러한 모든 것을 두 눈으로 똑똑히 보고 마음속으로 생각하기를,

'저래놓고도 사람들 앞에서 깨끗한 체하면서 나를 패다니… 오늘은 전부 내 두 눈으로 봤단 말이야. 내일 다시 큰마님께 말을 해도 설마 허튼 거짓 소리라고 하지는 못하겠지!'

하고는 창호지 틈으로 방 안에서 벌어지는 환락의 장면을 다 훔쳐보고 부엌방으로 돌아가 잠을 잤다.

셋은 그렇게 미친 듯이 놀다가 삼경쯤 되어서야 비로소 잠자리에 들었다. 춘매는 채 날이 밝기도 전에 먼저 잠자리에서 일어났다. 부엌으로 나가 보니 부엌문이 열린 걸 보고 왜 문이 그렇게 열려 있냐고 추국한테 물었다.

"그걸 나한테 또 물어요! 오줌이 마려워 죽겠는데 어디 가서 오줌

을 싸요? 그래서 빗장을 겨우 열고 정원으로 나가 오줌을 눴지요."

"요 능청맞은 년이! 방 안에 요강이 있는데 왜 거기에다 누지 않았어?"

"방 안에 요강이 있는 줄은 몰랐어요."

둘은 이렇게 부엌 안에서 실랑이를 벌이며 말싸움을 했다. 진경제는 날이 밝아서야 비로소 자리에서 일어나 살그머니 앞채로 나갔다. 그야말로, 두 손으로 생사[生死]의 길을 열어젖히고, 몸을 돌려 시비[是非]의 문을 뛰쳐나간 셈이다.

진경제가 돌아간 뒤에 반금련은 춘매에게,

"뒤편에서 왜 떠들고 있어?"

하고 물으니, 춘매는 여차여차하다며 어젯밤 부엌문이 열린 일을 낱낱이 일러바쳤다. 반금련이 다시 발끈하여 추국을 때려주려고 했다. 이때 추국은 아침 일찍 안채로 건너가 월랑에게 이 사실을 알려주었다. 그러나 월랑은 오히려 크게 호통을 치며 추국을 꾸짖었다.

"이 주인을 잡아먹는 못된 계집아! 전날에도 공연히 와서 별거 아닌 걸 크게 부풀려 제 주인과 진서방이 한방에서 벌건 대낮에서 밤까지, 밤에서 그다음 날 아침까지 같이 있다고 하면서 나더러 건너가게 하지 않았느냐? 그래 건너가 보니 네 주인은 온돌 위에 앉아서 한창 구슬을 꿰매며 장식품을 만들고 있었는데 진서방이 어디에 있더란 말이냐? 그러고 있노라니 잠시 뒤에 진서방이 앞채에서 건너오더구나. 이 주인을 잡아먹을 종년아! 큰 사람이 방에 숨어 있으면 엿가락도 나무토막도 아닌데 어디에 그런 큰 사내를 숨겨놓을 수 있단 말이냐. 어디 바닥에라도 깔아놓을 수가 있단 말이더냐? 이런 일이 밖으로 새어 나가면 사실을 아는 사람은 네 이 싸가지 없는 종년이 주인을 잡아먹는다고 하겠지만, 자세한 것을 모르는 사람들은 서문경이 살아생전에 많은 여인들을 강제로 차지하더니 죽은 지 얼마 되지 않아 마누라들이 하나둘 제멋대로 놀아나는구나 할 것 아니겠느냐! 그렇게 되면 내 자식까지도 그 뿌리가 의심스럽다고들 해대지 않겠어!"

월랑은 이렇게 말을 하고 추국을 때려주려고 했다. 놀란 추국은 황급히 앞채로 달아나서는 두 번 다시 안채로 고자질하러 오지 않았다. 반금련은 월랑이 추국을 꾸짖어 혼내고 그들의 일을 믿지 않는다는 것을 알고 마음속으로 무거운 짐을 내려놓은 듯하여 갈수록 담이 커졌다. 그래서 진경제에게 자신의 즐거운 심정을 사로 지어주었으니 바로「붉은 무늬 신발[紅繡鞋]」이라는 것이다.

구름비는 바람같이 스며드는데
공연한 시비는 방귀처럼 사라졌네.
자물쇠를 잠가놓아도 두렵지 않네.
반복하여 못 만나게 하고
공연한 구설수에 오르내리려도
우리 둘의 사랑은 더욱 깊어만 간다오.
會雲雨風般疏透 閑是非屁似休僦
那怕無縫鎖上十字扭
輪鍬的閃了手腕 散楚的叫破咽喉
咱兩個關心的情越有

서문 큰아씨도 이러한 말을 듣고 몰래 진경제한테 물어봤다.
"당신은 그런 못된 계집애의 말을 믿어? 나는 어제 가게 안에서 숙

직을 했는데 언제 화원 쪽으로 건너갔다고 그래? 그리고 화원 문은 온종일 잠겨 있잖아."

이에 큰딸은 큰소리로 말했다.

"못된 양반 같으니라구! 허튼소리 하지 말아요! 다시 또 그런 쓸데없는 소문이 내 귀에 들어오면, 어머니가 뭐라시든 내 당신을 벌거벗겨 쫓아낼 테니. 그러면 이 방에 들어올 생각도 하지 말아요!"

"옳고 그른 것은 언젠가는 밝혀질 테니, 듣지 않으면 자연히 없어지는 법이야! 머지않아 그 주둥이만 놀리는 종년은 벌을 받을 게야. 큰마님께서 친히 눈으로 보셨으니 믿지를 않으시는 게잖아."

이에 큰딸도 더는 말을 하지 않고 단지,

"당신 말대로라면 좋겠군요."

하고 말았다.

누가 낭군의 마음이 솜처럼 가벼우랴 생각하고
누가 부인의 마음이 실처럼 어지러움을 알랴.
誰料郎心輕似絮
那知妾意亂如絲

그래도 하늘은 사람을 배려하나니

오월랑은 벽하궁을 시끄럽게 만들고,
송명공은 청풍채에서 의리를 베풀다

사시사철 푸르며 세속에 물들지 않으니
하늘의 기묘한 변화로 만들어졌네.
준일한 풍모는 티끌에도 더럽혀지지 않았고
정조를 철석같이 지키고 있다네.
탁월한 그 절개는 짝을 찾아볼 수 없으니
청상의 몸에서 향기가 난다오.
세상 사람들이 장수의 비결을 물으나
모름지기 자태를 바르게 해야만 오래 산다오.
冬夏長靑不世情 乾坤妙化屬生成
淸標不染塵埃氣 貞操維持泉石盟
凡節通靈無幷品 孤霜釀味有餘馨
世人欲問長生術 到底芳姿益壽齡

어느 날 오월랑은 오라비인 오대구를 불러 태안부[泰安府]의 정상
(즉 태산[泰山])에 있는 신인 낭랑[娘娘](태산의 남쪽에 전설에서 전해
내려오는 동악대제[東嶽大帝]의 딸 벽하원군[碧霞元君]인 낭랑이 살고 있

다고 함)에게 제사를 올리러 가는 일을 상의했다. 이 일은 서문경이 병을 앓고 있을 적에 그렇게 하고자 원하던 바였다. 이를 듣고 오대구도 선뜻 같이 동행하겠다고 대답하고 향, 초, 종이, 말 등 제사에 쓸 물건들을 준비했다. 그리고 대안과 내안으로 하여금 수행하게 하고 말을 세내어 타고 가기로 했다. 월랑 한 사람만이 가마를 타고 갈 예정이었다. 월랑은 맹옥루, 반금련, 손설아, 서문 큰아씨에게,

"집을 잘 보고 있도록 해요. 그리고 유모와 여러 하인 애들은 효가를 잘 봐줘요. 뒤채의 중문은 일이 없으면 일찌감치 잠그고, 특별한 일이 없으면 밖에 나다니지 말아요."

그러고는 진경제에게도 말했다.

"함부로 나다니지 말고, 부지배인과 함께 바깥문을 잘 지키게. 나는 이달 말쯤에야 돌아올 테니."

보름날 이른 아침에 종이를 태우고 저녁에 서문경의 영전에 작별을 고한 뒤 여러 자매들과 함께 술자리를 벌여 작별의 인사를 나누었다. 그리고 각 방문의 열쇠를 모두 소옥에게 건네면서,

"잘 살피거라."

하고 당부했다.

월랑은 다음 날 오경쯤에 일어나 출발했는데 일행들은 말을 세내어 타고, 여러 자매들은 대문까지 나와 전송해주었다. 때는 바야흐로 늦은 가을이라 날씨는 차갑고 해는 짧았다. 하루에 육십여 리를 걸어 황혼이 깃들기 전에 객점을 잡아 투숙했다. 다음 날 아침에 다시 길을 떠나니 가을 구름은 담담히 흘러가고 외로운 기러기 슬피 울고 나뭇잎도 모두 떨어져 있으니 모든 풍경이 황량하면서도 처량한 게 비통하고 서글프기 그지없었다. 월랑이 죽은 남편을 위해 먼길을 떠나

그의 염원을 풀어주고자 하는 마음을 시로 증명하니,

평생이 지조와 절개, 빙설과 같고
한 점의 정성은 하늘을 감동시킨다.
남편 위해 산신께 기원하려
천리길 산을 넘어와 향을 올린다.
平生志節傲冰霜 一點眞心格上蒼
爲夫遠許神州願 千里關山姓字香

가는 길에 이들은 큰일 없이 며칠 내에 태안주에 도착했다. 멀리서 태산을 바라보니 과연 천하제일의 명산이었다. 땅 위에 우뚝 솟은 봉우리가 하늘을 찌르고 있었고, 제[齊]와 노[魯]나라 양 지역을 걸쳐 웅장한 기상을 드러내고 있었다.

오대구는 날이 저문 것을 보고 객점에 투숙해 하룻밤을 보냈다. 다음 날 아침 일찍 대악묘[岱岳廟](태산 남쪽의 산기슭에 있으며 태산신의 제사 올리는 곳으로 한[漢]대에 처음으로 지어짐)를 향해 올라갔다. 이 대악묘는 산의 앞쪽에 자리 잡고 있는 것으로 역대 조정의 제사를 지내며 봉선[封禪](고대의 제왕[帝王]이 천지[天地]께 제를 올리는 것) 의식을 거행하던 곳으로 천하에서 제일가는 면모를 지니고 있었다. 그 모습을 볼 것 같으면,

묘[廟]는 태산에 있고, 산은 건곤[乾坤]을 누른다.
산악[山岳]의 지존이요, 만복[萬福]의 영수[領袖]로다.
산머리 난간에 의지해 보니

곧바로 약수[弱水]와 봉래[蓬萊]*가 보인다.

산꼭대기 소나무에 올라보니

사방이 짙은 구름과 엷은 안개뿐

누각은 울창하게 솟아 있어

금조[金鳥]가 나래 펼쳐 날아든다.

전각의 높다란 지붕 위에는

옥토[玉兔]**가 몸을 날려 뛰어든다.

조각한 대들보, 그림 그린 서까래, 푸른 기와에 붉은 처마

봉황 무늬 창살에 누런 비단 그림자 드리우고

거북 등을 수놓은 발은 비단 띠를 드리운 듯하네.

멀리서 바라보니 성스러운 보살님은

구렵무[九獵舞]에 순[舜]임금의 눈에 요[堯]임금의 눈썹이라네.

가까이 가서 신안[神顏]을 바라보니

곤룡포를 입고 탕[湯]임금의 어깨에 우[禹]임금의 등이로구나.

구천사명[九天司命]***은 부용꽃으로 장식된 비단 옷을 걸치고

병령성공[炳靈聖公]****은 누런 도포에 푸른색 띠를 두르고 있네.

좌측에는 옥비녀에 붉은 신을 신은 여인이 시립하고

우측에는 자주색과 금인[金印]을 가진 장수가 시립한다.

전당[殿堂] 안에는 위엄이 있어

무장한 사람 삼천 명이 성가[聖駕]를 호위하고

---

* 신화에서의 삼신산[三神山] 중 하나. 태산의 높은 곳에 오르면 동쪽으로 봉래가 보이고 서쪽으로는 약수가 보임

** 금조는 해, 옥토는 달

*** 도교에서 생명을 관장하는 신

**** 전설 중 태산신의 셋째 아들로 삼신산을 다스리는 신이라고도 함

양측 복도에는 철의병[鐵衣兵] 십만 명이 왕을 모신다.

호리산[蒿里山]* 아래에서는

판관[判官]이 칠십이사[七十二司]를 나누었고

백역묘[白驛廟] 안에서는

토지신이 이십사절기[二十四節氣]를 따르고 있네.

태지[太池]**를 관장하는 철면태위[鐵面太尉]는 날마다 영험[靈驗]
이 있고

생사를 장악한 오도장군[五道將軍]은 해마다 현성[現聖]을 한다.

어향[御香]이 끊이지 않으니

천신[天神]이 말을 달려와 단서[丹書]를 고하고

철따라 제사를 올리며

남녀노소가 바람을 바라보며 복을 구한다.

가녕전[嘉寧殿]에는 상서로운 구름과 향기로운 아지랑이

정양문[正陽門]에는 상서로운 기운이 서려 있구나.

廟居岱岳 山鎮乾坤

爲山岳之至尊 乃萬福之領袖

山頭倚檻 直望弱水蓬萊

絶頂攀松 都是濃雲薄霧

樓臺森聳 金烏展翅飛來

殿宇稜層 玉兔騰身走到

雕梁畫棟 碧瓦朱簷

鳳扉亮搗映黃紗 龜背繡簾垂錦帶

---

* 태산 남쪽에 있는 곳으로 죽은 자를 묻는 곳
** 화지[火池], 화당[火塘]으로 지옥에서 귀신들이 고통받는 곳

遙觀聖像 九嶷舞舜目堯眉

近觀神顔 袞龍袍湯肩禹背

九天司命 芙蓉冠掩映絳綃衣

炳靈聖公 赭黃袍偏襯藍田帶

左侍下玉簪朱履 右侍下紫綬金章

閶殿威儀 護駕三千金甲將

兩廊勇猛 勤王十萬鐵衣兵

蒿里山下 判官分七十二司

白驛廟中 土神按二十四氣

管太池 鐵面太尉日日通靈

掌生死 五道將軍年年顯聖

御香不斷 天神飛馬報丹書

祭祀依時 老幼望風祈護福

嘉寧殿祥雲香靄 正陽門瑞氣盤旋

만백성이 벽하궁[碧霞宮]에 참배하며
사해[四海]의 사람들이 성제[聖帝]에 귀의하누나.
萬民朝拜碧霞宮 四海皈依神聖帝

　오대구는 오월랑을 인도해 대악묘에 이르러 정전[正殿]에 올라 향을 올리고 성상[聖像]에 참배를 했다. 묘에서 기도를 하는 도사가 곁에서 기도문을 읽어주었다. 그런 뒤에 양편의 낭하에서 지전을 태우고 제사 음식을 먹고는 월랑을 데리고 산 정상에 올랐는데 돌층계 마흔아홉 개를 타고 칡덩굴과 등나무를 붙잡고 가야만 했다. 낭랑의 금

전[金殿]은 바로 허공에 떠 있는 듯 구름이 자욱한 곳에 자리를 잡고
있었는데 사오십 리는 됨직한 거리에 위치하고 있었다. 바람과 구름
과 비가 오는 것이 다 눈 아래로 내려다 보였다. 월랑과 여러 사람들
은 진시[辰時](오전 일곱 시부터 아홉 시 사이)에 대악묘를 출발해 산
정상에 이르러 신시[申時](오후 세 시부터 다섯 시 사이)가 넘어서야 비
로소 낭랑의 금전에 다다랐다. 송강[宋江]이라는 편액이 있고 금색
으로 '벽하궁[碧霞宮]'이라고 쓰여 있었다. 궁 안으로 들어가 낭랑의
모습을 보고 참배를 하니, 그 모습이 어떠한가 보자.

  머리에는 구두비봉[九頭飛鳳]의 쪽을 지고
  몸에는 금박이를 한 비단옷을 걸치고 있네.
  푸른빛의 옥띠는 길게 치마에 드리워져 있고
  백옥으로 만든 예기[禮器]는 소매에서 빛을 발하네.
  얼굴은 마치 연꽃 같고
  자연스러운 눈썹은 구름 같은 머리칼 밑에서 빛난다.
  입술은 마치도 붉은 주사[朱沙] 같고
  천생으로 태어난 희고 아리따운 피부
  마치 서왕모가 요지[瑤池]의 연회에 참가한 듯
  항아가 달의 궁전에서 빠져나온 듯하구나.
  바르고 큰 신선의 모습은 묘사할 수가 없고
  위엄 어린 형상은 그려내기가 힘들구나.
  頭綰九龍飛鳳髻 身穿金縷絳綃衣
  藍田玉帶曳長裙 白玉圭璋擎彩袖
  臉如蓮萼 天然眉目映雲鬟

唇似金朱 自在規模瑞雪體

猶如王母宴瑤池 却似姮娥離月殿

正大仙容描不就 威嚴形像畫難成

　월랑이 낭랑의 선용[仙容]을 바라보며 예배를 드릴 때 향을 피우는 탁자 곁에 묘에서 축문을 읽어주는 도사가 서 있었는데 나이가 대략 마흔 살 정도 되어 보였다. 오 척의 키에 수염을 세 조각으로 기르고 치아가 희고 눈이 맑았다. 머리에는 도관[道冠]을 쓰고 비녀를 꽂고, 적색의 옷을 걸쳤으며, 하얀 신을 신고 있었다. 월랑의 앞쪽으로 나와서 소원을 이루게 해달라는 발원문[發願文]을 읽고 금 향로 안에 향을 피우고, 종이 말과 지전을 태운 뒤에 좌우의 소동들에게 제사 공물을 거둬들이라고 지시했다.

　원래 이 도사는 자기의 본분을 지키는 위인이 아니라, 근처 대악묘에 있는 김주지[金住持]의 큰제자로 성은 석[石]이고 이름은 백재[伯才]였다. 지극히 재물을 탐하고 색을 좋아하는 무리로, 틈을 보아 욕심을 차리는 인물이었다. 또 이곳에는 은태세[殷太歲]라는 인물이 있었는데, 성은 은[殷]이고 이름이 천석[天錫]으로, 이곳 태수인 고렴[高廉]의 처남이었다. 언제나 할일 없는 무리들을 이끌고 활과 활통을 갖고 다니며, 사냥개를 끌고 매를 어깨에 얹고는 상하이궁[上下二宮](산 아래의 대악묘와 산 위의 벽하궁)을 오르내리며 이곳까지 와서 향을 올리는 여인을 호시탐탐 멀리서 눈독을 들여 바라보곤 했으나 그 누구도 그를 뭐라 하지 못했다. 도사 석백재는 항시 흉계를 품고 은태세를 위해 부녀자들을 방장 안으로 유인해 은태세가 마음대로 간음케 하며 그가 마음껏 즐기도록 얻게 해주었다. 석백재는 월랑

의 모양이 범상치 않게 빼어났으나 상복을 입고 있는 것을 보고는 고
관대작의 부인이거나 돈 많은 자의 후실일 거라고 생각했다. 게다가
수염을 허옇게 기른 노인과 하인 둘이 뒤따르고 있었다. 그래서 이
도사는 앞으로 나아가 공손히 인사를 올리고 보시해주어 고맙다고
하면서,

"두 분 시주께서는 방장 안으로 들어 차라도 좀 드시지요."
하고 청하자, 오대구가 말했다.

"염려하지 마세요. 저희는 바로 산을 내려가야 합니다."

"산을 내려가시기에는 아직 이르지요."

도사는 그렇게 말하며 그들을 방장으로 안내했다. 안에는 하얗게
도배를 했고, 정면에는 깨꽃(지마화[芝麻花]: 음란방종[淫亂放縱]을 좇은
것을 상징하는 꽃) 문양을 조각한 침상이 있었으며, 누런 비단 휘장에
향을 피워놓은 탁자에는 여동빈[呂洞賓]이 기녀 백모단[白牡丹]을 희
롱하는 그림 한 폭이 모셔져 있었다. 좌우에는 엷고도 진한 붓글씨로
'양 소매에서 이는 청풍으로 학을 춤추게 하고[携兩袖淸風舞鶴], 집 안
가득한 밝은 달을 마주하고 경서를 말하네[對一軒明月談經]'라고 크
게 쓰여 있었다. 도사가 오대구에게 성을 물으니 오대구가 말했다.

"성이 오[吳]이고 이름은 개[鎧]입니다. 이 아이는 제 여동생으로
죽은 남편의 소원을 다 풀어주지 못했기에 이렇게 이곳에 와서 폐를
끼치고 있습니다."

"오누이시니 위에 올라 같이 앉으시지요."

백재는 주인의 자리에 앉으며 바로 제자인 수청[守淸]과 수례[守
禮]를 불러 차를 내오게 했다. 이들은 모두 석백재 밑에 있는 제자들
로 하나는 곽수청이고, 하나는 곽수례라고 했으며 모두가 열여섯으

로 생김이 예쁘장하고 머리에는 검정 비단 댕기를 둘렀으며 또 붉은 융으로 결혼을 하지 않은 사내들이 하는 총각[總角]이라는 머리 모양을 하고 있었다. 몸에는 검은 색의 도복을 입고 여름 신발에 깨끗한 버선을 신고 있었으며 온몸에서 향내가 진동했다. 그들은 손님들이 오면 차를 내오고 찻물을 가져왔으며, 술과 안주를 내왔다. 그러다가 밤이 되면 남자들끼리 게걸스레 붙어서 서로 그 짓들을 하며 음욕을 채웠다. 그래서 겉으로 보기에는 사제지간처럼 보이지만 실인즉 스승의 큰마누라와 작은마누라 노릇을 하고 있었다. 한 가지 더 말하기 무엇한 것은 바지를 벗으면 각기 허리 밑의 그곳에 큰 수건을 차고 있다는 것이다.

여러분, 내 말 좀 들어보소. 만약에 귀여운 아들이나 딸이 있다면 절대로 절이나 묘[廟]에 보내 중이나 도사가 되게 하지 마소. 여자 아이가 비구니가 된다면 눈먼 남자에게 여자 창기를 도적질하게 해주는 셈으로 열에 아홉은 모두 이러한 길을 걷게 되리라.

시가 있어 이를 증명하나니,

임궁[琳宮]이나 절간은 무슨 일을 하나
도[道]는 천존[天尊]이요 석가는 부처.
넓게 화초를 길러 거짓으로 깨끗하게 보이고
손님을 맞이해 그럴듯하게 대접을 하네.
좋은 옷 아름다운 옷을 입혀 제자를 꾸미지만
술 따르라 차를 내와라 여자인 듯 희롱한다.
가여워라 애지중지하며 자식을 키웠건만
스님께 바쳐 마누라로 삼을 줄이야.

琳宮梵刹事因何 道卽天尊釋卽佛
廣栽花草虛淸意 待客迎賓假做作
美衣麗服裝徒弟 浪酒閑茶戲女娥
可惜人家嬌養子 送與師父作老婆

　잠시 뒤에 두 명의 제자 수청과 수례가 방 안에 탁자를 내려놓고
채소로만 음식을 내와 상을 차렸는데 모두가 입맛에 맞는 맛있는 것
들로 찐 떡과 소금에 절인 것 등 각양각색의 채소가 상에 가득 차려
졌다. 모두 흰 자기그릇에 담겨 있었고 은행잎 모양의 차 숟가락에,
최상품의 작설차 등이 준비되었다. 차를 마시고 나자 하인이 그릇들
을 챙겨 나갔다. 그리고 바로 술상을 내왔는데 큰 접시와 큰 대접에
모두 닭, 거위, 생선, 오리 등 비린 음식들이 담겨 있었다. 은테두리를
두른 호박 잔에 술을 넘실거리게 따랐다. 오월랑은 술이 나오자 바로
대안을 가까이 오도록 불러 붉은 칠을 한 쟁반 위에 베 한 필, 백금
두 냥을 놓아 석도사에게 건네주며 감사의 예를 표했다. 오대구도,
　"공연히 이곳에 와서 폐를 끼치는군요. 변변치 못한 물건을 감사
의 뜻으로 드립니다. 차려주신 술과 음식은 뜻은 고맙지만 날이 저문
지라 그만 내려가봐야겠습니다."
하니, 이를 듣고 석도사는 내심 당황해 물건을 준 데 대해 고맙다고
거듭 인사를 하면서,
　"저는 재주가 미천하지만 다 낭랑의 덕으로 이 산 벽하궁에서 주
지 노릇을 하고 있습니다. 사방의 시주들께서 쌀과 양식 등을 보시해
주시는데, 제가 어찌 이러한 시주님들 접대에 소홀히 할 수 있겠습
니까? 준비한 음식도 변변찮은데 오히려 이렇게 후한 물건을 받으니

정말로 어찌할 줄을 모르겠습니다. 거절하자니 예의가 아니고 받자니 송구스러울 뿐입니다!"

그러고는 거듭 고맙다고 인사하며 제자를 시켜 받아놓으라 분부했다. 그러면서 월랑과 오대구를 거듭 만류해 앉히면서,

"정히 그러하시다면 잠시 앉으시어 석 잔만 드시고 가시지요. 그렇게 해서라도 이 소생의 작은 성의를 표하고자 합니다."

하니, 오대구는 석도사가 하도 극진하게 만류하는 걸 보고 더는 뿌리치지 못하고 월랑과 함께 다시 자리에 앉았다. 잠시 뒤에 뜨거운 밥이 올라왔다. 석도사는 제자에게 이르기를,

"이 술은 맛이 좋지 않으니, 어제 서지부[徐知府] 대인께서 보내주신 술을 따고 또 투명한 병에 담긴 향기가 좋은 하화주[荷花酒]를 가져와 오영감께서 맛을 보시게 올리거라."

하자, 잠시 뒤에 제자들이 주전자에 술을 데워 가지고 왔다. 석도사가 먼저 잔에 술을 가득 따라서 두 손으로 월랑에게 권했으나 월랑이 받지 않고 있으니 곁에서 오대구가 대신 말했다.

"누이동생은 본래 술을 못해요."

"부인께서 먼길을 오시느라 얼마나 고생을 하셨습니까. 조금은 드셔도 괜찮으실 텐데요? 조금만 드셔보시지요."

백재는 반을 주전자에 따라놓고 나머지 반잔을 다시 월랑에게 권하니 월랑도 마지못해 잔을 받았다. 다시 한 잔을 따라 오대구에게 권했다.

"오영감님, 이 술을 한번 맛보시지요?"

오대구가 잔을 받아 한 모금을 마셔보니 향기롭고 달콤한 게 매우 맛이 좋았는데 그 뒷맛이 더욱 그윽하고 감미로웠다.

"아주 좋군요!"

"솔직히 말씀드려 이것은 청주[青州]에 계시는 서지부 대인께서 소인에게 특별히 보내주신 술입니다. 그 댁 부인과 아가씨, 도련님들은 해마다 대악묘에 와서 향을 태우고 제사를 올려 빈도와 교분이 상당히 두텁습니다. 또 따님과 아드님의 이름을 적어 낭랑의 자리 밑에 넣어두었습니다. 저도 성심껏 향을 올리고 제를 올려드리니 저를 상당히 공경하고 좋아합니다. 예전에는 대악묘 아래위 두 궁에서 걷는 양식과 시줏돈 중 절반은 모두 국고의 수입으로 징수를 해갔습니다. 근자에 이르러 은혜로우신 서지부께서 황제께 아뢰어 징수를 하지 않고 모두 절의 일상 비용과 낭랑께 제사를 올리는 데 쓰게 했습니다. 그 나머지는 사방 각지에서 이곳에 참배 온 분들을 접대하는 데 사용하고 있습니다."

여기서 이렇게 이야기하고 있을 때 아래쪽에서는 대안과 내안, 또 따라온 가마꾼들이 따로 자리를 잡고 술과 음식을 큰 대접과 큰 그릇에 가득 배부르게 먹었다.

여러분, 내 말 좀 들어보소. 이 석백재는 은천석을 미리 숨겨두고 월랑을 방장으로 유인해 끌어들여 몰래 그 일을 치르도록 해줄 심산이었던 것이라네. 그러니 어찌 이토록 극진하게 대접하지 않을 수 있겠는가?

술이 몇 순배 돌자 오대구는 날이 이미 저문 것을 보고 자리에서 일어서려고 했다. 이에 백재는,

"해가 이미 저물었습니다. 이렇게 어두워졌는데 어찌 산을 내려가신다고 하십니까? 괜찮으시다면 빈도의 방에서 하룻밤을 지내시고 내일 아침 일찍 내려가시는 게 좋을 듯싶습니다."

하니 이를 듣고 오대구는,

"그렇지만 물건들을 객점에 두고 왔는데 도둑들이 소란을 피울까 걱정이 되는군요."

하자 백재가 웃으며 말했다.

"그건 염려치 마십시오. 만일 조금이라도 잘못된다 해도 이곳에 와 향을 올리려는 분의 물건이라는 사실을 듣게 되면 마을이나 객점에서 모두 두려워합니다! 만약 그런 일이 발생했다면 객점의 주인 놈을 관아로 끌고 가 족치면 도적들의 행방을 바로 알아낼 수 있습니다."

이 말을 듣고 오대구는 다시 자리에 앉았다. 백재는 큰 잔을 가져오게 해 술을 따라 오대구에게 거듭 권했으나 오대구는 매우 독한 술임을 알고 안채의 누각에 올라 풍경이나 구경하겠다고 했다. 백재는 바로 제자 수청에게 안내를 맡기고 열쇠를 가져오게 해 문을 열고 오대구가 누각에서 구경하도록 했다. 이때 오월랑도 몸이 노곤해 침상에 잠시 기대려고 했으니 이를 본 석백재는 살며시 방문을 잠가놓고 밖으로 나갔다.

그런데 공교롭게도 월랑이 침상에 몸을 기대는 순간 갑자기 안에서 소리가 들리더니 침대 뒤 종이문 안에서 한 남자가 뛰쳐나왔다. 불그스레한 얼굴에 수염이 세 줄기 나 있었으며 나이는 약 서른 살쯤 되어 보였다. 머리에는 검은 두건을 두르고 몸에는 자주색 바지저고리를 입고 있었다. 뛰쳐나오며 두 손으로 월랑을 꼭 껴안고는,

"소생은 성이 은[殷]이고 이름은 천석[天錫]으로 이곳 고태수의 처남입니다. 오래전부터 부인께서 부유한 고관대작의 부인으로 뛰어난 미모를 지니고 있다는 것을 익히 듣고 있었습니다. 사모한 지 오래되며 꼭 한번 뵙기를 바래왔으나 영 기회가 없었습니다. 그런데

오늘 아리따운 미모를 이렇게 접하고 보니 실로 삼생의 영광이며 죽어도 절대 잊지 못할 것입니다!"

하면서 바로 월랑을 침상 위로 밀어 눕히고 재미를 보려고 했다. 월랑은 기겁해 발버둥을 치며 큰소리로,

"아니, 어째서 밝디밝은 이 대명천지에 양가집 규수를 억지로 겁탈하려는 게요?"

고함을 치고는 문을 박차고 밖으로 나가려고 했다. 은천석은 온 힘을 다해 월랑을 가로막으며 놓아주지 않고 땅바닥에 무릎을 꿇고서는,

"부인, 소리치지 마시고, 제발 저를 불쌍히 여기시어 한 번만 허락을 해주시오!"

했으나 월랑은 이를 못 들은 체하고 더욱더 소리를 내질렀다. 악을 써가며,

"사람 살려!"

하자 내안과 대안이 월랑의 고함 소리를 듣고 허둥지둥 안채 누각으로 올라가 오대구에게 알렸다.

"대구어른, 빨리 가보세요! 마님께서 방 안에서 사람과 다투고 계세요!"

이 말을 듣고 오대구가 쏜살같이 달려가 방문을 밀어봤으나 어디 그 문이 열리겠는가! 안에서 월랑이 고함을 치는 소리가 들려오는데,

"이 태평세상 대명천지에 향을 올리러 온 부녀자를 붙잡고 무슨 짓을 하려는 게요?"

하니, 이를 듣고 오대구는,

"누이, 겁내지 말아요. 내가 왔어요!"

그러면서 돌을 가져와 문을 부쉈다. 은천석은 사람이 오는 것을 보고 껴안았던 월랑을 풀어주고 침대 쪽 뒷문을 통해 바람같이 사라져버렸다. 원래 석도사의 침상 뒤쪽에 나가는 통로가 있었던 것이다. 오대구는 돌로 문을 부수고 들어와서 오월랑에게 물었다.

"누이, 그놈한테 욕을 보진 않았나?"

"다행히 욕을 보진 않았어요. 그놈은 저 침대 뒤로 달아나버렸어요."

오대구는 바로 석도사를 찾아 따져보려고 했으나 일이 잘 안 된 것을 눈치 챈 도사는 몸을 숨겨버리고 애꿎은 제자들을 보내 변명하게 했다. 노발대발한 오대구는 수하로 데리고 온 대안과 내안을 시켜 도사들이 기거하는 집의 창과 벽을 모두 때려부수게 했다. 그러고는 월랑을 보호해 벽하궁을 빠져나와 가마에 태워서 바로 산 아래로 내려왔다. 황혼 무렵에 산 위에서 출발했는데 한밤을 걸어서 날이 희뿌옇게 밝아올 무렵에 객점에 도착했다. 오대구가 객점 사람에게 이러저러한 일이 있었다고 얘기해주자 점원은 달갑지 않은 어투로 말했다.

"은천석은 건드리지 않는 게 좋았는데… 그 자는 본 주의 지부로 계신 어른의 처남으로 유명한 불량배입니다. 당신네야 떠나가면 그만이지만 우리같이 가게를 열고 있는 사람들한테 또 공연히 찾아와서 행패를 부리고 난리를 부릴 텐데 어찌 좋을 수 있겠어요?"

이 말을 듣고 오대구는 점원에게 방 값 외에 따로 한 냥을 더 얹어주고 바로 짐을 정리해 월랑을 가마에 앉히고 급히 길을 떠났다.

한편 은천석은 분을 이기지 못해 이삼십 명의 불량배를 이끌고 허리에 칼을 차고는 짧은 몽둥이를 들고 산을 내려와 그들의 뒤를 좇았다. 오대구 일행은 '걸음아 나 살려라' 죽자 하고 길을 재촉해 도망을 쳤다. 거의 사경쯤 어느 산골짜기에 이르렀다. 멀리서 바라보니 빽빽한 숲 속에서 등불이 보였다. 가까이 가서 살펴보니 돌 동굴이 있었는데 안에는 늙은 중이 촛불을 켜놓고 경을 읽고 있었다. 오대구가 말했다.

"스님, 저희들은 산 위에 올라가 향을 올리고 오다가 도적 떼에게 쫓겨 산을 도망쳐 내려왔습니다. 날은 이미 어두워졌고 또 길을 잃어 이리로 오게 됐습니다. 죄송하지만 이곳은 어디인지요? 어디로 가야만 청하현의 집으로 돌아갈 수 있는지요?"

이를 듣고 노승은,

"이곳은 대악산의 동쪽 봉우리로 이 동굴은 설간동[雪澗洞]이라 합니다. 소승은 설동선사라 불리며 법명이 보정[普靜]으로, 이곳에서 수행을 한 지도 이삼십 년이 됐습니다. 당신네들이 오늘 나를 만난 것도 실로 다 인연이 있기 때문이지요! 앞으로 더 들어가지 마십시오. 산에는 호랑이, 승냥이, 이리 같은 무서운 짐승들이 우글거리고 있습니다. 그러니 오늘 밤에는 여기서 머물고 내일 아침 일찍 큰길로 바로 가면 청하현에 갈 수 있습니다."

하니 오대구가 다시 말했다.

"사람들이 뒤쫓아올까 두렵습니다."

이에 노승이 한 눈으로 바라보며,

"괜찮아요, 그 강도들은 산중턱까지 따라왔다가 이미 다들 돌아갔어요."

하고는 월랑에게 성을 물었다. 오대구가,

"제 누이동생으로 서문씨의 아내였습니다. 얼마 전에 죽은 남편을

제84화 그래도 하늘은 사람을 배려하나니   179

위해 낭랑묘에 제사를 드리기 위해 이곳에 온 것입니다. 다행히 노스님을 만나 이렇게 목숨을 구했으니 그 은혜를 이루 다 갚기 힘들고, 잊기 어렵겠습니다."

라고 인사를 하고 그날 밤은 동굴에서 머물렀다. 다음 날 오경쯤에 월랑은 베 한 필을 꺼내 스님에게 감사의 표시로 건네주었다. 그러나 노승은 받지 않으며,

"빈승은 부인의 친아들을 제자로 삼고 싶은데 뜻이 어떠하신지요?"

하니 오대구가 이를 듣고 말했다.

"누이한테는 오직 그 애 하나뿐인데 집안의 대를 이어받고 가업을 승계해야 합니다. 이 외에 또 다른 자식이 있다면 스님께 보내 제자를 삼을 수가 있지만 그 애 혼자라서 출가시키기가 뭐하군요."

월랑도 말했다.

"애가 아직 어려 돌도 채 지나지 않았어요. 그런데 어찌 보낼 수 있겠어요?"

"부인께서 허락만 하시면 됩니다. 지금 바로 보내달라는 것이 아닙니다. 십오 년이 지난 다음에 데려오면 됩니다."

이에 월랑은 입을 다물고 아무런 말을 하지 않았다. 그러면서 속으로,

'십오 년 뒤에 다시 생각하면 되겠지!'

라고 생각해서 그러마 하고 허락했다. 그렇지만 월랑은 그날 그 자리에서 스님에게 자식을 출가시키겠다고 허락하지 말았어야 했다. 십오 년 뒤에 천하가 황폐해지고 어지러워지자 월랑은 효가의 손을 이끌고 하남[河南]에 있는 운리수[雲離守]의 집으로 가다가 길을 잃는

다. 그러다 우연히 길에서 노승을 만나 영복사에서 머리를 깎고 중이 된다. 이 일은 후의 일이니 잠시 접어두기로 하자.

다음 날 월랑 일행은 스님과 작별하고 곧장 길을 나섰다. 하루 종일 걷고 나니 앞에 산이 하나 나타나 길을 막는 것이었다. 이 산은 바로 청풍산[淸風山]으로 산세가 매우 험준했다.

여덟 면이 깎아지른 듯하며 사방이 높고 험준하다.
기이한 소나무 푸른 잎을 드리우고
빽빽이 들어선 고목에는 덩굴이 감겨 있구나.
폭포수가 떨어져내리니
한기가 사람의 모발을 차갑게 하고
깎아지른 듯한 벼랑 아래에는
푸른 햇살이 비쳐 정신을 빼앗누나.
골짜기에서는 물소리가 끊임없이 들리고
한 사람의 목소리가 메아리쳐 온다.
물에는 산봉우리가 거꾸로 비치고
산새들이 서글피 울어대며
사슴과 노루가 떼를 지어 노닐고
여우와 너구리도 무리를 지어 있구나.
가시덤불을 헤집고 뛰어 넘나들며
먹이를 찾으며 서로를 부르누나.
수풀 언덕에 가만히 서서
사방을 아무리 살펴보아도
오가는 길손도 객점도 눈에 띄지 않네.

산허리를 빙빙 타고 도는 것은

모두가 무덤뿐.

중들이 수행하는 곳이 아니라면

필시 강도들이 겁탈하는 장소라네.

八面嵯峨 四圍險峻

古怪喬松盤翠蓋 槎玡老樹掛藤蘿

瀑布飛來 寒氣逼人毛髮冷

顚崖直下 淸光射目夢魂驚

澗水時聞 礁夫斧響 峰巒倒卓 山鳥聲哀

麋鹿成群 狐狸結黨 穿荊棘 往來跳躍

尋野食 前後呼號 佇立草坡 一望幷無商旅店

行來山徑 週廻盡是死屍坑

若非佛祖修行處 定是强人打劫場

　　원래 이 산은 청평산이라고 불리는데, 산 위에는 청풍채[淸風寨]
가 있고, 거기에는 도적이 있었다. 하나는 금모호[錦毛虎] 연순[燕
順], 하나는 왜각호[矮脚虎] 왕영[王英], 또 하나는 백면낭군[白面朗
君] 정천수[鄭天壽]로 그들 밑에는 졸개 오백여 명이 있어 전적으로
사람을 때리고 물건을 빼앗으며 방화와 살인을 자행했으나 그 누구
도 감히 막거나 거스르지 못했다.

　　그날 오대구 일행은 말을 타고 오월랑의 가마를 에워싸 보호하며
산 밑에 이르렀다. 때는 이미 어두워졌고 주위에는 부락도 주막도 없
었다. 그들이 한참 당황해 어쩌지 못하고 있을 때 난데없이 땅바닥에
서 밧줄이 날아와 오대구가 타고 있던 말의 말굽을 걸어 당기니 오대

구가 타고 있던 말이 앞으로 꼬꾸라져 구덩이에 빠졌다. 원래 산 아래에 있던 졸개들이 오월랑이 가마를 타고 오는 것을 보고 오대구 등 세 사람을 그들 두목 세 명에게 보고했다. 졸개 한 명이 말을 타고 급히 산채로 가서 알린 것이다. 그들을 산채로 끌고 가니 세 강도는 산채에서 한참 산동의 급시우[及時雨] 송강[宋江]을 모시고 술을 마시고 있었다. 마침 송강은 창부 염파석[閻婆惜]을 죽이고 이곳으로 몸을 피해 온 것이다. 그러한 송강을 세 사람은 붙잡아두고 주연을 베풀고 있었다. 송강은 월랑이 머리에 띠를 두르고 상중임을 알리는 소복을 입고 있으며 용모가 빼어나고 행동거지가 바른 것이 보통 부인이 아니라 권문귀족이나 부호의 부인인 것을 알아보고 바로 그녀의 이름을 물었다. 월랑은 앞으로 나아가 고맙다고 인사를 하면서 말했다.

"어르신네, 저는 오씨의 딸로 천호 서문경의 부인으로 남편이 죽은 지 얼마 되지 않아 수절하는 과부입니다. 남편이 병이 악화되었을 때 태산에 올라 향을 올리고 기원하기를 소원했습니다. 그러한 남편의 소원을 풀어주기 위해 태산의 낭랑 묘에 이르러 먼저 산에 올랐다가 은천석이라는 자에게 쫓겨 하루 낮 하룻밤을 겨우 달려 집으로 돌아가려는 길입니다. 뜻하지 않게 날이 어두워져 대왕님의 산채 앞을 잘못 지나게 되었습니다. 짐이나 날짐승들은 다 필요 없으니 제발 저희들의 목숨을 가엾게 여겨 집으로 돌려보내주시면 실로 다행이라고 하겠습니다!"

송강은 월랑이 이처럼 애절하게 사정하며 사람의 마음을 움직이는지라 자기도 모르게 자비롭고도 불쌍한 마음이 일었다. 그래서 바로 몸을 돌려 연순을 향해 말했다.

"이 부인은 바로 내 동료의 아내로 좀 알고 있는 분입니다. 남편을 위해 먼 이곳까지 불공을 드리러 왔는데 그만 은천석이라는 못된 자에게 쫓겨 이 산으로 잘못 들어 이곳을 지나게 됐다가 형제가 머무는 곳을 본의 아니게 소란스럽게 만든 모양입니다. 수절하는 부인인데, 또 제 얼굴을 보시어 부인을 돌려보내 그 절개를 지킬 수 있게 해주시면 어떠하실는지요?"

그러자 옆에 있던 왕영이,

"형님, 저는 아직 장가도 들지 않았으니 소제의 마누라로 삼게 해주세요!"

하면서 졸개들을 시켜 월랑을 뒤채로 끌고 가도록 시켰다. 이를 보고 송강은 연순과 정천수에게,

"내가 그렇게 말을 했는데도 왕영 동생이 내 체면을 세워주지 않는구려."

하자 연순이 말했다.

"왕동생이 다른 것은 다 좋은데 이런 병이 있단 말이에요! 여자만 보면 사족을 못 쓰고 불속에라도 뛰어들려고 하니!"

이에 송강은 술을 더는 마시지 않고 두 사람과 같이 뒤채로 갔다. 가보니 왕영이 한참 월랑을 끌어안고 재미를 보려고 힘을 쓰고 있는 중이었다. 송강이 앞으로 다가가 한 손으로 왕영을 끌어내 밖으로 나와 타일렀다.

"현제, 무릇 영웅이라면 너무 여색을 밝혀서는 안 되네! 자네가 정히 장가를 들고 싶으면 이 송강이 자네를 대신해 좋은 여인을 찾아 중매를 서 참한 부인을 얻어주겠네. 정식으로 혼례를 올리고 부인을 맞이해야지, 이렇게 여자를 겁탈하다시피 해 부인으로 삼아 무엇하겠는가?"

"형님, 그런 쓸데없는 소리 그만하시고 저 여인네나 제 마음대로 하게 내버려두세요!"

"그러지 말게나! 내가 훗날 반드시 아우에게 좋은 부인을 골라주 겠네. 그러니 제발 오늘 이 부인만은 건드리지 말게나. 공연히 강호 영웅들의 비웃음을 살 걸세. 은천석 그놈은 내가 양산박에 들어가지 않으면 몰라도 만약에 내가 양산박에 오른다면 이 부인을 대신해 반 드시 복수를 하고 말 테야!"

여러분, 내 말 좀 들어보소.

나중에 송강은 양산박에 들어가 산채의 두목이 되어 은천석이 시 황성[柴皇城](수호지 속 우두머리 가운데 하나인 시진[柴進]의 숙부)의 화원을 강탈하자, 바로 흑선풍[黑旋風] 이규[李逵]를 보내 은천석을 죽임으로써 고당주[高唐州]를 떠들썩하게 만들었는데, 이 일은 이쯤 에서 접어두자.

그날 연순은 송강이 이렇게까지 말을 하는 것을 보고 왕영에게 어 떠냐고 물어보지도 않고 바로 가마꾼을 불러 월랑을 메고 떠나가도 록 했다. 월랑은 그들이 자기를 풀어주는 것을 보고 송강의 앞으로 나아가 고맙다고 인사를 했다.

"대왕께서 목숨을 구해주신 것에 감사드립니다."

"아야! 무슨 말씀을 그리 하십니까? 저는 이곳 산채의 대왕이 아 니라 운성현[鄆城縣](산동 운성현)에 사는 손님일 뿐입니다. 당신께서 는 마땅히 이들 세 분께 고맙다고 인사를 하셔야죠."

월랑이 그들에게 고맙다고 인사하자, 오대구는 월랑을 보호해 산 채를 떠나 바로 가마를 타고 청풍산을 지나 청하현으로 가는 큰길로 들어섰다.

오호라, 새장을 부수고 옥룡과 봉황이 날아가며, 자물쇠를 깨고 교룡이 달아나는구나.

시가 있어 이를 밝히나니,

세상에는 단지 사람의 마음이 사악하고
만물은 아직도 하늘이 사람을 위해 준 것이라.
사람의 마음에서 악을 없애버린다면
늑대와 호랑이가 우글대는 곳에서도 무사하다오.
世上只有人心歹 萬物還敎天養人
但交方寸無諸惡 狼虎叢中也立身

오늘날 은혜와 사랑이 나뉘었구나

월랑은 금련이 놀아나는 것을 알아차리고,
중매쟁이 설수는 밤에 춘매를 팔아넘기다

집 안에서 딸을 기르는 것은 심히 무료한 일
데릴사위를 들이는 것은 더욱 적합지 않네.
입으로만 어버이지 진실된 마음은 없다오.
잠시만 자식 노릇, 거짓으로 한다네.
집 안에 들어서면 은혜도 사랑도 적고
문을 나서면 바로 원수 사이로 변한다오.
조금이라도 마음에 들지 않는 곳이 있다면
하루에도 수없이 부인을 욕한다네.
人家養女甚無聊 倒踏來家更不合
口稱爹媽虛情意 權當爲兒假做作
人戶只嫌恩愛少 出門翻作怨仇多
若有一些不到處 一日一場罵老婆

오대구가 월랑을 보호해 며칠을 걸어 집으로 돌아온 일은 더는 말
하지 않겠다.
한편 반금련은 월랑이 집을 떠난 그날부터 진경제와 함께 가게에

서나 뒤에 있는 화원에서, 한창 물이 오른 암탉과 수탉이 서로 쫓아 다니듯 함께 붙어 있으며 매일같이 재미를 봤다. 하루는 금련이 눈썹이 찌푸려지고 허리가 굵어지고 또 진종일 잠만 자고 싶고 차나 밥도 넘기기가 귀찮아졌다. 그래서 경제를 방으로 불러 말했다.

"할말이 있어요. 요 며칠 눈이 축 늘어지며 눈을 뜨기도 귀찮고 허리는 점점 굵어지고 배 안에서 무언가 꿈틀거리는 것 같고, 차를 마시기도 밥을 먹기도 싫고 온몸이 나른한 게 영 죽겠어요. 당신 장인이 살아 있을 적에 설비구니에게 부탁해 부적과 애의 태반을 먹고 그렇게 애를 가지려고 기다려봤지만 아무런 기미도 보이지 않았어요. 그런데 영감이 죽고 당신과 눈이 맞아 접촉한 지 얼마 되지 않았는데 애가 생겼어요. 삼월부터 당신과 관계를 맺기 시작해 벌써 여섯 달이 넘었으니 애도 벌써 반이 컸을 거예요. 일전에는 남을 몰아세우고 욕을 했지만 이제는 내가 욕을 먹을 차례인가 봐요! 그렇게 아닙네 하고 시침을 떼려 하지 말고, 마침 큰마님이 아직 집에 돌아오지 않았으니 어디 가서 낙태약을 구해와 미리 애를 떼어버려야겠어요. 미리 그렇게 하는 게 현명한 것 같아요. 그렇지 않고 괴물이라도 낳게 되면 나는 차라리 죽고 말 거예요! 어떻게 사람들 앞에 고개를 들고 다닐 수 있겠어요!"

"우리 약방에 여러 가지 약이 있기는 하지만, 뭐가 낙태약인지 알 수가 있나. 또 조제를 할 줄도 모르고… 그렇지만 안심하고, 걱정하지 말아요. 큰거리에 있는 호의원이 무슨 병에나 능하고 또 부인병도 치료를 아주 잘한다고 하던데, 우리 집에도 자주 와서 병을 봐줬잖아요. 내 호의원한테 가서 약을 몇 첩 지어올 테니 먹고 바로 애를 떼어버리면 되잖아요."

"사랑하는 사람아! 어서 빨리 약을 지어와 내 목숨을 좀 구해줘요."

진경제는 바로 은자 석 전을 싸가지고 호의원 집으로 건너가 호의원을 찾으니 마침 호의원이 집에 있다가 밖으로 나와 진경제를 보고 인사를 하면서 진경제가 죽은 서문경의 사위인 걸 알아보고는 자리를 권했다.

"뵙기가 힘들더니 저희 집까지 찾아오시다니, 무슨 볼일이라도 있으신지요?"

"별일은 아닙니다."

경제는 소맷자락 안에서 백금 세 덩이를 꺼내놓으며 말했다.

"이 돈으로 낙태약 좋은 걸로 두어 첩을 좀 지어주시면 대단히 감사하겠습니다."

"우리 집에서는 병이란 병은 다 보고 있지요. 대방맥[大方脈](전문적으로 질병의 원인 및 치료 방법, 기타 이론적인 것을 체계적으로 연구하는 것), 부인과[婦人科], 소아과[小兒科], 내과, 외과와 가감십삼방[加減十三方], 수역신방[壽域神方], 해상방[海上方], 제반잡증방[諸般雜症方] 등 각종 처방이고 치료에서 못하는 것이 없습니다. 특히나 여인의 임신 전후의 치료에 전문이라고 할 수 있습니다. 여자들은 피가 근본으로써 간에 저장이 됐다가 장[臟]으로 흘러가는데, 위로 흘러가면 젖이 되고 아래로 흘러가면 월경이 됩니다. 남자의 정자와 합쳐 태기가 있게 되는 거죠. 여자들은 대개 열네 살경에 천계[天癸](월경)에 이르게 되어 임맥[任脈]이 통하게 되고 한 달에 한 번씩 주기적으로 월경이 있게 됩니다. 보통 삼순[三旬](삼십 일)에 한 번씩 보이면 병이 아닙니다. 혹시라도 혈기가 조절되지 않으면 음과 양이 넘치거나 모자라게 됩니다. 양이 과하면 월경이 앞당겨 오고, 음이 과하면 월경이 늦게 옵니다. 피의 성질은 뜨거우면 흐르고 차가우면 굳어지게 됩니다. 너무 많거나 부족하게 되면 모두 병이 됩니다. 차면 흰색을, 더우면 붉은색을 많이 띠고, 차갑고 더운 것이 제대로 조절되지 않으면 적백색을 띠게 됩니다. 일반적으로 혈과 기가 평온하고, 음양이 제대로 조화를 이루면 정[精]과 혈이 모여 태기를 이루게 됩니다. 또한 심신[心腎]의 두 맥이 서로 움직이게 됩니다. 정이 성하면 남자 아이가 되고, 혈이 성하면 여자 아이가 되는데 이것이 다 자연의 이치입니다. 임신 전에는 반드시 태를 편안하게 해주는 것을 근본으로 삼아야 하고, 다른 질병이 없다면 함부로 약을 먹어서는 안 됩니다. 열 달을 기다려 애를 낳을 때까지는 더욱더 조심해야 합니다. 그렇지 않으면 애를 낳은 뒤에 많은 병이 생길 수 있습니다. 조심해야 합니다!"

이 말을 듣고 진경제는 미소를 지으며 말했다.

"저는 태를 편안하게 하는 약을 지으려고 하는 것이 아니라, 애를 지우는 낙태약을 얻으려는 겁니다."

"우리 집은 천지지간에 있어 잘 태어나게 하는 것을 근본으로 하고 있죠. 사람들 중 열에 아홉은 애를 잘 낳을 수 있는 약을 필요로 하는데 어째서 그 반대로 낙태약을 달라고 합니까? 내게 그런 약은 없어요!"

호의원이 잡아떼자 두 전을 더 꺼내 건네주며,

"꼭 쓸 데가 있으니 제발 상관치 마시고 해주세요. 이 여인은 난산을 해서 차라리 낙태를 시켜버리려는 것입니다."

하니 호의원은 은자를 받으며 말했다.

"그렇다면 어쩔 수 없죠. 홍화일소광[紅花一掃光]이란 약을 한 첩 지어줄 테니 먹이세요. 그 약을 먹고 오 리만 걸어가면 태아가 절로 떨어지게 될 것입니다."

「서강에 뜬 달[西江月]」이라는 시가 있어 이를 증명하나니,

우슬[牛膝], 해조[蟹爪], 감수[甘遂]에
정자[定磁], 대극[大戟], 원화[芫花]
반모자석[斑毛赭石]에 강사[硇砂]
수은[水銀]에 망초[芒硝]를 갈아 넣네.
또 도인[桃仁](복숭아씨), 통초[通草], 사향[麝香], 문대[文帶]
능화[凌花]에 연초[燕醋]에 홍화까지 잘 달여 먹으면
아이를 바로 떼어버릴 수 있다오.
牛膝蟹爪甘遂 定磁大戟芫花
斑毛赭石與硇砂 水銀與芒硝研化
又加桃仁通草 麝香文帶凌花
更燕醋煮好紅花 管取孩兒落下

이렇게 해서 진경제는 홍화일소광 두 첩을 지어 받고 호의원에게 작별을 고하고 집으로 돌아와 바로 금련에게 건네주며 모든 것을 자세히 설명해줬다. 저녁에 홍화를 달여 마시게 했는데 잠시 뒤에 배가 불러오고 복통이 왔다. 참기가 매우 힘들어 침상 위에 누워 춘매더러 몸을 주무르게 했다. 참으로 신기하게도 변기에 앉기가 무섭게 바로 애가 떨어져 나왔다. 금련은 월경이 나왔다고 하며 추국한테 종이에 싸서는 변소에 버리라고 했다. 그런데 다음 날 변소를 치우던 하인이 살이 하얀 사내아이를 꺼내 보게 됐다. 속담에도 '좋은 일은 밖으로

알려지지 않고, 나쁜 일은 천리까지 퍼져 나간다'고 하지 않던가! 며칠 안 가 집안의 남녀노소들 모두 금련과 진사위가 놀아나 아이를 뱄다가 몰래 떼어버린 사실을 알게 됐다.

그러는 사이 월랑이 집으로 돌아왔다. 월랑이 태안주에 다녀오는 데 거의 반달이 걸렸으니, 때는 이미 시월로 집안의 모든 사람들이 나가서 하늘에서 내려오는 신선을 마중하듯이 맞이했다.

월랑은 집으로 돌아오자 먼저 천지의 신께 향을 올려 제를 올리고, 그런 다음에 서문경의 영전에 가서 분향 제례를 올린 다음에 옥루 등 집안의 여러 사람에게 대악묘에 갔던 일 그리고 산채에서 당했던 일들을 처음부터 끝까지 자세하게 얘기하면서 서러움에 한바탕 목놓아 울었다.

집안의 모든 사람들은 와서 월랑에게 인사를 올렸다. 월랑은 유모 여의아가 효가를 안고 있는 것을 보고 앞으로 나아가 건네받아 안고 모자가 모처럼 함께 자리해 회포를 풀었다. 그런 후에 지전을 태우고 술좌석을 마련하고는 오대구를 잘 대접해 집으로 돌려보냈다. 이날 저녁 여러 자매가 월랑을 맞이하는 술좌석을 따로 마련했음은 두말할 나위도 없다.

다음 날 월랑은 긴 여행에 고생을 하고 놀라운 일도 당할 뻔했다가 집에 돌아오고 보니 온갖 긴장이 풀리며 온몸이 쑤시고 아프고 맥이 탁 풀리는 것이 영 좋지 않아 이삼 일을 내리 드러누워 있었다. 이때 추국은 집안에 있으면서 금련과 경제가 벌인 두 사람 간의 일들을 다 듣고 봤는지라 입이 근지러워 더는 참지 못하고 월랑의 방으로 건너가, 월랑이 집에 없는 동안에 두 사람이 어떻게 몰래 아기를 떼어내 변소에 버렸는지, 그리고 변소를 치우던 하인이 죽은 아기를 보고 꺼내 모든 사람들이 알게 되었다는 것, 또 그런데도 자기가 얼마나 억울하게 얻어맞고 욕을 먹었는지 말을 해 분을 풀려고 했다. 그래 월랑의 방으로 갔는데 다시 소옥에게 잡히게 되었다. 소옥은 추국의 얼굴에 침을 뱉고 따귀를 때리며 욕을 해댔다.

"이 고자질쟁이 년아, 어서 썩 꺼지지 못해! 우리 마님께서는 먼 길을 가셨다가 방금 전에 돌아오셔서 몸의 피곤이 다 풀리지 않아 아직 자리에서 일어나지 않으셨으니 어서 썩 꺼져! 공연히 마님을 화나게 만들면 뭐가 좋을 게 있다고 그래!"

욕을 먹은 추국은 어쩌지 못하고 화를 참고 물러났다.

하루는 경제가 전당을 잡았던 옷을 찾으러 들어왔다가 금련과 이 층에서 또다시 그 짓을 했다. 이를 눈치 챈 추국이 다시 안채로 들어가 월랑에게 나와서 보라고 하면서,

"제가 두어 차례 마님께 말씀드렸는데 믿지 않으셨죠! 마님께서 안 계실 때 벌건 대낮부터 밤까지, 밤에서 다음 날 밝을 때까지 놀아났어요. 그러다가 결국은 애까지 배었다가 몰래 떼어버렸지요. 춘매도 그 둘과 함께 뒹굴며 놀았어요. 지금 진서방님과 다섯째 마님이 또다시 이층에서 그 짓을 하고 있어요! 제가 거짓말을 하는 것이 아니니 어서 가보세요!"

하니, 이 말을 듣고 월랑이 급히 앞채로 달려갔다. 그때 둘은 한창 열이 올라 재미를 보고 있는 중이어서 아직까지 아래로 내려오지 않고 있었다. 그런데 금련이 방 처마 밑 새장에 말을 할 줄 아는 앵무새를 키우고 있었는데 월랑이 오는 걸 보고 큰소리로,

"큰마님이 오십니다!"

하고 울어댔다. 춘매가 방에 있다가 이 소리를 듣고 황급히 밖으로

나와 봤다. 월랑이 온 것을 보고 급히 이층에 대고,

"큰마님이 오셨어요."

하고 외치자 놀란 진경제는 당황해 옷을 집어 들고 밖으로 도망을 가다가 월랑과 마주치니 월랑이 말했다.

"잘 하고 있으랬더니, 급한 일도 아닌데 안에 들어와 무엇을 하는 게야?"

"가게로 사람이 와서 기다리고 있어요. 옷을 찾으러 올 사람이 없어서 제가 들어왔어요."

"내가 몇 번이나 말했지, 하인 애들을 시켜 물건을 내가라고. 그런데 왜 긴요치도 않은데 과부 방에 들어와 무슨 일을 하는 게야, 염치도 없긴!"

이렇게 호통을 맞은 진경제는 아무 말도 못하고 고개를 푹 숙이고 밖으로 물러갔다. 금련도 부끄러워 한참 동안 내려오지 못하다가 겨우 아래로 내려왔다. 월랑은 모질게 꾸짖었다.

"다섯째, 앞으로는 절대로 이런 수치스러운 짓을 해선 안 돼요! 자네나 나는 지금 과부의 신세로 남편이 살아 있을 때와는 달라요. 좋은 일은 집안에만 맴돌지만 좋지 못한 일은 바로 밖으로 알려지잖아요. 말과 행동을 함에 있어 사뭇 주의를 해야지, 저런 어린애와 도대체 무엇을 하자는 거예요? 그러니 종년들이 뒤에서 수군대며 욕들을 하잖아요! 속담에도 '남자가 신의가 없으면 무르지 못해 크게 쓸수가 없고, 여자도 덕성[德性]이 없으면 엿가락처럼 흐느적거려 아무 쓸모가 없다' 하고 또 '몸가짐이 바르면 영[令]이 없어도 행해지고, 바르지 않으면 비록 영이 있다 해도 행해지지 않는다'고 하잖아요. 다섯째가 훌륭하고 올바르게 행동했다면 종들이 어찌 뒤에서 자

네를 욕하고 흉볼 수가 있겠어? 나한테도 그런 얘기를 몇 번이나 했지만 내 믿지 않았어. 하지만 오늘 내 눈으로 직접 보고 나니 더 이상 할 말이 없어요. 내 오늘 하고 싶은 말은, 자네가 올바르게 마음을 모질게 갖고 영감을 대신해 잘 처신해달라는 거예요. 나만 하더라도 이번에 향을 올리러 갔다가 두어 차례 하마터면 몸을 빼앗기고 겁탈당할 뻔했어요. 내가 정조를 굳게 지키려고 하지 않았다면 아마 집으로 돌아오지도 못했을 거예요.”

금련은 월랑에게 이렇게 꾸지람을 듣자 부끄러워 얼굴이 붉으락 푸르락되면서 입이 천 개라도 제대로 할 말이 없었다. 그런데도,

“제가 이층에서 향을 사르고 있는데 진사위가 옷을 가지러 왔을 뿐이에요. 그런데 무슨 말을 나누었다고 그러세요?”
하고 시치미를 떼려 하자, 월랑이 다시 몇 마디를 하고는 안채로 들어갔다.

이 날 저녁 서문 큰아씨는 방에서 다시 진경제를 닦아세우며 욕을 했다.

“이 날강도야, 아직도 증거가 없다고 잡아떼려고 그래요? 그런데도 당신은 아직도 그런 허튼 주둥이를 놀리려고 해요! 오늘 두 사람이 이층에서 뭘 한 거예요? 말하고 싶지도 않아요. 둘이 온갖 재미를 다 보면서 나를 감쪽같이 속여넘기다니! 그 음탕한 계집년이 사내를 도둑질해놓고도 내 앞에서는 뻔뻔스럽게 잡아떼고 큰소리를 쳐 사람을 꼼짝 못하게 만들더니! 변소 안에 있는 벽돌처럼 더럽고 치사해서! 그년은 남쪽 담장 밑의 파처럼 이미 맵기로 정평이 나 있거든. 그런데도 당신은 무슨 낯짝으로 이 여편네 밥을 얻어먹으려고 해요?”

이에 진경제도 지지 않고 욕을 해대며,

"음탕한 계집아! 네 집에서 내 은자를 거두어놓고 내가 왜 네년 밥을 얻어먹는다고 그래?"

라고 냅다 성질을 내고는 바깥으로 나가버렸다. 이 일이 있은 뒤부터 경제는 앞채의 가게에서만 생활하며 일이 없으면 감히 안채에는 얼씬도 못했다. 이런저런 것이 필요해도 단지 대안과 평안 둘이 이층에 와서 가지고 나갔다. 매일 밥 때가 되어도 내다주지 않으니 부지배인은 더는 배고픈 것을 참지 못하고 거리에 나가 자기 돈을 내어 국수를 사먹곤 했다. 바로, 용과 호랑이가 싸우니 노루만 죽어난다는 격이다.

이로부터 모든 문은 해가 중천에 떠 있을 때 일찌감치 잠가버렸다. 이로 인해 금련과 경제의 뜨겁디뜨거운 사이는 또다시 잠시 멀어져 뜸해졌다.

이때 진경제의 본집은 외삼촌 장단련이 봐주며 살고 있었다. 마침 장단련도 해임이 되어 집에서 그냥 놀고 있었다. 경제는 아침저녁으로 그곳에 가서 식사를 했으나 월랑은 이를 알고도 더는 뭐라고 말을 하지 않았다.

금련과 경제는 그럭저럭 거의 한 달을 서로 만나지 못하고 있었다. 금련은 홀로 제 방에서 하루를 보내는 것이 마치도 여삼추[如三秋] 같았고, 하룻밤을 지내는 것이 마치도 한여름을 지내는 것과 같이 길게만 느껴졌다. 그렇지만 금련이 어떻게 빈방을 지킬 수 있으며 열화와 같이 치솟는 욕정을 어찌 누를 수 있겠는가! 그래서 온갖 수단과 방법을 써 진경제의 얼굴을 한 번이라도 보려고 했으나 그것이 여간 어려운 게 아니었다. 두 사람은 서로 소식조차 전하지 못하고 진경제는 안채로 들어가지 못해 안절부절못하고 있을 때 하루는 설씨 아주머니가 문 앞으로 지나가는 것을 봤다. 그래서 진경제는 금련에게 편지 한 통을 써 금련에게 전해달라고 부탁하여 이러저러한 방해 때문에 만날 수가 없노라고 폐부에서 우러나오는 마음을 표현하고 싶었다. 그래서 하루는 밖으로 나가 외상을 받아온다고 핑계를 대고는 말을 타고 바로 설씨 집으로 건너가 나귀를 기둥에 묶어놓고 발을 걷어 올리며,

"설씨 아주머니, 안에 계세요?"

하며 안으로 들어가 보니 설씨의 아들인 설기[薛紀]와 며느리 김대저가 아이를 안고 온돌 위에 앉아서 팔려고 내놓은 하녀 둘을 데리고 얘기를 하고 있었다. 그러다가 누군가 자기 어머니를 부르자 밖으로 나와 물었다.

"누구세요?"

"난데, 설씨 아주머니 집에 계신가?"

이에 며느리가,

"진서방님이셨군요. 어머니께서는 머리 장식 판 값을 받으러 가셨어요. 무슨 하실 말씀이 있으세요? 사람을 보내 모셔올게요."

하면서 급히 차를 내와 진경제에게 대접했다. 잠시 앉아 있노라니 설씨가 돌아왔다. 경제를 보고 인사를 하며,

"서방님께서 무슨 바람이 불어 우리 집까지 행차를 하셨나?"

하며 며느리에게 말했다.

"차를 갖다 드려라."

"방금 전에 차는 드셨어요."

"일이 없으면 안 오죠. 사실은 여차여차해서 저와 다섯째 마님이 오래전부터 관계를 맺어왔어요. 그런데 추국 고년이 고자질해서 산

통을 깨버렸어요. 그래서 큰마님과 제 여편네가 얼마나 저한테 차갑고 쌀쌀맞게 대하는지 몰라요. 그렇지만 나와 다섯째 마님은 이젠 떼려야 뗄 수 없는 사이예요. 그런 우리가 오랫동안 떨어져 소식 한 통 전하지 못하고 있어 몇 자 적어 안으로 들여보내 그 사람한테 줬으면 해요. 다른 사람은 안에 얼씬도 할 수 없어요. 이렇게 아주머니께 부탁드릴 테니 제발 소식을 좀 전해주세요."

진경제는 소맷자락 안에서 은자 한 냥을 꺼내 주며,

"이거 얼마 안 되지만 차라도 사서 드세요."

하니 설씨는 이 말을 듣고 손뼉을 치며 큰소리로 웃으며 말했다.

"아이구 맙소사! 어느 집에서 사위가 장모와 눈이 맞아 놀아난단 말이에요? 세상에 이런 일이 있다니! 서방님, 나한테 얘기 좀 해줘요, 도대체 어떻게 손에 넣었어요?"

"설씨 아주머니, 그만 웃으세요! 편지를 잘 봉해놨으니 조만간 저 대신 꼭 좀 전해주세요."

경제가 사정하니 이에 설씨는 편지를 받아 줘먼서 말했다.

"큰마님께서 향을 올리고 돌아오셨다고 하는데 나는 아직 가서 뵙지 못했어요. 겸사겸사해서 제가 한번 다녀갈게요."

"그럼 나는 어디에서 아주머니의 회신을 기다릴까요?"

"제가 가게로 찾아가 말씀드리죠."

이렇게 말을 하자, 진경제는 말을 타고 집으로 돌아왔다.

다음 날 설씨 아주머니는 꽃바구니를 들고 먼저 월랑을 찾아가 뵙고 한참을 앉아 있다가 다시 맹옥루의 방으로 건너갔다. 그런 다음에 금련의 방으로 찾아갔다. 가보니 금련은 때마침 상을 놓고 죽을 먹고 있었다. 춘매는 금련이 시무룩하고 즐거워하지 않는 것을 보고,

"마님, 그만 울적해하세요. 하선고[何仙姑] 같은 사람도 매일 사내가 있다는 말을 들었잖아요. 그런 유언비어에 대처하는 가장 좋은 방법은 모른척하고 있는 게 제일이에요. 옛날 신선들도 그런 하찮은 구설수에 오르내리는데 우리 같은 사람들이야 두말할 나위가 있겠어요. 하물며 지금은 나리께서도 돌아가시고 큰마님께서는 애를 낳았는데 솔직히 누구 애인지도 제대로 모르잖아요? 그러니 큰마님도 우리가 몰래 하는 일을 나무랄 입장은 못 되잖아요. 마님은 마음을 푹 놓고 계세요. 하늘이 무너져도 하늘을 지탱하고 떠받치고 있는 대한[大漢]들이 있잖아요! 사람이 이 세상에 살면서 하루하루를 재미있게 보내야지요."

그러고는 술을 데워 와서 금련에게 한 잔을 따라 권하며,

"마님, 술이 따스할 때 한 잔 쭉 드시고 마음을 푸세요."

그러고 있을 때 계단 아래에서 개 두 마리가 한창 그 짓을 하고 있었다. 금련은 이를 보고,

"짐승들도 저렇게 재미를 보는데 하물며 사람이 되어 저만큼도 즐거움을 누리지 못하다니!"

탄식하며 술을 마시고 있을 적에 설씨 아주머니가 안으로 들어서며 인사를 올렸다. 설씨는 웃으면서,

"두 분이 무슨 얘기를 그렇게 재미있게 하세요?"

하면서 한 곁에서 개 두 마리가 한창 그 짓을 하는 것을 보고는,

"좋은 소식이 있을 징조로군요! 그런데 저것을 보면서 왜들 수심에 싸여 있지요?"

하면서 또다시 인사를 했다. 금련이,

"무슨 바람이 불어 우리 집에 다 오셨어요? 그동안 통 오시지 않더

니만."

하며 자리를 권했다.

"진종일 별로 하는 일도 없는데 도무지 틈이 없네요. 큰마님께서
향을 올리고 오셨다는 소문을 듣고도 미루고 있다가 오늘에야 겨우
와 인사를 올렸는데 다행히 꾸짖지는 않으시더군요. 셋째 마님도 그
때 같이 계셨는데 제가 가지고 온 물건 중 비취 비녀 두 쌍과 큰 파랑
머리꽂이 한 쌍을 고르시고는 흔쾌히 은자 여덟 냥을 달아 주시더군
요. 그런데 안에 계신 설아 마님은 지난 팔월에 비녀 두 개를 가져가
고 은자 두 전을 아직까지 안 주고 있어요. 정말로 인색하기 짝이 없
어요! 그런데 마님께서는 왜 통 밖으로 나들이를 하지 않으세요?"

"요 며칠 몸이 좋지가 않아서 밖에 출입하지 않고 있어요."

춘매가 곁에서 술을 따라 설씨에게 권하니 설씨는 황급히 고맙다
고 인사를 하고는,

"이거 오자마자 술을 마시는군요."

하자 금련이 웃으며 말했다.

"애나 하나 더 낳으세요."

"나는 안 돼요. 우리 집 며느리가 애를 낳았는데 두 달이 되어가요."

그러면서 다시 말했다.

"마님은 나리께서 돌아가시고 얼마나 쓸쓸하고 외로우세요?"

"그야 말해 뭣해요! 나리가 살아 있을 때가 좋았어요! 그런데 지금
우리 둘은 얼마나 구박받으며 사는지 몰라요. 솔직히 말해 우리 집에
는 사람이 많으니 말도 많잖아요. 큰마님은 애가 생기고부터 마음이
변해서 예전처럼 여러 자매한테 그렇게 친근하게 대해주지 않아요.
요 며칠 속도 좋지 않거니와 또 들려오는 소문이 하도 말 같지 않아

안채에 가지 않았어요."

춘매가 거들었다.

"이 모든 게 우리 방에 있는 추국이라는 계집애가 큰마님께서 집에 계시지 않을 적에 우리 마님에 대해 좋지 않은 소문을 퍼뜨려 나까지도 휩쓸려 욕을 먹게 만들고 있다니까요!"

"이 방에서 일을 하던 계집 말인가? 어쩌자고 주인을 잡아먹으려고 하지? 푸른 옷을 입었으면 검은 기둥을 잡으랬다고 모두 한집안 사람들이잖아요."

금련은 춘매에게 말했다.

"나가서 그년이 무엇을 하나 좀 보고 오거라. 와서 엿들을까 겁난다."

"그년은 지금 부엌에서 쌀을 고르고 있어요. 이 찢어 죽일 년은 입이 어찌나 싸고 주둥이가 가벼운지 집안에서 일어나는 아주 작은 일까지 모두 밖으로 떠벌리고 다녀요."

"여기는 다른 사람이 없으니 우리끼리 이야기를 좀 해요. 어제 진서방님께서 우리 집으로 와서 여차여차해서 어떻게 당신네들과 가깝게 되었는지 숨김없이 다 말해줬어요. 그 일로 큰마님이 진서방님을 크게 꾸짖었고 또 각 곳의 문도 꼭꼭 걸어 잠그게 했다 하더군요. 그리고 옷가지를 가져가거나 약재를 내가는 것도 진서방님이 못하게 하고 또 큰아씨도 동쪽 사랑채로 이사를 내보냈대요. 게다가 점심때가 되어도 밥을 내다주지 않아 굶다 못한 진서방이 외삼촌인 장단련 집으로 가서 밥을 먹곤 한대요. 자기의 사위를 믿지 않고 하인 애들을 믿다니 그런 법이 어디 있어요? 진사위가 오랫동안 마님을 만나보지 못했다며 저한테 편지를 주면서 제발 어떻게든 꼭 마님께 전해달라고 부탁했어요. 마님께 잘 말씀을 드려주고 걱정하지 마시랍니다. 어쨌든 나리께서도 돌아가셨으니 아예 터놓고 지내시지 무엇을 두려워하세요? 향을 피우면 연기가 날까 걱정이지만 불을 놓으면 그만이잖아요!"

하면서 설씨는 진경제가 써준 편지를 꺼내 금련에게 건네주었다. 꺼내 찢어보니 다른 말은 없고 위에는 단지 「붉은 수 놓은 신발[紅綉鞋]」이라는 사가 적혀 있을 뿐이다.

요묘[祆廟]*의 불은 살을 태우고
남교[藍橋]**의 물은 목 안까지 차오르네.
아무리 소문을 없애려고 해도 남주[南州]에 가득 차네.
결국은 더럽게 소문이 퍼졌지만
오히려 사랑은 이루어졌다네.
아무것도 아니지만 실로 있다네.

襖廟火燒皮肉
藍橋水淹過咽喉
緊按納風聲滿南州
畢了終是染汚
成就了倒是風流
不甚麼也是有

다섯째 아가씨에게

---

* 이란의 배화교[拜火敎] 사람들이 낙양, 돈황 등에 세운 묘
** 섬서성 남전현[藍田縣] 동남 남수[藍水]에 있는 다리로 당[唐]나라 때 배항[裴航]이 남영[藍英]을 만난 곳

진경제 드림

금련은 다 읽고 소매 안에 집어넣었다. 이에 설씨가,

"서방님이 저한테 편지를 잘 받았다는 증거를 가져오라고 하셨어요. 그러니 몇 자를 적어주시면 제가 제대로 전해드렸다고 믿으실 거예요."

하니 금련은 춘매더러 설씨 아주머니와 술을 마시고 있으라 하고 자기는 방 안으로 들어갔다. 한참 있다 나오면서 네모진 흰 비단 수건과 금반지 하나를 내왔는데 손수건 위에는 이렇게 쓰여 있었다.

그대 때문에 놀라 가슴이 조이고
그대 때문에 집안사람들의 질책도 받는다오.
그대를 위해 화장도 하지를 않고
그대 위해 사람들 앞에서 떠벌리고
그대 위해 계책을 꾸미기도 했다오.
우리 둘은 한 쌍으로 초췌해져만 가는구려.
我爲你耽驚受怕
我爲你挫渾家
我爲你脂詣粉不曾搽
我爲你在人前抛了些見識
我爲你奴婢上便了些鍬筏
咱兩個一雙憔悴殺

금련은 쓴 것을 잘 봉해 설씨에게 건네주면서 말했다.

"그 사람한테 가서 화를 내어 외삼촌 집에 가서 밥을 먹지 말라고 하세요. 공연히 큰마님을 화나게 만드는 것이니까요. 장인 집에서 일을 도와 장사를 해주며 도리어 외삼촌 집에 가서 밥을 얻어먹으면 우리가 뭐 제대로 먹을 것도 없어 그러는 줄로 알고 의심할 게 아니겠어요. 정히 먹을 게 없으면 점포에 있는 돈을 가지고 가서 지배인과 사먹으라고 하세요. 진사위가 화를 내어 안으로 들어오지 않는다면 누가 더 억울하고 분하겠어요? 사람들이 다 도둑이 제 발 저린다고 하지 않겠어요!"

"그대로 전해드리죠."

금련이 설씨에게 닷 전을 주어 문간까지 배웅해 보냈다. 설씨는 금련의 집을 나와 바로 앞에 있는 가게로 가서 진경제를 찾아 사람이 없는 후미진 곳으로 가서 얘기를 나누었다. 설씨는 먼저 금련이 준 물건을 꺼내 건네주면서,

"마님은 서방님더러 공연히 성질부리지 말고 안으로 들어오시랍니다. 외삼촌 댁에 가서 식사를 해 사람들의 구설수에 오르내리지 마시고요."

하면서 은자 닷 전을 꺼내 진경제에게 보여주면서 말했다.

"이것은 마님이 저한테 주신 거예요. 작은 눈에는 실오라기 하나 감출 수가 없다고 남녀지간의 일이란 더는 숨길 수 없는데 두 사람이 함께 있지 못해 이렇게 시름에 싸여 있으니 이를 어쩌지요? 혹시라도 이 일이 탄로 나면 또 내 얼굴은 어떻게 되겠어요?"

"설씨 아주머니, 정말로 고생이 많으셨어요."

그러면서 진경제는 다시 한 번 고맙다고 인사했다. 설씨는 두어 걸음 돌아가다가 다시 돌아와 말했다.

"하마터면 깜박 잊어버릴 뻔했는데, 방금 내가 나올 적에 큰마님께서 하인 수춘을 시켜 나를 부르시더니 저보고 저녁에 와서 춘매를 데리고 나가 팔아 치우라고 하시더군요. 춘매가 중간에서 일을 주선했고 또 자기 마님과 함께 남자 하나와 놀아났다고 그러시더군요. 왜 그러시죠?"

"설씨 아주머니, 당신은 단지 그 애를 집에 데려다만 놓으세요. 제가 다음 날 집으로 가서 물어볼 말이 있어요."

설씨는 얘기가 끝나자 집으로 돌아갔다.

저녁이 되어 달이 뜰 무렵에 설씨는 와서 춘매를 데리고 월랑의 방으로 건너갔다. 월랑은 설씨를 보고 바로,

"우리가 애초에 저 애를 열여섯 냥에 사왔으니, 열여섯 냥을 내고 데려가게."

하고는 소옥을 불러,

"따라가서 몸만 떠나는지 살펴보거라. 옷들도 하나도 가지고 가지 못하게 하거라."

하고 분부했다. 이에 설씨는 금련에게 건너가 말했다.

"큰마님께서 저보고 춘매를 데리고 나가라 하십니다. 저한테 말씀하시기를 그 애와 마님께서 한 남자와 놀아났다시며 여러 말씀도 안 하시고 사올 때 값만 내고 데려가라 하시는군요."

금련은 춘매를 데리고 나가 팔아버린다는 말을 듣고 하도 기가 막히고 어이가 없어 눈만 크게 뜨고 한참을 아무 말도 못하고 있었다. 그러노라니 자기도 모르게 두 눈 가득 눈물이 흘러내리며 설씨에게 말했다.

"설씨 아주머니, 좀 보세요. 나리께서 돌아가시고 나니 우리 둘의

처지가 얼마나 고통스럽고 안됐는지를 말이에요! 나리께서 돌아가신 지 얼마나 됐다고 내 주변의 사람을 팔아 치우다니… 큰마님은 이렇게 양심도 없고 의리도 없고, 이제 겨우 오줌싸개를 낳아 기른다고 우쭐해서는 모든 사람들을 다 진흙탕 속으로 밀쳐버리다니! 이병아의 아이도 한 살 반밖에 살지 못했잖아요. 아직 홍역도 다 치르지 않았는데 도대체 저 붉은 하늘을 어떻게 알고 하늘의 태양을 가려보겠다고 야단이지요!"

"애가 홍역은 치렀나요?"

"치르기는요? 아직 돌도 채 안 지났는데요!"

"춘매의 말에 따르면 나리께서 살아 계실 적에 그 애를 건드리셨다고 하더군요."

"건드리기만 하셨나요? 춘매를 무슨 보물 아끼듯이 귀여워하셔서 춘매가 원하는 것이면 무엇이고 다 들어주셨어요. 정식으로 부인이 된 사람들도 다 춘매의 뒷전으로 밀렸어요! 춘매가 어느 하인 열 대를 때려달라고 하면 때리지 않는 경우가 없었어요."

"그렇다면 큰마님께서 잘못하시는 거예요. 나리께서 손을 본, 재주가 뛰어난 아가씨를 내쫓으면서 장롱은 고사하고 옷 한 가지도 가지고 나가지 못하게 하다니… 입고 있는 옷 채로 나가라 하니 이웃에서 알면 얼마나 보기가 안 좋겠어요!"

"큰마님이 옷 한 벌도 가지고 나가지 못하게 하라고 했나요?"

"소옥을 불러 춘매 아씨가 옷 한 벌도 가지고 나가지 못하게 잘 보라 하셨어요."

이때 춘매는 곁에서 자기를 내쫓으려 한다는 말을 듣고서도 눈물 한 방울 흘리지 않았다. 금련이 우는 것을 보고,

"마님, 왜 우세요? 제가 나가고 나면 인내심을 가지고 꾹 참고 지내시고 걱정하지 마세요. 걱정하시다가 병이라도 나면 누가 마님께서 아픈지 열이 나는지 알기나 하겠어요? 저는 나가요. 옷 같은 건 안 줘도 괜찮아요. 자고로 '남아대장부는 남이 남긴 찌꺼기 밥은 먹지 않고, 지조 있는 여자는 시집올 때의 옷을 입지 않는다'고 하잖아요!"

한창 이렇게 말하고 있을 때 소옥이 들어와서는 말했다.

"다섯째 마님, 우리 마님께서 좀 이상해지신 것 같아요! 춘매 아씨가 얼마나 마님을 잘 모시는데 그러시죠. 윗사람은 속여도 아랫사람은 속이지 않는다고 했어요. 마님께서 춘매 아씨의 옷상자에서 좋은 옷을 두어 벌 꺼내 싸서서 기념으로 삼으라 하세요. 이제는 이러한 곤혹과 압박에서 벗어나게 됐잖아요."

금련이,

"좋은 아가씨, 정말로 마음이 곱구려!"

하니 소옥이,

"누군들 죽지 않을 수 있겠어요? 개구리나 귀뚜라미나 사람이나 똑같은 종류로 운명은 다 같아요! 토끼가 죽으면 여우가 슬퍼한다고 끼리끼리 슬퍼하는 법이죠."

하면서 춘매의 옷상자를 가져와 머리에 쓰는 손수건, 비녀 등을 모두 꺼내 춘매에게 가져가라고 주었다. 금련도 색이 고운 비단옷 두 벌과 신을 큰 보자기에 싸고, 또 자기가 쓰던 비녀 몇 가지, 빗, 귀고리, 반지를 꺼내 주었다. 소옥도 머리에서 비녀 두 개를 빼내 춘매에게 주었다. 남은 구슬 족두리와 은실로 만든 머리 장식, 화려한 비단 치마나 적삼 등은 하나도 건드리지 않고 모두 안채로 보냈다. 춘매는 금련과 소옥에게 작별 인사를 하고 눈물을 훔치며 떠나갔다. 문을 나설

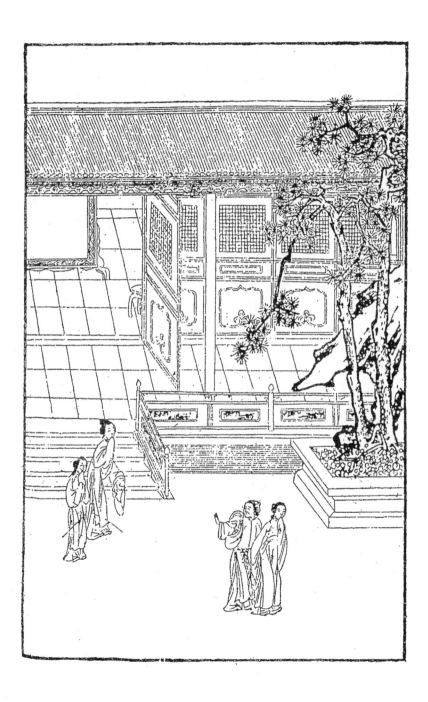

때 금련은 춘매더러 월랑에게 인사를 하고 떠나라고 했으나 단지 소옥에게만 손을 흔들어 보이고 떠났다. 춘매는 바로 설씨를 따라가며 고개도 돌려보지 않고 결연한 모습으로 대문을 나가버렸다. 소옥과 금련은 춘매를 떠나보내고 안으로 돌아왔다. 소옥은 안방으로 건너가 월랑에게 춘매가 단지 입고 있던 옷만 걸친 채 집을 떠났고 나머지 옷들은 모두 남겨두었다고 했다.

반금련이 방으로 돌아와 보니, 항상 춘매와 둘이서 친하게 지내며 속얘기를 나누곤 했는데 자기 혼자만 외로이 서 있는 것이었다. 오늘 춘매가 그렇게 떠나고 쓸쓸하게 자기 혼자 떨어져 남게 되니 적적한 심정에 자기도 모르게 설움이 북받쳐 대성통곡했다.

시가 있어 이를 증명하나니,

귓가에는 아직도 그 목소리 남아 있는데
오늘날 은혜와 사랑이 나뉘었구나.
방 안에 사람이 보이지 않으니
마음을 달래 말할 사람이 없구나.
耳畔言猶在 于今恩愛分
房中人不見 無語自消魂

무엇이 길하고 흉한지 알 수 없네

손설아가 진경제를 때려주라 부추기고,
왕노파는 금련을 팔아넘기려 하다

사람살이 비록 완전한 것은 없다 하지만

일을 함에 언제나 크게 마음을 쓰소서.

좋은 일이면 군자의 말을 따르고

시빗거리면 소인의 말 듣지를 마시게.

세속을 보면 환각 같은 유희니

사람 마음 두려워하는 것은 산을 격한 듯

나를 알아주는 여인들에게 말하노니

고난살이가 달콤하다고는 말하지 마소.

人生雖未有十全 處事規模要放寬

好事但看君子語 是非休聽小人言

但看世俗如幻戱 也畏人心似隔山

寄與知音女娘道 莫將苦處認爲甛

　

반금련은 이렇게 춘매가 쫓겨난 뒤에 방 안에서 괴롭고 쓸쓸하게 보냈으니 이 얘기는 여기서 접어두자.

한편 진경제는 그다음 날 아침 일찍 외상을 받으러 간다는 핑계를 대고 말을 타고 설씨네 집으로 갔다. 집에 있던 설씨가 진경제를 보고 안으로 모셔 자리에 앉으라고 권했다. 경제는 말을 말뚝에 묶어놓고 방에 들어가 자리를 잡고 차를 마셨다. 그때 춘매는 방 안에 있었으나 밖으로 나와 보지 않고 있었다. 설씨가 일부러 큰소리로 말했다.

"그래, 무슨 일로 오셨어요?"

"저 길가에 있는 집에 빚을 받으러 왔다가 잠시 들러본 거예요. 어젯밤에 춘매 아씨가 나와서 여기에 있어요?"

"여기에 있어요. 아직 주인을 만나지 못하고 있어요."

"이곳에 있다면 제가 좀 봐야겠어요. 할말이 있어요."

이를 듣고 설씨는 일부러 거드름을 피우며,

"아이구 서방님두! 어제 큰마님께서 얼마나 신신당부하셨는데요? 당신네들이 모두 한통속이 되어 놀아나 그런 더러운 일이 벌어져 춘매를 내쫓는 거라고 하시며 저더러 잘 단속해서 절대로 만나거나 이야기도 하지 못하게 하라고 하셨어요. 그러니 일찌감치 떠나시는 게 좋을 거예요. 만약에라도 큰마님이 하인 애들을 시켜 그런 걸 엿보고 집에 가서 고자질하면 한바탕 난리가 벌어질 테고, 그렇게 되면 아무 잘못 없는 나까지 그 집 앞에는 얼씬도 못하게 될 거예요."

하니, 이 말을 듣고 진경제는 피식 웃으며 소매에서 은자 한 냥을 꺼내 설씨한테 건네주면서,

"이거 얼마 되지 않지만 받아두었다가 차라도 사드세요. 제가 훗날 더 사례할게요."

하자 설씨는 허연 은자를 보고는 눈을 가늘게 뜨며 말했다.

"서방님은, 당신이 쓸 돈도 없으면서 언제 또 나한테 사례를 한다고 그러세요? 그러지 마시고 제가 작년 동짓날에 서방님네 가게에

꽃 베개 두 개를 전당 잡힌 게 있어요. 거의 일 년이 되어 본전과 이자를 합치면 아마 은자 여덟 전이 될 텐데 그거나 갖다 주시면 좋겠어요."

"그야 어렵지 않지, 내일 바로 갖다 드리죠."

이 말을 듣고서야 설씨는 진경제를 방에 들여보내 춘매를 만나보게 하고 며느리 김씨를 불러서는 요리를 좀 만들게 하면서,

"내 나가서 차와 과일을 사오마."

했다. 그러고는 먼저 술과 고기 안주를 내와 두 사람에게 권했다. 춘매는 경제를 보고 말했다.

"서방님, 서방님은 정말 사람을 잘도 잡는군요. 우리 두 사람을 이렇게 꼼짝도 못하게 만들어놓다니! 추문[醜聞]을 일으켜 남의 미움만 사서 이 지경에 빠트리다니!"

"귀여운 아가씨, 네가 그 집을 나왔으니 나도 그 집에 오래 있지는 않을 거야. 모두 제 갈 길로 뿔뿔이 흩어지고 있잖아. 그러니 너는 설씨 아주머니에게 말해서 좋은 사람한테 가렴. 소금에 절인 부추는 다시 밭에 심을 수가 없다는 식으로 나도 더는 서문가에 머물 수 없어! 동경 아버지가 계시는 곳으로 가서 상의를 해서 지금 여편네하고는 끝장을 내버리고 전에 그 집에 맡겨둔 상자나 찾아올 거야."

말을 마치고 얼마 되지 않아 설씨가 차와 술안주를 가지고 들어와 탁자 위에 차려놓았다. 둘은 같이 앉아 술을 마시며 이야기를 나누었다. 설씨도 곁에 앉아 두어 잔을 마시고는 월랑이 악랄하다고 하면서,

"댁처럼 이렇게 뛰어난 아씨를 내쫓으면서 옷 한 벌, 장식 하나 제대로 갖고 나가지 못하게 하다니, 다른 사람에게 보이려고 해도 제대로 차리고 있지 않으면 별로 볼품이 없어요. 게다가 예전에 샀던 값

을 다 달라니, 맑은 물도 이 그릇에서 저 그릇으로 옮기면 흘리는 게
있는 법이잖아요! 원래 정신병 증세가 약간 있는 분이었어요. 다행
히 나올 때 소옥이 옛정을 생각해 다섯째 마님께 옷을 몇 벌 챙겨주
라고 하잖아요. 만약 그렇지 않았다면 다른 집으로 간다 해도 무엇을
입고 가겠어요?"

했다. 술이 거나하게 오르자 설씨는 자기 며느리를 불러 아기를 안겨
옆집으로 보냈다. 그러고는 춘매와 진경제로 하여금 방에서 한바탕
재미를 보게 만들어주었다.

> 구름 엷은 하늘가에 난새와 봉황이
> 물이 깊고 파도 얕은 못 위에는 원앙이
> 금생에는 헤어지지 말자고 쓰며
> 내세에서도 서로 만나자 약속을 하네.
> 雲淡淡天邊鸞鳳 水沉沉波底鴛鴦
> 寫成今世不休書 結下來生歡喜帶

둘은 이렇게 한차례 놀고 난 뒤에 작별을 했다. 헤어지는 심정은
서로 차마 발걸음을 떼어놓지 못하는 애틋한 것이었다. 그러나 설씨
는 혹시라도 월랑이 사람을 보냈을까봐 급히 경제를 재촉해 밖으로
내보내 말을 타고 집으로 돌아가게 했다. 그러나 채 이틀이 지나지
않아 진경제는 다시 금실로 테를 두른 손수건 두 개와 무릎 보호대
두 개를 가지고 와 춘매에게 주고 또 전에 설씨가 저당 잡혔던 꽃 베
개도 찾아와 설씨에게 건네줬다. 그리고 은자 약간을 설씨에게 주어
술을 좀 사다달라 해서는 설씨 방에서 한참 술을 마시고 있었다. 그

런데 생각지도 않게 월랑이 설씨한테 어째서 여태 춘매를 팔아 치우지 않고 있냐고 재촉을 하러 내안을 보냈다. 내안이 설씨의 집 앞에 이르러 보니 진경제가 타고 다니는 말이 문 앞 말뚝에 매인 걸 보고 집으로 돌아와 본 대로,

"서방님께서 거기 계세요."

하고 전했다. 월랑은 이 말을 듣고 대단히 노해 즉시 설씨 집으로 사람을 보내 불러오게 해 호통을 쳤다.

"자네는 남의 집 하인을 팔아준다고 데려가서는 왜 차일피일 미루며 다른 사람에게 팔아넘기지 않고 감춰두고 사내를 불러 그 짓거리를 하게 한 겐가! 자네가 돈을 벌려는 속셈이라도 있는가? 자네가 팔지 못하겠다면 당장 다시 데려오게나. 내 다른 사람을 불러 팔 테니 말일세. 그리고 이후에 자네는 우리 집에 얼씬도 하지 말게나!"

설씨는 이 말을 듣고, 가지고 있는 게 중매쟁이로 갈고닦은 떠벌이 말솜씨인지라 단지 입이 일고여덟 개가 되어 한꺼번에 말을 다하지 못함이 한스러울 따름이었다.

"하느님 맙소사! 하느님 맙소사! 마님이 저를 잘못 보셨어요. 제가 굴러들어온 복신[福神]을 걷어차겠어요! 마님께서 저를 얼마나 돌봐주시고 살펴주시는데 어찌 제가 춘매를 팔아 치우지 않겠어요? 어제도 제가 춘매를 데리고 살 사람을 두어 군데 찾아봤지만 모두 맞지 않았어요. 마님께서는 열여섯 냥을 받으시겠다고 하는데 그 가격으로 살 사람은 없고, 그렇다고 중매인인 제가 어디 그런 돈이 있어 먼저 배상해드릴 수 있겠어요?"

"하인 애가 그러는데 진씨네 종자가 오늘 자네 집에서 춘매 그것과 술을 마시고 있었다고 하던데?"

이를 듣고 설씨는 바로,

"아야! 그것 때문에 그러시는군요! 지난겨울에 제가 꽃 베개를 저당 잡혔다가 사자가에 있는 가게에서 돈을 치렀어요. 그랬더니 서방님께서 손수 베개를 가지고 오셨더군요. 그래 제가 차나 드시라고 권했더니 드시지 않고 바로 말머리를 돌려 돌아가셨어요. 그런데 언제 무슨 시간이 있어 방에 들어와 술을 마셨겠어요? 원래 이 집에서 일을 보는 하인이 입이 싸고 거짓말을 잘하는군요!"

이렇게 둘러대자 월랑도 더는 말을 못하고 단지 한마디를 했다.

"나는 그 종자가 아직도 정신을 못 차리고 엉큼한 마음을 품고 그곳에 갔나 했지."

"제가 세 살 먹은 어린애도 아닌데 어찌 이만한 일도 모르겠어요? 마님께서 저한테 얼마나 신신당부하셨는데요. 제가 어느 편 일을 봐드리는 것이 저한테 좋은지 모르겠어요? 진서방님은 왔다가 오래 있지 않고 저한테 베개만 건네주고 차도 마시지 않고 바로 돌아갔어요. 그런데 언제 그 춘매의 얼굴을 봤겠어요? 세상일이란 다 진실해야 하는데, 마님께서는 저를 의심만 하고 책망만 하시는군요. 기왕에 말씀하셨으니, 지금 주수비께서 춘매의 생김을 보고 열두 냥에 사시겠다고 하셨어요. 제가 말씀을 잘해 열석 냥까지 받아서 돈을 가져다 드릴게요. 주수비 어른께서 일전에 이 댁에서 술자리를 열었을 적에 춘매를 보셨답니다. 춘매가 노래도 할 줄 알고 모양도 괜찮은지라 그만한 은자라도 내놓겠다는 거예요. 처녀도 아닌데 다른 사람은 그 이상 내지도 않아요."

라며 설씨는 그 자리에서 월랑에게 춘매의 몸값을 딱 잘라 말했다.

다음 날 일찍 설씨는 춘매를 곱게 화장을 시키고, 춘매는 머리 장식에 비취로 된 비녀를 꽂고 붉은 비단 저고리에 남색 비단 치마를 입고 뾰족한 신을 신었다. 이렇게 화려하게 치장한 뒤에 가마 한 채를 불러 태워 주수비 집으로 보냈다. 주수비는 춘매의 생김새를 보니 전에 봤을 때보다 훨씬 예뻐졌고 얼굴도 발그스레한 것이 키도 크지도 작지도 않고 적당했으며 한 쌍의 작은 발을 하고 있었다. 그래 대단히 기뻐하며 곧 쉰 냥짜리 대원보를 하나 가져다줬다. 설씨는 그것을 받아 가지고 집으로 돌아와 열석 냥을 떼어내 서문경 집으로 가서 월랑에게 건네주고, 따로 한 냥짜리를 꺼내 보이면서,

"이것은 주수비 어른께서 저한테 수고비로 주신 거예요. 그러니 마님께서도 저한테 좀 주셔야 하지 않겠어요?"

하자, 월랑도 어쩌지 못하고 마지못해 은자 닷 전을 달아서 건네주니 설씨가 이번 거래를 성사시켜주고 중간에서 챙겨 먹은 돈은 모두 서른일곱 냥 닷 전이나 됐다. 중매꾼 중 열에 아홉은 다 이런 식으로 돈을 뜯어내 살림살이를 하는 것이었다.

한편 진경제는 춘매가 팔려 나가는 걸 보고도 속수무책이었고 또 금련이 있는 곳으로 건너가지도 못하고 있으며, 월랑도 진경제를 아는 체하지 않고 문을 모두 꼭꼭 걸어 잠갔다. 그러고도 부족한지 월랑은 밤이 되면 손수 밖으로 나와 등불을 들고 앞뒤를 살펴보고는 안채 중문마저도 잠그고 비로소 잠자리에 들었다. 이러니 어떻게 손발을 써볼 도리가 없었다. 진경제는 몇 번 울화가 나서 먼저 자기 여편네와 싸움을 하며 이 음탕한 년, 저 음탕한 년하고 욕을 해댔다.

"내가 명색이 네년의 서방인데 밥도 제대로 먹이지 않는단 말이냐! 네년 집에 아직까지 내 돈 궤짝을 잡아놓고서 말이다. 그런데도 네년은 내 마누라면서 나를 돌봐주기는커녕 내가 네년 집의 밥을 축내고

다닌다고 떠들어대! 내가 네년 집에서 공짜로 밥을 먹는 줄 알아?"

이렇게 욕을 해대니 욕을 얻어먹은 큰딸은 하도 어이가 없어 그저 울기만 할 뿐이었다.

동짓달 스무이레는 바로 맹옥루의 생일이었다. 옥루는 술안주 몇 가지와 과자 등을 접시에 담아 춘홍으로 하여금 앞채 가게로 내가 부지배인과 진경제가 같이 먹게 하려고 했다. 이를 보고 월랑이,

"진사위는 사람도 아니니 상대하지 말아요! 부지배인에게 주려면 부지배인이나 혼자 먹으라고 해요. 공연히 진사위까지 부르지 말고."

했다. 그러나 옥루는 월랑의 말을 따르지 않고 춘홍을 시켜 음식을 내보냈다. 진경제와 부지배인은 차려온 음식을 탁자 위에 펼쳐놓고 술도 큰 주전자로 다 마셨으나 부족했다. 이에 진경제는 내안을 시켜 안채로 들어가 술을 더 가져오게 했다. 이를 보고 부지배인이,

"서방님, 보내지 마세요. 이 술이면 넉넉해요. 저는 이제 더는 안 마셔요."

했으나 경제는 듣지 않고 고집을 부려 기어코 내안에게 술을 가져오라며 안으로 들여보냈다. 한참 있다가 내안이 나와서 술이 없다고 했다. 이때 진경제는 술이 거나하게 올라 있는지라 다시 내안에게 안으로 가서 가져오라 하니 내안은 꿈쩍도 하지 않는다. 어쩔 수 없이 돈을 가지고 가서 술을 사와 마시면서 내안에게 욕을 퍼부었다.

"요 싸가지 없는 자식아, 거짓말하지 마! 네 주인이 나를 우습게 보니 하인인 네놈까지도 나를 우습게 보는 게냐! 네놈을 시켰는데도 꿈쩍도 하지 않아. 나는 이 집 사위인데 술과 고기는 고사하고 배고픔에 시달리고 있어. 나리께서 살아 계시다면 이렇게 대했겠어? 나리께서 돌아가셨다고 마음들이 변해서 나를 아는 체도 하지 않고 우

습게 알고 못살게 굴다니… 장모라는 사람은 하찮은 종년의 말만 믿고 나를 의심하고 경계한단 말이야! 그래서 모든 일을 하인 애들에게 분부하고 나한테는 시키지 않잖아. 장모가 그렇게 해도 나도 끄떡없이 버틸 수 있어!"

부지배인이 진경제를 달래며 말했다.

"서방님, 그렇게 함부로 말하지 마세요. 서방님을 받들지 않으면 누구를 받들겠어요? 생각건대 안채가 바빠서 그런 모양이에요. 어째 서방님께 드리지 않겠어요? 서방님이 큰마님 욕을 하는 것은 상관없지만, 담에는 틈이 있고 벽에는 귀가 있다고, 서방님께서 너무 취하셨어요."

"지배인님, 당신은 몰라요. 나는 술은 마셨어도 정신은 말짱해요! 내 장모라는 양반은 하인들의 말만 듣고 나를 욕하고 있어요. 그래, 내가 다른 사람과 그 짓거리를 하고 다른 사람은 그 짓거리를 하지 않았다고 해요. 내가 이 집안에 있는 여인네들을 다 꾀어 그 짓을 했다고 해 관청에 끌려간다고 해도 후실로 들어온 장모와 그 짓을 했으니 불응죄[不應罪]로나 기소가 될 거예요! 여하튼 나는 먼저 이 집 딸년과 헤어져야겠어요. 그러고 나서 고소장을 써서 관청에 고소를 하든지 아니면 동경 만수문[萬壽門]에 가서 직접 고발해야겠어요. 이 집안에 내 많은 금은보화를 숨겨놓고 있는데, 원래는 양전[楊戩]의 것으로 관에서 모두 몰수해야 할 장물[臟物]들이란 말이에요. 그렇게 되면 이 집의 몇 칸 안 되는 것들도 모두 없어지고 또 여편네들도 모두 관가에서 끌고 가 팔아버릴 거예요! 사실 나도 그렇게까지 할 생각은 없고, 고기를 잡을 생각은 없이 물장난이나 치려는 식으로, 물건을 찾으려고 하기보다는 그저 이 사람들을 혼을 좀 내줄 거예요! 지배인께서 사리를 잘 아신다면 이 사위를 예전처럼 잘 받들어 모셔야만 앞으로 큰 이득이 있을 겁니다!"

부지배인은 진경제의 말이 듣기 거북한지라,

"서방님, 많이 취했어요! 그냥 술이나 드시지 왜 그런 쓸데없는 말씀을 하세요."

하자, 진경제는 눈을 치켜뜨고 부지배인을 노려보며 욕을 했다.

"이 늙은 개자식아, 내가 무슨 쓸데없는 말을 한다고? 내가 취했다고? 네놈이 술을 산 게냐? 나는 비록 대접을 못 받는 사위이지만, 네놈은 단지 이 집에서 일을 하는 놈이란 말이야. 그런데 네놈이 나를 우습게 봐? 내 이놈의 개자식한테 본때를 보여줘야겠어. 허튼소리 하지 마라. 네놈은 요 몇 년 동안 우리 장인어른의 돈을 빼돌려서 배불리 처먹었잖아. 그래놓고 이제 와서 나를 내쫓고 혼자 독차지해서 돈을 벌어 처먹으려고 하지. 내가 훗날 고소장을 쓰게 되면 거기에 네놈도 적어서 관가의 뜨거운 맛을 보여줄 테다!"

부지배인은 원래가 소심하고 겁이 많은 위인인지라 사태를 보아하니 별로 좋지 않자 옷을 걸쳐 입고 슬그머니 자기 집으로 도망쳤다. 이에 하인들이 그릇을 거두어 안채로 들어갔다. 경제도 아무 일도 없었다는 듯이 침상에 엎드려 잠이 들었다.

부지배인은 다음 날 일찍 안채로 들어가 월랑에게 어제 저녁에 있었던 일들을 낱낱이 고해바치며 울면서 집으로 돌아가겠노라고 하며 장부를 건네주고는 더는 장사를 하지 않겠노라고 했다. 이를 듣고 월랑은 부지배인을 달래며 말했다.

"지배인, 당신은 안심하고 장사를 하세요. 그놈은 더러운 똥이라 여기고 아예 상대하지 말아요! 애초에 관청에 죄를 짓고 우리 집으로 잠시 피신한다며 왔는데 무슨 놈의 금은보화가 있겠어요? 단지 큰딸의 화장품 몇 점과 옷 몇 벌을 가지고 왔을 뿐이에요. 그놈의 아비도 동경으로 바로 몸을 피해 갔어요. 그때 우리 집 사람들 중에 겁이 나서 애 어른 할 것 없이 밤낮으로 두려워 떨지 않은 사람이 어디 있었어요? 진사위가 처음에 이 집에 왔을 때에는 겨우 열여섯으로 털도 채 나지 않은 애송이였죠. 다행히 장인 집에서 몇 년 키워주어 이제는 어느 정도 사람 구실도 하고 장사도 할 수 있게 됐어요. 그런데 오늘날 날개의 물기가 겨우 마르자 은혜를 도리어 원수로 갚겠다며, 빗자루 하나로 이 집안을 싹 쓸어버리겠다고 난리를 피우는군요. 아무리 철부지라 말을 막 한다고 하지만 하늘의 이치도 모르고 그렇게 날뛰다니, 하늘이 내려다보고 있어요. 그러니 지배인께서는 안심하고 장사를 하시고 진사위를 상대하지 마세요. 그럼 자연히 부끄러움을 알 거예요."

그렇게 월랑은 부지배인을 잘 달래어 돌려보냈으니 더 이상 얘기하지 않겠다.

하루는 일이 공교롭게 벌어졌다. 전당포 안에 사람들이 유난히 많이 몰려들어 북적대고 있을 때 유모 여의아가 아이를 안고 차를 갖고 와 부지배인에게 주려고 탁자 위에 올려놓았다. 그런데 효가가 유모의 품에 안겨서 칭얼대며 울어댔다. 이를 보고 진경제는 남들이 보는 앞인지라 자못 점잖게,

"나의 귀여운 아가야, 그만 울거라!"
하면서 여러 사람을 향해,

"이 애는 꼭 내 자식 같단 말이야. 울지 말라고 하니 울음을 뚝 그

치잖아요.”

하니 이 말을 듣고 사람들은 어리둥절했다. 여의아가,

“서방님, 서방님께서는 농담으로 하셨겠지만 그런 말씀이 어디 있어요. 제가 안에 들어가 마님께 말씀드려야겠어요!”

하자, 진경제는 오히려 성을 내며 앞으로 다가와 두 발로 여의아를 걸어차고 희롱하며 욕을 했다.

“이 칠칠치 못한 년아! 내 말이 틀렸어? 엉덩이를 한 대 걸어찰까 보다.”

이에 여의아는 기겁해 효가를 안고 안채로 들어가 방금 진경제가 여러 사람 앞에서 이러저러하게 말했다고 알려주었다. 월랑이 이 말을 못 들었으면 몰라도 듣고 나니 경대 앞에서 머리를 빗고 있다가 한참 동안 말을 하지 않고 있었다. 겨우 일어나다 어지러움에 땅에 쓰러져 정신을 잃었다. 그 모습이란,

형산[荊山]*의 옥이 부서졌네.
가엾은 서문경의 정실부인이여
거울 앞에서 꽃이 지듯 쓰러지누나.
구십 일 동안 동군의 짝도 다 소용이 없네.
꽃 같은 얼굴이 윤기가 없이
마치 서쪽 뜰의 작약이 붉은 난간에 기댄 듯
붉은 입술에 말이 없으니
남해의 관음보살이 내려온 듯하네.

---

* 전해오기를, 변화[卞和]가 초[楚]의 형산(지금의 호북성 남장현[南障縣] 서쪽)에서 옥을 구했는데 이것이 후에 아름다움의 대칭[代稱]으로 쓰임. 여기서는 미인을 일컫는 말

작은 정원에 어제 봄바람이 심하게 불더니
부러진 강가의 매화가 땅바닥에 깔렸구나.
荊山玉損 可惜西門慶王室夫妻
寶鑒花殘 枉費九十日東君匹配
花容淹淡 猶如西園芍藥倚朱欄
檀口無言 一似南海觀音來入定
小園昨日春風急 吹折江梅就地拖

놀란 소옥이 집안사람들을 모두 불러와 월랑을 부축해 일으켜 온
돌 위에 앉혔다. 손설아가 온돌 위에 걸터앉아 계속 주무르고 생강을
끓여 마시게 하니 한참이 지나서야 정신을 차렸다. 월랑은 겨우 정신
이 들었으나 기가 막히고 어이가 없어서 그저 울먹일 뿐 소리 내어
울지도 못했다. 유모 여의아가 맹옥루와 손설아에게 진경제가 여러
사람 앞에서 효가를 가지고 어떻게 놀려댔는지 자세히 한차례 들려
주고는 말했다.

"제가 좋은 말로 그게 아니라고 말했더니 대뜸 저를 발로 걷어차
잖아요. 그래 저도 하도 분해서 잠시 까무러쳤었어요!"

손설아는 월랑을 부축하고 있다가 모든 사람들이 각기 흩어져 돌
아가자 살그머니 월랑에게 말했다.

"마님, 성내지 마시고 제 말씀을 들어보세요. 성을 내봐야 공연히
마님만 더 안 좋아요! 이 어린 자식이 춘매도 팔려 나가고 또 반가 그
음탕한 것하고도 그 짓거리를 못하게 되니 말로 화를 풀고 있는 거예
요. 이렇게 된 이상 아예 끝장을 보세요. 큰딸은 이미 시집을 갔으니
팔아버린 밭과 같잖아요. 그러니 우리도 더는 큰딸을 돌봐줄 필요가

없어요. 속담에도 '두꺼비를 키우다가 공연히 수소아병(옮병)에 걸린 다'고 하잖아요. 그런데 계속해서 그놈을 집안에 두어서 무엇을 하겠어요? 내일 당장 살살 잘 달래어 안으로 들어오게 한 뒤에 몽둥이찜질을 한 후에 문밖으로 쫓아내 그자의 집으로 가게 하세요. 그런 다음에 중매인 왕노파를 불러 오나가나 별 볼일도 없고 공연히 일만 일으키는 그 음탕한 계집을 팔아 치우세요. 그 더러운 년을 하루빨리 쫓아내지 않으면 어느 하루도 일이 없는 날이 없을 거예요! 쓸데없이 그런 더러운 년을 집안에 남겨 뭐하겠어요? 잘못하다가는 훗날 우리까지도 모두 물에 빠져 허우적대는 일이 생길 거예요!"

"자네 말이 맞아."

그러고는 바로 손설아의 말대로 하기로 하고 계략을 꾸몄다.

다음 날 아침, 식사를 한 뒤에 월랑은 하녀들과 하인의 부인네 일고여덟 명에게 각기 곤봉과 막대기를 들고 숨어 있게 하고는 내안을 시켜 진경제를 잠시 안채로 불렀다. 진경제가 안채로 들어오자 바로 중문을 걸어 잠그고 진경제를 꿇어앉게 하고는,

"네 죄를 알렷다?"

하자 진경제는 꿇어앉기는커녕 고개를 뻣뻣이 치켜들고 의기양양하게 서 있었다. 이를 보고 월랑이 다시 말을 하니, 사가 있어 이를 증명한다.

처음에는 월랑도 화를 내지는 않았네.
월랑이 "귀여운 애가 변했구려."
다음에는 진경제가 얼굴을 치켜들고
"쓸데없는 말은 그만두고 당신과 말을 분명하게 해봅시다."

월랑이,

"여기는 자네의 장인 집으로

여춘원과 같은 기생집이나 창녀들의 소굴이 아닌데

자네는 어쩌고 여기에 있는 부인들을 희롱하는가?

그들은 장인어른의 애첩들로서

과부가 되어 홀로 수절하며 살아가려고 하는데

왜 그네들을 꾀어 놀아나는가?

하기야 그 염치도 없는 음탕한 것들이

추파를 던져대며 자네를 유혹했겠지.

자고로 암캐가 꼬리를 흔들지 않으면

수캐가 그 위에 올라타지 않는다 했지.

여하튼 모두가 우리 집 가문에 먹칠을 하고 죄를 범했으니

절대로 용서를 할 수 없네!"

이에 진경제도,

"어디서 귀신 잡는 종규의 모친처럼 뛰쳐나와

내가 그런 음탕한 짓을 했다고 억울한 누명을 씌워 나를 잡으려

하세요.

나는 뼈대가 약해서 이렇게 고문하고 때리는 것은 딱 질색이니

다들 쓸데없는 짓 그만두시구려.

잘못하다가는 내 허리 부러지겠어요."

월랑이,

"사람 같지도 않은 것이, 아직도 주둥이를 놀리다니!

속담에도 '얼음이 어는 것도 하루아침에 되는 것이 아니며,

한도 하루아침에 쌓인 것이 아니니 용서하기 힘들다!' 하니

너 같은 놈의 자식은
어서 용서를 빌지 않으면 몽둥이찜질을 하고
또 네놈의 그 물건을 잘라
평생 늙어 죽을 때까지 그 짓을 못하게 하리다!"
起初時 月娘不觸犯 龐兒變了
次則陳經濟 耐搶白 臉面揚着
不消你枉話兒絮叨叨 須和你討個分曉
月娘道 此是你丈人深宅院 又不是麗春院鶯燕巢
你如何把他婦女斯調 他是你文人愛妾 寡居守孝
你因何把他戲嘲 也有那沒廉恥斜皮 把你刮刺上了
自古母狗不掉尾 公狗不跳槽 都是些污家門罪犯難饒
陳經濟道 閃出伙縛鍾馗母妖
你做成這慣打奸夫的圈套 我臀尖難禁這頓拷
梅香休鬧 大娘休焦 險些不大棍無情打折我腰
月娘道 賊才料 你還敢嘴兒挑
常言 冰厚三不是一日惱 最恨無端難恕饒
虧你呵 再倘着筒兒滿棒剪稻
你再敢不敢 我把你這短命王鸎兒割了 教你直孤到老

그러면서 월랑은 손설아와 내흥의 아내, 내소의 처 일장청, 중추아
[中秋兒], 소옥, 수춘 등 부인네 한 무리를 이끌고 진경제를 땅바닥에
눕혀놓고 곤봉과 막대기로 흠씬 때렸다. 서문 큰아씨는 아예 한편으
로 비켜서서 구해줄 생각조차 하지 않았다. 얻어맞던 진경제는 다급
해지자 참지 못하고 바지를 벗고 그 뻣뻣하게 일어선 물건을 끄집어

드러내자 부인네들은 놀라 기겁을 해 모두 몽둥이를 던져버리고 사방으로 흩어졌다. 월랑은 그것을 보고 화가 나고 또 부끄럽기도 해서 욕을 해대기를,

"이 싸가지 없는 자식아!"

하니 진경제는 말은 하지 않았지만 속으로 생각하기를,

'만약에 내가 이 방법을 쓰지 않았다면 어떻게 이 위기를 벗어날 수 있었을까?'

하면서 의기양양하게 일어나 한 손으로 바지춤을 움켜쥐고 앞의 가게로 나갔다. 월랑은 하녀를 시켜 진경제를 따라 나가 장부를 받아 그것을 부지배인에게 건네주라 했다. 경제도 더는 버티지 못할 것을 알고 옷과 이불 등을 정리해 인사도 하지 않고 성질을 내며 곧장 외삼촌인 장단련에게 가 예전에 머물던 집에 들었다.

자고로 받은 은혜와 쌓인 원한은 천만 년이 흘러도 없어지지 않는다고 했던가!

반금련은 방 안에서 진경제가 매를 흠씬 맞고 쫓겨났다는 말을 들었다. 그 말을 듣고 나서 더욱더 우울해지고 근심도 더 심해졌다.

하루는 손설아의 말을 들은 월랑이 대안을 시켜 중매인 왕노파를 불러오게 했다. 왕노파는 아들 왕조아[王潮兒]가 회하[淮河]의 상인들을 따라 다니며 화물을 운반해주고 일백 냥 정도를 모아온 뒤에 집안 살림이 좋아져 찻집을 하지 않고 나귀를 두 마리 사서는 연자방아를 놓고 방앗간을 차렸다. 서문경 집에서 자기를 부른다는 소식을 듣고 급히 옷을 갈아입고 길을 나섰다. 가는 도중에 대안에게 물었다.

"우리 아저씨, 오랫동안 못 봤는데 그새 머리를 틀어올린 걸 보니 어른이 다 됐네. 그래 장가는 들었고?"

"아직요."

"나리께서 돌아가셨는데 나를 찾아 무엇을 하시려는 게지? 다섯째 마님이 아기라도 낳아서 나보고 안아보라고 하시나?"

"다섯째 마님은 아기는 낳지 않고 서방님과 놀아났어요. 그래, 큰마님께서 아주머니를 불러 다섯째 마님을 다른 데 시집을 보내버리려고 하시는 거예요."

"아이구, 하느님 맙소사! 좀 봐! 내가 그 음탕한 것은 나리가 죽으면 절대로 수절하지 못할 거라고 했잖아. 개가 똥을 먹는 버릇은 고칠 수 없다고 끝내 추잡한 일을 저지르고 말았군. 그래 큰아씨 서방과 그랬단 말이야? 그 서방 성은 뭐지?"

"성은 진이고 이름은 경제예요."

"생각해보니 작년에 하구[何九]의 일 때문에 나리께 부탁을 드리러 댁으로 찾아갔더니 나리께서 계시지 않았지. 그 음탕한 계집은 나더러 앉으라는 말도 없고, 부러진 바늘 하나도 집어주지 않더군! 다만 하인 애를 불러 맑은 차를 한 잔 내오게 하길래 그걸 마시고는 바로 나와버렸지. 나는 고것이 천년만년 오래도록 그 집에 머물 줄 알았는데, 어째서 쫓겨나게 됐다지? 참으로 무섭도록 음탕한 계집이로군! 내가 중매인이었다는 것은 말하지 않더라도 자기를 위해 그토록 좋은 집을 소개해줬잖아. 그런데 잘 대접하진 못할망정 사람을 그렇게 무시하고 섭섭하게 대하다니!"

"다섯째 마님이 진서방과 놀아나 집안에 한바탕 난리법석이 났어요. 며칠 전에 큰마님께서 화가 나서 하마터면 죽을 뻔했어요! 진서방은 이미 집안에서 쫓겨났어요. 그래서 다섯째 마님을 데리고 나가라고 할머니를 부르시는 거예요."

"들어갈 때 가마를 타고 들어갔으니 아무리 그래도 나올 때 가마 하나는 불러야지. 그리고 옷상자를 가지고 들어갔으니 적어도 그것은 가지고 나와야지."

"저는 잘 몰라요. 아마도 마님께서 처분이 있으시겠지요."

둘이 이렇게 얘기를 나누는 사이에 어느덧 서문경 집 앞에 도착했다. 왕노파는 월랑의 방으로 들어가 인사를 하고 자리에 앉았다. 하인이 차를 내와 마시자 월랑이,

"왕씨 할멈, 내가 일이 없으면 부르지 않았을 거예요."

그러면서 최근에 반금련이 벌인 일들을 한차례 다 얘기해주고,

"오나가나 시비덩어리고 말썽만 부려요. 왕씨 할멈이 중매해서 데리고 왔으니 할멈이 데리고 나가세요. 시집을 보내건 팔아버리건 자기가 하자는 대로 내버려두세요. 지금 나리께서도 돌아가셨으니 내 힘으로는 이런 사람을 더는 어떻게 해보지 못하겠어요! 이제껏 죽은 양반이 다섯째를 위해 돈을 얼마나 썼는지 몰라요. 그 돈을 모아두었다면 그 사람 크기의 돈 사람을 만들 수 있을 거예요! 이제 당신이 데리고 나가 시집을 보내건 팔건 되는대로 받아주세요. 나는 그 돈으로 죽은 영감한테 경전이나 읽어드리면 충분해요."

"마님께서는 몇 푼의 돈 때문에 그러시는 게 아니잖아요! 단지 이 사고뭉치를 문밖으로 내쫓으려고 하시는 거잖아요! 저도 잘 알고 있으니 차질 없이 해드리죠."

그러면서 다시 말했다.

"오늘이 날이 좋으니 데리고 나갈게요. 그리고 당초에 들어올 때 옷장이 하나 있었고 가마를 타고 왔잖아요. 그러니 적어도 가마는 타고 나가야죠."

"옷상자는 줘도 가마를 타고 나가는 것은 안 돼."

이를 듣고 있던 소옥이,

"지금 우리 마님께서 화가 머리끝까지 올라 있어요. 지금은 이렇게 말씀하시지만 그때 가서는 적어도 가마는 태워 보내실 거예요. 그렇지 않고 얼굴을 드러내놓고 가면 거리의 사람들이 비웃지 않겠어요?"
하니, 이 말을 듣고 월랑은 아무런 말도 하지 않았다. 그러고는 수춘한테 앞채로 나가 금련을 불러오라 시켰다.

금련은 와서 왕노파가 방에 있는 것을 보고 눈이 둥그레지며 인사를 하고는 자리에 앉았다. 왕노파가 먼저 입을 열어,

"어서 물건을 챙기세요. 방금 큰마님께서 저더러 당신을 데리고 나가라고 하셨어요."
하니 이를 듣고 금련이,

"나리께서 돌아가신 지 얼마나 됐다고 일을 이렇게 하지요? 그래, 내가 무슨 일을 저질렀고 무슨 나쁜 일을 했나요? 왜 공연히 나를 내쫓으려 하는 게지요?"
하고 따지고 들었다. 이에 왕노파가,

"헛소리 그만하고, 귀머거리 벙어리인 체 그만해요. 자고로 뱀이 들어간 구멍은 뱀이 가장 잘 안다고 각자가 한 일은 그 사람이 마음속으로 가장 잘 알 거예요. 금련 아가씨, 아직도 그렇게 시치미를 떼고 사람 얼굴을 하고는 길고 짧다고 변명하며, 한 입으로 두 말을 하려고 하세요! 당신의 그런 교묘한 말도 내 앞에서는 다 소용이 없고 허튼소리일 뿐이에요! 자고로 '끝나지 않는 술좌석은 없고, 튀어나온 서까래가 먼저 썩는다'고 했어요. 사람에게는 이름이 있고 나무에는 그림자가 있듯이, 파리는 틈이 없는 계란에는 달려들지 않는 법이

라오. 그러니 남자와 놀아나는 것을 밥 먹듯 하는 것은 그만두세요. 이번에는 아주 양관[陽關](감숙성 옥문관의 남쪽으로 먼 변방을 일컬음)으로 보내야겠어요!"

하자, 이를 듣고 금련도 질세라 말했다.

"사람을 때려도 뺨은 때리지 말고, 욕을 해도 아픈 데는 들추지 말라 했어요! 속담에도 '닭이 죽으니 다른 닭이 운다'잖아요. 누군 진을 치고 누군 밥을 먹고 누군 쇠재갈을 물리고 있으니 언제나 안전하고 일이 없을 줄 아나요? 누군들 언젠가는 눈을 감고 죽지 않을 것 같아요? 사람이 살다 보면 언젠가는 만날 것이고 또 나뭇잎이 떨어지면 다 뿌리로 가는 거예요. 그러니 마님께서는 저를 빈손으로 내쫓아서는 안 되고, 시비는 하인들의 말을 들어서는 안 되는 거예요!"

그렇구나, 여인은 시집을 때의 옷을 입지 않고 사내는 이별할 때의 밥을 먹지 않으니, 자고로 모든 것이 억울할 뿐이라네.

이러며 금련은 월랑과 한바탕 난리를 피웠다. 월랑은 금련의 방으로 건너가 짐을 대충 정리해 금련에게 상자 두 개와 서랍이 있는 탁자 하나와 옷 네 벌, 비녀 몇 개, 이부자리 한 채를 주었다. 또 금련이 신던 신발도 모두 상자 안에 담아주었다. 그러고는 추국을 바로 안채로 불러들인 뒤에 금련의 방을 열쇠로 잠가버렸다.

금련은 옷을 입고 월랑에게 인사를 고하고 서문경의 영전에 이르러 한바탕 대성통곡을 하고 나서 맹옥루 방으로 건너갔다. 둘은 그동안 자매로 지내면서 그 나름의 정을 나누었는데 막상 헤어진다고 하니 설움이 복받쳐 손을 맞잡고 한참 눈물을 흘렸다. 옥루는 월랑을 속여 슬며시 금련에게 금비녀 하나와 비취색 저고리와 붉은 치마 한 벌을 주면서 말했다.

"다섯째, 이번에 헤어지면 앞으로는 아마 만날 수 없을 거야! 그러니 좋은 사람이 있으면 개가를 하도록 해요. 자고로 '천리 길이 멀기는 하지만 끝나지 않는 술좌석은 없다'고 자네가 만약에 개가를 하게 되면 사람을 시켜 나한테도 좀 알려줘요. 내가 어디를 가게 되면 그편에 자네를 만나러 갈게요. 이게 다 자매로 지낸 정이잖아요!"

그러면서 눈물을 흘리며 아쉬운 작별을 했다. 금련이 문을 나설 적에 소옥이 문까지 몰래 따라 나와서 금련에게 몰래 금비녀 한 쌍을 주었다. 이를 받고 금련이,

"아가씨, 정말로 마음씨가 좋군요!"

하며 가마를 타고 출발했다. 왕노파는 일찌감치 사람을 불러다 상자와 탁자를 메고 먼저 돌아갔다. 옥루와 소옥만이 금련이 가마를 타고 떠나가는 것을 지켜봤다.

세상에 애달프고 고통스러운 일이 많지만, 생이별과 사별이 가장 가슴 아프다네.

그렇게 금련은 왕노파의 집으로 돌아왔다. 왕노파는 금련을 안방에 묵게 하고 밤에는 같이 잠을 잤다. 왕노파의 아들 왕조아는 이미 장성하고 성년이 되어 머리를 틀어올렸으나 장가를 들지 못했기에 밖에다 침상을 놓고 잠을 잤다.

반금련은 다음 날 예전처럼 화장을 하고 눈썹을 그리고 발 아래에서 지나가는 사람들을 훔쳐봤다. 그러다가 일이 없으면 온돌 위에서 눈썹을 그리거나 비파를 탔다. 그러다가 왕노파가 잠시 나갈 때는 왕조아와 두엽아[鬪葉兒](일종의 화투놀이)를 하거나 바둑을 두었다. 왕노파는 돌아와 밀가루를 만들거나 나귀에게 먹이를 주며 그들이 노

는 대로 내버려뒀다. 낮이 가고 밤이 되자 금련은 벌써 왕조아를 꾀어놓았다. 밤이 되어 왕노파가 잠이 들자 금련은 소변을 본다는 핑계를 대고 밖의 침상으로 나와 왕조아와 그 짓을 했다. 침대가 흔들려 삐그덕 소리를 내자, 왕노파가 이 소리를 듣고 잠이 깨어서,

"무슨 소리야?"

하니 왕조아가 답했다.

"궤짝 밑에서 고양이가 쥐를 잡는 소리예요."

왕노파는 잠결에 냠냠 하며 입맛을 다시면서 잠꼬대를 하듯이 말했다.

"밀가루를 방에 두었더니 이놈의 쥐새끼들이 들어와 이 깊은 밤에 난리를 피우는구나. 어디 잠을 잘 수가 있나!"

잠시 뒤에 다시 흔들리는 소리가 들렸다. 왕노파가 다시,

"무슨 소리야?"

하고 물으니 왕조아가,

"고양이가 쥐를 잡아 물고 굴속으로 들어가 씹는 소리예요."

해서 노파가 귀를 기울여 들어보니 과연 고양이가 구멍 속에서 쥐를 씹는 소리였다. 이에 노파는 더는 말을 하지 않았다. 금련은 왕조아와 한바탕 그렇게 재미를 보고 슬그머니 안으로 들어와 온돌 위에 올라 잠자리에 들었다. 쌍관어[雙關語](소리는 같으나 뜻이 다르고, 글자는 같으나 뜻이 다른 단어. 즉 동음[同音]과 동의[同義] 관계를 이용한 것)를 사용해 이 쥐들에 대해 잘 말해주는 사가 있으니,

몸집은 작아도 담은 크구나.

뾰족한 입에 장난이 심하고

제86화 무엇이 길하고 흉한지 알 수 없네   235

사람을 보면 깊숙이 숨고

옆방에서 찍찍거리며

삼경에 들어와 잠 못 자게 만드네.

올바른 사람의 윤리는 행하지 않고

구멍과 틈새를 좋아하네.

더욱 한 가지 좋지 않은 것은

몰래 먹고 입맛 다시는 것은 고칠 수가 없구나.

你身軀兒小膽兒大

嘴兒尖 忒武潑皮

見了人藏藏躲躲

耳邊廂叫叫嚷嚷

攪混人半夜三更不睡

不行正人倫 偏好鑽穴隙

更有一莊兒不老實

到底改不了偸饞抹嘴

　어느 날 진경제는 반금련이 쫓겨나 왕노파의 집에서 새로 시집갈 상대를 찾고 있다는 소식을 들었다. 진경제는 동전 두 꾸러미와 은 자를 가지고 왕노파 집으로 건너갔다. 노파는 마침 집 앞에서 나귀가 싸놓은 똥을 치우고 있었다. 진경제가 그 앞으로 다가가 깊숙이 허리를 숙여 인사를 하자 노파가 물어보았다.

　"무슨 일이세요?"

　"잠깐 안으로 들어가 말씀드리지요."

　왕노파는 못 이기는 체하며 안으로 들게 했다. 진경제는 안으로 들어서며 얼굴 가리개를 걷어 올리고 말했다.

"서문대인의 다섯째 마님이 이곳에 있다고 하던데요?"

"반금련과 무슨 관계시지요?"

이에 진경제는 웃으며,

"솔직히 말해 저는 금련의 남동생이에요."

하니 이 말을 듣고 왕노파는 눈을 아래위로 돌려보며,

"형제가 있다는 소리는 내 금시초문인데? 거짓말하지 말아요! 아마도 그 집 사위인 진씨가 아닙니까? 여기 와서도 그런 허튼소리를 하다니? 내가 그렇게 호락호락해 보이는 모양이지요?"

하자, 진경제는 웃으며 허리춤에서 동전 두 꾸러미를 꺼내 왕노파 앞에 놓으며,

"이 동전 꾸러미는 별거 아니지만 차라도 사는 데 쓰세요. 그리고 금련을 한 번만 만나보게 해주세요. 훗날 다시 인사를 할게요."

했다. 노파는 동전을 보더니 일부러 거드름을 피우며 말했다.

"고맙다는 말은 그만두시게나. 큰마님께서 분부하시기를 누구도 만나지 못하게 하라고 하셨어요. 그렇지만 솔직히 말해 당신이 금련을 한 번 만나려고 한다면 은자 닷 냥은 가져와야 해요. 두 번 보려면 열 냥이구, 만약 금련을 데려가고 싶다면 나한테 은자 백 냥을 가져와야 해요. 그리고 소개비 열 냥은 따로 줘야 하니, 그렇게만 한다면 나는 상관하지 않아요. 이런 동전 두 꾸러미를 가지고는 어림도 없어요!"

진경제는 노파가 한사코 돈이 적다며 받으려고 하지 않자 머리에서 무게가 닷 돈쯤 나가는 비녀를 빼어들고 땅바닥에 쫙 엎드리면서,

"왕씨 할머니, 제발 받으시고 한 번만 만나게 해주세요. 다음에 은

자 한 냥을 갖다 드릴게요. 절대 허튼소리가 아니에요. 한 번 만나 얘기만 하면 돼요."

하니 왕노파는 마지못해 비녀와 동전을 받아주는 척하며 생색을 내듯이,

"들어가 만나보게나. 그러나 말만 하고 바로 나와야 하네. 공연히 눈을 치켜뜨고 죽치고 앉아 있어서는 안 돼. 그리고 나머지 은자 한 냥은 내일 반드시 가져와야 해요."

하며 발을 걷어 올리고 경제를 안으로 들게 했다. 반금련은 그때 온돌 위에서 신을 깁고 있다가 경제가 들어오는 걸 보고 신발을 내려놓으며 경제에게 다가와 원망 어린 소리로,

"참 잘났군요. 나를 이렇게 오갈 데 없이 만들어놓고 또 사람들한테 미움이나 받게 만들어놓고서 어째서 통 코빼기조차 보이지 않았죠? 그토록 재미있게 지내던 춘매와는 서로 떨어져 하나는 동으로 하나는 서쪽으로 뿔뿔이 흩어지게 됐는데 이 모든 게 다 누구 때문인가요?"

하면서 진경제의 품에 안겨 흐느껴 울었다. 왕노파는 그들의 울음소리를 다른 사람들이 들을까 겁이 나서 애를 태우며 울지 말라고 소리를 질렀다. 경제가 말했다.

"나의 사랑아! 나는 당신을 위해 가죽을 벗겨내고 살을 도려내고 또 당신은 나를 위해 학대를 받고 창피를 당하고 있는데, 내 어찌 당신을 보러 오지 않겠어요? 어제 설씨 아주머니 집에 갔다가 춘매가 주수비 집으로 팔려간 걸 알았어요. 또 당신도 그 집에서 나와 이곳 왕노파 집에서 새롭게 시집갈 집을 찾고 있다는 소식을 들었어요. 그래서 내가 당신도 만나고 또 방법을 상의하려고 찾아왔어요. 우리의

사랑은 깊고 깊어 갈라놓거나 떼어놓을 수가 없는데 어찌하면 좋겠어요? 나는 지금 당장 그 집 딸과 끝장을 내고 그 집에 가져다놓았던 금은 상자를 내놓으라고 하려고 그래요. 만약에 내놓지 않으면 동경 만수문으로 가 직접 고소장을 바칠 거예요. 그때는 두 손으로 받들어준다 해도 이미 때는 늦어요! 그리고 나는 몰래 거짓 이름으로 가마를 보내 당신을 취해 집으로 데려가 우리 둘이 부부가 되어 영원히 살 텐데, 그러면 되지 않겠어요?"

"왕씨 할멈이 은자 백 냥을 달라고 하는데 당신이 어디 그런 돈이 있어 줄 수 있겠어요?"

"그렇게 많이 달라고 해요?"

진경제가 왕노파에게 물으니 노파가 말했다.

"당신 장모가 말씀하시기를, 당초 장인어른이 살아 있을 적에 저 사람을 위해 엄청나게 많은 돈을 썼다구 하더군. 그래서 반드시 은자 백 냥은 받아야겠다고 하시며 조금이라도 부족하면 절대로 안 된다고 하시더군요."

"솔직히 말해 저와 다섯째 마님은 절친해서 떼려야 뗄 수 없는 관계입니다. 할머니께서 좀 불쌍히 여기시어 반쯤만 깎아주세요. 오륙십 냥에만 해주시면 제가 아저씨인 장씨 댁으로 가서 집을 두어 채 저당 잡혀 바로 다섯째를 데리고 갈게요. 그렇게 되면 봄바람이 부는 것이니 할머니께서 조금만 받으시지요!"

"쉰 냥은 고사하고 여든 냥에도 당신 차례까지는 안 갈 거예요. 어제도 조주[潮州]에서 와 비단 장수를 하는 하관인[何官人]이 일흔 냥을 낸다고 했고, 큰거리에 있는 장이관[張二官]이 지금은 제형원[提刑院]에서 장형[掌刑]으로 있는데 절급 둘을 보내 여든 냥을 내겠다고 하며 돈 보따리를 두 개 보내왔는데 안 된다고 해서 모두 돌아갔어요. 그런데 당신 같은 어린 사람이 빈 입으로 와서 빈말로 떠들어대며 이 할멈을 놀려대는데, 내가 뭐 어리숙하게 손해를 보며 장사를 할 것 같아!"

그러면서 왕노파는 바로 거리로 뛰어나가 큰소리로 외쳐대기를,

"뉘 집 사위가 장모를 마누라로 삼으려고 해! 그러고도 내 집에 와서 허튼소리를 하다니!"

하니, 이에 진경제가 당황해 급히 노파를 집 안으로 끌고 들어와서는 두 무릎을 꿇고 애원하기를,

"할머니, 제발 소리 좀 지르지 마세요. 할머니 말대로 은자 백 냥을 가져오면 되잖아요! 제 부친께서 동경에 계시니 내일 출발해서 동경으로 가서 은자를 가져올게요."

하자 반금련이 이를 보고 말했다.

"당신이 나를 위할 것 같으면 더는 할멈과 실랑이를 벌이지 말고 어서 동경에 가서 돈을 가져오세요. 만약이라도 늦게 되면 아마 다른 사람이 저를 데려갈 거예요. 그렇게 되면 저는 당신의 사람이 될 수 없어요."

"내 내일 당장 말을 빌려 주야로 달려가면 길면 보름, 빠르면 열흘 안에 돌아올 수 있을 게요."

"옛말에도 '먼저 밥을 짓기 시작하는 사람이 먼저 밥을 먹는다'고 했어요. 내 중매료 열 냥은 따로니까 그리 아시고 한 푼이라도 부족하면 안 돼요. 제 말을 명심하세요."

"말 안 하셔도 그 은혜는 잊지 않고 반드시 갚을게요."

말을 마치고 경제는 작별을 하고 집으로 돌아가 바로 길 떠날 채

비를 했다. 다음 날 일찍 말을 빌려 동경으로 은자를 가지러 갔다.

청룡과 백호가 같이 가니
길[吉]인지 흉[凶]인지 알 수 없구나!
靑龍與白虎同行
吉凶事全然未保

제87화 평생이 선했다면 그 무엇이 두려우랴

왕노파는 재물을 탐하다 복수를 당하고,
무송은 형수를 죽이고 형에게 제사 지내다

평생 선을 행하면 하늘이 복을 주고
고집을 부리면 재앙이 따른다.
혀는 부드러워 손실이 없으나
이는 딱딱해 필히 손상을 입는다.
살구와 복숭아는 가을이 오면 떨어지고
소나무와 잣나무는 겨울에 오히려 더 푸르다.
선과 악은 언젠가는 보응이 있으니
높게 날고 멀리 도망쳐도 피할 수 없으리.

平生作善天加福 若是剛强定禍殃
舌爲柔和終不損 齒因堅硬必遭傷
杏桃秋到多零落 松柏冬深愈翠蒼
善惡到頭終有報 高飛遠走也難藏

진경제는 말을 한 필 빌리고 장단련의 하인 한 명을 데리고 이른
아침에 동경으로 출발했으니 이 얘기는 여기서 접어두자.

한편 오월랑은 반금련을 문밖으로 쫓아버린 다음 날 춘홍을 시켜

설씨 아주머니를 불러오게 해 추국을 팔아버리려고 했다. 춘홍이 막 큰길로 나서는데 응백작이 춘홍을 보고 불러세워서 묻는다.

"어디 가는 게냐?"

"중매인 설씨 아주머니를 불러오라고 하셨어요."

"중매인은 왜 불러?"

"다섯째 마님 방에 있던 추국을 파시려고 해요."

"다섯째 마님은 왜 너희 집에서 쫓겨났느냐? 왕노파 집에서 새로 시집갈 사람을 찾고 있다는데 그게 사실이냐?"

이에 춘홍은 사실 그대로 얘기해주며,

"다섯째 마님과 진서방님이 그렇고 그런 사이라는 걸 큰마님께서 아시고, 먼저 춘매 아씨를 팔아버리고, 다음에 서방님을 흠씬 때려준 뒤에 쫓아냈어요. 어제는 비로소 다섯째 마님을 내보냈어요."

하니 백작은 이를 듣고 고개를 끄떡이며,

"너희 다섯째 마님과 진서방이 눈이 맞아 그 짓을 했단 말이지. 정말 사람은 겉만 봐서는 알 수가 없다니까!"

하며 춘홍에게 물었다.

"얘야, 너희 집 나리도 이미 세상을 떴는데 그 집에 계속 붙어서 뭘 할 셈이냐? 별로 희망이 없잖아. 네 고향 남쪽으로 돌아가고 싶지 않느냐? 여기에서 적당한 사람을 따라가는 게 어떠냐?"

"말이야 좋죠. 나리가 돌아가신 뒤에 마님께서 단속을 여간 엄하게 하시는 게 아녜요. 사방에서 하던 장사도 다 그만두고 집들도 다 팔아버렸어요. 또 금동과 화동은 모두 다 가버렸어요. 그 많은 사람들을 다 먹여 살릴 순 없거든요. 저도 남쪽으로 돌아가고 싶지만 따라갈 사람도 없어요. 또 이 성내에서 적당한 사람을 찾아 따라가고 싶으나 연줄도 없구요."

"멍청한 것! 사람이 멀리 볼 줄 모르면 편히 살아가기가 힘든 법이야. 산 넘고 물을 건너 남쪽으로 간들 무엇을 하겠다는 게냐? 또 누가 너를 게까지 데려가고? 너는 노래도 잘하는데 이 성안에서 적당한 주인을 만나지 못할까 걱정하는 게냐? 내가 좋은 집을 소개해주지. 지금 큰거리에 있는 장이관 댁은 재산이 엄청나게 많고, 방도 백여 칸이나 되고, 또 죽은 서문영감의 후임으로 제형원 형천호의 일을 맡아보고 계시거든. 지금 너희 둘째 마님이던 이교아도 그 댁 둘째 부인으로 들어갔잖아. 내가 너를 그 집으로 데리고 들어가 장어른을 모시게 해주마. 너는 남곡을 부를 줄 아니 원하는 대로 너를 자기 곁에 두고 귀여워해줄 게다. 그렇게만 된다면 여기 있는 것보다 훨씬 낫지. 그분은 성격도 좋고 나이도 젊고 쾌활하고 취미도 다양하니, 이것도 다 네 복이니라."

이 말을 듣고 춘홍은 땅바닥에 넙죽 엎드려 절을 하며,

"응씨 아저씨, 정말로 감사합니다! 장대인의 사랑을 받을 수 있게만 된다면 예물을 준비해 찾아뵙고 인사를 올릴게요."

하니 백작은 춘홍의 손을 잡아 이끌어 세우면서 말했다.

"귀여운 것아, 어서 일어나거라. 내가 언제 헛소리나 하던 사람이더냐. 말을 했으니 꼭 성사를 시켜주마. 그리고 내 어디 너의 감사를 받으려고 하겠니? 네가 무슨 돈이 있다고 그러느냐."

"그런데 제가 가고 큰마님이 저를 찾으면 어떻게 하지요?"

"신경쓰지 마! 내가 장대인에게 편지를 써서 그 댁으로 은자 한 냥을 보내게 할게. 아마도 그 집에서는 돈도 받지 않고 너를 두 손으로 거저 보내줄 거야."

말을 끝내고 춘홍은 설씨를 집으로 데려오니 월랑은 설씨에게 추국을 데리고 가라 했다. 이에 설씨는 추국을 은자 닷 냥에 팔고 월랑에게 은자를 건네주니 이 일은 여기서 접어둔다.

　한편 응백작은 춘홍을 데리고 장이관 집으로 가서 인사를 시켰다. 장이관은 춘홍이 깔끔하게 생기고 남곡도 부를 줄 아는 것을 보고 남아서 시중을 들게 했다. 그러고는 월랑에게 편지와 함께 은자 한 냥을 보내고 춘홍의 옷상자들을 보내달라고 부탁했다. 그때 마침 월랑은 집에서 운리수의 부인 범[范]씨와 술을 마시고 있었다. 운리수는 형 운참장지휘[雲參將指揮]의 직을 이어받아 청하현 좌위에서 동지[同知]로 있었다. 서문경이 죽고 오월랑이 혼자 수절하며 수중에 많은 재산이 있는 것을 보고, 침을 흘리며 어떻게 그걸 가로챌까 하고 계책을 꾸미고 있었다. 그래서 먼저 과일과 과자 등을 사서 자기 부인에게 월랑을 만나보게 했다. 월랑이 효가를 낳았고 범씨에게는 딸이 있어, 두 달이 된 아이를 보고 월랑에게 사돈을 맺자고 했다. 그날 서로 술을 마시며 옷섶을 잘라 혼약의 표시로 삼고 금가락지 한 쌍을 예물로 나누어 가졌다. 그때 대안이 장이관 집에서 보내온 편지와 은자 한 냥을 내놓으며 말했다.

　"춘홍이 그 집으로 시중을 들러 갔어요. 사람을 시켜 입던 옷가지 등을 가지러 왔어요."

　월랑은 장이관이 현재 제형관을 하는 걸 보고 주지 않으면 안 좋을 것 같기에 은자도 받지 않고 옷상자 등을 내주어 가져가게 했다.

　한편 응백작은 장이관에게,

　"서문경의 다섯째 부인인 반금련은 얼굴도 예쁘고 비파도 잘 타며 노래도 많이 알고 또 쌍륙·잡기 등 못하는 것이 없습니다. 게다가 글자도 쓸 줄 알아요. 나이가 어려 수절을 하기도 힘들고 또 큰댁과 사이가 좋지 않아 쫓겨나서 지금 왕노파 집에서 시집갈 곳을 찾고 있습니다."

하니, 이 말을 듣고 장이관은 매우 좋아하며 바로 하인을 시켜 은자를 가지고 왕노파에게 가서 홍정을 해보게 했다. 왕노파는 큰마님 분부라고 핑계를 대면서 반드시 백 냥을 내라고 우겼다. 그래서 사람들이 오가며 몇 번을 홍정한 끝에 여든 냥까지 가격을 조정했다. 그런데도 왕노파는 꿈쩍하지 않았다. 그럴 즈음에 춘홍이 장이관의 집에 와서 금련이 사위인 진경제와 눈이 맞아 애까지 배었다가 그로 인해 쫓겨났다고 말해주었다. 장이관은 이를 듣고 바로 그런 여자는 필요 없다고 하면서,

"우리 집에는 아직 시집도 안 간 열다섯 된 딸애가 있어 학교를 다니며 공부를 하고 있는데 그런 부정한 여자가 집안에 들어오면 어찌하겠소?"

하며 필요 없다는 의사를 분명히 밝혔는데 이교아도,

"그 사람은 애초에 남편을 독살하고, 서문경과 눈이 맞아 그 집으로 들어왔어요. 그러다가 나중에 여섯째가 아이를 낳았는데 모자 두 사람을 못살게 들들 볶다가 결국은 죽게 만들었지요."

했으니, 이 말을 듣고 장이관은 더욱 반금련이 필요 없다고 했다. 여기서 얘기는 둘로 나뉜다.

춘매는 주수비 집으로 팔려 가니, 주수비가 춘매를 보고 얼굴도 예쁘장하고 영리하며 하는 짓거리가 매우 귀여워 대단히 기뻐했다. 그래 춘매에게 세 칸짜리 방을 내주고 하인도 하나 붙여주고 사흘 밤낮을 춘매 방에서 뒹굴었다. 그러고 나서는 춘매에게 옷도 두어 벌

새로 해줬다. 설수가 집으로 찾아가니 설씨에게 수고비로 닷 전을 주고 또 하인을 하나 사서 춘매를 시중들게 하고 둘째 부인으로 삼았다. 큰부인은 한 눈이 실명되어 야채로만 된 음식을 먹고 염불만 하며 다른 일에는 상관하지 않았다. 애를 낳은 손이랑[孫二娘]은 동쪽 사랑채에서 살고 있었다. 춘매는 서쪽 사랑채에 머물게 하고 모든 열쇠를 춘매에게 주어 집안의 크고 작은 일을 관장하게 하며 더욱더 총애했다. 어느 날 설씨가 찾아와 반금련이 쫓겨나 왕노파 집에 있으며 새로 팔려갈 데를 기다리고 있다고 했다. 그날 밤 춘매는 눈물을 흘리며 수비에게,

"우리 둘은 함께 몇 년을 같이 살았어요. 큰소리 한 번 치시지 않고 저를 친딸 이상으로 잘 대해주셨어요. 우리가 이렇게 흩어지게 됐는데 생각지도 않게 그 마님도 지금 쫓겨났다는군요! 나리께서 그분을 데려오면 저희 둘은 이곳에서 함께 행복하게 지낼 수 있을 거예요."

그러면서 다시,

"그분은 아주 예쁘고 노래도 잘하시고 비파도 아주 잘 타요. 또 아주 총명하고 영리하세요. 용띠로 금년에 서른둘이세요. 그분이 온다면 저는 셋째가 돼도 좋아요."

하고 주수비를 설득하니 주수비도 마음이 움직여 바로 가까이 따르는 수하인 장승[張勝], 이안[李安]을 불러 손수건 두 개와 은자 두 냥을 싸주며 가서 보고 왕노파와 가격을 흥정해보라고 일렀다. 가서 보니 과연 보기 드문 미인이었다. 왕노파는 대뜸 입을 열어,

"그 댁 큰마님이 꼭 백 냥은 받으시겠답니다."

하자, 장승과 이안이 반나절이나 달래 여든 냥까지 주겠다고 얘기를 했으나 왕노파는 들은 체도 하지 않았다. 이에 둘이 다시 수비부로

돌아와 그 같은 사정을 설명하자 주수비는 다시 닷 냥을 보태 여든닷 냥까지 흥정해보라 이르고 왕노파에게 보냈다. 왕노파가 다시 월랑의 핑계를 대면서,

"그 댁 마님이 절대로 백 냥이 아니면 안 된다고 하십니다. 중매료는 그렇다 쳐도 하늘도 사람을 공짜로 부리지는 않잖아요!"

하니 이에 장승과 이안은 다시 은자를 가지고 돌아와 사실대로 고했다. 이틀 동안 미루며 생각을 하노라니 춘매가 밤에 다시 울며 애원했다.

"몇 푼을 더 주시더라도 데려와서 저와 함께 있게 해주세요. 그렇게만 해주신다면 죽어도 여한이 없겠어요!"

수비는 춘매가 이렇게 울면서 애원하자 더는 어쩌지 못하고 집사인 주충[周忠]을 시켜 장승과 이안과 함께 주머니에 은자를 담아 가노파에게 보여주니 거의 아흔 냥이 됐다. 이를 보고 왕노파는 더욱 의기양양해서,

"아흔 냥이라면 지금까지 있지도 않았을 거예요. 바로 제형원 장대인이 데리고 갔을 거예요."

하니, 이 말을 듣고 주충은 버럭 화를 내며 이안에게 은자를 다시 담으라고 분부했다.

"세 발 달린 두꺼비는 찾기가 힘들지만, 두 발 가진 계집은 어디에선들 못 찾아내겠나? 이 음탕한 노인네가 사람을 몰라보고 뭐 장이관이 어떻다고 말을 하는 게야? 우리 수비 어른이 너 같은 것을 손을 못 볼 줄 알아? 새로 들어온 둘째 마님이 수비 어른께 꼭 이 여인을 데려와달라고 조르는 통에 그러지, 그렇지 않으면 왜 쓸데없이 은자를 써서 그 사람을 데려가려고 하겠어?"

이안이,

"집사 어른, 우리가 몇 차례 오가며 가격을 흥정했더니 이 음탕한 할망구가 갈수록 헛소리만 하는군요."

하며 주충을 잡아끌며,

"집사 어른, 돌아가요. 돌아가 나리께 말씀드려 할망구를 감옥에 끌어다 처넣고 주리를 틀게 만들어요."

하니 노파는 따로 진경제를 믿고 있었기에 욕을 해대도 대꾸도 않고 있었다. 두 사람이 집으로 돌아와,

"아흔 냥까지 준다 해도 영 들어먹지를 않아요."

하니 수비는,

"그럼 내일 가서 백 냥을 주고 가마에 태워 데려오너라."

하자 주충이 말했다.

"나리께서 백 냥까지 주신다 해도 중개료 닷 냥은 따로 주셔야 해요. 그냥 이삼 일 내버려뒀다가 그때도 버티고 말을 듣지 않으면 부중으로 끌어다가 주리를 한차례 틀어 맛을 보여줘야 해요. 그래야 겁을 낼 거예요."

여러분, 내 말 좀 들어보소.

무릇 반금련에게는 태어난 곳이 따로 있고 죽을 곳이 따로 있는 모양이었으니. 주충의 이 한마디로 인해 금련의 운명이 갈렸으며, 금련이 과거에 저지른 일과 오늘의 일들이 한꺼번에 겹쳐오게 된 것이다! 시가 있어 이를 증명하나니,

인생살이 앞일은 알 수가 없으니
화복[禍福]은 더욱이 누구에게 물어보리.

선악[善惡]은 결국에는 보답이 있으니
단지 일찍 오고 늦게 옴이 다를 뿐이네.
人生雖未有前知 禍福因由更問誰
善惡到頭終有報 只爭來早與來遲

잠시 이들의 얘기는 여기서 접어둔다.

한편 무송은 다른 사람을 서문경으로 오인하고 죽여 맹주로 귀향을 가 군졸 노릇을 하고 있었는데 다행히 그곳의 소관영[小官營](변방 지역을 다스리는 장관) 시은[施恩]의 눈에 들어 편히 지내게 됐다. 그 후에 시은은 장문신[張門神]과 쾌활림[快活林] 주점을 두고 다투다가 장문신에게 얻어맞게 되자, 무송에게 도움을 청해 장문신을 오히려 혼내주었다. 그런데 장문신의 여동생 옥란[玉蘭]이 장도감에게 시집을 와서 첩이 됐다. 그렇게 되자 무송에게 도적의 누명을 씌워 무송을 고문한 뒤에 안평채[安平寨]로 옮겨 군졸 노릇을 하게 했다. 무송은 비운포[飛雲浦]에 이르러 또다시 포졸들을 죽이고 돌아가서 장도감과 장문신의 남녀노소 모두를 죽이고 시은의 집에 도피해 숨어 있었다. 시은은 편지 한 통을 쓰고 상자 안에 은자 백 냥을 잘 봉해 넣은 뒤에 무송한테 안평채로 가지고 가서 그곳 지사인 유고[劉高]에게 잘 봐달라는 의미로 전해주라고 분부했다.

무송이 청하현으로 돌아오니 죄를 사한다는 문서가 이미 내려와 있어 예전처럼 현의 포도대장으로 복직해 일을 보게 됐다. 집으로 돌아오자 바로 이웃의 요이랑[姚二郎]을 찾아가 거기에 맡겨놓은 조카 영아를 데리고 갔다. 이때 영아는 이미 열아홉이 되어 집안 살림을 맡아 하며 한집에 살게 됐다. 그간의 소식을 수소문해보니 사람들이 말했다.

"서문경은 이미 죽고, 자네 형수도 그 집에서 쫓겨나 지금 왕노파 집에 있는데 조만간 다른 사람에게 팔려간다더군."

무송은 이 말을 듣자 옛날 일을 복수하려는 마음이 치솟았다. 이야말로, 철신을 신고 찾으려 해도 찾지 못했는데 아무런 수고도 하지 않고 소식을 얻어들은 셈이다.

다음 날 일찍 두건을 동여매고 옷을 입고 곧바로 왕노파 집으로 찾아갔다. 금련은 그때 마침 발 아래 서 있다가 무송이 오는 걸 보고 잽싸게 안으로 몸을 숨겼다. 무송이 발을 들고는,

"왕노파 집에 계십니까?"

하니, 이에 왕노파는 한창 맷돌을 갈아 밀가루를 내고 있다가 급히 밖으로 나와 대답하기를,

"뉘신데 저를 찾으십니까?"

하다가 무송임을 알아보고 바로 인사를 했다. 무송도 이에 답례를 하니 노파가 말했다.

"무송 아저씨였군요. 참으로 축하해요! 그래 언제 집으로 돌아오셨나요?"

"사면을 받고 어제 막 집으로 돌아왔어요. 그동안 할멈께서 집을 봐주시느라 고생을 많이 하셨습니다. 훗날 다시 인사를 드릴게요."

이에 왕노파는 웃으며,

"아저씨는 전에 비해 몸도 좋아지고 또 수염도 많이 길었군요. 밖으로 다니시더니 예의도 밝아지셨어요."

하며 자리를 권해 앉게 하면서 차를 따라주었다.

"할멈께 드릴 말이 있어요."

"무슨 일인데요? 주저하지 말고 말씀해보세요."

"듣자니까, 서문경은 이미 죽고 저의 형수는 그 집에서 쫓겨나 지금 할멈 집에 있다고 하더군요. 그러니 할멈께서 말씀을 좀 드려주시겠습니까? 재가를 안 할 것 같으면 몰라도 만약에 재가할 거라면 영아도 크고 했으니 제가 형수를 아내로 맞이해 영아를 돌보다가 조만간 영아를 시집보내 사위도 보며 함께 살았으면 하는데, 사람들이 비웃지 않을지 모르겠어요."

왕노파는 처음에는 가타부타 말을 하지 않고 있다가,

"우리 집에 있기는 하지만 새로 시집을 갈지는 모르겠어요."

하다가 무송이 잘 사례하겠다고 하자 바로,

"제가 가서 잘 말해볼게요."

했다. 이때 금련은 발을 드리우고 방에서 무송이 자기를 부인으로 맞이해 영아를 돌보게 한다는 말을 듣고 있는데, 무송이 밖으로 나돌면서 키도 더 커진 것 같고 살도 더 찐 것 같고 말도 예전보다 훨씬 잘하는 것이었다. 이에 자기도 모르게 무송을 그리던 옛정이 새롭게 일며 속으로 가만히 생각하기를,

'나는 역시 무송과 함께 살아야 하나 보다!'

하고는 왕노파가 나와 보라고 부르기도 전에 스스로 밖으로 나가 무송에게 인사를 하면서,

"도련님께서 저를 데려다가 영아를 돌보게 하고 또 사위까지 본다면 더할 나위 없이 좋겠지요!"

하니 왕노파가,

"그런데 한 가지 문제는 큰마님께서 누구든 은자 백 냥을 가져와야만 보내겠다고 하셨어요."

하자 무송이 말했다.

"왜 그리 많이 달라고 해요?"

"서문대인이 살아생전에 저 사람한테 많은 돈을 썼대요. 저 사람만한 돈 사람을 만들고도 남는대요!"

"그래요? 내가 형수님만 데려갈 수 있다면 백 냥 정도야 아무것도 아니죠. 제가 따로 닷 냥을 중매료로 할멈께 드릴게요."

할멈은 이 말을 듣고는 오줌을 찔끔 쌀 정도로 기뻐했다. 그래서 바로,

"아저씨가 그래도 예의를 아시는군요. 요 몇 해 강호를 다니시며 많은 곳을 보고 들으시더니 참으로 훌륭한 남아 대장부가 되셨군요!" 하니, 금련은 이 말을 듣고 안으로 들어가 수박씨가 든 차를 진하게 끓여 내와 두 손으로 무송에게 주었다. 왕노파가 말했다.

"아저씨가 이 부인을 데리고 가려고 한다면 빨리 수를 써야 해요. 지금 그 집에서도 빨리 팔아넘기라고 재촉하고 있고, 또 관원 집 서너 군데에서 앞 다투어 데려가려고 하는데 주겠다는 돈이 모두 적어 막고 있어요. 그러니 빨리 하시는 게 좋아요. 옛말에도 '빨리 밥을 짓는 사람이 먼저 밥을 먹는다'고 하잖아요. 천리 밖의 인연도 실로 맺는 법이지요. 그러니 어서 서둘러 다른 사람 손에 떨어지지 않게 하세요."

금련도 말했다.

"기왕에 저를 데려가시려면 빨리 서둘러주세요."

"내일 바로 돈을 가져와 저녁에 형수님을 모셔갈게요."

그러나 왕노파는 무송이 그렇게 많은 돈이 없을 거라고 여겨 대충 대답을 하고는 돌려보냈다.

다음 날 무송은 가죽 상자를 열고 소관영[小官營] 시은이 안평채 지사인 유고에게 갖다 주라고 한 은자 백 냥을 꺼내고 따로 은자 부스러기 닷 냥을 싸서 왕노파 집으로 건너가 은자를 달았다. 왕노파는 허연 은자가 탁자 위에서 번쩍이는 것을 보고 속으로,

'비록 진경제에게 백 냥에 준다고 해서 동경으로 돈을 가지러 갔지만 언제 돌아올지 모르잖아? 데려갈지 안 데려갈지도 확실히 모르는 판인데 확실한 것을 먹지 않고 무엇을 먹는단 말인가?'

하고 있는데 무송이 또 닷 냥을 꺼내놓으며 고마움의 표시라고 하자 급히 받아 넣으며 연신 고맙다고 인사를 했다.

"역시 아저씨는 예의를 아시는군요. 게다가 사람의 어려움도 이해해주시고!"

"할멈, 이 돈을 받았으니 오늘 바로 형수님을 모셔갈게요."

"아저씨는 성격이 아주 급하시군요. 어차피 데려다 살 건데 밤에 데려가도 늦진 않잖아요. 제가 이 돈을 큰마님께 가져다준 뒤에 바로 데려가세요."

그러면서 다시,

"가서 치장이나 잘 하고 있다가 밤에 새신랑 노릇이나 잘 하세요."

했다. 이 말을 듣고 무송은 속을 꾹 눌러 참았으나, 왕노파는 아무것도 모르고 무송을 놀려댔다. 무송에게 먼저 집으로 돌아가 있으라고 하며 돌려보내고는 속으로 가만히 생각하기를,

'큰마님이 저 사람을 팔아넘기라고 할 때 나한테 정확히 얼마를 받으라고 하지 않으셨지. 그러니 내 오늘 큰마님께 대충 일이십 냥만 주면 잘 주는 셀 게야. 나머지는 잘 챙겨뒀다가 살림에 보태 써야지.'

그러고는 스무 냥을 잘 떼어내 월랑에게 가지고 가서는 자초지종

을 상세히 전했다. 이에 월랑이 물어보았다.

"그래, 누구한테 시집을 가나?"

"토끼가 밖에서 뛰어놀다가 결국은 원래 자기 집으로 돌아가잖아요. 글쎄 옛날 시동생한테 시집을 가서 옛집에서 지지고 볶으며 살겠답니다."

월랑은 이를 듣고 속으로 아차 싶었다. 속담에도 '원수가 원수를 만나면 눈을 부릅뜨고 자세히 보는 법'이라 하지 않던가. 그래서 옥루에게 말했다.

"얼마 못 가 금련이 시동생 손에 죽겠구려! 그 사내는 사람을 죽이고도 눈썹 하나 꿈쩍하지 않았는데 그냥 두고 말겠어요?"

이렇게 월랑이 집에서 탄식하는 동안 왕노파는 월랑에게 은자를 건네주고 집으로 돌아왔다. 그리고 오후에 아들 왕조아를 시켜 먼저 금련의 옷장과 탁자 등을 가져가게 했다.

무송은 집에 있다가 집을 깨끗이 정리하고 또 술과 고기를 사와 음식을 준비해놓았다. 저녁에 노파가 금련을 데리고 무송의 집으로 건너왔다. 상복을 입고 머리에는 새로 만든 쪽머리를 쓰고 붉은 옷을 입고 혼례식 때 쓰는 얼굴 가리개를 쓰고 문 안으로 들어섰다.

문 안으로 들어서 보니 방에 촛불이 환하게 켜져 있고, 무대의 위패가 정면에 모셔져 있는 것이 자기도 모르게 으스스한 기분이 들었다. 그렇지만 자기도 모르게 누가 머리채를 낚아채듯 낚시에 살이 걸린 듯 방 안으로 들어섰다. 무송은 영아에게 앞문의 빗장을 걸게 하고 뒷문도 잠가버렸다. 왕노파가 이를 보고,

"아저씨, 나는 집으로 가봐야겠어요. 집에 사람이 없어서요."
하니 무송이,

"기왕에 오셨으니 안으로 드셔서 술이나 한잔 드세요."

하며 무송은 영아에게 안주를 들여와 탁자 위에 차려놓게 했다. 잠시 뒤에 술도 데워 가지고 나오자 금련과 왕노파에게 술을 권했다. 무송도 또한 사양치 않고 술을 따라 연거푸 대여섯 잔을 들이켰다. 왕노파는 무송이 흉폭하게 술을 들이키는 것을 보고,

"아저씨, 나는 괜찮으니 둘이서 천천히 재미있게 드세요."

하며 자리에서 일어서려고 하자 무송이,

"할멈, 허튼소리 하지 말고 있어요. 내 몇 마디 물어볼 게 있으니."

하면서 획 하는 소리를 내면서 옷춤에서 두 척 길이의 등이 두텁고 날이 얇은 칼을 꺼내 한 손으로 할멈의 먹살을 움켜쥐며 눈을 부라리고 수염을 곤두세우면서 말하기를,

"할멈, 놀라지 말아요! 예부터 원수는 다 까닭이 있고, 빚에는 주인이 있다고 하잖아. 그러니 공연히 허튼소리 하지 마. 내 형님이 도대체 어떻게 죽었지?"

하고 묻자, 왕노파는 기겁을 하며 말했다.

"아저씨, 밤도 깊었는데 취해서 칼을 빼들고 장난을 치시다니, 이곳에서는 장난을 치면 안 돼요!"

"허튼수작 하지 마! 나는 죽음도 겁나지 않아! 내가 먼저 이 음탕한 계집에게 물어본 뒤에 천천히 개돼지 같은 네년에게 물어볼 테니 기다려. 만약에 조금이라도 움직이면 먼저 이 칼 맛을 보여줄 테다!"

그러면서 얼굴을 돌려 금련을 쳐다보며,

"이 음탕한 계집아, 잘 들어. 도대체 내 형님은 어떻게 죽인 게냐? 솔직히 말하면 용서해주마."

하니 금련이 말했다.

"도련님께서는 불도 때지 않은 가마솥에 콩을 볶듯이 무슨 말 같지도 않은 말씀을 하세요! 형님은 가슴앓이를 하다가 병으로 돌아가셨는데 나랑 무슨 상관이 있어요?"

말이 채 끝나기도 전에 무송은 칼을 탁자 위에 꽂아두고 금련의 머리채를 한 손으로 채어 쥐고 오른손으로 가슴을 움켜쥐고 탁자를 발로 냅다 걷어차니 그릇과 접시들이 바닥에 떨어져 산산조각이 났다. 금련이 힘이 있으면 얼마나 있겠는가! 무송은 탁자 너머로 금련을 가볍게 끌어서는 밖에 있는 무대의 위패를 모신 영전 앞까지 끌고 갔다. 이때 노파는 형세가 좋지 않음을 눈치 채고 잽싸게 문가로 달려가 봤지만 앞문은 이미 잠겨 있었다. 무송은 큰 걸음으로 쫓아가 낚아채 땅바닥에 내동댕이치고 허리춤의 끈을 풀어 왕노파의 손발을 꽁꽁 묶어놓으니 그 꼴이 마치 원숭이가 과일을 바치는 것처럼, 옴짝달싹 못하고 입으로만 소리를 질렀다.

"대장 어른, 화내지 마세요. 형수가 혼자 한 일이지 저와는 전혀 상관이 없는 일이에요!"

"이 개돼지 같은 년이! 내가 다 알고 있는데 누구한테 덮어씌워? 네년이 서문경 그 자식을 들쑤셔서 나를 귀향 보내 군졸 생활을 하게 했지. 그런데 내가 이렇게 살아 돌아올 줄 생각이나 했겠느냐? 서문경 그놈은 지금 어디 있느냐? 네년이 말하지 않으면 내 먼저 저년을 잡아 죽인 다음에 네년을 잡아 죽이겠다!"

이렇게 하면서 칼을 잡아당겨 금련의 얼굴에 몇 줄을 그어 댔다. 금련은 화급히 놀라 벌벌 떨며 말했다.

"도련님, 저를 용서해주시고 놓아주세요. 그러면 제가 모든 걸 말씀드릴게요."

이를 듣고 무송은 바로 금련을 잡아 일으켜 세워 옷을 벗긴 다음 무대의 영전에 꿇어앉혔다. 그러고는,

"이 음탕한 계집아! 어서 말해!"

하자 금련은 혼비백산이 되어 더는 버티지 못하고 사실대로 이야기를 했다. 처음에 발을 걷다가 막대기가 떨어져 서문경을 맞혀 처음으로 눈이 맞고, 그것을 계기로 왕노파의 옷을 지어준다는 핑계를 대고 노파의 집으로 건너다니며 서문경과 간통한 일, 그들의 관계가 들통 나자 무대를 발로 걷어차고, 왕노파가 독약을 쓰라고 일러준 대로 독약을 먹이고, 무대가 발버둥을 치자 둘이 어떻게 조치했으며 그런 뒤에 서문경이 금련을 취해 집으로 들어앉힌 것을 처음부터 끝까지 자세하게 얘기했다. 왕노파가 이를 듣고 속으로 생각했다.

'저런 멍청한 것, 저렇게 다 불어버리면 내가 어떻게 발뺌을 할 수 있단 말이야!'

무송은 한 손으로 금련을 위패 앞으로 끌고 가 한 손으로 술을 따르고 지전을 불사르면서,

"형님, 형님의 영혼이 멀리 가지 않았을 테니 제가 오늘 형님을 위해 원수를 갚아드리겠습니다!"

하니, 금련은 이 말을 듣고 사태가 심상치 않음을 깨닫고 그때서야 비로소 정신이 들어 비명을 질렀으나 무송은 눈 하나 깜짝하지 않고 도리어 난로 아래서 잿가루를 한 움큼 쥐어 금련의 입 안에 처넣으니 아무런 소리도 할 수가 없었다. 그런 다음에 금련을 바닥으로 내동댕이쳤다. 바닥에 엎드려 몸부림을 치니 머리에 꽂고 있던 비녀며 귀고리 등이 모두 바닥에 떨어져버렸다. 무송은 금련이 또다시 발악을 하며 몸부림을 칠까봐 가죽 장화로 옆구리를 걷어차 힘을 쓰지 못하게

하고 다시 두 발로 금련의 두 팔을 꽉 밟으며,

"음탕한 것아, 네년이 스스로를 영리하다고 하는데 도대체 네년의 심장이 어떻게 생겼는지 모르겠구나, 한번 좀 봐야겠다!"

하면서 금련의 가슴을 열어젖히고 바로 가슴을 칼로 찌르니 순식간에 피 구멍이 생기며 피가 뿜어져 나왔다. 금련은 정신이 반쯤 나가 눈을 게슴츠레 뜨고 두 다리로 발버둥을 쳐댔다. 그러나 무송은 칼을 입에 물고 두 손으로 금련의 가슴을 벌리고 픽 하는 소리와 함께 심장과 간장 등 오장을 모두 끄집어내니 붉은 피가 뚝뚝 떨어졌다. 무송은 피가 뚝뚝 떨어지는 채로 그것들을 영전에 올려놓았다. 그런 뒤에 다시 한칼에 금련의 머리를 베니 바닥에 피가 흥건해졌다. 영아는 곁에서 이러한 광경을 보고 놀라서 얼굴을 가렸다.

무송 이 사내는 정말로 흉폭스러웠다! 가련하구나 금련아, 총기를 번뜩이며 수천 가지 일을 하더니, 어느 날 죽으니 모든 것이 다 끝장이구나.

금련의 나이 서른두 살이었다. 그 모습을 보니,

손이 닿으니 젊은 나이에 목숨을 잃고
칼이 떨어지니 얼굴과 몸이 나뉘네.
칠백[七魄]은 유유히 삼라전[森羅殿]*에 이르고
삼혼[三魂]은 아득히 무간성[無間城]**으로 돌아가네.
반짝이던 눈을 꼭 감고 바닥에 가로질러 누워 있고
하얀 이 꼭 다물고 피투성이 되어

---

* 염라대왕이 머무는 곳
** 지옥의 왕사귀[枉死鬼]가 머무는 곳

머리는 한쪽에 떨어져 있구나.

마치 이른 봄 큰눈에 버들가지 꺾어지듯

섣달 매서운 바람에 옥 매화가 부러진 듯하구나.

이 여인의 아름다운 몸매는 어디로 가고

꽃 같은 혼백은 오늘밤 누구 집에 갈지.

手到處 靑春喪命 刀落時 紅粉亡身

七魄悠悠 已赴森羅殿上 三魂渺渺 應歸無間城中

星眸緊閉 直挺挺屍橫光地下

銀牙半咬 血淋淋頭在一邊離

好似初春大雪壓折金線柳

臘月狂風吹折玉梅花

嬌媚不知歸何處 芳魂今夜落誰家

고인[古人]이 시를 지어 금련의 죽음을 애도하고 있으니,

애도하네, 금련이 진심으로 가련하구나.

옷을 다 벗고 위패 앞에 꿇었다네.

누가 알았으리, 무송이 칼 들고 죽일 줄을

서문경과 놀아났음이 죄로구나.

지난 일을 생각하니 한바탕 꿈인 듯

오늘 그 몸은 반 푼의 가치도 없구나.

목숨 빚은 목숨으로 갚는다 했으니

그 인과응보가 바로 눈앞에 있구나.

堪悼金蓮誠可憐 衣服脫去跪靈前

誰知武二持刀殺 只道西門綁腿頑

往事堪嗟一場夢 今身不值半分錢

世間一命還一命 報應分明在眼前

　이렇게 무송이 금련을 죽이는 것을 보고 왕노파는 대경실색해 큰
소리로,

　"사람 살려!"

하고 비명을 질러댔다. 그러나 무송은 노파가 소리를 질러대는 걸 보
고 앞으로 다가가 단칼에 노파의 목을 베어버렸다. 그러고는 시체를
방 안으로 끌어다놓고, 다시 금련의 심장과 간장 등 오장을 칼에 꿰
어 처마 끝에 걸어놓았다. 때는 이미 일경이 지나 있었는데 무송은
영아에게 그대로 집 안에 꼼짝 말고 있도록 했다.

　영아가 떨며 말했다.

　"삼촌, 무서워요!"

　"애야, 내 더는 너를 돌봐줄 수가 없구나!"

하고는 집을 나서 왕노파의 집으로 달려가 왕조아를 죽이려고 했다.
그러나 왕조아는 죽을 운명이 아니었는지 모친의 사람 살리라는 외
침을 듣고 무송이 흉폭하게 날뛴다는 걸 바로 알아차렸다. 왕조아는
달려가 문을 밀어봤으나 밀쳐지지 않았고 뒷문으로 가 불러봤지만
대답이 없었다. 그래 화급히 큰거리로 나가 포졸들을 불렀으나 그들
도 모두 무송이 성질을 부리면 여간이 아니라는 것을 잘 알고 있었으
니 누가 감히 나서 이를 말릴 수 있겠는가?

　무송이 담을 넘어 왕노파 방에 들어가 보니 방에는 아무도 없었
다. 그래서 바로 옷상자를 열고 옷들을 방바닥에 내팽개치고는 은자

를 찾았다. 은자 백 냥 중 스무 냥은 월랑에게 건네주고 나머지 여든 냥과 중개료로 준 닷 냥 도합 여든닷 냥이 남아 있었다. 여든닷 냥과 비녀며 장식 등을 모두 싸서 보따리 하나로 만든 뒤에 칼을 집어 들고 뒷담을 넘어 오경쯤이 지나 성문을 나서 십자파[十字坡]에서 술집을 하는 장청[張靑], 손이랑[孫二娘] 부부를 찾아가 피해 있으려고 했다. 무송은 그곳에 이르러 행각승 노릇을 하다가 후에 양산박[梁山泊]에 올라 도적이 된다.

평생에 이맛살을 찌푸리는 일을 하지 않으면
세상에 이[齒]를 갈 사람이 있을 리 없도다.
平生不作顰眉事
世上應無切齒人

세상만사가 모두 전생에 정해진 것

반금련이 수비부의 꿈에 나타나고,
오월랑이 행랑승에게 보시하다

위로는 하늘이 굽어보고 있으며
아래로는 토지 신이 살펴본다네.
분명히 세상에는 왕법이 서로 따르고
몰래 귀신들도 서로 따른다네.
충직함을 마음속에 지니고
기쁨과 노여움은 속으로 경계하라.
절제 없이 행하면 집을 잃고
청렴치 못하면 지위를 잃게 되는 법
그대에게 권하노니 평생을 스스로 경계하며
웃고 놀라고 두려워하라.

上臨之以天鑒 下察之以地祇
明有王法相制 暗有鬼神相隨
忠直可存於心 喜怒戒之在氣
爲不節而忘家 因不廉而失位
勸君自警平生 可笑司驚可畏

무송은 금련과 왕노파를 죽이고 재물을 챙겨 양산박으로 도망쳐 도적이 됐다.

한편 왕조아는 거리에 나가 보갑을 불러 그들과 함께 무송의 집에 이르러 보니 앞뒷문이 모두 잠겨 있어 열 수가 없었다. 급히 왕노파의 집으로 가 보니 재물을 도둑맞았고 옷들이 방바닥에 어지러이 널려 있었다. 그로 보아 무송이 두 명을 죽이고 왕노파의 집을 털어갔음을 바로 알 수 있었다. 이에 그들은 다시 무송의 집으로 달려가 문을 부수고 안으로 들어가 보니 피투성이가 된 시체 두 구가 바닥에 나뒹굴고 있었다. 금련의 오장육부는 칼에 꽂혀 처마 끝에 매달려 있었고 영아는 방에 갇혀서 벌벌 떨고 있었다. 어찌된 일인지 물었으나 영아는 아무런 대답을 하지 않고 그저 울기만 했다.

다음 날 아침 일찍 관원은 관아에 나가 보고서를 작성해 본현에 보고했다. 시체와 칼 등을 모두 현청에 증거물로 가져다놓았다. 본현의 새로운 지현은 성이 이[李]이고, 이름이 창기[昌期]로 원래 하북성 진정부[眞定府] 조강현[棗强縣] 사람이었다. 살인 사건이 일어났다는 말을 듣고 바로 포졸들을 보내 이웃 사람들과 보갑 그리고 살인 사건의 피해자 가족인 영아와 왕조를 모두 불러 취조한 뒤 법에 따라 사체를 부검했다. 그러고는 무송이 술을 마시고 반금련과 왕노파를 죽였다는 문서를 작성한 다음 지방의 보갑을 시켜 시체를 묻는 것을 지켜보게 했다. 그런 뒤에 방문을 붙이고 사방의 관원을 동원해 범인 무송을 잡도록 했다. 또한 무송의 소재를 신고하는 사람에게는 은자 쉰 냥을 상으로 내리겠다고 공고했다.

이런 일이 벌어진 줄도 모르고 수비부의 장승과 이안이 은자 일백 냥을 가지고 왕노파의 집으로 가 보니 왕노파와 금련은 이미 무송에게 피살되고 현의 관원이 나와 사건을 조사하고 무송을 찾고 있는 중이었다. 두 사람이 부중으로 돌아와 이 같은 사실을 보고하니 춘매는 금련이 이미 죽었다는 소식을 듣고 이삼 일을 울기만 하며 전혀 마시지도 먹지도 않았다. 당황한 주수비는 사람을 보내 거리를 오가며 재주를 부리는 어릿광대들을 불러 온갖 묘기를 보여주었으나 좀처럼 마음을 풀지 않았다. 그래서 날마다 장승과 이안을 보내 살인범인 무송이 잡혔는지 알아보고, 그런 소식이 있으면 바로 부중으로 알리라고 분부했다.

한편 진경제는 동경에 가서 은자를 가져와 오로지 반금련과 부부가 되려는 마음뿐이었다. 그런데 가는 도중에 동경에서 오던 집안의 하인인 진정[陳定]을 만났는데 진경제의 부친이 병이 위중해 진경제를 찾아오는 길이라고 하면서,

"마님이 빨리 서방님을 모셔오라고 하셨어요. 뒷일을 부탁하시려고 해요."

하니 진경제는 이 말을 듣고 마음이 더 다급해져서 이틀 길을 하룻밤에 달려 며칠 뒤에 동경에 있는 고모부 장세렴[張世廉]의 집에 도착했다.

장세렴은 이미 죽고 단지 고모만 남아 있었으며 부친인 진홍도 죽은 지 이미 사흘이 되어 온 집안 사람들 모두 상복을 입고 있었다. 경제는 부친의 영전에 절을 하고 모친인 장씨와 고모에게 절을 했다. 장씨는 진경제가 이미 어른이 다 된 것을 보고 모자는 다시 한 번 껴안고 통곡을 하면서 말했다.

"오늘 기쁜 일과 슬픈 일이 한꺼번에 일어나는구나."

"무엇이 기쁜 일이고, 무엇이 슬픈 일입니까?"

"기쁜 일은 태자가 책봉되어 천자의 대사면이 내려진 것이고, 슬픈 일은 네 아버지가 병을 얻어 이곳에서 죽고 또 고모부도 돌아가신 일이다. 고모가 홀몸으로 이곳을 지키고 있으니 그렇게 할 수는 없어서 진정을 시켜 너를 불러온 게야. 네 아버지의 영구를 가지고 고향으로 돌아가 그곳에 묻는 게 좋을 듯싶구나."

경제는 이 말을 듣고 속으로,

'만약 부친의 영구를 옮겨가고 집안 살림도 싣고 간다면 시간이 꽤 걸릴 거야. 그러다가 금련을 데려오지 못하면 어떻게 하지? 그러니 잠시 모친을 속여 수레의 금품과 궤짝을 빼내 먼저 금련을 아내로 삼은 다음에 다시 와서 영구를 옮겨도 늦지는 않을 게야.'

이렇게 생각을 정리하고 바로 모친에게 말했다.

"지금은 가는 길마다 도적이 있어서 가기가 아주 힘이 들어요. 만약 영구와 살림살이를 한꺼번에 움직인다면 수레로 몇 대가 될 텐데 남의 눈에 띄기 십상이지요. 그러다 도적이라도 만나면 어쩌겠어요? 역시 좀 늦더라도 틀림없이 하는 게 좋을 듯하니 제가 먼저 짐을 싣고 집으로 가서 짐을 정리해놓을게요. 그러면 어머니와 진정 등 식솔들은 아버지의 영구를 모시고 설을 지낸 뒤 정월에 출발하시어 성 밖의 절에 안치하고 그곳에서 경을 읽고 제사를 올린 다음 안장하셔도 늦지 않을 것 같아요."

장씨는 아녀자인지라 진경제의 달콤한 말에 넘어가 생각을 바꾸었다. 그래서 먼저 값진 물건들을 챙겨 큰 수레 두 대에 싣고 기를 꽂고 마치 절에 제를 올리러 가는 수레처럼 꾸며 섣달 초하루에 동경을 출발했다. 며칠이 지나 바로 청하현에 있는 집에 도착해 경제는 외삼촌인 장단련에게 말했다.

"아버지께서는 이미 돌아가셨으며 어머니께서 영구를 모시고 머지않아 바로 도착하실 겁니다. 제가 짐들을 가지고 집안을 정리하려고 먼저 왔습니다."

"그렇다면 나는 내 집으로 돌아가야겠군."

장단련은 하인을 시켜 짐들을 정리하여 내가게 하고는 바로 집을 비워주었다. 경제는 외삼촌이 나가는 걸 보고 매우 기뻐하면서 혼잣말을 했다.

"그 원수가 내 눈앞에서 사라져버렸으니, 바로 금련을 데려와 실컷 재미를 봐야겠구나. 부친께서는 이미 돌아가셨고, 모친은 나를 귀여워해주시잖아. 그러니 먼저 서문경의 딸년과 끝장을 낸 다음 고소장을 써서 장모를 관청에 고소해서 전에 맡겨놓았던 물건을 찾아와야지. 누가 감히 안 된다고 하겠어? 설마 나를 귀향 보내겠다고는 못하겠지?"

허나, 사람은 여차여차하더라도 천리[天理]가 그러하지 못하도다.

아무튼 이렇게 진경제는 일찌감치 와 삼촌을 쫓아내고 은자 백 냥을 허리춤에 차고, 따로 소맷자락에 왕노파에게 줄 중개료 열 냥을 챙겨 넣었다. 그런데 자석가에 있는 왕노파 집 앞에 이르러 보니 이게 무슨 날벼락인가! 문 앞 거리 쪽으로 시체 두 구가 매장되어 있었고 그 위에는 창이 두 개 꽂혀 있으며 창끝에 초롱불이 매달려 있었다. 그리고 문 앞에는 포고문이 붙어 있었다.

이 고을에 살인 사건이 있었던바, 흉악범 무송이 반씨와 왕노파 두 명을 죽였다. 범인을 잡거나 그 행방을 알려주는 자에게는 관청에서 현상금 쉰 냥을 주겠노라.

진경제가 못 미더워 다시 고개를 높이 쳐들고 바라보고 있노라니 움막 안에서 두 사람이 나오며 외치기를,

"누구냐? 누군데 이 방문을 보는 게야? 아직까지 흉악범을 잡지 못하고 있는데 너는 누구냐?"

하며 큰 걸음으로 다가와 진경제를 잡으려고 했다.

이에 경제는 황급히 달아나 돌다리 밑에 있는 주막으로 갔다. 그곳에 이르러 보니 만자건[萬字巾]을 쓰고 검은 옷을 입은 자가 다리 밑에까지 따라오면서 말하기를,

"형님, 담이 크시군요. 어쩌자고 그런 것을 보고 그러세요?"

하니, 이에 진경제가 고개를 돌려 바라보니 안면이 있는, 철손톱이라 불리는 양이랑[楊二郎]이었다. 두 사람은 서로 인사를 나누었다.

"형님, 오랫동안 뵙지 못했는데 어디를 갔다 오셨나요?"

이에 진경제는 부친이 돌아가셔서 동경에 다녀온 일을 들려주면서 말했다.

"애석하게도 죽은 부인이 바로 내 장인의 후실이었던 반씨였거든. 누구한테 죽음을 당했는지를 몰랐는데 방문을 보고서 비로소 알게 되었지."

"반씨의 시동생이었던 무송이 외지로 유배되었다가 사면받아 돌아왔는데 무송이 왜 자기 형수였던 사람을 죽였으며 또 왜 왕노파까지도 용서 없이 죽였는지 모르겠어요. 그 집에는 딸애가 하나 있었는데 우리 고모부 요이랑[姚二郎]의 집에서 삼사 년을 살았어요. 어제 그 삼촌이 사람을 죽이고 나서 어디로 갔는지 종적을 감췄어요. 애는 증인으로 현청에 불려갔는데 우리 고모부가 다시 현청에 가서 데려와 시집을 보내줬어요. 지금 저 시체 둘은 묻어놓고만 있으니 지방의

보갑들만 지키느라 고생이지요. 저런다고 언제 그 흉악한 살인범 무송을 잡을 수 있겠어요!"

말을 마치고 양이랑은 진경제를 이끌고 술집으로 들어가 술을 마시며,

"고생하셨을 텐데 한잔 하시지요."

했다. 그러나 진경제는 땅에 묻힌 금련을 보고 마음이 갈기갈기 찢어지는 듯한데 어찌 술이 목구멍으로 넘어가겠는가? 서너 잔을 마시고 바로 몸을 일으켜 작별을 고하고 집으로 돌아왔다.

저녁에 지전 한 묶음을 사서 왕노파 집에서 멀리 떨어진 돌다리 근처에서 금련을 부르며,

"반씨 아가씨, 이 동생 진경제가 오늘 당신을 위해 지전을 태우러 왔어요. 내가 한 발짝 늦게 오는 바람에 당신이 목숨을 잃게 됐군요! 그대는 살아 있을 때는 사람이었으나 죽어서는 귀신이 됐을 게요. 그러니 일찌감치 무송을 잡아 원수를 갚도록 도와줘요. 당신을 위해 복수를 해주리다! 그놈이 형장에서 죽는 것을 봐야만 내 비로소 평생의 뜻을 이룬다 하겠소!"

말을 마치고 통곡을 하며 지전을 불태웠다.

경제는 집으로 돌아와 문을 걸어 잠그고 방으로 들어가 막 잠이 들려는 참이었는데 꿈인 듯 생시인 듯 금련이 소복을 입고 온몸이 붉은 피투성이인 채로 진경제를 보고 울면서 말한다.

"내 사랑아! 저는 정말 비참하게 죽었어요! 참말로 당신과 함께 살기를 희망하고 있었으나 아무리 기다려도 당신은 오지 않고 무송 그놈한테 도리어 목숨을 잃고 말았어요. 지금 저는 저승에서도 받아주지 않아 낮에는 이리저리 떠돌아다니고, 밤에는 찌꺼기 물이라도 얻

어먹으려 이곳저곳을 기웃거린답니다. 다행히도 당신이 방금 저를 위해 지전을 불살라주셨지만 아직까지 원수를 잡지 못하고 제 시신은 거리에 묻혀 있어요. 옛정을 생각하시어 관을 하나 사서 묻어주어 시체를 오래 내놓고 있지 않게 해주세요."

이 말을 듣고 경제는 눈물을 흘리며 말했다.

"내 사랑아! 당신을 위해 묻어주고 싶지만, 서문경 집안의 의리도 없고 인자하지도 않은 음탕한 장모가 알면 기회를 보아 또 나한테 트집을 잡을 거예요. 사랑하는 님이여, 그러니 수비부로 가 춘매한테 이야기해 당신 시신을 묻어달라고 하세요."

"방금 수비부에 갔었는데, 문 앞에서 문을 지키는 신장[神將]이 가로막으며 들어가지 못하게 했어요. 당신 말대로 제가 다시 한 번 사정해볼게요."

진경제가 울면서 금련을 붙잡고 이야기를 하려는데 금련의 몸에서 한차례 피비린내가 나길래 자기도 모르게 손을 놓았는데 깨어보니 덧없는 꿈이었다. 아득히 시간을 알리는 소리가 들려왔는데 바로 삼경 이점을 알리는 것이었다. 이 소리를 듣고,

'참으로 괴이하구나! 꿈속에서 분명히 금련을 봤는데, 금련이 나타나 애달프게 하소연하면서 나한테 묻어달라고 했는데, 도대체 언제 그 무송이란 작자를 잡을 수 있을지 참으로 속상하구나!'
라고 생각했다.

참으로, 꿈속에서 한없이 마음을 상하니, 홀로 빈방에 앉아 날이 밝을 때까지 우네.

진경제가 이곳에서 무송의 행방을 수소문한 것은 잠시 접어둔다.

한편 현에서는 무송을 체포하라는 방을 붙이고 사람을 보내 사방

을 뒤졌으나 두 달이 지나도록 잡지 못했다. 이로써 무송이 이미 양산박으로 들어가 도적이 됐을 거라고 추측들을 했다. 그래서 보갑들도 이 같은 사실을 상부에 보고하고 길가에 임시로 안치해놓은 시신 두 구도 가족들에게 돌려주어 묻는 게 좋겠다고 했다. 왕노파의 시체는 아들 왕조가 있어 가져다가 묻어주었으나 금련의 시체는 거두어가는 사람이 없었다. 수비부의 춘매는 이삼 일에 한 번 꼴로 장승과 이안을 현청으로 보내 살인범인 무송의 소식을 알아보게 했다. 그러나 그들은 매번 돌아와 전하기를,

"살인범은 아직 잡지 못했고, 시신도 여전히 길가에 묻혀 있어 지방 포졸들이 보고 있는데 아무도 와서 건드리지 않고 있습니다."
했다. 설을 지낸 뒤 정월 초 어느 날 밤에 춘매가 꿈을 꿨는데, 반금련이 머리를 다 풀어헤치고 온몸이 피투성이가 되어서 울부짖으며,

"춘매, 나의 귀여운 아가씨, 나는 아주 처참하게 죽었단다! 너를 만나러 오는 것도 쉽지 않았어. 문을 지키는 신장들이 엄하게 꾸짖으며 안으로 들어가지 못하게 했어. 원수 무송은 지금 멀리 도망쳤고 내 시신은 길가에 내동댕이쳐진 지 오래라 비바람에 찌들고 닭이나 개가 짓밟는데 누구 하나 거두어서 묻어주는 사람이 없단다. 눈을 들어 봐도 내게는 친척이 없으니 예전에 모녀같이 지내던 정을 생각한다면 관을 사서 어느 한 군데에 묻어주렴. 그렇게만 해준다면 내가 비록 죽어 저승에 있다 하더라도 두 눈을 편히 감을 수 있겠구나."

말을 마치고도 통곡을 그치지 않았다. 춘매가 금련을 붙잡고 다른 말을 더 물어보려고 하는데 금련이 손을 뿌리치는 바람에 후다닥 놀라 깨어보니 꿈이었다. 꿈에서 내내 울었는데, 마음이 그때까지도 진정이 되지 않았다.

다음 날 춘매가 바로 장승과 이안을 불러 분부했다.

"현청에 가서 좀 알아봐줘요. 그곳에 묻어둔 부인과 노파의 시체가 아직도 그대로 있는지 말이에요."

장승과 이안은 대답을 하고 떠나간 후 얼마 있다가 돌아와서 보고했다.

"그 흉악한 살인범은 이미 멀리 도망갔답니다. 죽은 사람들의 시체는 지방 관원이 지키고 있는데, 시간이 오래되면 좋지 않아 가족들이 묻어주게 했답니다. 노파의 시체는 자식이 가져다 묻어주었으나 그 부인의 시체는 가져가는 사람이 없어 아직까지 길가에 묻혀 있답니다."

"기왕에 그렇다면 두 분께 어려운 일을 한 가지 부탁드릴게요. 저 대신 그 일을 해주신다면 나중에 감사드릴게요."

이에 두 사람은 급히 무릎을 꿇으며,

"무슨 말씀을 그리 하십니까? 단지 영감님 앞에서 저희들에 대해 칭찬 몇 마디만 해주셔도 감지덕지할 따름입니다. 끓는 물에 뛰어들라거나 불바다를 건너라 한들 못하겠습니까?"

하니, 이 말을 듣고 춘매는 방에 들어가 은자 열 냥과 포목 두 필을 가지고 나와 두 사람에게 건네주며 부탁했다.

"죽은 부인은 제 친언니예요. 서문영감에게 시집을 갔다가 서문영감이 죽어 그 집을 나오게 됐는데 그런 봉변을 당했어요. 그러니 두 사람은 이 일을 영감께 알리지 말고, 은자를 가지고 가 저 대신 관을 사 염을 해 성 밖으로 메고 나가 적당한 곳을 찾아 잘 묻어주세요. 그렇게 해주면 제가 후하게 사례할게요."

"걱정하지 마세요. 저희들이 잘 알아서 처리할게요."

이안이,

"그런데 현청 사람들이 우리한테 그 부인의 시체를 내주지 않으면 어떡하지? 영감의 명첩을 가지고 가는 게 좋을 것 같아."

하니 장승이,

"가서 작은마님이 죽은 사람의 동생인데 나리께 시집을 왔다고 하면 현청의 관리들이 듣지 않고 어쩌겠어. 그러니 굳이 명첩을 가지고 갈 필요가 없잖아?"

그러고는 은자를 받아 자기들 방으로 돌아갔다. 방으로 돌아가 장승이 이안에게 말했다.

"생각건대 죽은 부인과 우리 작은마님이 서문경의 집에서 함께 있었고 아주 사이가 좋았던 것 같아. 그러니 오늘날 죽은 사람을 위해 이토록 애태우며 신경을 쓰잖아. 그 부인이 죽었다는 소식을 듣고 사나흘을 내리 아무것도 먹지 않고 울기만 하자, 이를 보다 못한 영감께서 어릿광대들을 불러 온갖 묘기를 보여주며 작은마님의 마음을 풀어주려고 했지만 별로 즐거워하지 않았어. 시체를 가져가는 친척이 없는데, 작은마님께서 어찌 가져다 묻어주지를 않겠어? 우리가 조금 고생이 되더라도 작은마님을 대신해 이 일을 잘 처리해준 것에 대해 언젠가 영감님 앞에서 자네나 나에 대해 좋은 말을 몇 마디 해주면 그거야말로 횡재가 아니겠어? 보아하니 영감님께서는 작은마님 말이라면 무엇이나 다 들어주고 계시잖아. 게다가 큰마님이나 둘째 마님도 작은마님 눈치를 보잖아!"

말을 마치고 둘은 은자를 가지고 현청에 가서 문서를 올려 죽은 부인의 동생이 수비부에 있어 그 시체를 가져가겠노라고 하고는 시체를 인수했다. 은자 여섯 냥을 써 관을 하나 사고, 땅을 파 부인의 시체를 꺼내어 오장육부를 뱃속에 넣고 실로 꿰매고 천으로 잘 염을 한

다음 관 속에 넣었다. 이렇게 일을 마치고는 장승이 말하기를,

"영감님의 향화원[香火院]으로 성의 남쪽에 있는 영복사[永福寺]
에 묻는 것이 좋겠어. 거기에는 빈 터가 있거든. 그곳에 매장한 다음
집으로 돌아가 작은마님께 말씀을 드리자."

그런 다음 일꾼 둘을 불러 영복사로 메고 가 장로에게 말하기를,

"저희 작은마님의 친척이십니다."

하자, 장로는 감히 태만할 수가 없는지라 바로 절 뒤 속이 텅 빈 백양
나무 아래에 매장했다. 이렇게 매장한 뒤에 집으로 돌아와 춘매에게
보고하기를,

"관을 사고 염을 하였는데도 아직 은자 넉 냥이 남았습니다."

하고 남은 돈을 건네주자 춘매는,

"두 분께서 너무 많이 수고하셨어요. 이 넉 냥 중 두 냥을 그곳의
주지인 도견[道堅]께 드려 조만간 죽은 사람이 좋은 곳으로 갈 수 있
게 경전이나 읽어달라고 하세요."

말을 마치고 큰 술병 하나와 돼지 다리 하나, 양 다리 하나를 꺼내
놓으며,

"이 두 냥은 한 사람이 한 냥씩 가져다 살림에 보태 쓰세요."

했다. 이에 두 사람은 땅에 엎드리며 감히 받지를 못하고는 말했다.

"마님께서 영감님 앞에서 저희들을 위해 몇 마디 좋게 말씀만 해
주셔도 족합니다. 별것 아닌 일을 해드리고 어찌 이렇게 돈을 받을
수 있겠습니까?"

"감사의 뜻으로 주는 걸 받지 않는다면 화를 내겠어요."

이에 두 사람은 더는 어찌지 못하고 고맙다고 인사를 한 뒤에 은
자를 받아 밖으로 나와 둘은 방에서 술을 마시며 입이 마르도록 작은

마님을 칭찬했다.

다음 날 장승은 장로에게 은자를 보내 경을 읽는 경비로 써달라고 했다. 춘매는 또 장승에게 은자 닷 냥을 주어 지전을 사다가 반금련을 위해 태우게 했는데 이 일은 이쯤에서 접어두자.

한편 진정[陳定]은 동경으로부터 영구[靈柩]를 모시고 가족들을 데리고 청하현 성 밖에 도착해 영구를 영복사에 잠시 안치하고 경을 읽은 다음에 안장을 하려고 했다. 경제는 모친 장씨의 수레가 도착했으며 부친의 영구도 영복사에 이르렀다는 소식을 듣고 급히 달려가보니 짐들도 이미 대충 정리되어 있었다. 모친께 인사를 올리니 모친이 진경제를 꾸짖으며 말했다.

"왜 마중 나오지 않았느냐?"

"마음도 별도 좋지 않았고 또 집 볼 사람도 없어요."

이를 듣고 모친이 다시 말했다.

"그런데 외삼촌은 어째 보이지 않는 게냐?"

"어머니께서 오신다는 말씀을 듣고 바로 이사를 가셨어요."

"외삼촌더러 살고 계시라고 했거늘 왜 이사를 나가셨단 말이냐?"

이러고 있을 적에 외삼촌 장단련이 누이를 보러 왔다. 오누이는 서로 껴안고 통곡을 하면서 그동안의 이야기를 나누었다.

다음 날 모친 장씨는 일찌감치 경제에게 은자 닷 냥과 지전을 사주며, 성 밖 영복사의 장로에게 갖다 주어 죽은 부친을 위해 독경을 해달라고 했다. 모친의 말에 따라 진경제가 막 말을 타고 거리로 나서다가 우연히 친구인 육대랑[陸大郎]과 양대랑[楊大郎]을 만났다. 이들을 보고 말에서 내려 서로 인사를 나누었다. 두 사람이 묻기를,

"진형, 어디 가십니까?"

하니 진경제는 솔직하게 말했다.

"선친의 영구가 지금 성 밖 영복사에 잠시 안치되어 있습니다. 내일 스무날이 마침 돌아가신 지 사십구 일째 되는 날입니다. 그래서 어머니께서 장로께 은자를 갖다 주며 경이나 읽어달라고 하셨어요."

"저희들은 부친의 영구가 온 줄 몰랐어요. 제대로 조문도 못해 죄송합니다."

그러면서 물어보았다.

"언제 발인을 하고 안장을 하지요?"

"하루이틀 사이에 바로 해야 해요. 경을 다 읽으면 바로 무덤을 파고 안장을 할까 해요."

말을 마치자 두 사람은 손을 들어 인사를 하고 떠나려고 했다. 그러자 진경제는 그들을 불러 세우면서 양대랑에게 물었다.

"현청 앞에 있던 우리 장인의 작은부인, 반씨의 시신이 어째 보이지를 않는 게지요? 누가 가져갔습니까?"

"반달 전에 지방에서는 범인인 무송을 잡을 수 없다고 현청의 상공께 보고를 하니 현청에서 그러하다면 그 시체를 각자의 집에서 가져가 매장을 하라고 영을 내렸죠. 왕노파는 그의 아들이 가져갔는데, 부인의 시체는 사나흘 동안 가져가는 사람이 없다가 수비부에서 관 하나를 사고 또 사람을 시켜 성 밖으로 메고 나가 영복사에 매장했다더군요."

경제는 이 말을 듣고 바로 수비부의 춘매가 사람을 시켜 금련의 시체를 거두어 매장했음을 알았다. 그래서 다시 그들에게 물었다.

"성 밖에 영복사가 몇 개 있나요?"

"본 현에는 단지 남문 밖에 하나만 있는데, 주수비 어른이 향을 사르는 향화원이에요. 영복사가 몇 개나 있겠어요?"

이 말을 듣고 경제는 속으로 좋아하며,

'바로 그 영복사로구나. 인연이란 공교로운 것이라서 다행히도 아가씨도 같이 그곳에 안장을 했구나!'

그러고는 두 사람과 작별한 뒤에 말을 타고 성을 나와 바로 영복사로 향했다. 영복사에 이르러 장로를 만나 경을 읽어달라는 말은 하지도 않고 먼저 장로인 도견에게 물었다.

"최근 이곳에 수비부에서 새로 안장한 부인이 있다고 하던데 어디에 있습니까?"

"절 뒤의 백양나무 밑에 안장했는데, 그 댁 작은마님의 언니라 하더군요."

이 말을 듣고 진경제는 자기 부친의 영구에는 참배도 하지 않고 먼저 지전과 제사 물건을 가지고 반금련의 무덤으로 가서 제사를 올리고 지전을 불태우며 울면서 말하기를,

"내 사랑이여! 당신의 사랑 경제가 당신을 위해 지전을 태워주려고 왔다오. 그러니 부디 좋은 곳으로 가고 어려운 게 있으면 이 돈을 쓰세요."

이렇게 반금련에게 제사를 다 올린 다음 비로소 방장 안으로 건너가 부친의 영구 앞에 이르러 지전을 태우고 제사를 올렸다. 그러고 나서 장로에게 돈을 건네주며 사십구 일째인 스무날에 선승 여덟 명을 불러 경전을 읽어달라고 부탁했다. 장로는 경을 읽어달라는 돈을 받고서 제사 올릴 준비를 했다. 진경제는 이렇게 처리한 뒤에 집으로 돌아와 모친께 자세한 말씀을 아뢰었다.

스무날 모두 절에 나가 향을 사르고 좋은 시간을 택해 무덤을 파

고 진경제 부친의 영구를 조상의 무덤 곁에 안장했다. 안장을 마치고 집으로 돌아와 모자는 생활했는데, 그 이야기는 이만 접어두자.

한편 오월랑은 이월의 어느 날, 날씨도 따스하기에 맹옥루, 손설아, 서문 큰아씨와 소옥을 데리고 대문 앞에 서서 오가는 마차와 시끌벅적한 사람들을 구경하고 있었다. 그런데 갑자기 한 무리의 사람들이 중 하나를 따라다니는 모습이 눈에 띄었다. 중은 생김이 매우 뚱뚱하고 머리에는 삼존불동[三尊佛銅]을 이고, 몸에는 등수[燈樹]를 꽂고 누런 가사에 맨발로 온통 흙투성이였다. 그 중이 말하기를,
"나는 오대산 계단[戒壇]에서 내려온 행각승으로 구름같이 떠돌다 이곳에 이르러 돈이나 식량을 보시받아 불전을 세우려 한다오."
했다. 당시 사람들이 이 행각승을 읊은 것이 있으니,

앉아서는 참선하고 경을 읽고 설법을 하며
눈을 내리감고 눈썹을 드리우니 불조의 풍모가 보이누나.
교리에 따라 음식을 얻고, 법문의 규율을 지킨다네.
낮이면 선장 짚고 방울을 흔들며
밤이면 창을 휘두르고 곤봉을 쓰네.
때로는 문 앞에 서서 개광두[磕光頭]*도 하고
배가 고프면 길거리에서 타향취[打響嘴]**도 한다오.
공즉시색[空卽是色] 색즉시공[色卽是空]이라 했으니

---

* 보시를 받는 방법 중 하나로 머리를 빡빡 깎고 땅이나 물건에 머리를 부딪혀 얼굴에 피가 가득 흐르게 해 동정을 자아내 구걸하는 방법
** 구걸하는 사람이 소리 나게 자기의 따귀를 때려 사람들에게 연민의 정을 불러일으켜 구걸하는 방법

그 누가 중생이 속세 떠남을 봤는가.
갔다가 오고 왔다가 가니
어찌 서방 극락으로 데려갈 수 있겠는가.
打坐參禪 講經說法
鋪眉苫眼 習成佛祖家風
賴教求食 立起法門規矩
白日裡賣仗搖鈴 黑夜間舞槍弄棒
有時門首磕光頭 餓了街前打響嘴
空色色空 誰見衆生離下土
去來來去 何曾接引到西方

　화상은 월랑 등 부녀자들이 문 앞에 서 있는 걸 보고 그들 앞으로
다가와 합장을 하면서 말했다.
　"집에 계시는 보살 같은 시주님들이여! 여러분들이 모두 이같이
큰 저택에 태어나신 것도 부처님을 믿으신 은공 때문인가 합니다. 빈
승은 오대산에서 내려와 좋은 인연을 맺고 시주를 받아 시왕[十王]
(중국 불교에서 열 군데의 지옥을 관장하는 염라대왕을 총칭하여 이름)을
모시는 삼보불전[三寶佛殿]을 건립하고자 합니다. 바라옵건대 사방
의 시주 보살님들이 좋은 덕을 쌓으신다 여기시고 재물을 기꺼이 희
사해 그 일을 완성시켜 내생[來生]의 공과를 이루시기 바랍니다. 빈
승은 단지 심부름꾼에 불과합니다."
　월랑은 이렇게 말하는 것을 듣고 바로 소옥을 시켜 방에 가서 승
모 하나, 신발 한 켤레, 동전 한 꾸러미와 쌀 한 말을 내오게 했다. 원
래 월랑은 평소에도 보시하는 걸 좋아했기 때문에 한가할 때 시간을

내 승려들이 쓰는 모자나 신발을 만들어놓고 보시할 준비를 했던 것이다. 소옥이 이러한 물건들을 가지고 나오자 월랑은,

"저 스님을 이리로 모셔 보시하거라."

하고 분부했다. 소옥은 고의로 교태 어린 목소리로 외치기를,

"나귀가 변해 된 스님, 이리 와보세요. 우리 마님께서 이같이 많은 물건을 보시하려고 하는데 어서 인사를 올리지 않고 뭐하세요!"

하니 이를 듣고 월랑이 나무라기를,

"이 지옥에 빠질 버릇없는 계집아! 스님은 모두 부처님의 제자야. 네까짓 게 그렇게 싸가지 없이 놀려대고 있어? 그렇게 버릇없이 굴다간 훗날 지옥에 떨어질지 누가 알아!"

하자 이 말을 듣고 소옥이 빙긋 웃으며 말했다.

"마님, 저 중 좀 보세요. 제가 불렀더니 이상한 눈을 해가지고 저를 아래위로 훑어보고 있잖아요."

화상이 앞으로 다가가 모자와 신발, 돈, 쌀을 받아들고는 합장하며 고맙다 하면서,

"시주 보살님께서 이렇게 많이 시주를 해주시니 너무나도 감사합니다!"

하니 소옥이,

"이 까까중이 정말로 예의가 없군요. 이렇게 많은 사람이 서 있는데 단지 두 번밖에 합장을 안 하다니. 그리고 어째서 나한테는 인사를 하지 않는 게지요?"

하자 월랑이 꾸짖었다.

"요 어린것아! 사리도 제대로 분간 못하면서 함부로 주둥이를 놀리고 있어. 저분은 불가의 제자인데 너한테는 방금 전의 합장도 과분

한 게야!"

"마님, 저 사람이 부처님의 아들이라면 누가 부처님의 딸인가요?"

"비구니나 여승들이지."

"그럼 설비구니, 왕비구니와 큰스님은 모두 부처님의 딸들이겠네요. 그럼 부처님의 사위는 누구죠?"

이에 월랑도 더는 웃음을 참지 못하고 말했다.

"요 음탕한 꼬마 계집아! 주둥이만 살아 못하는 말이 없구나!"

"마님은 저만 나무라시는군요. 저 까까머리 화상이 눈을 치켜뜨고 저를 째려보잖아요."

이를 듣고 맹옥루가 말했다.

"저분이 너를 보는 건 너를 알고 있기 때문일 거야. 그래서 너를 데리고 가서 제자로 삼으려는 게야."

"만약 저를 출가시켜준다면 바로 따라가겠어요."

말을 하자 모든 부인들이 한차례 웃었다. 이에 월랑이 말했다.

"요 조그만 음탕한 계집이 스님을 조롱하고 부처님을 욕보이고 있어!"

화상은 이들의 말을 못 들은 체하고 보시 받은 물건들을 챙겨 삼존불상을 머리에 이고 소매를 펄럭이며 떠나갔다. 소옥이,

"마님께서는 아직까지도 저만 나무라시는군요. 보시다시피 저 까까중은 떠나가면서도 저를 한번 힐끗 쳐다보고 가잖아요."

하고 투덜거렸다.

시가 있어 월랑이 이처럼 착하게 보시한 일을 노래하고 있으니,

수절하며 경을 보고 세월을 보내네.

개인적인 사욕과 색은 마음에서 버린 지 오래라
나의 몸은 마치도 하늘가의 달인 양
뜬구름 반점이 침투하는 것도 허락지 않는구나.
守寡看經歲月深 私邪空色久違心
奴身好似天邊月 不許浮雲半點侵

월랑 등 부인들이 한참 문 앞에서 떠드는데 설씨 아주머니가 꽃바
구니를 들고 저쪽 거리로부터 다가오고 있는 것이 보였다. 여러 부인
들이 문 앞에 서 있는 것을 보고 인사를 하자 월랑이 물었다.

"어디를 다녀와요? 어째 우리 집에는 통 들르지 않지?"

"하는 일도 없이 뭐가 그리 바쁜지 모르겠어요! 요사이 큰길가의
장형[掌刑] 장대인 댁 아들 혼담이 있었는데 북쪽에 사는 서공공과
사돈을 맺어 그의 조카딸을 며느리로 삼았어요. 그래서 저와 문씨 아
주머니가 혼사 일을 돌봐줬어요. 어제가 사흘째 되는 날이라 큰 잔치
를 벌였는데 너무 바빠서 수비부의 작은마님이 불렀는데도 갈 수가
없었어요. 얼마나 화가 나 계실지 모르겠어요!"

"그래, 지금은 어디 가는 길이죠?"

"제가 일이 있어서 일부러 마님께 말씀드리러 가는 길이에요."

"할말이 있으면 안으로 들어와 해요."

그러고는 설씨를 안채로 들어오게 해 자리에 앉게 한 뒤 차를 권
했다. 설씨는 차를 마시며 말했다.

"아직 잘 모르시겠지만, 마님의 사돈댁인 진씨가 지난해 동경에서
병으로 돌아가셨어요. 안사돈이 진서방을 불러 집안 식구들과 영구
를 모시고 정월에 이곳으로 와서 얼마 전에 경을 읽고 무덤을 파고는

안장하는 것을 다 마쳤어요. 그런데 저는 마님께서 이런 일을 다 아시고도 왜 가서 지전을 태우고 문상을 안 하시는지 이상하다고 생각했어요."

"자네가 와서 그런 일을 전해주지 않으면 우리가 여기서 그런 일이 있었는지 알겠나? 또 시켜서 알아볼 사람도 없고 말야. 다섯째가 시동생 손에 죽었고 왕노파와 함께 묻혔다는 것만 알고 있어요. 그런데 지금은 어찌됐는지 모르겠네요?"

"사람이 죽고 사는 것은 다 정해져 있다고 하잖아요. 다섯째 마님이 그런 짓을 하지 않고 쫓겨나지 않았다면 그런 꼴은 당하지 않았을 거예요! 평소에 자기 분수를 지키지 않고 그런 추잡한 일을 저지르니 쫓겨났잖아요. 만약에 집 안에 그대로 있었다면 무송이 어찌 죽일 수 있었겠어요? 무릇 원수는 다 원인이 있으며 빚에는 주인이 있다고 하잖아요! 그래도 다행히 이 집에 있던 춘매 아씨가 인정을 베풀어 예전에 모시던 정을 생각해서 사람을 보내 관을 사고 시체를 거두어다가 장사를 지내줬어요. 그렇지 않았다면 시체는 그냥 길바닥에 버려졌을 테고 살인범 시동생을 잡지도 못했는데 누가 상관하겠어요?"

곁에서 듣고 있던 손설아가 말했다.

"춘매가 수비부에 팔려간 지 얼마나 됐다고 벌써 이렇게 컸다지요! 은자를 내어 다섯째를 위해 관을 사고 또 묻어주기까지 하고 말이에요. 그런데도 수비는 화를 내지 않다니 도대체 그는 어떤 사람인가요?"

"아이 참, 마님은 아직 잘 모르시는군요. 수비께서 춘매 아씨를 얼마나 좋아하시는지를! 날마다 춘매 아씨 방에서 주무시고, 해달라는 건 무엇이나 다 들어준대요. 생김새도 예쁘장하고 또 영리하니 춘매

아씨를 데려가서는 바로 서쪽 사랑채 세 칸짜리 방을 내주고 하인 애도 붙여주어 시중을 들게 해주었지요. 처음에는 내리 사흘 밤낮을 같이 지내고 춘매 아씨를 위해 사시사철 입을 옷을 지어줬어요. 또 사흘 동안 잔치를 열었어요. 그리고 저한테도 고맙다며 은자 한 냥과 비단 한 필을 주셨어요. 그 댁 큰마님은 오십여 세 된 분인데 눈이 흐릿하고 야채만 먹으며 경이나 읽고 집안일에는 관여하지 않으세요. 동쪽 사랑채에 손이랑이라는 분이 계신데 딸아이를 낳고 이전에는 살림을 보살폈으나 지금은 아기만 돌보고 있어요. 그래서 집안의 크고 작은 창고 열쇠는 모두 춘매 아씨가 가지고 있어요. 수비는 춘매 아씨 말이라면 다 들어주는데 그 정도 은자를 내놓지 못하겠어요?"

이렇게 몇 마디 하자 월랑과 손설아는 아무 말도 못했다. 잠시 그렇게 앉아 있다가 설씨는 몸을 일으켰다. 이에 월랑이 말했다.

"내일 이곳으로 좀 건너와줘요. 제사상 하나와 천 한 필, 지전 한 묶음을 준비해놓을 테니 큰아씨와 함께 시아버지 영전에 가서 지전이나 태우게 하세요."

"마님께서는 가지 않으세요?"

"나는 속이 좋지 않아서 다음에 찾아뵙겠다고 말씀드려줘요."

이에 설씨가 약속하며 말했다.

"그럼 큰아씨더러 준비를 다 해놓고 기다리라고 이르세요. 제가 아침을 먹고 바로 건너올게요."

"자네는 지금 또 어디를 가는 길이에요? 수비부에는 가지 말아요."

"가지 말라니요, 그랬다가는 저를 죽도록 야단칠 거예요! 춘매 아씨가 사람을 시켜 벌써 몇 차례나 불렀어요."

"자네를 왜 부른데?"

"마님께서는 모르고 계시지만 춘매 아씨는 지금 임신한 지 네댓 달은 됐어요. 그래서 영감님께서 얼마나 기뻐하시는데요. 아마도 저를 불러 상을 내려주실 모양이에요."

설씨는 꽃바구니를 집어들고 작별을 하고 떠났다. 이를 보고 손설아가,

"저 늙고 음탕한 할멈이 말 같지도 않은 말을 지껄이고 있어! 춘매를 수비부에 판 지가 얼마나 됐어? 그런데 벌써 애를 밴 지 네댓 달이 되어 배가 불렀단 말이에요? 수비 주변에도 적지 않은 여인들이 있을 텐데 춘매한테 그렇게 넋을 잃고 또 그년한테 그런 복이 있을라고요!"

하니 이를 듣고 월랑도 말했다.

"하긴 주수비한테는 정실도 있고, 딸을 낳은 부인도 있어요!"

"누가 아니래요. 여하튼 저런 중매쟁이의 입은 없던 일도 있었다고 하고 또 과장해 말을 하니 믿을 수가 없어요!"

라고 손설아가 말을 했으니, 하늘에서 고리와 실이 내려와 땅에서 시비를 불러일으키는구나.

시가 있어 이를 증명하나니,

예전에는 주인을 섬기던 몸이었으나
오늘 그 풍광[風光]이 달라졌음을 누가 알랴.
세상만사가 모두 전생에 정해진 것이니
뜬 생에 헛되이 스스로 바쁘다 비웃지 마소.
曾記當年侍主傍 誰知今日變風光
世間萬事皆前定 莫笑浮生空自忙

제89화 오늘이 과연 운수 좋은 날이런가

청명절에 과부가 새 묘소를 찾고,
오월랑이 영복사에 잘못 가네

바람 불고 아지랑이 필 적에 비단 깃발 바람에 흩날리고
태평 시절에 여름은 길기만 하구나.
장사 영웅의 간담이 더욱더 커지고
미인의 수심과 근심도 다 풀어주누나.
버드나무 해안에 칼을 꽂아두고 보니
주막 곁에는 주점을 알리는 깃발이 하나 꽂혀 있네.
남아대장부가 아직 그 뜻을 모두 이루지 못했으니
잠시 노래하고 춤추며 취해보련다.

風拂煙籠錦旆揚 太平時節日初長
多添壯士英雄膽 善解佳人愁悶腸
三尺繞垂楊柳岸 一竿斜挿杏花旁
男兒未遂平生志 且樂高歌入醉鄉

오월랑은 다음 날 제사상 하나를 마련하는데, 돼지 머리, 소, 돼지,
양, 국과 밥, 그리고 지전에 포목 한 필도 잘 포장해 큰아씨에게 건네
주었다. 이에 서문경의 큰딸은 소복을 입고 가마를 타고 설씨 아주머

니가 제물을 챙겨들고 한 걸음 먼저 진경제 집에 이르니 그가 문 앞에 서 있었다. 설씨는 먼저 사람들을 시켜 제물을 안으로 메고 들어가게 했다. 진경제가 이를 보고,

"어디서 보내온 것이지요?"

하니 이 말을 듣고 설씨는 인사를 하면서,

"서방님, 공연히 모른 척하지 마세요. 당신 장모께서 당신 아버님께 제사를 올리라면서 큰아씨를 시켜 보내시는 거랍니다."

하자, 이를 듣고 진경제가 냅다 욕을 했다.

"내 물건이나 빨 장모 같으니라구! 정월 초하루에 붙이는 부적을 열엿새에 붙이는 꼴로 이미 반달이나 늦었어요! 시체를 이미 땅에 묻었는데 이제 와서 무슨 제사예요!"

이를 듣고 설씨가 그를 달래며,

"착한 서방님, 당신의 장모께서 말씀하시기를 과부란 발 떨어진 게와 같아서 사돈 영감의 영구가 언제 이곳에 왔는지도 전혀 모르고 있었다고 하셨어요. 그래서 늦어진 것이니 화를 내지 마세요!"

이렇게 말을 하고 있을 적에 큰아씨가 타고 온 가마가 문 앞에 도착하니 이를 보고 경제가 물었다.

"누구야?"

"누군 누구겠어요? 당신 장모께서는 속이 좋지 않아서 먼저 큰아씨를 보내 문상을 드리려는 거예요."

이에 진경제가 또다시 욕을 해댔다.

"어서 빨리 저 음탕한 계집을 메고 돌아가세요. 좋은 사람들도 수천수만이 죽어갔는데 내가 저런 년을 데려다 뭐하겠어요?"

"옛말에도 시집을 가면 지아비를 섬겨야 한다고 했는데, 무슨 말

씀을 그리 하세요?"

"저런 더러운 계집은 필요 없어요. 썩 꺼지지 않고 뭐하는 게야?"

이에 가마꾼들도 어쩌지 못하고 단지 그 자리에 서 있기만 했다. 이에 진경제는 앞으로 달려가 발로 가마꾼들을 걷어차면서 욕을 했다.

"어서 메고 썩 돌아가지 못해. 내 거지 같은 네놈들의 다리를 모두 분질러버리고 저 음탕한 계집의 머리칼도 모두 뽑아버릴 테다!"

가마꾼들은 진경제가 발길질을 해대자 더 이상 어쩌지 못하고 가마를 돌려 집으로 돌아왔다. 설씨가 안으로 들어가 경제의 모친인 장씨를 불러 나왔을 때는 이미 가마는 돌아가고 없었다. 설씨도 어쩔 수 없이 제물을 건네주고는 집으로 돌아와 이 같은 사실을 모두 월랑에게 전해주었다. 이를 듣고 월랑은 하도 화가 나서 잠시 혼미했다가 깨어나며,

"천리도 모르고 제 명에도 못 죽을 싸가지 없는 자식이 있나! 당초 제놈 집에서 나라에 죄를 짓고 장인 댁인 이곳으로 와서 몸을 숨기고 몇 년을 살았는데 이제 와서 그런 은혜를 원수로 갚다니! 죽은 양반이 한스럽구나. 당초 어쩌자고 그런 화근을 집안에 끌어들여 이 같은 일을 벌이게 만들고, 오늘에 와서는 내가 이런 온갖 수모와 욕을 먹게 만든단 말인가!"

그러면서 큰딸에게,

"얘야, 너도 눈이 있으니 다 보았겠지? 우리 내외가 진서방한테 섭섭하게 해준 게 있더냐? 너는 살아도 그 집 사람이고, 죽어도 그 집 귀신이야. 그러니 우리 집에서도 너를 더는 잡아놓기가 무엇하구나. 그러니 내일 다시 그 집으로 건너가보렴, 절대로 그놈을 무서워하지 말고 말이다. 제깟 놈이 아무리 뭐라 해도 너를 우물 속에 처넣지는

못할 게다! 제놈이 아무리 담이 크다 해도 산 사람을 죽이지는 못할 게야. 설마 이 세상에 그런 놈을 다스릴 법이 없을까!"

했으니 그날 밤 일은 여기에서 접어두자.

이튿날 오월랑은 가마를 한 채 부르고 대안을 시켜 큰딸을 진경제 집까지 데려다줬다. 진경제의 집에 도착해보니 마침 진경제는 죽은 부친의 묘에 흙을 더 덮어주러 가고 없었다. 그의 모친 장씨는 예의를 아는 사람인지라 큰아씨를 남게 하고 대안에게 이르기를,

"집에 돌아가거든 사돈 마님께 말씀을 드려줘요. 제사상과 많은 제물을 보내주셔서 감사하다고. 또 아들애를 너무 탓하지 마시라고요! 그 애가 어제 술을 마시고 좀 취해서 그런 일을 저질렀으니, 내가 천천히 타이른다고 말이에요."

그러고는 대안을 잘 대접하고 달래서 집으로 돌려보냈다. 진경제가 봉토를 하고 저녁에 집으로 돌아와 큰아씨를 보고는 바로 발로 걷어차며 욕을 해대기를,

"이 음탕한 계집아, 또 와서 뭐하려고? 아직도 내가 네년 집에서 공짜 밥을 먹었다고 할 테냐! 우리의 그 많은 금은재화를 담은 상자를 거두었기에 지금처럼 크게 번성한 거란 말이야. 그런데도 사위를 공짜로 키워줬다고 헛소리를 하고 있어! 좋은 사람들은 다 죽었는데 내가 너같이 음탕한 년을 필요로 할 것 같아?"

이를 듣고 큰딸도 같이 욕을 해대며,

"이 염치도 싸가지도 없는 자식아! 천리도 모르는 자식아! 음탕한 계집이 쫓겨나 남한테 죽었는데, 그 화풀이할 데가 없다고 나한테 하고 있어!"

하니, 이에 경제는 큰딸의 머리채를 냅다 휘감아서는 온 힘을 다해

몇 대 후려갈겼다. 경제의 모친이 달려나와 말렸으나 경제는 자기 모친도 한쪽으로 밀어젖혔다. 이에 경제의 모친은 통곡하며 큰소리로 꾸짖기를,

"이 버릇없는 자식아, 두 눈이 시뻘게가지고 이 어미마저도 몰라본단 말이냐!"

했으나 진경제는 저녁에 가마를 한 채 내어 다시 큰아씨를 서문경의 집으로 돌려보냈다. 그러면서,

"내가 맡겨놓은 경대와 옷장 등을 가져오지 않으면, 내 너처럼 음탕한 년은 죽여버리고 말 테야!"

하고 소리를 내질렀다. 집으로 돌아온 큰딸은 두렵고 무서워 집 안에만 숨어 있으며 감히 두 번 다시 진경제의 집으로 건너가지 않았다.

시가 있어 이를 증명하니,

처음 만날 때는 서로가 믿었고
사랑하는 마음이 영원하리라 여겼건만
누가 알았으리, 좋은 일에는 변화도 많다는 것을
생각이 깊어지니 중매쟁이만 원망하고 탓하네.
相識當初信有疑 心情還似永無涯
誰知好事多更變 一念翻成怨恨媒

어느덧 삼월의 청명절[淸明節]이 되었다. 오월랑은 향과 초, 지전과 소, 돼지, 양 등의 제물과 술과 음식을 마련해 큰 찬합 두 개에 넣고 성 밖 서문경의 묘로 가 제사를 올리려고 했다. 손설아와 서문경의 큰딸 그리고 하녀 몇은 남아서 집을 보게 했다. 그러고는 맹옥루

와 소옥, 여의아에게는 아기를 안게 하고 모두 가마를 타고 묘를 향해 출발했다. 또한 큰오빠인 오대구와 올케 부부도 청해 함께 갔다.

성문을 나서니 드넓은 평야가 펼쳐져 있고 온갖 만물이 바야흐로 새싹이 움트기 시작해 꽃은 붉고 버들은 푸르르며 사람들은 끊임없이 오갔다. 일 년 사계절 중에 봄보다 경치가 아름다운 때는 없다 하겠다. 햇살이 좋아 여일[麗日]이라 하고, 바람이 좋다 하여 화풍[和風]이라고도 한다. 바람이 부니 이른 봄의 버드나무 가지가 마치 사람이 막 눈을 뜨는 듯한 모습처럼 꽃봉오리를 어루만지며 향기를 내뿜는다. 날씨가 따스하면 훤[暄]이라 하고 차면 요초[料峭]라 한다. 타는 말을 보마[寶馬]라 하고, 타는 가마는 향거[香車]라 하며, 가는 길은 향경[香徑]이고, 땅에서 이는 흙먼지는 향진[香塵]이요, 수천 가지 꽃이 피고 수만 가지 새싹들이 돋아나니 이것이 바로 봄소식 춘신[春信]이라!

봄빛이 따스하게 내리쬐어 모든 경치와 어우러지는구나. 어린 복사꽃은 얼굴 붉게 치장하고 요염하게 간들거리며, 연약한 버드나무는 잘록한 허리를 사뿐히 나부낀다. 꾀꼬리는 꾀꼴거리며 낮잠을 깨우고 지저귀는 제비는 봄의 근심을 호소한다. 길고 따스한 햇살은 거위의 등살을 어루만지고 망망한 물 위에서는 오리가 노닐고 있다네. 강 건너 누구의 집인지는 알 수가 없으나 자욱한 푸르름 속에 그네가 높이 치솟는다.

정말로 봄 풍경은 좋기도 하구나! 봄이 오니 부[府], 주[州], 현[縣], 도[道]와 각 곳의 촌락과 향시[鄕市]에 이르기까지 놀이터가 없는 곳이 없으며 어디나 봄풍경을 즐기는 사람들로 가득 찬다. 시가 있어 이를 알리나니,

청명이라 어느 곳에서나 연기 그득하니
교외의 미풍에 지전 태우는 연기가 가득.
사람의 웃음소리와 노랫소리가 푸른 풀밭에
비가 오다 개다 하니 살구꽃이 가득 피었네.
해당화 가지 위에선 꾀꼬리 울어대고
버드나무 아래에선 술 취한 사람이 잠을 자네.
곱게 단장한 여인네들은 서로 예쁨을 다투고
선녀들처럼 비단 줄넘기를 하는구나.
淸明何處不生煙 郊外微風掛紙錢
人笑人歌芳草地 乍晴乍雨杏花天
海棠枝上錦鶯語 楊柳堤邊醉客眠
紅粉佳人爭畫板 彩繩搖拽學飛仙

오월랑 등을 태운 가마가 성 밖 오 리쯤 떨어진 곳에 있는 묘에 도착했다. 대안이 상자들을 가지고 먼저 부엌으로 들어가 불을 지폈다. 그리고 요리사들이 음식을 만들기 시작하니 이 장면은 여기에서 접어두자.

월랑과 옥루, 소옥과 여의아는 효가를 안고 객실에 앉아서 차를 마시고 있었다. 그때까지 도착하지 않은 오대구 내외를 기다리기 위함이었다. 대안이 서문경의 무덤으로 올라가 제사상을 차려놓고 소, 돼지, 양을 진설하고 국과 밥 등의 제물과 지전들을 다 꺼내 벌려놓았다. 그렇게 해놓고 오대구 일행이 오기만을 기다렸다. 오대구 부인네들은 가마를 빌리지 못하고 있다가 사시[巳時]쯤 되어 오대구와 함께 나귀 두 마리를 빌려서 타고 왔다. 오월랑이 이를 보고,

"큰올케께서 가마를 빌리지 못한 것을 보니 가마들이 모두 나간 모양이군요."

하고는 함께 차를 마시고 옷을 갈아입은 뒤 서문경의 묘소로 올라가 주변을 깨끗하게 청소하고 제사를 지냈다. 오월랑은 손에 향 다섯 개를 들고서 하나는 옥루에게, 하나는 효가를 안고 있는 유모 여의아에게, 두 개는 오대구와 오대구의 부인에게 건네주었다. 월랑은 향을 향로에 꽂고 허리를 깊숙이 숙여 절을 올리면서 말했다.

　"여보, 당신은 살아 있을 때는 사람이었지만 죽어서는 귀신이 되었어요. 오늘은 삼월 청명절이라 살아남은 당신의 오씨 부인과 맹씨 부인, 그리고 돌 지난 아들 효가가 당신의 묘 앞에 와서 지전을 태웁니다. 당신께서 부디 이 아이가 백 살까지 살아 당신의 이 묘소에 제사를 올릴 수 있도록 잘 보살펴주세요. 여보, 당신과 나는 부부였어요. 당신의 모습과 말씀하시던 모습을 생각하노라니 정말로 슬프기 그지없어요!"

　대안이 곁에서 지전을 불살랐다. 월랑은 목이 메어 울면서 「언덕 위의 양[山坡羊]」을 부르니,

　지전을 불사르며, 작은 발을 동동거리네.
　나와 당신은 부부가 되어 한 마디도 다툼이 없었다오.
　실로 함께 백년해로하기를 바랐는데
　당신이 중간에 나를 버리고 갈 줄 누가 알았으리오.
　당초 서로의 사랑은 이제 나한테만 남아 있고
　지금은 집안의 재산을 남겨두고 자식은 어린데
　저는 과부의 몸으로 어찌 이 세상을 살란 말인가요.

마치도 길을 가다 비를 만난 듯, 도중에 폭풍을 만난 듯하다오.
원앙이 서로 헤어지고
결실을 맺지 못하는 과실과 같구려.
사랑하는 그대를 부르고 또 불러보고
당신의 거동을 생각해보니
가슴이 미어지는 듯합니다.

燒罷紙 小脚兒連跥

奴與你做夫妻一場 幷沒個言差語錯

實指望同諧到老 誰知你半路將奴抛卻

當初人情看望全然是我

今丟下銅斗兒家緣 孩兒又小

撇的俺子母孤孀 怎生遣過

恰便似中途遇雨 半路裡遭風來呵

拆散了鴛鴦 生揪斷異果

叫了聲 好性兒的哥哥

想起你那動影行藏 可不嗟嘆我

다시 「사랑스레 걷네[步步嬌]」로 곡조를 바꿔 부르니,

타버린 종이가 재가 되어 빙빙 돌건만
내 낭군의 얼굴은 보이지 않네.
울며 내 사랑하는 낭군을 불러보네.
어이해 이내 몸을 홀로 버려두셨나요.
우리 둘은 이제 인연이 없으니

어찌하면 당신과 다시 만날 수 있으리오.

燒的紙灰兒團團轉 不見我兒夫面

哭了聲年少夫 撇下嬌兒 閃的奴孤單

咱兩無緣 怎得和你重相見

옥루가 앞으로 나와 향을 향로에 꽂고 깊이 절을 하고 울면서 노래를 부르니,

지전을 다 태우고 나니

두 눈에 눈물이 흘러내리누나.

사람이여 하늘이여

저를 갈 데 없이 버려두고 가시다니

실로 백발이 될 때까지 나리를 모시려 했는데

누가 알았으리오

중간에서 꽃이 지고 달이 없어질 줄을.

큰마님에게는 그래도 자식이 있어

그래도 나은 편이지요.

저는 나무가 넘어지니 그림자도 사라지듯

누구와 함께 이 세상을 살아가리오.

홀로 빈방을 지키며

어찌 살아가란 말인가요.

마치 앞에는 쉬어갈 주막이 없고

뒤에는 묵어갈 마을이 없는 듯합니다.

잎이 져 뿌리로 돌아가듯 이것이

인생살이의 결과란 말인가요.

불러봅니다, 보고픈 님이여

그대를 보려 하나 꿈속이 아니면 만날 수 없으니

보고파 죽을 것만 같습니다.

燒罷紙 滿眼淚墮

叫了聲人也天也 丟的奴無有個下落

實承望和你白頭斯守 誰知道半路花殘月沒

大姐姐有兒童他房裡還好

閃的奴樹倒無陰 跟着誰過

獨守孤幃 怎生奈何

恰便似前不着店 後不着村里來呵

那是我葉落歸根 收圓結果

叫了聲 年小的哥哥

要見你只非夢兒裡相逢 卻不想念殺了我

다시 「사랑스레 걷네[步步嬌]」로 곡조를 바꾸어 부르니,

울고불고 해봐도, 그럴수록 저는 멍청해집니다.

당신은 한번 떠난 뒤에 소식이 없고

생각해봐도 소식이 없네.

당신은 한창 젊은 나이이고

저도 한참 아름다울 때인데

하도 노심초사하니

아름답던 그 모습이 초췌해졌습니다.

哭來哭去 哭的奴癡呆了

你一去了無消耗

恩量好無下稍無下稍

你正青春 奴又多嬌

好心焦 清減了花容月貌

옥루가 향을 올리고 나자 유모 여의아가 효가를 안고 무덤 앞에 무릎을 꿇고 향을 올리고 절을 했다. 오대구와 올케도 모두 향을 올리고 절을 한 뒤 함께 절로 돌아와 행랑채에 탁자를 펴고 음식을 차리고는 술과 음식을 들었다. 월랑은 오대구 내외를 상석에 앉게 하고, 옥루와 나란히 앉았다. 소옥과 유모는 오대구 집에서 심부름을 하는 나이가 든 난화[蘭花] 곁에 양편으로 나누어 앉아 술을 따르며 시중을 들었다. 이곳에서 이렇게 술과 음식을 든 일은 이쯤에서 접어두자.

한편 그날 주수비부에서도 성묘를 왔다. 춘매가 전날 밤에 수비와 함께 잠을 자다가 거짓으로 꿈을 꿨다며 잠에서 깨어나서는 눈물을 흘렸기 때문이었다. 자다가 깬 춘매가 우는 것을 보고 수비가 놀라 물었다.

"왜 울지?"

"꿈에 제 어머니가 저를 보고 우시며 말씀하시기를 '내가 너를 그토록 고생하며 키웠는데 어쩌자고 너는 청명절이 되어도 지전 한 장을 태워주지 않는단 말이냐?' 하시잖아요. 그래서 너무 슬퍼 우는 거예요."

"이 모든 게 부모가 당신을 키웠기 때문이고 또 당신의 효심이 깊어서 그러한 게야. 당신 모친의 무덤은 어디에 있지?"

"남문성 밖에 있는 영복사의 뒤편에 있어요."

"그거 잘됐구나! 영복사는 바로 우리 집의 향화원이니 우리도 마침 내일 조상의 묘에 성묘 가려고 했으니 그 짬에 당신은 하인들에게 제물을 준비시켜 당신 어머니께 제사도 지내고 또 지전도 태우면 되잖아."

그래서 이튿날인 청명절에 수비는 하인들에게 찬합에 음식과 술, 과일 등의 제물을 준비케 하고는 바로 성 밖 남쪽에 있는 조상의 묘로 성묘를 갔다. 그곳에는 큰 장원과 대청이 있고 화원도 있으며 제당과 제대가 갖추어져 있었다. 정실부인과 둘째인 손이랑 그리고 춘매는 네 사람이 메는 가마를 타고 포졸들이 길을 열라고 크게 외치는 가운데 성묘를 하러 출발했다.

한편 오월랑과 오대구 내외는 술과 음식을 들다가 너무 늦을까 싶어 대안과 내안을 불러 찬합의 음식들을 정리해 십 리에 걸쳐 펼쳐진 술집 밑 언덕 높은 곳 사람들이 붐비고 떠들썩하며 번화한 곳에 먼저 가 자리를 잡고 기다리게 했다. 월랑은 오대구 부인이 가마가 없기에 가마를 메고 그냥 따라오게 하고 걸어갔다. 한 무리의 남녀를 끌고 오대구는 나귀를 이끌고 같이 뒤에서 따라오며 봄 아지랑이 피어오르는 봄나들이를 하며 천천히 걸었다. 삼 리를 채 못 걸으면 복사꽃 만발한 도화점[桃花店]이요, 오 리를 채 못 가 살구꽃 만발한 행화촌[杏花村]이라, 꽃은 붉고 버드나무 푸르른데 거리에는 성묘를 하며 봄을 즐기는 남녀들이 시끄럽게 떠들어대며 끊임없이 오갔다. 따스한 햇살과 온화한 봄바람이 부니 봄 경치를 즐기려는 사람들이 도대체 얼마나 되는지 알 수가 없을 정도였다. 한참 그렇게 가고 있노라

니 멀찌감치 짙게 홰나무가 우거진 곳에 자리한 절이 눈에 들어왔는
데 그 모습이 무척이나 깔끔하면서도 단아해 보였다.

산문은 높게 솟아 있고, 불사[佛寺]는 그윽하구나.
한복판 편액에는 글씨가 분명하고
양편의 금강상은 흉맹한 모습일세.
다섯 칸 크기의 대웅전에는
용과 기린 문양의 푸른 기와로 덮여 있고
양편 복도의 승방에는
거북 모양의 벽돌 벽으로 이어졌네.
앞 대전에서는 풍조우순[風調雨順]*을 모시고
뒤 대전에서는 과거미래[過去未來]**를 공양한다.
종각은 빽빽하고, 장경각[藏經閣]은 높다랗다.
당간지주는 푸른 구름에 접해 있고
보탑은 아득히 은하수까지 뻗쳐 있네.
목어[木魚]***는 옆으로 걸려 있고
운판[雲板]****은 높이 걸려 있다.
부처 앞에는 등촉이 휘황찬란하게 켜 있고
향로에는 향이 타오르고 있네.
법당을 장식하는 깃발은 즐비하여
관음전과 조사당까지 이어졌네.

---

* 절의 문 양편에 공양을 하는 4대 금강신[金剛神] 이름
** 불교에서 과거불과 미래불을 말함
*** 나무를 조각하여 물고기 모양으로 만든 목탁
**** 동이나 철을 사용하여 구름 모양으로 만든 판으로 일이나 때를 알리는 것

보개[寶蓋]*는 서로 연결되어
귀모위[鬼母位]**와 나한원[羅漢院]까지 통한다.
때때로 호법제천[護法諸天]이 내려오고
해마다 강마존자[降魔尊子]가 내려온다.
山門高聳 梵宇淸幽
當頭敕額字分明 兩下金剛形勢猛
五間大殿 龍鱗瓦砌碧成行
兩廊僧房 龜背磨磚花嵌縫
前殿塑風調雨順 後殿供過去未來
鍾鼓樓森立 藏經閣巍峨
旛竿高峻接靑雲 寶塔依稀侵碧漢
木魚橫掛 雲板高懸
佛前燈燭熒煌 爐內香煙繚繞
幢幡不斷 觀音殿接祖師堂
寶蓋相連 鬼母位通羅漢院
時時護法諸天降 歲歲降魔尊者來

이를 보고 월랑이,
"이 절은 무슨 절이지요?"
하고 물으니 오대구가,
"주수비의 향화원으로 영복사라고 해요. 매부가 살아 있을 적에
이 절에 은자 십여 냥을 보시해 불전을 새로 수리하게 했는데 그러고

---

* 불보살 및 강사의 높은 자리에 비단 실로 가리개를 만들어 드리우고 보옥으로 장식한 것
** 불교에서 귀자모[鬼子母]를 모시는 영위[靈位]

나서 이렇게 깨끗하게 됐죠."

했다. 월랑이 다시 오대구 부인에게,

　"우리도 절에 한번 가봐요."

하고는 무리를 이끌고 절 안으로 들어갔다. 잠시 뒤에 사미승이 나와 보고는 안으로 들어가 많은 사람들이 왔다고 알리니 방장이 나와 그들을 안으로 모셨다. 그 장로의 모습이 어떠한가 하니,

　한 사람이 파르라니 머리를 빡빡 깎고

　사향과 잣을 발랐구나.

　새로 지은 누런 베옷에

　침속[沉速]과 단향[檀香]으로 짙게 물들였네.

　발에 신은 신발은

　복주[福州]의 것으로 짙은 청색으로 물들인 것이며

　비단으로 지은 아홉 가닥의 장삼은

　서역에서 들여온 진한 자줏빛이어라.

　이 화상은 한 쌍의 도적눈을 떼굴 굴리며

　오로지 젊고 아름다운 여시주만을 바라보고

　까까머리 중놈은 온갖 달콤한 말로

　전적으로 젊은 과부를 유혹하네.

　음욕이 동하면 암자로 가 비구니를 찾고

　색욕이 더 오르면 방 안으로 가 행자를 찾누나.

　누워 여신을 보고는 동침할 생각을 하고

　매번 항아를 보면 즐길 생각을 하누나.

　一個靑旋旋光頭新剃 把麝香松子勻搽

黃烘烘芭綴初縫 使沉速旃擅濃染

山根鞋履 是福州染到深靑

九縷絲條 係西地買來眞紫

那和尚光溜溜一雙賊眼 單睃趁施主嬌娘

這禿斯美甘甘滿口甛言 專說誘喪家少婦

淫情動處 草庵中去覓尼姑

色膽發時 方丈內來尋行者

仰觀神女思同寢 每見嫦娥要講歡

    이 같은 장로가 오대구와 오월랑을 보고는 앞으로 나와 합장을 하고 인사를 올렸다. 그러고는 어린 화상을 시켜 불전의 문을 열게 하고 그들을 안으로 들게 해 마음껏 보게 하고는 또 다른 화상에게는 차를 달이도록 일렀다. 작은 사미승이 불전의 문을 열고 월랑 등 한 무리의 남녀를 인도해 앞뒤의 복도에 있는 부처에게도 모두 참배를 하게 했다. 이렇게 한참을 본 뒤에 장로가 있는 방장으로 건너왔다. 장로가 급히 차를 올리는데 눈같이 하얀 찻잔에 향기가 그윽한 좋은 차였다. 오대구가 장로의 도호를 물으니 화상은 미소를 지으며,

    "소승의 법명은 도건[道堅]이고, 이 절은 은혜로우신 주수비 주대인의 향화원입니다. 소승이 이 절의 장로로 있으면서 백여 명의 승려를 관리하고 있습니다. 또한 뒤채의 선당[禪堂]에는 많은 행각승들이 있어 좌선을 하고 사방에서 이곳 절에 시주하시는 보살님들을 위해 기도드리며 공덕을 쌓고 있지요."

하며 야채로만 된 음식을 차려 월랑 등에게 들기를 권하면서,

    "보살님들께서는 잠시만 앉으시지요. 소승이 차 한 잔을 대접해

올리겠습니다."

하니 이를 듣고 월랑이,

"공연히 저희가 와서 장로님의 절을 시끄럽게 하는군요."

하면서 은자 닷 전을 꺼내어 오대구한테 주어 장로에게 건네주게 하면서,

"불전에 향이나 올려주세요."

하니 화상은 미소를 지으며 고맙다고 인사를 하며,

"소승은 보살님들께 변변한 대접도 제대로 못하고 잠시 앉아 계시게 하여 단지 차만을 올렸을 뿐입니다. 그런데 이렇게 신경을 써서 보시를 해주십니까?"

했다. 잠시 뒤에 소화상이 탁자를 내려놓고 야채로만 만든 음식과 밀가루 떡을 가지고 나오니 장로도 곁에 앉아 상대를 해주었다. 장로가 젓가락을 들고 월랑 일행에게 막 들라고 권하고 있는데 푸른 옷을 입은 남자 둘이 급히 숨을 몰아쉬며 안으로 들어서며 우레와 같은 소리로 장로에게 말하기를,

"장로께서는 어째서 영접하러 나오지 않는 겝니까? 수비부의 작은마님께서 제사를 지내러 오셨어요."

하니 당황한 장로는 급히 가사를 걸치고 모자도 제대로 쓰지를 못한 채 사미승에게 분부했다.

"어서 그릇들을 치우고 보살님들을 잠시 작은 방으로 모셨다가 작은마님이 지전을 다 태우고 돌아가시고 나면 다시 모시고 나오도록 하거라."

이를 듣고 오대구는 그만 떠나겠다고 했으나 장로는 한사코 더 있다 가라면서 놓아주지 않았다.

그렇게 하고 장로는 급히 종을 치고 멀리 언덕 입구까지 나가 기다리고 있었다. 멀리서 푸른 옷을 입은 사람들 한 무리가 가마 한 채를 에워싸고 동쪽으로부터 날듯이 오고 있었다. 가마꾼들은 모두가 얼굴 가득히 땀을 흘리고 있었고 옷은 땀으로 다 젖어 있었다. 장로는 몸을 굽혀 합장하며 말하기를,

　　"소승은 작은마님께서 오시는 줄 몰랐습니다. 마땅히 멀리까지 마중 나가야 했으나 이렇게 늦게 나왔으니 너무 허물치 마시기 바랍니다!"

하니, 이에 춘매는 가마 안에서,

　　"장로께서 공연히 고생을 하시는군요!"

하고 대답한다. 이러는 사이에 하인들은 일찌감치 뒤편 반금련의 무덤으로 제물을 가져가서 제사상을 차려놓고 지전도 꺼내놓는 등 만반의 준비를 다 해놓았다. 춘매는 가마를 타고 절에 이르자 절 안에는 들어가지 않고 곧장 뒤편 백양나무 밑에 있는 금련의 무덤으로 가서 가마에서 내렸다. 양편에서 푸른 옷을 입은 자들이 시중을 들었다. 춘매는 서두르지 않고 묘 앞으로 가서 향을 꽂고 네 번 절을 올리면서 말하기를,

　　"마님, 오늘 이 방춘매가 특별히 와서 마님을 위해 지전을 불사릅니다. 운이 좋으면 하늘에 오르시고 만약에 그렇지 않으면 돈으로 쓰세요! 일찍이 마님이 원수의 손에 돌아가실 줄 알았더라면 제가 무슨 수를 써서든지 저희 부중으로 모셔와 함께 살았을 거예요. 제가 잘못해 그리 되었으나 후회해도 다 소용없군요!"

　　말을 마치고 좌우의 하인들에게 명해 지전을 태우게 했다. 그리고 춘매는 앞으로 나가 방성대곡을 하며 목놓아 울었다. 「언덕 위의 양[山坡羊]」이 있어 이를 증명하나니,

지전을 다 사르고

봉황머리의 신발을 헛디뎌 신었네.

마님을 부를 때

이내 간장이 끊어지는 듯 아프다오.

당신이 풍류를 자랑하니

사람들이 그것을 시기해 당신을 내쫓아

오히려 당신이 원수의 손에 목숨을 잃었답니다.

저는 깊숙한 집안에 파묻혀 있었는데

어찌 그런 일을 알았겠습니까.

친척도 없는데 누가 당신을 걱정하겠습니까.

당신과 함께 같은 침대에서 지내고 싶었건만

누가 당신이 단명[短命]하여

가련하게 죽을 줄 어찌 알았겠습니까.

눈을 감고 있는 저 푸른 하늘에 불러보노니

속담에도 이르기를

좋은 것은 오래가지 못하고

붉은 비단은 길이가 짧다 하더이다.

燒罷紙 把鳳頭鞋跌綻

叫了聲娘 把我肝腸兒叫斷

自因你逞風流 人多惱你疾發你出去

被仇人纏把你命兒坑陷

奴在深宅 怎得個自然

又無親 誰把你掛牽

實指望和你同床兒共枕

怎知道你命短無常 死的好可憐

叫了聲 不睜眼的靑天

常言道 好物難全 紅羅尺短

이같이 춘매가 반금련의 무덤에 가서 제사를 올리고 통곡한 것은 이쯤 해두겠다.

한편 오월랑은 작은 승방에 몸을 숨기고 있으면서 단지 수비부의 작은마님이 와서 장로가 영접하러 나가고 그래서 장로가 안으로 들어오지 못한다고만 알고 있었다. 장로가 안으로 들어오지 않고 있자 작은 화상에게 그 이유를 물어보니,

"이 절의 뒤편에 작은마님의 언니 되시는 분을 최근에 새로 묻었는데 오늘이 마침 청명절이라 특별히 와서 지전을 태우고 제사를 올리는 거예요."

하니 이를 듣고 옥루가 말했다.

"혹시 춘매가 온 것이 아닐까요?"

"그 애가 어디 언니가 있으며, 이곳에서 장사지낼 언니가 또 어디 있겠어?"

그러면서 월랑은 다시 화상에게 물어보았다.

"그래, 주수비 댁 작은마님 성이 무엇인가요?"

"성이 방[龐]씨로 얼마 전에 장로께 은자 네댓 냥을 주며 죽은 자기 언니가 좋은 곳으로 갈 수 있도록 불경을 읽어달라고 했어요."

이에 옥루가 말했다.

"제가 나리께 들었는데 춘매 본가의 성이 방으로 방대저[龐大姐]라고 불렀다는데 혹시 춘매가 아닐까요?"

이렇게 한참 말하고 있을 적에 장로가 안으로 들어오며 어서 좋은 차를 달이라고 분부했다. 잠시 뒤에 가마가 절의 중문 안에 이르러 가마를 내려놓았다. 월랑과 옥루 등 여러 사람들은 승방 안 발 사이로 도대체 주수비 댁의 작은부인이 누군가 하고 밖을 내다봤다. 눈을 크게 뜨고 자세히 바라보니 바로 춘매였다. 옛날보다 키도 더 컸고 얼굴도 보름달처럼 훤했으며 화장도 마치 옥같이 하고 있었다. 머리에는 모자를 쓰고 있었는데 주옥과 비취가 가득 꽂혀 있었고 봉황 모양의 비녀도 비스듬히 꽂고 몸에는 붉은 꽃무늬의 화려한 저고리에 남색에 금빛 테를 두른 폭이 넓은 치마를 입고 있었다. 게다가 걸음을 옮길 때마다 몸에 달고 있는 보석들이 딩동댕 소리를 내니 어찌 예전 모습과 비교할 수 있겠는가!

　보옥 달린 쪽머리는 높기만 하고
　봉황 문양의 비녀를 반쯤 드리웠다네.
　호주 귀고리 귓가에 드리우고
　금비녀 두 개를 뒤에 꽂고 있구나.
　붉게 수놓은 저고리가 뽀얀 피부를 가리고
　비취색 치맛자락 안으로 작은 발이 보인다.
　걸음을 옮길 때마다
　가슴 앞에 매달린 패옥들이 딩동댕 소리를 내고
　자리에 앉을 때에는
　한차례 사향 향기가 코끝을 찌른다.
　목 뒤에까지 화장을 하고
　꽃술 모양의 장식은 교묘히도 눈썹 끝에 걸려 있구나.

거동은 사람을 놀라게 하고

용모는 그윽한 꽃보다 더욱 아름답고

자태는 여유 있고 우아하며

성격은 난초나 혜초처럼 온화하고 부드럽도다.

만약에 고관의 집에서 태어나지 않았다면

필시 우아한 향규[香閨]에서 자랐으리.

자부[紫府]의 경희[瓊姬]가 은하수를 떠난 듯

예궁[蕊宮]의 선녀[仙女]가 속세로 내려온 듯하구나.

寶髻巍峨 鳳釵半卸

胡珠環耳邊低掛 金挑鳳鬢後雙揷

紅繡襖偏襯玉香肌 翠紋裙下映金蓮小

行動處 胸前搖響玉玎璫

坐下時 一陣麝蘭香噴鼻

膩粉粧成脖頸 花鈿巧貼眉尖

舉止驚人 貌比幽花殊麗

姿容閑雅 性如蘭蕙溫柔

若非綺閣生成 定是蘭房長就

儼若紫府瓊姬離碧漢 蕊宮仙子下塵寰

이때 장로는 발을 걷어 올리며 작은마님을 방 안의 환한 곳으로 들게 했다. 안에는 단지 팔걸이의자 하나만이 놓여 있었는데 춘매는 그곳에 앉았다. 장로가 인사를 마치자 사미승이 차를 내왔다. 장로가 차를 올리면서 말했다.

"오늘 소승은 나리 댁에서 성묘 오시는 줄 몰랐습니다. 더욱이 작은마님께서 이곳까지 제사를 지내러 오실 줄은 더더욱 몰라서 제대로 영접하지 못했으니 소승의 잘못을 용서해주시기 바랍니다!"

"앞으로 장로께서 경이나 많이 읽어주시면 감사하겠어요!"

"무슨 말씀을 그리 하십니까? 수비부 어른의 은혜에 보답하는 일이라면 어느 일을 마다하겠습니까? 일전에 마님께서 많은 독경비[讀經費]를 주셨기에 소승은 여덟 명의 선승을 부르고 도장을 만들어 하루 종일 경을 읽고 기도를 올렸습니다. 저녁에는 또 그분을 위해 종이로 집과 창고를 만들어 태웠습니다. 그러한 모든 불사가 다 원만히 끝났기에 그날 오셨던 세 분이 댁으로 돌아가서 작은마님께 다 말씀을 올린 것입니다."

춘매가 차를 다 마시자 소화상이 찻잔을 다시 건네받았다. 장로는 옆에서 춘매와 한마디씩 얘기를 주고받았다. 그러노라니 월랑 일행은 나갈 길이 꽉 막혔고 또 나가기도 여의치 않았다. 월랑은 날씨가 어두워지자 소화상을 시켜 장로를 불러오게 해 자기들은 이제 떠나겠다고 했다. 그러나 장로는 놓아주지 않고 방장 안으로 들어가 춘매에게 말했다.

"소승이 한 가지 작은마님께 여쭐 말씀이 있습니다."

"하실 말씀이 있으면 하세요."

"아까 주위로 유람을 오셨던 분들이 본사에 들러 구경을 하셨으나 작은마님이 오실 줄을 몰랐습니다. 그런데 지금 떠나시겠다고 하는데 작은마님의 뜻이 어떠신지 모르겠습니다."

"장로께서는 어찌 그들을 모셔 인사를 시키지 않으시지요?"

이에 장로는 급히 안으로 들어와 나오기를 청하나 월랑은 나오려고 하지 않았다. 단지,

"장로님, 만나지 않겠어요. 날도 이미 저물었으니 우리들은 그만 돌아갈까 합니다."
했다. 그러나 장로는 그들의 보시도 받았는데 대접이 소홀한 것 같아 그럴 수가 없다며 한사코 건너가서 만나보도록 재촉했다. 이에 오월 랑과 맹옥루, 오대구 부인은 더는 어쩌지 못하고 나와 춘매를 만나보 았다. 춘매는 그들을 보자,

"두 분 마님과 오대구 부인이셨군요."
하면서 오대구 부인을 상석에 앉히고는 꽃가지가 바람에 흔들리듯 날아갈 듯이 절을 올렸다. 당황한 오대구 부인은 미처 답례하지 못하 고 말했다.

"아가씨는 예전의 아가씨가 아닌데 이러시면 제가 몸 둘 바를 몰라요!"

"아이고, 오대구 마님도 무슨 말씀을 그리 하세요? 저는 그런 사람 이 아니에요. 사람이 귀하고 천함은 다 자연의 도리예요."

그렇게 오대구 부인한테 절을 한 다음에 월랑과 맹옥루에게도 날 아갈 듯이 절을 했다. 월랑과 옥루가 답례하려 했으나 춘매는 한사코 만류한 뒤 그들을 그대로 자리에 앉게 하고 네 번 절을 올렸다. 그런 뒤에,

"마님들이 이곳에 계신 줄 몰랐어요. 일찍 알았더라면 모셔서 인 사를 드렸을 텐데요."
하니 월랑이 말했다.

"아가씨가 우리 집에서 나가 수비부 댁으로 갔는데 내가 결례를 하고 찾아가보지를 못했으나 너무 섭섭하게 생각하지 말아요!"

"마님, 제가 어디 출신인데 감히 섭섭하게 여기겠어요?"

춘매는 유모 여의아가 효가를 안고 있는 것을 보고,

"이젠 도련님도 많이 컸군요!"

하니 이를 듣고 월랑은,

"유모와 소옥, 이리로 와서 춘매 아씨께 인사를 해야지."

했다. 이 말을 듣고 여의아와 소옥은 빙글거리며 건너와 춘매에게 반절을 올렸다. 이를 보고 월랑이 춘매에게 말하길,

"아씨, 그들한테 큰절을 받아요."

했으나 춘매는 머리에서 금으로 머리 부분을 만든 은비녀 한 쌍을 빼내어 효가의 모자에 꽂아주었다. 이를 보고 월랑이,

"'아가씨, 비녀를 주어 감사합니다' 하고 인사를 해야지. 그런데 왜 말을 안 하고 있는 게야?"

하자, 여의아의 품에 안겨 있던 효가가 정말로 춘매에게 고맙다고 인사를 하니, 이를 본 월랑도 좋아 어찌할 줄을 몰랐다. 옥루도,

"아가씨, 아가씨가 오늘 이곳에 오지 않았다면 우리 자매들이 어떻게 이곳에서 만날 수 있었겠어요?"

하니 이에 춘매가,

"우리 어머니께서 이 절 뒤에 새롭게 묻혔어요. 제가 어머니 손에 자랐고 어머니께서는 일가친척도 없는데, 지전이라도 태워드려야지 않겠어요?"

하자 이를 듣고 월랑이,

"내 기억에는 아씨의 어머니께서 세상을 뜬 지가 꽤 오래된 듯한데 이곳에 묻혀 계신 줄은 몰랐네요."

하니 이에 옥루가 말했다.

"큰마님, 아직 방 아씨가 하는 말의 뜻을 잘 모르고 계시는군요. 어

머니란 다름 아닌 다섯째를 말하는 거예요. 다행히도 아씨가 다섯째
를 이곳에 묻은 거예요."

월랑은 이 말을 듣고 아무런 말도 하지 않았다. 대신 오대구 부인
이 말했다.

"누가 이 아씨처럼 자비로울까! 은혜를 잊지 않고 매장해주다니
말이에요. 게다가 청명절이라고 잊지 않고 와서 다섯째를 위해 지전
까지 태워주다니 대단하군요."

"마님, 생각해보세요. 다섯째 마님이 살아 계실 적에 얼마나 저를
끔찍이 생각해주셨는지를! 그런데 오늘날 그렇게 비참하게 돌아가
시고 시체도 길가에 버려져 제대로 거두는 사람 하나 없는데 어찌 모
른 척하고 묻어주지 않을 수 있겠어요!"

말을 마치자 장로는 소화상을 시켜 탁자를 내려놓고 음식을 가져
오게 했다. 팔선 탁자 두 개를 깔아놓았는데 우유를 입힌 떡과 과자,
각종 야채로 만든 요리로 상을 가득 채웠다. 그리고 금아작설첨수[金
芽雀舌甜水]라는 좋은 차도 내와 여러 사람들에게 마시게 한 뒤에 식
사를 마치자 그릇들을 거두어 내갔다. 오대구 등은 따로 승방에서 대
접을 받았으니 이쯤에서 접어두자.

한편 맹옥루는 자리에서 몸을 일으키며 속으로 생각하기를,

'금련의 묘에 가서 지전이라도 태워줘야겠어. 그게 한 자매로 함께
지낸 정이 아니겠어.'

했으나 월랑이 움직일 생각을 하지 않는 것을 보고는 은자 닷 푼을
꺼내 사미승에게 주며 지전을 사다달라고 했다. 이를 보고 장로가 말
했다.

"마님께서는 지전을 사실 필요가 없어요. 여기에 지전이 있으니

필요하신 만큼 가져다 태우세요."

이 말을 듣고 옥루는 은자를 장로에게 주고, 사미승에게 절 뒤 백양나무 밑에 있는 금련의 묘로 안내해달라고 해 그곳으로 갔다. 가서 보니 무덤은 석 자 정도의 높이에 황토가 덮여 있었고 푸른 잡초가 군데군데 나 있었다. 향을 피우고 지전을 불사른 다음 절을 한 차례 하고는 말하기를,

"다섯째, 자네가 이곳에 묻혀 있는 줄을 모르고 있었는데, 내가 우연히 이곳에 왔다가 자네의 묘에 들러 이 지전을 태워주네! 운이 좋으면 하늘로 올라가고 만약에 그렇지 않다면 이 돈을 쓰게나!"

하면서 손수건을 꺼내들고 목놓아 울었다. 「언덕 위의 양[山坡羊]」이라는 사가 있어 이를 증명하니,

지전을 다 태우고 나니
눈물이 어지러이 흘러내립니다.
다섯째 동생 하고 불러보니
빗줄기인 양 눈물이 흐르는군요.
처음에 우리 둘은 자매처럼 지내며
얼굴 한번 붉힌 적 없이 친했지요.
자네의 성격이 강해
내 언제나 자네한테 양보했었지.
잠시라도 보이지 않으면
자네가 나를 찾거나, 내가 자네를 찾았지.
마치도 비목어[比目魚]인 양
둘은 함께 늘 붙어 있었지.

허나 한차례의 바람이 불어와
우리들은 갈라지고 말았네.
한 나무에 같이 머물던 새가
각자의 길로 날아가게 되었다네.
다섯째 동생, 내 말 좀 들어보소.
애달프기 그지없구려.
자네같이 총명하던 사람이
오늘 이렇게 흙 속에 묻혀 있다니.
燒罷紙 淚珠兒亂滴

叫六姐一聲 哭的奴一絲兒兩氣

想當初咱二人不分個彼此

做妹妹一場幷無面紅面赤

你性兒强我常常兒的讓你

一面兒不見 不是你尋我 我就尋你

恰便相比目魚 雙雙熱粘在一處

忽被一陣風咱分開來呀

共樹同棲 一旦各自去飛

叫了聲六姐 你試聽知

可惜你一段兒聰明 今日埋在土里

유모 여의아는 옥루가 뒤편으로 가는 걸 보고 자기도 효가를 안고
서 따라 나섰다. 월랑은 방장 안에서 춘매와 함께 얘기를 나누고 있
다가 유모를 보고 말했다.
"아기는 안고 나가지 말아요. 공연히 놀랄지 모르니."

"걱정하지 마세요. 잘 알고 있어요."

유모는 아기를 안고 나가 옥루가 묘소에서 지전을 태우고 통곡하는 것을 보고 돌아왔다.

월랑과 춘매는 얼굴 화장을 새롭게 매만지고 옷을 바꿔 입었다. 춘매는 하인들에게 음식을 담은 찬합을 열게 해 여러 가지 보기 드물고 맛있는 과일과 과자 등을 꺼내 상 두 개에 나누고 술을 데워오게 하고는 은 술잔과 상아 젓가락을 꺼내놓고 오대구 부인과 월랑, 옥루를 상좌에 앉도록 모시고 자기는 주인의 자리에 앉아 그들을 상대해주었다. 유모와 소옥 그리고 오대구 집의 나이 든 하녀는 양편에 나란히 앉았다. 오대구는 따로 승방에 상을 봐줬다. 한참 술과 음식을 들고 있는데 푸른 옷을 입은 하인이 안으로 들어와 무릎을 꿇고 아뢰기를,

"나리께서 신장[新庄]에 계신데, 저를 시켜 마님을 모셔와 광대들의 묘기를 보시랍니다. 큰마님과 둘째 마님은 모두 돌아가셨어요. 그러니 마님께서 빨리 가시지요."

했으나 춘매는 이 말을 듣고도 전혀 서두르지 않고,

"내 잘 알았으니, 너는 돌아가거라."

했다. 이에 하인은 알았다고 하고 물러나긴 했지만 돌아가지 못하고 아래에서 대기하면서 춘매가 오대구와 월랑, 옥루 등을 접대하는 것이 끝나기를 기다렸다. 잠시 뒤 그들이 자리에서 일어나며,

"아씨, 폐를 많이 끼쳤어요. 날도 어두워지고 또 아씨도 볼일이 있으니 우리는 그만 돌아갈게요."

했다. 그러나 춘매는 그들을 한사코 더 있다 가라고 만류하면서, 하인들에게 큰 잔을 가져오게 해,

"우리들이 이렇게 만나기가 얼마나 힘들어요. 이제 서로 나이도 들

어가니 서로 간에 나누었던 정은 끊지 말아요. 저는 일가친척도 없는데 훗날 마님 댁에 좋은 일이 생기면 제가 댁으로 찾아가 뵙겠어요."
하면서 술을 권했다. 이에 월랑도,

"아가씨 말 한마디면 충분해요. 어찌 아씨가 수고스럽게 와주기를 바라겠어요! 훗날 시간을 내어 내가 한번 아씨를 보러 갈게요."
하면서 술을 들었다. 그러고는 뒤이어 말하기를,

"술은 됐어요. 오대구 부인께서 가마를 안 가지고 오셔서 날이 어두워지면 가기가 좋지 않아요."
하니 춘매가 이를 듣고,

"오대구 부인께서 가마를 가지고 오시지 않았다면 제가 가지고 온 말에 태워 댁으로 모셔다 드릴게요."
하고는 물건들을 정리했다. 춘매는 다시 장로를 불러오게 해 하인을 시켜 천 한 필과 은자 닷 전을 건네주었다. 장로는 고맙다는 인사를 하며 받고는 그들을 산문까지 배웅해주었다. 그곳에 이르러 춘매와 월랑은 서로 작별의 인사를 나누었다. 춘매는 월랑 일행이 가마를 타고 떠나는 것을 보고 비로소 자기도 가마에 올랐다. 춘매가 가마에 오르자 한 무리의 사람들이 그녀의 뒤를 따라 길을 열라 소리를 지르며 신장[新庄]을 향해 출발했다.

낙엽도 만날 날이 따로 있는데
어찌 사람에게 운수 좋은 날이 없을까.
樹葉還有相逢處
豈可人無得運時

운명의 변화란 참으로 무상한 것

내왕이 손설아를 꾀어 달아나고,
관청에서 손설아를 수비부에 팔다

꽃이 피었다 지고 피었다 다시 지듯
비단옷과 갈옷도 바꿔 입는다네.
잘산다 해도 영원히 잘사는 게 아니고
가난하다 해도 항상 적막치는 않으리.
사람을 돕는다고 하여 필히 하늘로 올라가는 것도 아니고
사람을 밀친다고 반드시 구덩이에 빠지지도 않는다네.
권하노니 모든 일에 하늘을 원망치 말라.
하늘은 사람에게 후하고 박함이 없음이라.
花開花落開又落 錦衣布衣更換着
豪家未必常富貴 貧人未必常寂寞
扶人未必上靑天 推人未必塡溝壑
勸君凡事莫怨天 天意與人無厚薄

　오대구가 월랑 등 남녀 일행을 이끌고 영복사를 떠나 큰 나무 숲을 따라 긴 제방이 있는 곳으로 나왔다. 대안은 일찌감치 행화촌 주점 아래 사람들이 많이 모이고 떠들썩하다는 것을 알고 높다란 언덕

위 좋은 곳에 장막을 치고 자리를 깔고 술과 안주를 장만해놓고는 오랫동안 기다리고 있었다.

멀리서 월랑 등 여러 사람들이 오는 걸 기다리고 있다가 그들이 탄 가마가 도착하자 다가가 묻기를,

"왜 이제서야 오세요?"

하자, 월랑은 영복사에서 우연히 춘매를 만난 일을 자세히 들려주었다. 잠시 뒤에 술을 데워오라 이르고 자리에 앉아 술이 나오자 술을 마시기 시작했다. 한참 술을 마시고 있는데 주막 아래로 비단 휘장을 드리운 가마들이 오가며 또 사람들의 시끌벅적한 소리며, 수레와 마차 소리가 우레와 같이 크게 들려왔고 악기들의 소리도 요란스레 어우러져 들려왔다. 월랑 일행은 언덕 위 높은 곳에 자리를 잡고 있었기에 눈을 들어 사방을 쉽게 내려다볼 수 있었다. 보아하니 사람들이 삥 둘러서서 말 위에서 재주를 부리는 곡예사의 묘기를 구경하고 있었다.

한편 이곳 청하현 지사의 아들인 이아내[李衙內]의 이름은 이공벽[李拱璧]으로 나이는 서른이 조금 더 되었는데 국자감 학생으로 있었다. 그런데 놀고먹는 것에 정신이 팔려 공부에는 별로 관심이 없고 오로지 사냥과 말타기, 제기차기, 공차기 등에만 열심이었다. 그리고 허구한 날을 거의 기생집에나 드나들었기에 사람들은 그를 이난봉이라고 불렀다. 그런 그가 이날 부드러운 비단옷에 금테를 두른 작은 모자를 쓰고, 황색 버선을 신고, 낭리[廊吏](관아 중 비교적 직위가 낮으며 양낭상방[兩廊廂房]에서 일하는 자를 일컬음) 하불위[何不違]와 함께 이삼십 명의 젊은이들을 이끌고 활과 화살, 격구에 쓰는 막대기 등을 가지고 마침 행화촌의 큰 술집에서 이귀[李貴]가 말 위에서 묘

기, 이를테면 말 위에서 거꾸로 서기, 달리는 말 밑으로 들어갔다가 다시 안장으로 올라앉기, 말 위에서 창과 곤봉을 돌려가며 춤추기 등 다양한 기예를 행하는 것을 보고 있었다.

많은 남녀들이 그를 에워싸고 폭소를 터뜨리고 있었다. 이 이귀라는 사람의 별명은 산동야차[山東夜叉]로 머리에는 만자 두건을 쓰고 뒷머리에는 금고리를 달고 꽉 끼는 자색 비단옷을 입고, 금빛의 배 보호대를 둘렀으며, 가죽 각반과 누런 가죽 장화에 다섯 가지 색의 비어[飛魚]가 그려진 버선을 신고 은빛 갈기머리의 말에 앉아 있었다. 붉은 자루의 창을 들고 있었으며 머리 위쪽으로는 '영[令]'이라 쓴 깃발이 바람에 휘날리고 있었다. 그러한 차림의 이귀가 길 한복판 말 위 안장에 올라서서 큰소리로 외쳐대기를,

나 같은 교사[敎師]*는 세상에 드물어
강호상 그 어디에나 이름을 떨쳤다오.
두 주먹을 내리칠 땐 철편을 휘두르는 듯하고
두 발을 움직일 땐 나는 듯하다네.
북경과 남경에서 재주를 펼쳐 보였고
광동과 광서에 적수가 없다네.
그러나 이것은 다 입심이 좋아서일 뿐
본 재주가 무엇이 있으리오.
소림곤[小林棍]은 개구리 잡기에 좋고
동가권[董家拳]은 작은 개 놀래기 좋다네.
적수를 제대로 만나면 소리 한번 내지 못하지만

---

* 가곡[歌曲], 희극[戲劇], 무술[武術]을 가르치는 예인[藝人]을 칭하는 옛말

사람이 없을 때 큰소리치며 활개를 친다오.
속여 돈을 챙겨서는 오래 가지고 있지 못하고
곧바로 기생집으로 달려간다오.
다행히도 북경의 이대랑[李大郞]은
나를 친한 친구로 여겨 잘 먹여주고 있다네.
밭농사 지은 마늘 장 찍어 꿀꺽 먹고
두 짐 넘는 부추도 빈대떡 부쳐 먹네.
태어나기를 먹는 것을 밝혀
하루 종일 먹고 마신다오.
그래서 이가 아파 한참을 뒹굴고
헛배가 불러 이리저리 뒤흔든다오.
주린 배를 채우느라 밥 서 되를 먹고
목을 축이려 술 일곱 말을 들이키네.
아직까지 보답을 못하고 있으니
내세에는 집 보는 개나 되리라.
만약에 벽구덩으로 도적이 들면
그놈의 물건을 물어뜯으리라.
그대가 왜 하필 그 물건을 물어뜯냐고 물으면
손을 쓸 수 없으니 입으로 물 수밖에.
我做敎師世罕有 江湖遠近揚名久
雙拳打下如鍾鑽 兩脚入來如飛走
南北兩京打戱臺 東西兩廣無敵手
分明是個鐵嘴行 自家本事何曾有
少林棍 只好打田雞 董家拳 只好嚇小狗

撞對頭不敢喊一聲 沒人處專會誇大口

騙得銅錢放不牢 一心要折章臺柳

虧了北京李大郎 養我在家爲契友

蘸生醬吃了半畦蒜 捲春餅吃了兩擔韭

小人自來生得饞 寅時吃酒直到酉

牙齒疼 把來挫一挫

肚子脹 將來扭一扭

充飢吃了三斗米飯 點心吃了七石缸酒

多虧了此人未得酬 來世做隻看家狗

若有賊來掘壁洞 把他陰囊咬一口

問君何故咬他囊 動不的手來只動口

　이렇게 한참을 떠벌리고 있을 때, 이아내는 몸매가 날씬한 여인을 보고는 자기도 모르게 마음이 흔들리고 눈이 어쩔했다. 아무리 보아도 싫증나지 않고, 보면 볼수록 여운이 있었다. 그래 말은 하지 않아도 속으로 생각하기를,

　'누구 집 여인일까? 남편은 있을까?'

　그래서 바로 수하에서 잔심부름하는 소장한[小張閑]을 불러 살그머니 분부하기를,

　"저 언덕 위로 가서 흰옷을 입고 있는 세 여자가 뉘 집 여인네들인지 잘 알아와 나한테 알려다오."

하니, 이에 소장한은 입을 가리고 대답을 하고는 날듯이 갔다. 잠시 뒤에 돌아와서는 가까이 다가와 귓가에 대고 말했다.

　"알아보니 현청 앞 서문경네 집의 여인네들이랍니다. 나이가 좀

든 사람은 성이 오씨로 처남댁이고, 키가 오 척의 자그마한 사람이 본부인인 오월랑이며, 키가 크며 주근깨가 있는 사람이 셋째 부인으로 성이 맹이고 이름이 옥루라 한답니다. 지금은 서문경이 죽어 모두 과부랍니다."

이 말을 듣고 이아내는 유독 맹옥루를 뚫어지게 보고는 소장한에게 후히 상을 내렸다.

오대구와 월랑 등 여러 사람은 한참을 구경하다 날이 뉘엿뉘엿 저무는 걸 보고 대안으로 하여금 음식들을 빨리 정리케 하고 어서 가마를 타고 집으로 돌아가도록 재촉했다.

길 위에 올라보니 많은 젊은이들이 비단 고삐를 손에 쥐고 비단 소매를 휘날리며 술에 취해 비틀거렸고, 비단옷 입은 여인네들은 가마 안에서 비단 발을 걷고 밖을 내다보며 봄 풍경을 즐겼다. 시가 있어 이를 증명하나니,

버들 아래 꽃 그림자 밟으니
볼 때마다 새로운 기분이구나.
인연이 있으면 천 리[千里]라도 와서 서로 만나고
인연이 없으면 마주 대하고도 알지 못하누나.
柳底花陰壓路塵 一回游賞一回新
有緣千里來相會 無緣對面不相親

한편 손설아는 서문경의 큰딸과 집에 있으면서 오후에는 별로 할 일도 없기에 모두 대문 앞으로 나가 서 있었다. 다 하늘의 뜻일는지 이때 마침 생각지도 않게 원경규[援警閨](막대기에 작은 북을 매달아

흔들며 장사를 다니는 상인)가 다가오고 있었다. 당시 연지나 분, 비녀를 파는 방물장수나 거울닦이들은 모두 막대기에 작은 북을 달고 울리며 다녔다. 이를 보고 큰딸이,

"내 거울이 흐려 잘 보이지 않으니, 평안을 시켜 저 사람을 불러 내 거울을 좀 닦았으면 좋겠어요."

해서 대안이 그를 불러오자 그 사람은 짐을 내려놓고,

"저는 거울은 닦지 않아요. 금은 생활용품이나 장식, 비녀 등을 팔 뿐이에요."

그렇게 말하면서 문 앞에 서서 설아를 아래위로 훑어보니 이를 보고 손설아가 물었다.

"이봐요, 거울을 닦지 않으면 갈 것이지, 왜 저를 빤히 쳐다보는 거예요?"

"손씨 아주머니, 큰아씨, 저를 모르시겠어요?"

이에 큰딸이 말했다.

"눈에 익기는 한데 갑자기 생각이 나지 않는군요."

"나리 손에 쫓겨났던 내왕입니다."

이에 손설아가 말했다.

"아, 그렇군요. 요 몇 년 동안 어디에 갔다 왔어요? 어째서 보이지 않았지요? 살이 좀 쪘군요!"

"이 집에서 나가 고향인 서주[徐州]로 갔었는데, 특별히 할일도 없고 해서 동경에서 벼슬을 하는 사람을 따라나섰지요. 그런데 뜻하지 않게 중도에서 그분 부친께서 돌아가시자, 정우[丁憂](옛적에 부모의 상[喪]을 당하면 자식은 삼 년 동안은 벼슬도 하지 않고, 결혼도 하지 않으며 큰 연회 등에도 참가하지 않고, 과거[科擧]에도 응시하지 않음)라 집으

로 내려갔는데, 저는 성안에서 금은 세공을 하는 고씨[顧氏] 집에 들어가서 금은 세공을 배웠어요. 큰 그릇에서부터 작은 세공품 만드는 일 등 여러 가지 재주를 배웠는데, 최근에 일거리가 없자 고씨 아저씨가 저더러 짐을 메고 거리로 나가 여러 가지 물건들을 팔라고 하더군요. 마님들이 문 앞에 서 계신 것을 보기는 했는데 감히 와서 인사를 드리지 못했어요. 그렇다고 일부러 와서 살펴볼 수는 없잖아요! 오늘도 마님이 부르지 않으셨다면 감히 와서 인사드리지 못했을 거예요!"

설아가,

"그래놓으니 내가 아무리 쳐다봐도 생각이 안 나죠! 전에 우리 집에 있었는데 뭘 두려워해요?"

그러면서 다시 묻기를,

"그 짐 안에 넣고 파는 물건은 무엇인가요? 안으로 메고 들어가 한번 보여주세요."

하니, 이에 내왕은 짐을 메고 안으로 들어와 상자를 열고 그 안에서 장식과 비녀 몇 개를 꺼냈는데 금은을 입힌 상감[象嵌] 같지는 않았으나 아주 정교하게 만들어져 있었다. 그 모습이란 이러했으니,

외로운 기러기 갈대를 물고 있고
한 쌍의 물고기가 물풀을 희롱하고 있구나.
누런 금 모란꽃이 교묘하게 상감되어 있고
묘안[猫眼] 비녀에는 불이 이는 듯
공을 굴리는 사자도 있으며
보물을 지고 있는 낙타도 있다.

모자 가득 광한궁[廣寒宮]이 새겨져 있고

귀밑머리 장식은 도원경[桃源境]을 이루었네.

좌우에 꽂는 머리 장식에는

감과 여지[荔枝]가 숲을 이루고

앞뒤에 다는 머리 장식에는

관음보살이 연꽃 위에 다리를 틀고 앉아 있다.

참새가 매화 가지에 노니는 모습도 있고

외로운 원앙이 봉황을 희롱하는 문양도 있다네.

정말로 갓끈에는 산호의 푸르름을 넣었고

모자 꼭지에는 불두청[佛頭靑]*으로 상감을 하였구나.

孤雁銜蘆 雙魚戲藻

牡丹巧嵌碎寒金 貓眼釵頭火燄蠟

也有獅子滾繡球 駱駝獻寶

滿冠擎出廣寒宮 掩鬢鑿成桃源境

左右圍髮 利市相對荔枝叢

前後分心 觀音盤膝蓮花座

也有寒雀爭梅 也有孤鸞戲鳳

正是 條環平安祖母綠 帽頂高嵌佛頭靑

설아는 한참을 보고 나서 내왕에게 묻기를,

"또 다른 꽃 비녀가 있으면 보여주세요."

하니 내왕은 다른 상자에서 여러 가지 큰 비취 비녀와 갖가지 모자
장식과 작은 풀과 벌레 모양의 세공품들을 꺼냈다. 큰딸은 꽃 비녀

---

* 화상의 머리를 빡빡 깎은 것과 비슷하다 하여 붙여진 이름으로, 옅은 청색의 보석을 가리킴

두 쌍을, 손설아는 봉황 비녀 한 쌍과 금붕어 비녀 한 쌍을 골랐다. 큰딸은 바로 은자를 달아주었으나, 손설아는 두어 가지 물건들을 더 샀기에 은자 한 냥 두 전이 부족하자 외상으로 달아놓으며 말했다.

"내일 일찍 와서 가져가세요. 오늘은 마침 큰마님께서 집에 계시지 않고 셋째 마님과 효가와 함께 나리의 묘에 지전을 불사르러 가셨어요."

"저도 작년에 고향집에서 나리께서 돌아가셨다는 소식을 들었어요. 그나저나 마님께서 아드님을 보셨다니 많이 컸겠군요?"

"도련님은 이제 겨우 돌 반이 지났어요. 집안의 모든 사람들이 보화로 여기며 도련님을 보는 낙으로 하루하루를 보내고 있어요!"

이렇게 말하고 있을 적에 내소의 처 일장청이 나와 차를 한 잔 따라 내왕에게 주었다. 내왕은 차를 받으며 고맙다고 인사를 했다. 내소도 앞으로 나와 서로 인사를 하고 그동안의 안부를 물었다. 그러면서 내왕에게,

"내일 와서 큰마님께 인사를 드리게나."

하자, 내왕은 알겠노라고 대답하고 짐을 메고 밖으로 나갔다.

저녁에 월랑 등 여러 사람이 가마를 타고 집으로 돌아왔다. 설아와 큰딸, 여러 하인들은 모두 나가 인사를 올렸다. 내안은 찬합을 들고 제대로 따라올 수가 없어 나귀를 빌려 타고는 짐을 챙겨 집으로 돌아왔다. 월랑은 큰딸과 설아에게 오늘 절에서 우연히 춘매를 만난 일을 이야기하면서,

"춘매가 절의 뒤편에 반씨를 장사지냈는데 우리도 모르고 있었어. 춘매가 와서 다섯째를 위해 지전을 태웠는데 생각지도 못하게 정말 우연히 마주쳤어. 우리를 보더니 친척처럼 지내자고 하더군. 먼저 절

의 장로가 상을 차려 접대했는데 나중에 다시 춘매가 상 두 개를 펴고 하인들에게 집에서 가지고 온 사오십 가지나 되는 찬합에서 각양각색의 음식과 술을 꺼내 준비했지만 다 먹을 수가 없었어. 춘매가 효가를 보더니 비녀 하나를 주면서 아주 귀여워해주더군! 대여섯 명이 따라다니며 시중을 들고 큰 가마를 타고 다니던데 예전에 비해 키도 좀 더 커지고 살결도 희어졌고 약간 살이 찐 것 같더군."

하니, 이에 곁에 있던 오대구 부인도,

"그 사람은 지금도 여전히 옛날 일을 잊지 않고 있는 것 같았어요. 이 집에 있을 적에도 내가 보기에 다른 하인들보다 훨씬 의젓하고 말도 점잖게 했는데 역시 인물이더군요! 복을 받고 마음도 넓게 쓰니 다 제 복이지요."

하자 맹옥루가 말했다.

"마님은 물어보지 않으셨지만 제가 물어보니 애를 가졌다는군요! 팔구 개월이 되었는데 수비영감이 여간 좋아하는 게 아니래요! 설씨 아주머니의 말이 거짓은 아니었어요."

이렇게 말을 하고 있는데 손설아가 끼어들었다.

"오늘 마님이 계시지 않을 때 제가 큰아씨와 문 앞에 서 있다가 내왕을 봤어요. 원래 이곳에서 금은 세공 기술을 배웠는데, 오늘은 특별히 봇짐에 금은 장식을 넣고 팔러 나왔대요. 처음에는 내왕을 알아보지 못했어요. 꽃 비녀를 몇 개 샀는데 큰마님의 안부를 묻더군요. 그래서 오늘 마침 성묘로 지전을 태우러 가셨다고 말해줬어요."

"그럼 왜 내가 올 때까지 기다리게 하지 않았나?"

"내일 오라고 했어요."

한참 앉아서 얘기를 나누고 있는데 유모 여의아가 월랑에게,

"도련님이 집에 돌아온 지도 반나절이 되었는데 잠만 자고 깨지 않으며, 입으로는 찬기가 나는데 온몸은 불덩이같이 뜨거워요."

하자, 월랑은 깜짝 놀라 온돌로 가 효가를 안아 입을 대보니 과연 식은땀이 흐르고 온몸에 열이 나 불덩이 같았다. 월랑은 화가 나 여의아를 꾸짖으며 물었다.

"이것아, 가마 안에서 찬바람을 쐬었지?"

"제가 작은 포대기로 잘 싸안고 있었는데, 어떻게 바람을 맞을 수가 있겠어요?"

"그렇지 않다면, 싸안고 죽은 귀신 무덤에 가서 애가 놀란 게구나? 그렇게 애를 데려가지 말라고 했는데 내 말을 듣지 않고 왜 쓸데없이 애를 안고 갔어!"

"소옥 아씨도 봤지만 꼭 싸안고 그곳에 갔다가 보기만 하고 바로 돌아왔어요. 그런데 언제 놀랄 겨를이 있겠어요?"

"허튼소리 하지 마라. 단지 보기만 했다면 애가 왜 저 모양으로 놀라겠어?"

월랑은 급히 내안을 불러,

"빨리 가서 유노파를 불러오너라."

해서 잠시 뒤에 유노파가 도착해 맥을 짚어보고 몸을 매만지더니,

"약간 놀라고 감기 기운이 있는데, 귀신에게 해코지를 당한 것 같아요."

하고 주사환 두 알을 주며 생강을 달여 마시라 했다. 그러면서 다시 유모에게,

"잘 싸서 뜨거운 온돌 위에 재워요. 밤중이 되어 땀을 흘리면 비로소 몸에서 열이 내릴 거예요."

하고 분부했다. 이에 월랑 등은 적이 안심하며 차를 내와 대접하고 은자 석 전을 주며 다음 날에도 다시 건너와 봐달라고 부탁했다. 온 집안 사람들이 효가가 이렇게 아프니 당황해 어쩔 줄 모르고 문을 닫았다 열었다 하며 하룻밤을 정신없이 보냈다.

한편 다음 날 내왕은 예전과 다름없이 생활 장식을 넣은 짐을 지고 서문경의 집 문 앞에 이르러 내소에게 인사를 하면서 말했다.

"어제 설아 마님이 나한테 비녀를 사고 오늘 와서 돈을 가져가라고 하면서 온 김에 큰마님께 인사도 드리라고 하였어요."

"오늘은 그냥 갔다가 내일 다시 오게나. 어제 큰마님께서 돌아오셨는데 도련님이 몸이 좋지 않아 의사 노파를 불러다 약을 먹이고 정신없이 하룻밤을 보내 마음이 매우 초조하실 게야. 오늘 조금 나아지기는 했지만 어디 무슨 정신이 있어서 은자를 달아 자네에게 줄 수 있겠나?"

이렇게 말을 하고 있을 적에 월랑과 옥루, 설아가 때마침 유노파를 바래다주려고 문가까지 나오다 내왕을 봤다. 이에 내왕은 바로 땅바닥에 넙죽 엎드려 월랑과 옥루에게 두 번 절을 올렸다.

"그동안 자네를 통 보지 못했는데, 왜 좀 다녀가지 않았나?"

내왕은 지난 일들을 쭉 이야기하면서 말했다.

"와서 뵈려고 해도 쑥스러워서요."

"예전에 정든 여자가 살던 집인데, 무엇이 두려워 못 와? 나리께서도 돌아가셨잖아. 당초에 그 반씨가 한쪽에다가는 불을 지르고, 다른 쪽에는 물을 퍼부으며 쓸데없는 주둥이를 놀려 공연히 좋은 사람을 억울하게 목매어 죽도록 만들었잖나! 게다가 아무 잘못도 없는 자네까지 내쫓아버리고! 그런데 오늘날 하늘도 반씨를 용서치 않아 저승으로 데리고 간 게야."

"모두 말씀드리지 못하지만 마님께서 마음속으로나마 잘 알고 계시다면 됐습니다."

"그래 자네는 무슨 물건을 팔고 다니나?"

내왕이 짐에서 여러 가지를 꺼내 보여주자, 월랑은 비녀 장식을 몇 개 고르고 은자 석 냥 두 돈을 달아주었다. 그러고는 내왕을 중문 안으로 들게 해 소옥을 시켜 술 한 병과 과자를 내다주며 먹게 했다. 손설아도 부엌으로 가 재촉해 뜨거운 고기를 큰 접시로 하나 갖다 주었다. 내왕은 술과 고기를 배부르게 먹고 인사를 하고는 대문을 나섰다. 월랑과 옥루 등의 여인네들은 모두 안채로 들어갔다. 손설아만이 홀로 남아 가만히 내왕에게,

"자주 오세요. 뭐가 두려우세요? 제가 할말이 있는데 내소의 부인을 시켜 당신께 말하도록 할게요. 내일 밤 이 중문 안 자주색 담장이 있는 행랑채에서 당신을 기다릴게요."

하며 둘은 서로 눈빛을 주고받았다. 이에 내왕도 그녀의 말뜻을 알아 차리고 물었다.

"저녁에 중문은 잠그지 않나요?"

"먼저 내소의 방에 와서 기다리세요. 그러다가 저녁이 되면 사다리를 놓고 담을 넘어오면 제가 이쪽에 있다가 의자를 놓고 당신을 맞이해 내려오도록 할게요. 둘이 만나면 그때 자세한 얘기를 해줄게요."

내왕은 이 말을 듣자마자 바로, 기뻐서 이마가 펴지고 볼에 생기가 돌았다.

내왕은 바로 설아와 작별하고 짐을 메고 대문을 나섰다. 참으로, 집안 사정을 잘 아는 사람이 아니면 집안에 큰일이 벌어질 것이 없는

법이다.

시가 있어 이를 증명하니,

할일이 없어 문 앞에 서 있다가
우연히 옛사랑을 만났네.
사람들 앞이라 큰소리로 말 못하고
고의로 추파만 몇 번인가를 보내네.
閑來無事倚門闌 偶遇多情舊日緣
對人不敢高聲語 故把秋波送幾番

내왕이 기쁜 마음으로 집에 돌아와 하룻밤을 보냈음은 말할 나위
가 없다.

이튿날 내왕은 팔 물건을 메지 않고 천천히 서문경의 집 앞으로
걸어가서는 내소가 나오기를 기다렸다가 인사를 했다. 내왕을 보고
내소가 말하기를,

"내왕이 왔구만. 오랫동안 자네를 보지 못했어!"

"별일이 없어 심심해서 왔어요. 안채의 설아 마님이 비녀 값을 아
직 안 주셔서 받으러 왔어요."

"그렇다면 방으로 들어오게나."

이에 내소가 내왕을 방으로 안내해 자리에 앉도록 했다.

"그런데 아주머니는 왜 안 보이죠?"

"집사람은 오늘 안채에서 부엌일을 돕고 있어."

내왕은 은자 한 냥을 꺼내 내소에게 주면서,

"이 돈으로 술이나 사서 형님 내외와 한잔 할까 해요."

"이렇게 많이는 필요 없는데!"

하면서 내소는 바로 아들인 철아[鐵兒]를 불렀다. 철아는 머리를 땋아 올렸는데 이미 열다섯이었다. 술 주전자를 들고 나가 하나 가득 사가지고 돌아왔다. 내소는 다시 철아를 시켜 안채로 들어가 일장청을 불러오게 했다. 잠시 뒤에 일장청이 뜨거운 밥과 국, 두어 가지 밑반찬을 가지고 나와서는,

"아이고, 내왕도 여기에 있었구려!"

하니 내소는 바로 은자를 꺼내 일장청에게 보여주면서,

"동생이 너무 많은 돈을 썼어. 우리 내외가 마시도록 술도 사고 말이야."

했다. 이를 보고 일장청도,

"별로 해드린 것도 없는데, 어찌 받을 수 있겠어요?"

하면서 온돌 위에 탁자를 깔고 내왕에게 앉도록 권했다. 그런 뒤에 안주를 차려놓고 술을 따라 권했다. 내왕이 먼저 한 잔을 들이켜고 나서 내소에게 권한 다음 일장청에게 따라 권하며 허리를 깊숙이 숙이고는,

"그동안 형님과 형수님을 뵙지 못했는데 별것 아닌 술을 두 분께 올립니다."

하니 일장청이 말했다.

"우리가 술과 고기를 질리도록 먹지 못했겠어요? 당신, 정직한 사람한테 거짓말을 하면 안 돼요! 안채 설아 마님이 어제 저한테 미리 귀띔해줬어요. 두 분 옛정이 아직 다 끊어지지 않았으니 우리 내외더러 잘 도와달라고 말이에요. 그러니 공연히 허튼소리를 하지 말아요. 산길을 알자면 앞에서 오는 사람에게 물어봐야 해요! 만약에 두 사

람이 만나 이 집 물건을 내갈 것 같으면 절대로 혼자 먹어서는 안 돼요. 나한테 국물이라도 맛보게 해줘야 한다고요! 내가 두 분을 위해 얼마나 신경을 쓰고 있는지 아세요?"

이 말을 듣고 내왕은 바로 무릎을 꿇으며,

"형수님께서 이번 일이 이루어지게만 해주신다면 그 은혜는 절대로 잊지 않겠어요."

하고 말을 마치고 술을 마셨다. 잠시 뒤에 일장청이 뒤채로 가서 내왕이 왔다고 알려주고 돌아와서는,

"저녁에 와서 우리 집에 숨어 있어요. 밤이 되면 중문을 잠그고 안채 사람들이 잠을 잘 테니 그때 사다리를 타고 담을 넘어가서 일을 보도록 해요."

하고 일러줬다. 시가 있어 이를 증명하니,

보응[報應]에는 본래 사사[私私]로움이 없으니
그림자와 소리는 모든 것이 서로 비슷하다네.
화[禍]와 복[福]의 원인을 알고자 한다면
자기가 한 일을 살펴보라.
報應本無私 影響皆相似
要知禍福因 但看所爲事

내왕은 이 말을 듣고 집으로 돌아왔다가 날이 채 어두워지기 전에 다시 내소의 집으로 가서 그들 부부와 함께 술을 마셨다. 밤이 깊어지자 아무도 알지 못하고 대문도 잠그고 안채의 중문도 걸어 잠근 채 집안의 남녀노소 모두 잠자리에 들었다.

손설아와 내왕이 약속한 신호대로 담 안쪽에서 손설아의 기침 소리가 들려왔다. 이에 내왕은 사다리를 담장에 걸쳐놓고 어두운 담장을 타고 넘어 들어가니 건너편에서 설아가 의자를 놓고 맞이해주었다. 둘은 말안장을 쌓아놓은 행랑채로 가 서로 껴안고 운우의 정을 나누었다. 서로가 색에 굶주린 홀아비와 과부인지라 그 욕정은 마치도 타오르는 불과 같았다. 내왕은 창과 같이 굳건한 물건을 꺼내들고 힘을 쓰며 한창 분탕질을 하다가 쾌락이 극에 달해 사정을 하는데 마치도 물을 쏟아붓는 듯했다. 일을 마치고 손설아는 내왕에게 금은 장식한 보따리와 은자 부스러기, 비단옷 두 벌 등을 건네주면서 말했다.

　"내일 저녁에 다시 와요, 더 줄 게 있으니. 그리고 당신은 밖에 안전한 곳을 찾아봐요. 이곳에서도 좋게 오래 있지 못할 것 같으니 당신과 몰래 나가 밖의 적당한 곳을 찾아 부부가 되는 게 좋겠어요. 당신은 금은 세공을 할 수 있는 기술도 있으니 살아가는 데 걱정은 없잖아요?"

　"동문 밖 세미[細米] 거리에 우리 이모가 계신데, 유명한 산파[産婆]로 굴노랑[屈老娘]이라고 해요. 그곳 골목은 구불구불하고 사람들의 눈을 피하기가 아주 좋으니 그곳으로 가면 될 거예요. 거기서 동정을 살펴보아 특별한 일이 없으면 내가 당신과 고향으로 내려가 땅 몇 마지기를 사서 농사를 지으면 좋겠어요."

　그렇게 하기로 약속하고 내왕은 설아와 작별을 한 뒤 다시 담을 타고 넘어 내소의 방으로 건너왔다. 날이 밝기를 기다려 대문이 열리자 슬그머니 밖으로 빠져나갔다.

　저녁에 날이 어두워지자 내왕은 다시 문 앞으로 와 슬며시 내소의 방으로 숨어 들어갔다가 밤이 깊자 다시 담을 타고 안으로 들어가 설아와 재미를 보았다. 이렇게 밤에 몰래 왔다가 아침에 몰래 가는 것이 하루이틀이 아니었다. 그러면서 적잖은 물건과 금은 그릇, 옷가지를 빼돌렸다. 내소 부부도 이들의 행위를 눈감아주고 자기들도 꽤 많은 이익을 챙겼으니 이는 이쯤에서 접어두자.

어느 하루, 월랑은 효가가 마마에 걸려 홍역을 치르는 걸 보고 마음이 편치 않아 일찌감치 잠자리에 들었다. 설아의 방에서 일을 하는 중추[中秋]는 원래 서문경의 큰딸이 부리던 아이였다. 그러던 것을 이교아의 방에 있던 원소아를 진경제가 눈독을 들여 가지고 놀려 했기에 월랑이 중추를 설아에게 주고 원소아가 큰아씨를 모시도록 했다.

그날도 설아는 중추를 잠재우고 방 안에서 비녀나 머리 장식 귀고리 등을 보자기에 잘 싸서 다시 상자에 넣고 손수건으로 머리를 가리고 평소 옷차림 그대로, 내소의 방에서 기다리고 있던 내왕과 함께 도주하기로 약속했다. 이에 내소가 말했다.

"당신네 둘이 달아나면 내가 대문을 지키고 있는데 오리를 물가에 놓아준 꼴이 되잖아? 만약에 큰마님이 아시고 나더러 자네들을 잡아오라면 어찌하겠어? 그러니 둘이 지붕 위로 도망을 가면서 기왓장 두어 개를 밟아 깨어놓으면 종적도 남잖아."

"형님 말이 맞아요."

설아는 은 대야 하나, 금 귀이개 하나, 푸른 비단 저고리와 누런 치마 한 벌을 내소 부부에게 건네주며 고맙다고 인사를 했다. 오경을 알리는 북소리가 들려오고 달빛이 어두울 때 건넌방의 지붕을 타고 가기로 했다. 내소 부부는 큰 잔 두 개에 술을 데워와 내왕과 설아에게 마시도록 하면서 말했다.

"마시고 가면 담이 커질 게야!"

술을 마시고 오경이 되자 둘은 향을 한 자루씩 들고 사다리를 타고 오르니 밑에서 내소 내외가 이들이 잘 올라갈 수 있도록 받쳐주었다. 두 사람은 한 걸음 한 걸음 내디디며 기와를 여러 장 밟아 깨놓았다. 이렇게 처마 밑까지 와 보니 거리에는 사람들이 아직까지 다니지 않고 있었다. 멀리서 순라군들의 소리가 들려왔다. 내왕이 먼저 내려가고 그런 다음에 설아가 내왕의 어깻죽지를 밟고 내려왔다. 둘은 앞으로 나와 큰 네거리에 이르렀는데 순라군이 그들을 가로막으며,

　"어디 가는 남녀들인가?"

하고 물으니 설아는 깜짝 놀라 손발이 다 떨렸다. 그러나 내왕은 태연자약하게 손에 쥐고 있는 향을 한 번 흔들면서 말했다.

　"우리는 부부인데 성 밖 동악묘로 향을 올리러 아침 일찍 가는 길입니다. 별것 아닙니다."

　"그렇다면 싸 짊어진 보따리 안에는 무엇이 들어 있는가?"

　"향과 초, 지전 등이 들어 있습니다."

　"부부가 악묘에 가서 분향을 하는 것도 좋은 일이지요. 어서들 가 보슈."

　내왕은 이 말이 떨어지기가 무섭게 손설아를 이끌고 앞으로 달려갔다. 성문 앞에 이르고 보니 바로 성문이 열려 있었다. 성을 나서는 사람들 사이에 끼여서 밖으로 나와 골목 몇 개의 길을 돌고 돌았다. 원래 세미 거리는 구석지고 한적한 곳에 자리 잡고 있어서 사는 사람들도 그다지 많지 않았고 모든 집들이 작고 나지막했으며 뒤쪽으로는 큰 개천이 있었다. 굴노파의 집에 이르러 보니 아직 문을 열지 않아 한참을 부르고 나서야 겨우 굴노파는 일어나 문을 열어주었다. 내왕은 설아를 데리고 안으로 들어갔다.

내왕은 본래 성이 정[鄭]으로, 정왕[鄭旺]으로 불렀다. 그가 설아를 가리키며,

"이 여자는 제가 새로 얻은 부인이에요. 이모님께서 빈방 하나를 잠시 내주시면 며칠 머물다가 다른 데로 찾아 나갈게요."

하면서 굴노파에게 은자 석 냥을 주며 땔감과 쌀을 사다 달라고 했다. 굴노파는 그들이 금은과 패물을 많이 가지고 있는 걸 보고 의심을 했다.

노파의 아들 굴당[屈鐺]은 자기 모친이 정왕 내외를 재우고 또 그들이 많은 패물들을 가지고 있는 걸 보고 밤에 재물을 탐내 몰래 방문을 열고 들어가 물건을 훔쳐내서 도박을 했다. 그렇게 도박을 하다 붙잡혀 현청으로 끌려가 관원들의 심문을 받게 됐다. 이지현은 도적이 연루된 사건임을 짐작하고 또 다른 장물도 있을 거라 여겨 관리들을 보내 굴노파의 집을 수색하고, 정왕과 손설아도 모두 오랏줄로 꽁꽁 묶었다. 손설아는 놀라서 얼굴빛이 희다 못해 거의 누렇게 됐다. 그래서 낡은 옷으로 갈아입고 얼굴 가리개를 하고 손에 끼고 있던 반지도 빼어 포졸들에게 주고는 관청으로 끌려갔다. 사건이 온 거리를 떠들썩하게 하니 수많은 사람들이 나와서 구경하려고 했다. 그중 설아를 알아보는 사람이 있어 떠들었다.

"서문경의 소실이었던 여인이, 전에 서문경 집에 있다가 쫓겨난 정왕이라는 사람과 눈이 맞아 정을 통하고 재물을 훔쳐 밖에서 살림을 차렸대요. 그러다 굴당이란 놈이 그들의 재물을 도둑질해 노름을 하다 발각되어 오늘 관청으로 끌려가게 된 거랍니다."

소문은 한 사람의 입에서 열 사람으로, 열 사람에서 백 사람으로 거리의 사람들 입을 통해 날듯이 퍼져나갔다.

설아가 월랑의 집에 있다가 떠난 뒤에 비로소 방 안에서 일을 보던 중추는 상자 안에 있던 머리 장식들도 모두 없어지고, 옷가지도 어지럽게 흩어져 있는 걸 보고 월랑에게 이 같은 사실을 알렸다. 월랑은 크게 놀라 중추에게 물었다.

"너는 설아와 함께 자지 않았느냐? 그런데 어쩌 가는 걸 몰랐지?"

"밤에 가만히 나갔다가 한참 만에 들어오곤 해서 자세한 건 잘 알지 못했어요."

그래서 월랑은 다시 내소에게 물었다.

"자네는 대문을 지키고 있었는데 사람이 나가고 오는 걸 어찌 알지 못했단 말인가?"

"대문은 매일 자물쇠로 잠그고 있는데 날아 도망간 모양이지요?"

그러고는 조사를 해보니 지붕 위의 기와가 많이 깨져 있는 것을 보고 비로소 그들이 지붕을 타고 도망갔음을 알았다. 그러나 사람을 시켜 찾는다는 것도 집안 망신인지라 벙어리 냉가슴 앓는 식으로 속으로만 씩씩대고 있었다. 그런데 뜻밖에 본현의 지현이 이 사건을 조사하게 됐다. 먼저 굴당을 주리를 한차례 틀어 머리 금장식 네 개, 은장식 세 개, 금귀고리 한 쌍, 은잔 두 개, 은자 닷 냥, 옷 두 벌과 손수건 한 갑을 찾아냈다. 그런 다음에 정왕을 다그쳐 은자 서른 냥, 금비녀 한 쌍, 금 머리꽂이 한 개와 반지 네 개를 찾아내고, 손설아를 다그쳐 금장식 하나, 은팔찌 한 쌍, 금단추 다섯 개, 은비녀 네 쌍과 은자 한 주머니를 찾아내고, 굴노파한테서는 은자 석 냥을 찾아냈다.

이리하여 내왕은 노비의 몸으로 주인과 간통을 하고 재물을 절도한 죄로, 굴당은 절도죄로 판결해 모두 잡범으로 사형시켜야 하나 비교적 가볍게 처벌해 징역 오 년에 처하고 장물은 모두 관에서 압수했다. 손설아와 굴노파는 모두 주리를 트는 형벌을 받았다. 그런 뒤에 굴노파는 특별한 죄상이 없어 바로 석방했으나 손설아는 서문경의 소실인 관계로 관청에서 서문경의 집으로 사람을 보내 손씨를 데려가도록 했다. 이에 오월랑은 오라비인 오대구를 불러 상의하기를,

"이미 추잡한 소문을 냈는데 다시 데려다 뭣에 쓰겠어요? 집안에 욕만 끼쳤으니 차라리 죽게 내버려두는 게 나아요!"

그래서 심부름 온 관원에게 수고비를 주고 지현에게 돌아가 말을 해달라고 했다. 지현은 이에 손설아를 구속시키고 관[官]의 중매인을 시켜 손설아를 팔도록 지시했다.

한편 수비부에 있던 춘매는 이 사실을 전해 듣기를,

"서문경의 집에 있던 손설아가 내왕과 눈이 맞아 놀아나고 또 재물을 훔쳐 달아나 밖에서 살림을 차렸대요. 그래서 일이 터져 관청에서 알게 되고 관청에서 손설아를 팔아버리려 해요."

했으니, 춘매는 이러한 소식을 듣고 손설아를 사다가 부엌일도 시키고 때려주며 예전의 앙갚음을 하려 했다. 그래서 수비에게 말하길,

"설아는 부엌일을 아주 잘해요. 차도 잘 끓이고 밥도 잘하며 국도 잘 만드니 사다가 저희 집에서 부리도록 해요."

하고 청을 했다. 이에 수비는 즉시 장승과 이안을 시켜 자기의 명첩을 가지고 지현에게 가서 말을 하라고 했다. 지현은 수비와 평소에 알고 지내던 안면도 있고 해서 단지 여덟 냥만을 받고 설아를 넘겨주었다. 은자를 건네고 부중으로 데려와 먼저 큰마님과 둘째 마님인 손씨에게 인사를 올리게 한 다음에 방 안으로 데려와 춘매한테 인사를 하게 했다. 춘매는 그때 방 안 금박을 한 침상의 비단 휘장 안에서 막 일어나던 참이었다. 이때 하녀들이 손설아를 데리고 안으로 들어가

인사를 시켰으니 설아는 춘매를 보고 어쩔 수 없이 허리를 굽혀 위를 바라보며 네 번 절을 했다. 이에 춘매는 눈을 크게 치켜뜨며 자기를 시중드는 어멈을 불러,

"저 천한 년의 쪽머리를 풀어버리고, 겉옷도 벗겨 부엌으로 데려가 불을 때어 내 밥이나 짓게 해요!"

하니, 손설아는 이 말을 듣고 속으로 탄식이 절로 나왔다.

자고로 담을 치는 널빤지도 아래위가 바뀔 때가 있고, 이삭을 줍던 사람이 창고 주인이 될 수도 있는 법이다. 운명의 변화란 이처럼 무상[無常]한 것이다! 남의 집 처마에 서 있으니 어찌 고개를 숙이지 않을 수 있겠는가! 손설아는 이 지경에 이르자 더는 어쩌지 못하고 쪽머리를 풀어버리고, 화려한 비단옷을 벗어버리고, 비통한 감정에 싸여 울면서 부엌으로 내려갔다.

시가 있어 이를 밝히나니,

봇짐 메고 떠도는 스님
지팡이 짚고 짚신 신고서 마음대로 다니네.
재주가 좋아 수백 번 변한다 해도
몸에는 항상 근심이 있다오.
布裳和尙到明州 策杖芒鞋任意遊
饒你化身千百億 一身還有一身愁

(10권에서 계속)